조진태 소설집

# 견습기(見習期)

도서출판 계간문예

조진태 소설집

# 견습기(見習期)

# 고단한 작업에서 얻는 보람

글을 쓰는 일은 참으로 힘들고 고달프다. 그러나 작가들은 너, 나 할 것 없이 그 고달프고 힘드는 일을 묵묵히 감내하며 계속한다. 나도 마찬가지다. 한 편의 작품을 완성하기까지에는 많은 고통이 뒤따른다. 구상, 소재의 수집, 주제에 따른 소재의 선택, 표현기법, 플롯, 서두의 시작에서 작업이 진행되면 일절 외부와는 차단되고 한 작품이 완성되기까지 온 정신을 기울인다. 그래서 밤을 밝히기도 하고 지쳐서 낮잠을 자기도 한다. 이 때의 뼈를 깎는 고통은 작가가 아니고는 이해하지 못할 것이다. 그런데도 작가라면 그런 행위를 너, 나 없이 해낸다. 왜? 소설가는 소설이라는 이름으로 인간 창조의 작업을 하기 때문이다. 마치 산모가 아기를 낳는 거와 같다고 보면 된다. 항간에 떠도는 잡다한 사건사고들에서 수집 분류된 소설의 자료를 활용하여 문학이라는 필터를 통과시켜 형상화한 것이 한 편의 소설로 완성되고 그것은 곧 인간 삶의 일부 혹은 전부를 그려 놓는다. 이렇게 하여 완성되는 작품들은 며칠 혹은 수개월 수년의 긴 시간이 소요되기도 한다. 그럼에도 불구하고 작가들이 그 작업을 계속하게 되는 것은 작품의 완성에 따른 희열과 보람을 느끼기 때문이다.

특히 소설가들은 시, 수필, 동화, 평론 등의 장르와는 달리 창조된 인간의 삶의 일부 혹은 전부의 인생을 그리게 됨으로써 글의 길이가 길기 때문에 그에 따른 작업의 양이 많아 육체적 정신적 소모가 많다. 글의 길이가 짧은 콩트나 단편이라 할지라도 고단하기는 마찬가지의 작업이 된다. 이같은 작업을 나는 40년이나 해왔다. 동화나 수필까지 합친다면 꽤 많은 분량의 글이 되겠지만 발표할 때마다 자족하면서 보람으로 여겼을 뿐 작품의 성공 여부는 늘 독자에게 맡겼다.

벌써 고인이 되었지만 학교 후배이면서 문단의 선배이자 스승으로 여기는 이문구 선생은 나를 생전에 '하나만 아는 사람' 이라는 제하의 그의 수필집《지금은 꽃이 아니더라도 좋아라》에 수록해 놓은 것을 훨씬 뒤에야 알았지만, 문단 합류로 적극적인 문학 활동을 하지 않음에 대한 질책이었다. 그처럼 등단 40년의 세월 속에서도 문학단체에 적극성을 보이지 못했고, 그런 일에 숨죽이고 글 쓰는 일만은 제법 성실히 해 왔다. 고단한 작업에의 보람도 느끼면서.

여기 또 한 권의 작품집《견습기(見習期)》를 내놓는 바 백시종 이사장님과 김정례 선생님의 배려에 고개 숙여 감사할 뿐이다. '소설은 인간을 만든다.' 는 명구를 명심해 둔다.

2012. 7.

지은이 옥출 조 진 태.

# 차례

# 들을 귀 있는 자

햇살이 풍성하다. 그 풍성한 햇살을 받고 하루가 다르게 연초록 빛깔이 두껍게 대지 위를 뒤덮는다. 햇빛이 투명하게 부서져 내리는 사이로 스물거리는 아지랑이 그림자가 흔들리고 있다.

"어흥, 어여넘차 어허호 옹—."

애절하고도 원망에 젖은 상두꾼의 목소리가 여름으로 다가서는 한낮의 적요로움을 비집고 상여는 읍사무소를 한 바퀴 돌아 군청 앞 광장으로 향했다.

근래에 보기 드문 풍경이었다. 대나무에 매단 만장(晚章)만도 수십 개나 되었다. 만장의 천은 명주나 한지가 아니라 하얀 옥양목이 아니면 혼방 천으로 만든 신식 만장이었다. 그것에 써넣은 글귀 또한 고인의 명복을 비는 글귀가 아니라 하나같이 구호의 일색이었다.

〈대선 공약한 디제이 농민부채탕감 실천하라〉, 〈수입 농산물에 우리 농민 죽어 간다.〉, 〈부정부패 일삼지 말고 농민생활 살펴보라〉 등등 붉은 머리띠를 불끈 두른 상두꾼들은 꽃상여를 뒤따라가며 검붉게 그을은 팔뚝을 쑥쑥 내지르며 구호를 외쳤고 그 구호가 끝날 때마다 〈어흥, 어여넘차 어허호옹〉 하는 후렴이 애달프고 구슬프게 초여름 햇살에 섞여 물결처럼 일렁이고 있었다.

한지로 물들여 꾸민 보잘것없는 꽃상여였지만 수십 명이 메고 가는 뒤를 따라 사람들이 줄을 이었다. 그들은 모두가 농사를 짓는 농사꾼이었다. 그들이 농사꾼임을 금방 알 수 있는 것은 그들의 손에 주어진 괭이, 삽, 호미에서뿐만 아니라 막 일하다 나온 흙 묻은 옷차림이 그러했다.

상여는 군청 앞에 이르러 광장으로 진입하려 했으나 경찰의 데모 진압대가 이미 철통같이 막고 있었다.

상두꾼 시위대는 군청 앞 도로에서 상여를 어리대며 구호를 외쳤다.

"정부를 대표해 군수는 즉각 나와 김만종의 주검 앞에 무릎 꿇고 사죄하라! 사죄하라!"

"어흥– 어여넘차 아허호옹–."

김만종의 주검을 실은 상여가 따갑게 내려꽂히는 햇살 속에서 또다시 일렁이며 상두꾼의 외침이 하늘을 찌르고도 남았다.

무려 3시간여를 그렇게 목이 터져라고 외치며 어리댔지만 궁전처럼 버티고 선 군청의 건물에서는 개미 한 마리도 나타나 주지 않았다.

농민들은 이제 목이 마르고 목이 쉬어 소리도 나오지 않았다. 몇몇은 뜨거운 햇볕에 더 버티지 못하고 쓰러져 병원으로 실려가기도 했다.

그때 알루미늄 사다리를 놓고 그 위에 올라선 한 중년이 소리쳤다.

"이제 그만 돌아갑시다유! 농민 잘 살게 해 주겠다고 찰떡같이 공약해 놓고 농민 죽이는 정책 펴는 이놈의 정부가 무슨 놈의 국민의 정분기여! 쇠귀에 경 읽기 아닌겝여! 우짤겨, 죽은 김만종만 불쌍한 게 아니고 우리 모두가 공동운명 아닌겝이여! 우리를 대표해 먼저 가신 김만종님의 장례부터 치러야겠구먼유. 그리구선 각자 돌아가 죽으나 사나 땅을 파야 산 목숨 잇지 않겠는 겝여! 디제이 믿고 표 찍은 요놈의 손목때기가 썩지 않는 것만도 다행이 아니관디유. 이제 요만했음 권력 잡고 힘깨나 쓰는 자들도 엔간히는 알아듣지 않았감유. 다들 그만 돌아갑시다!"

오늘 김만종 장례날 시위를 주도했던 농민후계자 차문길의 주장이었다.

"시방 뭔소리하고 있는 기여, 한번 더 농민 부채탕감 해 주겠다는 확답 받아내야지. 우리야 청와대꺼정이야 못 가지만 군수라도 대신 가서 디제이 만나 약속 받아 오도록 해얄 건 아닌감여."

갈매2리에 사는 윤민수 통장의 화난 음성이었다. 그러나 더운 날씨에 지칠 대로 지친 시위대들은 차문길의 의견대로 상여 머리를 돌렸다.

이윽고 "어흥" 소리가 한층 더 높아졌으나 상여는 군청 앞 광장에도 들어가 보지 못하고 되돌아서고 말았다.

길게 늘어선 상두꾼의 행렬은 김만종 영구를 메고 그가 살아생전 들랑대던 동구 앞을 돌아 수리봉 산자락으로 향했다.

"어흥, 어흥 어여넘차 어허호옹!"

저승길을 재촉이라도 하듯 상여잡이 농민들의 한 서린 장단이 느릅나무 모퉁이를 도는 상여를 따라 아련히 퍼져 가고 있었다.

상여는 굼실굼실 수리봉 산자락을 오르더니 한 곳에 딱 멈춰 섰다.

그 곳은 아직도 수마의 흔적이 남은 과수원 뒤꼍이었다.

빤히 건너다보이는 한벌리 양지마을과 그 아래초리 낡은 터가 한 눈에 들어오고, 방금 상여를 메고 왔던 충주 방향 36번 국도가 굽이굽이 뻗어 간다. 평소 같았으면 그 하얀 4차선 도로에서 허공으로 가득히 아지랑이가 구름과 함께 밀어 올려져 아스라이 치솟은 가섭산 머리 위로 비껴 흩어짐도 좋은 풍광으로 여겨졌을 게다.

이 과수원 뒤꼍도 한가하고, 여유롭고, 넉넉한 사람들에게는 견줄 데 없는 전망 좋은 곳이자 양지 바른 명당 같기도 한 곳이었다.

거기서는 김만종이 영원히 묻힐 묏자리는 이미 굴삭기가 작업을 끝내 놓고 있었다.

상두꾼과 모여든 조문객(농민)들은 잠시 상여를 내려놓고 막걸리를 들이키거나, 소주잔을 한두 잔씩 꺾고는 다시 상여를 메었다. 그리고는 파 놓은 묏자리를 빙빙 돌며 나이보다 늙어 뵈는 안골 의장이 앞소리를 먹이고 상두꾼과 조문객들이 일제히 소리를 높였다.

"억울하고 분하도다. 북망산천이 어디더노! 우리 농민 어찌하라고 당신만 가는 겐가!"

"어홍, 어허호옹 어여넘차 어허호옹―."

"손톱 닳고 허리 굽도록 이 땅 일궈 살자더니 빚더미만 쌓아 놓고 당신 혼자 어찌 가오! 애고애고 불쌍하고 억울해라 우리 농민!"

"어홍 어허홍, 어여넘차 어허호옹―."

상여 어리는 소리에 드디어 하얀 소복 차림인 김만종 아내가 어깨를 들먹이며 울음을 터뜨리고 목 놓아 울었다.

그녀의 눈에는 닭똥같은 눈물방울이 쉬임 없이 떨어졌다.

되새기고 추억할수록 생각나는 게 많을 것이고 그럴수록 잘 살아

보지도 못하고 살 준비만 하다가 먼저 간 남편이 불쌍하고 원망스럽고 한이 맺히기까지 했으리라.

"워떻간디유! 저렇게 일만 벌여 놓구선, 거기다 아직꺼정 자식들 공부도 다 못시키고선. 정말 남 일 같지 않구먼유."

창숙이 서러워 흐느끼는 임영심에게로 다가가 위로겸 걱정되어 한마디 거들자 영심은 창숙의 손목을 와락 잡고 끌어안으며 더욱 흐느껴 울음범벅의 목소리로 말했다.

"형님, 나 혼자 어떻게 살아? 어떻게……."

서로가 외로운 처지라 문상수가 사는 이웃에 세간을 부려 놓던 날부터 문상수의 아내 창숙을 형님이라 부르며 지내온 임영심은 흡사 넋 나간 사람처럼 몸부림쳤다.

문상수도 도시에서 공직생활로 30년이 넘게 지내다가 그의 아내가 태어나 자란 처가 쪽에 인연이 돼, 받은 퇴직금으로 허름한 집 한 채와 방치하다시피 한 밭 서너 떼기를 장만해 이곳에 와 살기를 두어 해쯤 되던 때에 김만종이 가족을 데리고 이곳으로 이사를 온 것이었다.

김만종 가족이 이사를 오던 그 날 문상수 내외는 처음 맞는 이웃을 위해 점심 한 끼를 대접했다. 그때 대접한 한 끼의 점심이 인연이 되어 오늘날까지 끈끈한 정으로, 이웃으로, 형님, 아우로 살아왔다.

"저는 김만종이고, 저의 처 임영심이예요. 자식새끼 셋이 있습니다. 잘 부탁합니다."

"우린 두 내외뿐이예요. 문상숩니다. 제 아내는 진창숙이고요."

서로 나이도 주고받아서 어느 사이 가까운 이웃이 되었다.

그 날 점심은 문상수 내외가 텃밭에 가꾼 상추, 근대, 부추며 얼가리 배추에다 머위, 호박잎을 뜯고, 돌미나리, 산달래, 고들배기, 씀바

귀 등 남새건, 들나물이건 온갖 푸성귀를 다 장만하고, 애호박, 감자, 가지, 오이 등을 삶고, 볶고, 무치고, 지지고, 끓인 반찬에다 검은콩 듬성듬성 섞어 마련한 밥상은 가짓수로 헤아린다면 상다리가 휘어질 것 같은 진수성찬이었다.

모두가 식물 일색이요, 손수 가꾸거나 거저 채취한 자연산 들임을 아내가 강조하자 도시에만 살았던 다섯 가족은 한결같이 감탄해 마지않았고, 자기들도 그렇게 살 거란 희망에 한껏 마음이 부풀었다.

그날 우리들은 한 식구처럼 점심을 들었고 간간이 친구들이 올 때마다 갖고 와 먹다 남은 막걸리와 맥주를 마시며 살아온 과거사며, 앞으로 살아갈 계획과 희망을 가식 없이 나누었다.

그런 인연과 더불어 이곳에 터를 잡고 김만종 내외가 일군 과수원이고, 그 과수원의 뒤꼍에 만종이 묻힐 묏자리가 준비돼 있다.

이사온 지도 벌써 오 년의 세월이 후딱 지나갔다. 김만종이 30년을 살던 서울을 미련 없이 청산하고 귀농했던 바로 그 해 부터다. 임자 없이 버려진 묵정밭을 1년 내내 손발이 부르트도록 피땀 흘려 일군 2천 5백 평의 땅이었다. 김만종 내외가 거기다 신품종 복숭아를 심어 과수원을 조성한 것이었다.

그는 수확기에 일손이 모자랄 것을 미리 생각해 거두는 시기에 차이를 두어 내외만으로도 수확할 수 있는 품종을 차례로 선택해 심었다.

맨 앞쪽에다 8월 초순에 익는 〈호기도〉를 심고, 중간쯤엔 9월 중순에 따는 〈스미골드〉를 심었으며, 맨 끝쪽으로는 10월 중순에 출하하는 〈엘 버터〉를 심어 놓을 만큼 본격적인 영농의 꿈을 가꾸고자 했던 과수원이었다.

그렇게 일군 땅에 복숭아 묘목을 심은 지 3년 째였다. 느닷없이 나타난 땅 주인은 땅을 사던지 아니면 곧장 내놓으라며 닦달이 심했다. 그래도 만원된 서울을 버리고 농촌으로 이사를 간다니까 귀농정착금이란 걸 주었다. 3백만 원으로 시작한 삶의 터전에 엉덩이를 제대로 붙이기 앞서 청천벽력이 떨어진 것이었다.

어떻게 해 볼 엄두나 대책이 서지 않았다. 그렇다고 포기해 버리기엔 흘린 땀이 아깝고, 쇠심줄같이 질긴 목숨이야 부지 못할 리 없겠지만, 어려운 와중에도 별 탈 없이 한참 공부에 열중하는 중3, 고3생에다, 2학년짜리 대학생 등 3남매를 생각하면 다시 이를 앙다물지 않을 수가 없었다.

'무슨 놈의 꿈이 그렇게 요란스럽더람. 불길한 꿈일수록 그렇게도 푸짐했던가!'

만종은 어젯밤 어지럽던 꿈을 손으로 훼훼 저었다.

'그래 아직도 새털만큼이나 많은 날들이 기다리고 있지 않은가! 누굴 원망하랴. 넘어져도 땅을 원망 말아야지. 다시 짚고 일어나야 할 땅이 아니겠나.'

만종은 다음 날로 농협에 가서 사정을 소상히 밝히고선 땅을 담보로 빚을 내 토지를 매입했다.

'아직도 수확을 올리려면 1년은 더 기다려야 한다. 하지만 산 사람 입에 거미줄 치랴.'


그렇게 생각한 만종은 인근 과수원에 나가 적과(摘果)나 전지를 해주거나 막노동의 날일도 어지간히 해댔다. 덕분에 호구지책은 강구할 수 있었고 다달이 불어나는 이잣돈도 일부씩은 갚아 나갈 수가 있었다.

'한 해만 더 있으면 복숭아 수확에서 얻을 수익금이 적어도 몇 천

만 원씩은 될 터이니 4~5년만 고생하면 빚 없이 내 땅 부치며 등 따습게 다섯 식구 살아가리라.'

만종은 이가 시리도록 악물었다. 장차 자식들 장가 들이고 시집 보내려면 남의 집 길흉사에도 빠짐이 없어야겠지만 만종에겐 그럴 여유가 없었다. 일 년에 한 번씩 내라는 적십자 회비도 내 본 지가 몇 해 되었고 노인정에 떡국 한 그릇, 라면 한두 상자 보낸 지도 기억에서 삼삼할 정도였다.

그러니 약삭빠르게 돌아가는 세상 인심에는 내 배가 불러야 남 걱정하기 마련이요, 내 곳간 비어 있음에야 어찌 남의 쌀독 걱정할 수 있으랴 싶었다.

그런 형편이니 두 눈 질끈 감고 몇 해만 넘기자고 생각을 다잡지 않을 수 없었다.

그의 아내 임영심도 오뉴월 두꺼운 햇살을 가리느라 복숭아 묘목을 살 때 〈푸른 농원〉에서 공짜로 얻은 챙 넓은 볕 가리개 모자를 생전 처음 눌러 쓰고선 가타부타 말 한 마디 없이 복숭아 묘목 사이 콩밭 이랑에 엎드려 노상 살았다.

그녀는 허리를 잔뜩 꺾어 엉덩이만 굼실굼실 돌려 가며 호미 질에 여념이 없었지만, 어찌 살아온 날이며 살아갈 날을 헤아려 보면 애간장이 타서 주먹만 한 한숨인들 안 토해 낼 수 있었으랴.

하지만 그녀도 남편 못지않게 가슴을 손바닥으로 쓸어내리고, 주먹으로 등허리를 두드리며 쓸개즙보다 더 쓴 침을 삼켰다.

부모의 이같이 절박한 삶을 아는 듯 모르는 듯 별 투정 없이 자라 주는 삼남매가 대견스러워 신세타령일랑 접어두고 햇살처럼 밝은 표정과 아침 이슬 같은 음성으로 아이들을 어루만져 주고 감싸 주기에 인색함이 없도록 애쓰는 아내였다.

그런 아내 임영심이 있었기에 김만종은 이날 이 때까지 세상을 살아오면서 제 생각을 혼자 담아 두지 못하고 생각한 대로 뱉고 토해 버려야 속이 편한 그런 깔깔한 성질을 거머쥐고 살아왔다.

그 깔깔하고 곧이곧대로 사는 성품은 김만종으로 하여금 부정 비리에 눈감지 못하게 했고, 수틀리면 욱하는 직선적 성격은 언제나 돌아오는 결과가 자기 손해로 이어질 뿐이었다. 그러나 계란 쳐 바위 깨는 무모함일지라도 단 한 번을 눌러 두고 그냥 지나치는 일이 없었다.

저 서슬 퍼렇던 80년대 잘 나가던 대기업의 한 부서에서 자재과장으로 있었지만 어느 날 갑자기 그룹 전체가 공중 분해되는 바람에 김만종도 하루아침에 밥줄이 끊기고 말았다. 엿을 많이 주고 적게 주는 것은 엿장수 마음이 듯이 기업을 살리고 죽이는 것은 군사 정권의 마음에 달렸던 그 시절 군사정권에 고분고분하지 못했던 사주(社主)가 구속되고 회사는 법정관리라는 명분으로 군인이 접수함으로써 사원들은 모두 쫓겨났던 것이다.

군사정권하의 암울함은 끝이 안 보이는 어둠의 터널과 같았다. 김만종은 생계를 위해 일자리를 구하러 온갖 곳을 다녀 보았지만 쉽게 구해지질 않았다. 어린 것들을 방에 가두어 둔 아내는 식모나 식당종업원으로 일했고 그는 영업용 택시를 몰기 시작했다. 택시 영업을 시작한 지 꼭 3일 째 되는 날이었다. 늦은 저녁 손님을 태우고 노원역 앞에서 신호대기를 하고 있는데 갑자기 한 젊은이가 문을 열고 뛰어들었다.


"같이 갑시다! 손님은 어느 방향이세요?"
먼저 탄 손님에게 물었다.

"의정부 쪽입니다만……?"

"좋습니다. 저도 그 방향이니까요."

그때 김만종이 말했다.

"미안하지만 합승은 안 됩니다. 내려 주세요."

"이 손님과 같은 방향인데 뭘 그래! 요즘 합승 안 하는 택시 어디 있다고……. 입장 곤란하게 되면 내가 책임지지."

반말로 거침없이 지껄였다.

그때 뒤차가 클랙슨을 울렸다. 진행신호가 바뀌었기 때문이었다.

하는 수가 없어 사거리를 건너 택시 정류장에 세우고는 다시 내려 달라고 간청을 했더니 그는 발끈 화를 내며 말도 안 되는 엄포를 놓는 것이었다.

"여보 운전기사 양반, 정말 이러기오! 승차 거부하면 어떻게 되는 지 알지?"

"그건 승차 거부가 아니라 합승 거부예요. 어쨌든 내려 주세요!"

"난 못 내려, 절대로 안 내려!"

젊은이와 실랑이질을 계속하는 사이 참지 못한 승객은 슬그머니 내려서는 달아나 버렸다. 미터기에 만 원도 넘게 나온 요금도 못 받고 손님을 놓쳐 버린 김만종은 더 참을 수가 없어 근처의 파출소로 가 차를 댔다.

사실대로 진술을 하고 돌아서는데 갑자기 그 젊은이가 주먹으로 김만종 뺨을 후려쳤다.

"이 새끼 죽고 싶어! 여기가 어딘 줄  알고 거짓 진술이야."

순간 김만종은 피가 거꾸로 흘러 주먹이 자동으로 상대의 면상에 날아갔다.

잠시 두 사람은 난타전을 벌이다 경찰이 뜯어말려 결국엔 쌍방고소가 되고 말았다.

그로부터 한 달이 지난 어느 날 김만종 앞으로 70만 원의 벌금통지서가 날아들었다. 이의가 있을 때는 10일 이내 정식 재판을 청구하라는 단서가 적혀 있긴 했지만.

김만종은 곧바로 검사에게 찾아가 항의를 했다.

"어째서 불러 조사 한번도 해 보지 않고 죄 없는 사람에게 벌금을 내라 합니까?"

"뭐라? 지금은 비상시국이야. 삼청교육대에 보내야 정신 차리겠어!"

"비상시국은 무법천진가요?"

"아니 되겠어. 이 새끼 감방에 처넣어!"

검사의 한 마디에 구속이 되었고 형식적인 형사재판을 거쳐 2달만에 70만 원의 벌금형이 오히려 2년6월의 집행유예로 둔갑됐다. 어쨌든 풀려 나오긴 했지만. 참으로 억울하고 어처구니없는 사실에 망연자실할 뿐이었다. 훨씬 후에야 안 일인데 그 때 그렇게 억울하게 뒤집어씌운 젊은이가 바로 신 군부의 핵심 권력기관이었던 보안사의 기관원이었다는 사실에 또 한 번 심장이 멎는 듯했다.

하지만 그 사건은 이미 지난 일이었고, 세월 속으로 묻혀 버린 사실이었다.

김만종은 그 후로도 직장을 여러 곳으로 전전하면서 오래오래 일상의 어둠에서 헤어날 수가 없었지만 고민은 했어도 절망과 삶의 의지는 꺾지 않았다.

불의와 부조리에 항거하면 할수록 그에겐 아무리 발버둥쳐도 정의가 승리하는 경우가 없었다.

불이익은 언제나 약자 편이었고 그것을 당연한 세상사로 여기고 늘 감내해야만 했다. 그러나 만약에 김만종 같은 인간이 이 세상에 한 명이라도 없다면 이 땅에는 진솔한 인간의 냄새라곤 맡을 수가 없게 될는지도 모른다.

지루하고 막막한 세상에서도 항거에 대한 결과와는 상관없이 꿈꾸는 자만이 기쁨이 있고, 행복이 있고, 희망이 있을 것을 확신하면서 김만종은 사소한 감정의 군살은 저쪽으로 밀쳐 놓고 앞만 보고 내달았다.

그랬건만 지치고 병들고 부패하고 시궁창처럼 썩은 냄새가 진동하는 도시가 어느 날 갑자기 싫어져서 한시도 배길 수가 없음을 깨달았다.

군사독재의 전두환 정권은 물러났지만, "믿어주세요." 하던 노태우 정권도 어느 것 하나 믿을 만한 것 없는 별 수 없는 정권으로 끝나더니 '문민정부' 라 자처하며 출범한 김영삼 정부도 청문회로 밤을 지새우고, '역사 바로 세우기' 를 외치면서 겨우 해놓은 업적이란 것이 고작 전직 대통령 감옥 보낸 짓밖에 없었다. 김만종은 속이 시원하기도 했지만.

문민정부 하에서 더 보태진 것은 자고 나면 일어나는 것이 대형 사고였고, 그럴 때마다 대통령의 대국민 사과문이 매스컴을 장식했다. 기차 전복 사고, 삼풍백화점 붕괴 사고, 성수대교 붕괴 사고, 항공기 추락사고, 대구지하철 가스폭발사고……. 어떤 정부보다도 기록적인 사고를 일으킨 정부였다. 물론 전 정부가 저지른 만성적 부조리 때문이기도 했지만. 어쨌던 문민정부도 아이엠에프 도래와 함께 자식의 권력형 부정비리로 패가망신이란 부끄러움을 안고 물거품처럼 사라졌다. 김만종과 같은 서민이 살아가는데 어떤 변화도, 어떤 혜택도 준 것이 없었다.

다시 정권이 바뀌었다. DJ가 정권을 잡은 것이다.

순서로 치면 제 8공화국이다. 그러나 최초의 정권 교체를 이룬 '국민의 정부' 라 했다. 이승만의 독재, 박정희의 유신, 전두환, 노태우의 신군부, 무인(무인도 백성)을 배제한 김영삼의 문민정부 등 그 어떤 정부도 '국민의 정부' 가 못 되었기 때문일 게다. 국민의 정부가 못된 것은 이름만 국민을 팔았지 진작 정권을 잡은 후는 국민을 위하거나 국민을 위해 한 일이 없기 때문인 것이다. 정권장악과 동시에 국민은 안중에도 두지 않고 부정, 비리, 축재, 권력남용 등으로 국민 위에 제왕으로 군림한 것이 사실이었다. 그것은 최고의 권력자인 대통령만 그런 것이 아니라 그의 측근과 추종자들이 모두 그러했다. 그런 것을 반세기 동안 죽음을 넘나들면서까지 지켜봐 온 대통령 DJ에게 거는 국민의 기대는 정말 목 마르게 갈망해 온 처지여서 김만종에게도 지난 어떤 정부의 대통령보다 반드시 약속을 지키는 대통령이 될 것이라 여겼다.

바로 직전의 대통령 아들이 황태자로 군림하며 권력형 비리로 부정을 일삼아 와 국민의 분노가 한참 들끓던 바로 그때 새 정부가 들어섰다는 이유도 있겠지만, '부정·비리 없는 깨끗한 나라', '기본이 서는 나라' 를 만들겠다고 정부 벽두부터 귀가 따갑게 홍보하고 있기 때문이었다.

'정말 살맛 나는 세상이 올려나 보다.'

김만종은 잔잔한 흥분마저 하면서 대통령 잘 뽑았구나 하고 자부를 했다.

그랬는데, 정말 그랬는데, 불과 몇 개월도 못 가서 '옷로비' 라는 그 밍크코튼가, 족재비코튼가 하는 사건으로 장관 부인, 검찰총장 부인, 재벌 부인에다 대통령 부인까지 관련되었다느니 아니라니 하며 청문

회까지 열려 실체가 드러나기 시작하더니 드디어 지난 정권들 못지 않게 부정비리가 공공연하고 본격적으로 자행되기 시작했다. 그 관련자로는 청와대 비서, 도지사, 국정원 차장, 검찰총장, 경찰청장, 군 장성, 국세청장 등등에서 여당의 실세인 K국회의원까지 서로 경쟁이나 하듯 수십 년 동안 주린 배때기를 한꺼번에 채우느라고 찬밥 더운 밥 가리지 않고, 털 하나 뽑지 않고, 통째로 삼키기에 급급했다는 소식이 김만종의 귀를 의심하게 만들었다. 더욱 놀랄 일은 대통령의 아들 셋이 한술 더 뜨다가 둘은 감옥 가고 하나는 조사를 받기도 했고, 처남도 빠질세라 마찬가지로 설쳤다. 이들의 배때기 채우기의 공통점은 부정비리를 은폐하기 위해 돈 세탁을 전문으로 했다는 점이다. 원래 돈이란 것은 검은 손에 들어가면 들어간 그때부터 구린내를 풍기기 마련이라서 아무리 세탁을 해도 냄새가 지워지지 않는 법이다. 돈은 세탁을 하면 할수록 더욱 더 구린내가 진동을 한다. 그런 데도 아이큐가 60도 안 되는 진돗개만도 못했던지 부정으로 취득한 돈을 숨기기 위해 한사코 돈 세탁만 해댄 것이었다. 그래도 좋다. 아무리 처먹고 숨기고 잡아뗀다 하여도, 그 돈들이 십조, 백조가 되건 국민의 세금이니만큼 배가 좀 아플 뿐, 김만종에게 직접 피해가 없으니 상관할 바 아니다. 그런 문제는 그렇게 어마어마한 부정이 고위층으로부터 저질러지고 있는 동안 윗물이 더러우면 아랫물도 더럽기 마련이라 높고 낮은 공무원들도 제나름대로 부정비리 저지르기에 한창이었다. 눈만 뜨면 억억(億億)하는 마당에 '깨끗하고, 기본이 선 나라' 가 공익광고로만 날마다 방송되고 있을 뿐 그 반대가 돼가고 있었다. 김 만종이 그런 세상의 한가운데 서 있노라니 YS 정권 중반쯤에 있었던 기억이 지금의 세태와 겹쳐지면서 생생하게 떠올라 새삼 소름이 돋고 몸서리가 쳐졌다. 그때 그런 일을 당한 것은 참으로 어처구니없고 억울하고 분통 터지는 일이었다.

그는 그날 서울교도소를 나서자 마구 구역질을 했다. 구역질과 함께 뱃속에 있는 오물을 북부지원 쪽을 향해 형사 단독 12호실 양대중 판사의 낯짝을 맞닥뜨리기나 한 듯 뱉아 댔다. 그리고 욕설을 퍼부었다.

"씨팔! 이 개새끼! 니 같은 놈이 판사라고? 스스로 판단해서 뒤질 놈의 죽을 사짜 판사다. 이 우라질 놈아!"

김만종은 교도소 앞에서 아내가 갖다 줘서 먹은 생두부를 물도 한 방울 남기지 않고 내뱉었다. 김만종이 그토록 분통을 터뜨리고 있는 것은 바로 열흘 전 판사 앞에서 재판을 받고 돌아서서 법정을 걸어나오면서였다.

"에이 씨팔, 법은 있으나 마나군. 검사, 판사놈들도 똑같은 놈이다. 앞으로는 죽어도 재판 청구는 않겠다. 에이 씨팔놈들……."

혼자 중얼거린 소리가 판사 귀에까지 들린 모양이었다.

"김만종, 이리와!"

판사의 고함 소리에 김만종은 돌아서서 양대준 판사를 올려다보았다.

법원 직원이 달려와 김만종을 붙들어다 다시 판사 앞에 세웠다.

"방금 뭐라고 했어?"

"혼자 중얼거린 것도 말해야 합니까?"

"뭐라 중얼거렸냐 말야!"

"씨팔놈들, 개새끼들이라 했습니다."

"누굴 보고 한 소리야?"

"판사 나리 당신 보고요."

"뭐? 뭐라고! 법정 소란 죄로 10일간 구류에 처한다. 끌고 가라!"

"흥! 중얼거린 소리 알아듣지 못해 물어보구서도 소란죄라. 정말 엿장수 마음대로군. 씨팔! 현철이 재판 때는 방청객들이 그렇게 소란을 부려도 한 놈도 안 잡아넣던데. 씨팔놈! 힘 없는 이 김만종에겐 똥깨나 뀌는군."

김만종은 법원 직원으로부터 끌려가면서 마구 욕설을 해댔다.

그가 지금까지 살아오면서 부정과 불의에 대해 절대적인 거부감을 갖고 저항해 왔지만 이렇게 욕설까지 내뱉으며 항거하기는 처음이다.

김만종이 모는 차가 빨리 안 간다고 뒤차가 불을 몇 번 번쩍이더니 신호대기에 서자 뒤차가 들이받았다. 교통경찰이 와서 뭐라고 몇 마디 하더니 쌍방과실이라며 벌금 딱지를 한 장씩 떼 주며 이의 있으면 정식 재판 청구를 하란다. 김만종이 그래서 청구한 재판이다. 판사는 쌍방을 모두 불러 주지도 않았고 대질신문도 없이 김만종만 불러놓고 생년월일, 이름만 확인한 다음 "경찰이 거짓말하겠어! 벌금 4만원! 다음은 서팔랑이!"

이따위 재판이었으니 김만종이 아닌 공자나 석가모니라 하여도 욕설이 아니 나올 수가 없었을 것이다.

그런 사연으로 해서 별 정리할 것도 없는 세간을 대충 정리하고 서둘러 서울을 떠나 조용한 농촌에서 묻혀 살자한 것이었다. 그러면서 그는 희망을 걸었다.

'아무렴 세상이야 부패됐지만 선량한 농민 속이는 정치하겠나? 시대가 그러하니 중농정책이야 쓸 수 없겠지만 농민을 위한 정책은 펴겠다 했으니 열심히 일하면 살 길이 있으리라.'

그런 희망과 꿈으로 개간한 땅에 심은 복숭아나무는 잘도 자라 주었다. 3년만에 첫 열매가 달렸지만 모두 따 내버려야 다음 해에 튼실한 복숭아를 수확할 수 있다기에 죄다 따 주었다. 그랬더니 다음 해에는 거짓말같이 튼실한 복숭아가 주저리주저리 열렸고 제때에 적과도 잘해 준 데다가 시시때때로 농약을 살포해 줬더니 벌레 하나 먹지 않고 정말 탐스런 복숭아가 거짓말을 보태 애기 두상만큼이나 큰놈이 가지가 휘어지게 매달렸다.

"잘 만 되면 올해엔 농협 빚 절반 정도는 갚겠구려."

김만종은 아내 영심을 보며 말했다.

"모두 당신이 뼈 빠지게 노력한 보람이지요."

"나보다 당신이 더 고생했지. 한두 해도 아니고. 그 뜨거운 불볕이며, 그 엄동설한 이 움막 속에서 잘도 참아 왔지. 고진감래란 말이 있지 않소."

"대견스런 건 아이들이예요. 군소리도 않고 불평 한 마디 없이 공부 잘하고 건강하니까요."

"허허……."

김만종 내외는 모처럼 과수원을 돌아보며 행복에 젖어 도란도란 이야기를 나누었다.

팔월 초순, 아침 안개가 수리봉 산자락을 감아 올라갈 무렵 벌써 만종의 내외는 그 넓은 복숭아밭을 한 바퀴 돌아본 후 농막으로 돌아왔다. 만종이 농막 앞 평상에 앉자 아내가 펌퍼로 퍼 올린 찬물 한 그릇을 떠 와 함께 마시고 있을 때. 인삼밭을 돌보려 나왔던 건너 마을 청주댁이 여남은 발짝 건너편에서 인사겸 말을 걸어 왔다.

"서울댁 올 개는 복숭아 금만 좋으면 돈푼깨나 만지감유!"

"그래야지요. 청주댁도 올 가을에는 캐야 되는 것 아닌가요?"

"야, 그럼 캐야구 말구유. 5년근에 산밭 임대 기간도 끝나구먼유."

"요즘 하도 인삼밭에 도둑이 설친다기에 개만 짖어도 내다보긴 하지만 걱정이네요?"

"우리 산밭 옆에 서울댁이 산께내 그래도 한시름 놓고 지낸데유. 고맙구먼유."

"별말씀이세요. 우리 농사 이만큼이라도 짓게 된 건 순전히 이웃 덕분인 걸요."

영심이 진창숙네와 청주댁을 함께 싸잡아 한 말이었다.

"서울댁 내외는 참으로 용하데유. 농사일 안 해본 것 같은데도 많이 배운 사람이라 그런지 웬간헌 농사꾼 뺨치겠습디다유. 그 많은 독짜갈데미 다 추려 내고 저토록 탐스럽게 영글도록 해 놓았으니 보통 재준감여?"

청주댁도 입발림 소리가 아닌 평소 보아 오고 느낀 바를 솔직하게 말해준 것이었다.

"원 별말씀을요. 처음 해보는 농산지라 그저 안 놀고 정성을 쏟아 부으니까 절로 돼 주네요. 땅도, 나무도 거짓말 않고 보답해 주는 것 같아 고맙지요."

해가 중천에 솟자 낮닭이 홰를 치며 한가하게 울었다.

그 날도 김만종 내외는 뽑아도 자꾸만 자라는 복숭아나무 밑의 풀을 땅거미가 내릴 때까지 뽑았다.

펌프로 자아올린 물로 발을 씻자마자 저녁을 먹는 둥 마는 둥 하고 잠자리에 들었다. 등짝이 방바닥에 달라붙기는 내외가 마찬가지였다. 코를 골 만큼 잠에 빠졌던 만종을 아내가 흔들어 깨웠다.

"비가 많이 오나 봐요."

"비가? 너무 많이 오면 안 되는데!"

만종은 자던 눈을 비비며 벌떡 일어나서는 우의를 갈아입고 밖을 나섰다. 동이 부윰하게 트고 있는데 비가 장대처럼 내렸다. 비가 내리는 것이 아니라 줄창 퍼붓고 있었다. 그 빗줄기를 뚫고 만종은 과수원을 돌아보았다. 만들어 놓은 배수로에는 이미 물이 넘쳐 났다. 비가 그치지 않는 한 어떻게 해볼 도리가 없었다. 별 수가 없어 농막으로 돌아왔다. 다행히 농막은 신경을 써서 지었기 때문에 아직까지 비 피해는 없었지만 과수원이 큰 걱정이었다.

좀 뜸하다 싶으면 또 쏟아 붓고 그러기를 연 사흘 동안 날씨는 바람을 동반하고 야단을 쳐댔다. 그러더니 언제 그랬느냐는 듯 날씨는 맑았다. 그러나 잘 영근 복숭아는 고사하고 가지가 부러지고, 어떤 것은 뿌리가 드러나 있었다.

쨍하게 쏟아지는 초여름 햇살 아래 만종은 멍하니 과수원을 바라보기만 했다.

그 곳은 희망을 절망으로 휩쓸고 간 자국만 남아 있었다. 오 년에 걸쳐 땀 흘려 일군 옥토는 불과 삼 일 사이에 박토로 변한 황무지가 돼 있었다.

'도대체 내 인생의 터널은 어디서 끝이 날 것인가?' 만종은 재기의 가망성이란 거미줄만큼도 없이 돼버린 지금 허탈감과 절망에 압도되어 망연히 서 있었다. 그 곁으로 문상수가 다가서며 말했다.

"도대체 이게 무슨 괴변일꼬? 하늘도 무심하지. 조부 때 일어났던 경신년 수마도 이러지는 안 했을 텐데……"

"형님네 밭도 우리나 진배없더구먼요?"

"고구마며 고추가 제법 됐다 싶었더니 한 포기 남기지 않고 다 쓸려가고 말았어. 하지만 나야 몇 푼 안 되는 연금이지만 그거라도 타니 두 식구 구복이야 못 채우겠냐만 자네일이 걱정일쎄."

문상수도 더는 위로할 말이 없었다.

"가세!" 문상수는 넋 나간 듯한 김만종을 자기 집 평상으로 데려가 앉혔다.

아내가 내온 막걸리를 권하며 성경의 한 구절을 인용해 말했다.

"씨 뿌리는 사람이 있어 씨를 뿌렸더니 어떤 씨는 길거리에 떨어져 밟히기도 하고 새들이 주워 먹어 버렸으며, 어떤 것은 바위에 떨어져 말라죽고, 어떤 것은 가시 사이에 떨어져 자라지 못했으며, 어떤 씨는 좋은 땅에 떨어져 싹이 나 백 배의 열매를 맺더라(누가 7:3~8)" 했는데 자네야말로 박토를 옥토로 만들어 씨를 뿌렸으니 백 배는 아니더라도 오십 배쯤은 거두게 해 줬어야 옳았는데, 이게 어찌된 조환지 모르겠군. 하지만 어쩌겠나, 정부에서 무슨 대책이라도 세워 주겠지."

문상수의 그런 위로의 말이 김만종 귀에는 반귀도 들어오지 않았다. 마음속엔 칠흑 같은 어둠이 차 왔고, 가시처럼 돋아난 혓바늘은 막걸리 한 잔을 제대로 넘겨주지 않았다. 그러나 애써 절망의 감정을 눌렀다.

"형님 고맙소. 죽으란 법은 없을 테니 무슨 방도를 찾아보아야지요."

"그래, 힘내게!"

벌써 DJ가 집권하여 '국민의 정부' 라는 것이 선 지 3년째다.

그 날 이후 김만종은 읍으로, 군으로, 농협으로 문턱이 닳게 드나들며 올 가을에 갚도록 돼 있는 빚을 갚을 길이 없음을 호소했고, 대통령 선거공약대로 농민의 부채탕감을 호소했다.

김만종뿐만 아니었다. 전국의 농민들이 고을마다 마을마다 아우성이었다. 빚더미에 살던 농민들은 엎친 데 덮친 격으로 풍수해까지 입자 그들의 부채탕감을 외쳤고, 풍수피해대책을 세워달라는 농민들의 시위는 극에 달해 있었다.

김만종은 마지막 발버둥을 쳤다. 개인으로, 단체로 읍면군은 물론 여의도 광장까지 가서 데모도 했고, 심지어는 중부고속도로에서 열린 농민궐기대회에 참석해 낙과 되어 반쯤 썩은 사과 한 차를 고속도로에 뿌리기도 했다. 그로 인해 경찰에 연행되어 한 사흘 구류를 살고 나왔다. 그 결과로 시작된 것은 날마다 매스컴을 통해 수재의연금품 모집 광고 였고 김만종 같은 피해농가에 돌아온 보상은 겨우 라면 몇 상자에 굴삭기 한 대가 휩쓸고 간 과수원에서 붕붕거리는 게 고작이었다.

그러더니 그것도 겨울로 접어들자 중단되었고 다시 봄이 와도 수해복구는 오리무중이었다.

문상수 내외가 70노구를 이끌고 수마가 핥고 간 세 뙈기 밭을 손수 일구듯이 김만종 내외도 굴삭기가 붕붕거리다 만 과수원을 괭이와 삽만으로 일구기 시작했다. 굴삭기 소리가 멈춘 날부터 다시 초여름이 올 때까지 노상 밭에서 살았다. 허탈에 빠진 김만종을 보다 못한 농민 후계자 차문길과 마을 이장 서구문이 영동의 미원에 가서 복숭아 묘목을 구해다 주어 다시 심었다.

피땀으로 대충 정리된 과수원엔 초여름에 접어들면서 복숭아 묘목이 잎을 무성하게 피웠다. 그러나 어쩐지 김만종 내외에게는 그 어떤 것도 그들의 공허한 삶을 채워줄 만한 것이 못되었다. 몇 달 전에 받아 놓은 빚 독촉장이나, 이미 경매까지 붙여진 과수원도 그들에게는 별 의미가 없었다. 밭에서 노상 살기는 해도 삶의 의미를 잃어 버린 사람 같았다. 북어같이 마른 퀭한 눈에서는 그네들도 모를 눈물이 자주 맺히곤 했다.

4차선 도로 건너편에서는 양파밭과 마늘밭을 경운기로 갈아엎고 있었다. 중국산 양파와 마늘 수입으로 국산 농산물이 안 팔릴 뿐만 아니라 가격이 폭락되어 갈아엎어 버리는 게 덜 손해라는 것이었다. 농민들은 이판사판이다. 이제나저제나, 올해나 내년이나 하면서 눈덩이처럼 불어나는 빚을 지고도 버텨오던 이들은 이젠 탈진해 있었다. 농민들의 부채를 탕감해 주겠다고 해 뽑아준 DJ도 대통령이 된 지 3년이 지났건만 꿀 먹은 벙어리다.

"이대로는 살 수 없다. 청와대로 가던지 안 되면 군청 광장으로 가자!"

며칠 전부터 4차선 도로변에 있는 '만남의 광장'으로 모이자는 사발통문이 돌았다.

하지만 김만종에겐 관심 밖이 돼 버렸다. 먹는 둥 마는 둥 아침밥을 대충 끝낸 김만종은 아내가 몇 마리 기르는 닭장에 들어가 모이랑 물을 주는 사이 먼저 과수원으로 나갔다. 그의 손에는 농약 병이 들려 있었다. 그의 아내 임영심은 모이 주기가 끝나자 딸랑 한 마리 키우는 동경이가 새끼를 배서 배가 불룩해 있었지만 먹이를 제대로 줄 만한 것이 없어 '만남의 광장'까지 나가 음식 찌꺼기를 한 바께쓰 담아 와 주고 나니 머리 위에서 초여름 햇살이 무더기로 퍼부어 댔다. 어제도 썼던 챙 넓은 모자로 볕 가리개를 하고 남편이 올라간 과수원으로 나갔다. 무성히 자라기만 하는 잡풀을 한참 뽑고 있어야 할 남편이 과수원 뒤꼍 봄에 심은 복숭아 묘목 밑에 누워 있었다.

"여보! 왜 그러구 있어?"

임영심이 남편의 곁에 다가앉으며 누워 있는 그의 모습을 유심히 들여다보았다. 불길한 예감이 섬광처럼 영심의 머리를 스쳐 갔다. 옆에는 빈 농약 병이 뒹굴어 있었다.

"여보, 여보! 왜 그래?"

영심은 남편 종만을 끌어안으며 마구 흔들었다. 그러나 이미 그의 육신은 싸늘히 식어 있었다. 영심은 더는 어떤 말도 나오지 않았다. 그녀의 가슴에는 우악스럽게 쏟아지는 빗방울로 요동칠 뿐이었다.

그렇게 해서 김만종은 이 풍진 세상에 태어나 살기 위해 부딪고 발버둥쳐 왔지만 결국 짓밟히고 소외당한 채 한 생의 절반만 살다 떠났다.

"어홍, 어홍. 어여넘차 어홍!"

상두꾼의 어림소리가 멈춰지더니 이어 김만종의 유서가 영농후계자 차문길에 의해 공개되었다.

'들을 귀 있는 자는 들을 지어다.'

성경의 한 구절을 유서로 남긴 채 그가 일구던 과수원의 뒤꼍에 말 없이 묻혀졌다.

# 어떤 유산

　김백만은 요즈음에 와서 늘 가슴이 부풀고 마음은 언제나 풍선처럼 허공에 붕 떠 있다. 그는 자다가도 벌떡 일어나 앉아 이게 꿈인지 생시인지 구별을 못해 자기의 허벅지를 손톱으로 꼬집어 보기도 한다. 그러고는 세상에 살다가 별일도 다 생기는 구나 하고 밤잠을 설치는 것도 예사였다.

　그래서 속담에 음지가 양지 되고, 쥐구멍에도 볕 들 날이 있다는 속담은 자신을 두고 이르는 말이 아니겠냐 할 정도로 김백만은 요즈음 흥분돼 있다. 하기야 남들이 잡는 행운을 김백만이라고 못잡으라는 법이 어디 있으랴 싶기도 하겠지만, 그에게 찾아온 행운은 너무나도 크고, 뜻밖이어서 모처럼 잡은 행운이 마치 파랑새처럼 날아와 앉았다가 날아가 버릴 것만 같은 착각에 빠질 때도 있다. 그럴 때마다 김백만은 자기의 허벅지를 손톱으로 꼭 찝어보기도 하는 것이다. 그러면 분명 아픈 걸로 봐 환상이 아닌, 현실로써 행운은 그의 앞에 분명히 다가와 있는 것이구나 생각했다.

사실 김백만에게 온 행운은 따지고 보면 올 것이 온 거겠지만, 마치 로또복권을 사서 일등 당첨이 되었거나, 마권을 사서 일확천금을 얻은 것처럼 아니면, 무슨 봉 잡고 노다지를 캔 것처럼 여겨져서 오히려 불안하기까지 한 것도 숨김 없는 사실이었다. 그러나 냉정하고 차분히 생각해 보면 그에게 굴러온 복은 행운이 아니라 조상이 돌봐 준 것에 불과할 것이란 생각이었다. 아니, 몇 대조의 먼 조상이 아니라 바로 어릴 때 돌아가신 아버지의 혼령이 김백만에게 오늘에야 그 행운을 안겨 준 것임이 틀림없는 사실이라고 생각했다.

김백만이 재경 동기 동창회에 빠지지 않고 나가게 된 것은 구청의 한직에서 주사로 있다가 정년퇴직을 한 후부터였다. 평소 때는 동기 동창들의 모임이 있다며 더러 나오라는 연락을 받기는 했지만 단 한 번도 참석치를 못했었다. 그것은 다들 대기업의 이사가 아니면 중앙 부서의 공무원으로 과장, 국장 자리를 차지해 있기도 했고, 일찍부터 사업을 한 친구들은 돈깨나 모아서 제법 큰 상가 아니면 번듯한 건물 한두 개쯤은 장만해 두고 지금은 손 까딱 않고도 월 천여만 원씩 수입을 올린다는 소리를 들을 때마다 김백만은 스스로 느끼는 콤플렉스로 인해 모임에 나갈 용기가 나지 않았기 때문이었다.

정년퇴직을 한 김백만은 이렇다 할 특기도, 취미도 없다 보니 마냥 집 안에만 틀어박혀 있기가 뭣해서 공무원 시절에 알게 된 친구가 부동산업을 하고 있는 〈894부동산〉 사무실에 시나브로 드나들었지만 그래도 무료하긴 마찬가지여서 결국에는 동창생들을 만나 보기로 한 것이 계기가 되어 이제는 동기회에 자주 나가고 있다.

김백만이 동기들의 모임에 나가게 된 진짜 이유는 말로만 듣던 〈4·5정 시대〉를 스스로 감당한 나머지 적어도 30년을 더 산다고 치면 과연 어떻게 살아나갈 것인가? 그는 어떻게 해서라도 수입이 가능한 일자리를 다시 구해야겠다고 생각에서였다. 혹시 잘 나가고 있는 동기들 중에 일자리 하나라도 소개해 줄 기회라도 잡을 수 있을까 해서였다.

시골의 중소도시에서 고등학교를 나온 관계로 재경 동기들이라 해도 불과 스무 명 정도에 불과했다. 동기회 명칭은 〈보름회〉였는데 그것은 15회로 졸업한데 연유된 것이었다. 어쨌던 김백만도 한 달에 한 번씩 갖는 〈보름회〉 모임에 빠짐없이 나가게 되었는데, 나갈 때마다 몇 십만 원씩이나 되는 회식비를 서로 경쟁이나 하듯 척척 계산해 버리는 친구들을 보고 김백만이 제안을 했다.

"회식비를 한 사람이 부담할 게 아니라 회비를 얼마씩 거출해서 공동부담하는 게 어떻겠나? 그렇게 하면 모두가 마음 편코 부담감도 없을 테니 말야."

"뭐, 낼 만하니까 내는 게니, 부담이야 되겠냐만, 그렇게 분담해서 안 될 것도 없지 뭐?"

김백만처럼 잔뜩 부담감을 갖고 있던 박준호가 누구보다도 먼저 찬성하고 나오자 곧 그렇게 하기로 결정했다. 그리하여 매회마다 3만 원의 회비를 내어 간단한 회식을 하는 모임을 가져 왔는데, 참석하는 회원은 줄지도 불지도 않은 채 줄곧 모임은 이어지고 있었다.

모임이 끝나고 나면 으레 몇몇은 반주 겸 소주 한 잔씩 하기 위해 2차에 가자며 앞장서는 친구도 있었지만, 김백만은 일찌감치 앞서서 나가는 박준호의 뒤를 따라 슬그머니 꽁무니를 빼서 집으로 돌아오기 일쑤였다.

그렇게 해서라도 김백만은 동기회 월모임에 빠짐없이 나갔고, 눈치 봐 가면서 이해할 만한 친구에겐 빌딩관리원이나, 아파트 경비원 정도라도 부탁하곤 했지만 아직 이렇다 할 일자리는 얻지 못했다.

그러던 어느날 김백만이 소일거리 삼아 마당 끝에 일궈 놓은 남새밭에 심은 채소를 손보고 있을 때 배달부가 도장을 달라 해 찍고 내민 봉투 하나를 받았다.

열어 보니 서울시장으로부터 보낸 한 통의 공문이었다. 그 요지는 대강 이러했다.

'이미 보도를 통해서 잘 알고 계시다시피 월드컵 축구 경기를 유치하는 데 성공한 우리나라는 그 경기장 건립을 위해 우리 서울에서는 부지 선정을 한 바 그 곳에 귀하의 토지가 있어 매입코자 하오니 본경기의 원만한 추진과 성공적인 개최를 위해 적극 협조하여 주시기를 바랍니다.' 는 요지와 '만약 불응 시에는 토지 수용령 발동도 가능하다' 는 통보였다. 물론 '토지 보상가는 공시 지가가 아닌 현 싯가대로 보상금을 지급한다' 는 붙임말도 있었다.

김백만은 그 공문을 읽고 또 읽었다. 그는 금세 가슴이 쿵닥거리고 얼굴이 벌겋게 달아오를 만큼 흥분이 되어 손보던 남새밭 일을 팽개치고는 스물네 평 짜리 단독 주택의 마당 한가운데 나섰다.

코끝을 베어 갈듯 차갑던 겨울 날씨가 물러가고 봄이 한창 무르익고 있었다. 그 날 따라 햇살이 풍성했다. 그 풍성한 햇살이, 스멀거리는 아지랑이 그림자를 안고 투명하게 부서져 그의 가슴 가득히 안겨질 때 그는 종잡을 수 없는 만감에 휩싸였다.

김백만은 펼친 공문을 손아귀에 쥔 채로 뒷짐지고 손바닥만 한 마당을 연신 왔다갔다 하며 흥분을 감추지 못했다. 그도 그럴 것이 김백만이 겨우 열 살 되던 해에 부친을 여의었고, 그로 인해 상속으로 물려 받은 재산이 지금 시에서 월드컵 경기장 부지로 선정돼 매입키로 한다는 땅 때문이었다. 김백만에게 상속된 땅은 꽤나 넓다. 그 넓은 땅을 40년 넘게 소유해 오면서 제법 속깨나 끓여 왔었다.

　청상(靑孀)의 홀어머니를 모시고 스물 다섯에 결혼하여 자식들 3남매를 거느린 김백만은 포과(抱瓜)의 신세가 되어 셋방살이를 전전해 오며 대학졸업과 함께 말단 공직에 입문 하여 주사로 퇴직하기까지 참으로 많은 경제적 어려움을 겪어야 했다. 그래서 꽤나 넓은 그 문제의 땅도 팔아서 살림에 보태 볼까해서 애를 썼지만, 누구 한 사람 곁눈질도 주지 않았다.
　밭도 아니요 논도 아닌 소택지(沼澤地)인 데다가 난지도의 쓰레기 매립장에서 진동하는 악취하며, 파리떼와 모기떼가 펄벅의 소설 대지(大地)에 나오는 메뚜기떼에 비견할 만큼 바글거렸던 그 땅은 말이 서울이요, 상암동이지 버려진 불모의 땅이었다. 그런데다가 30년이 넘게 토지세만도 연간 기십만 원씩 물어 왔으니 김백만에겐 상속된 재산이 아니라 애물단지였던 것이다.
　일곱 식구의 생계비도 빠듯했던 터에 자식들 교육비에다 그들이 세들어 사는 전세금마저 수시로 올리는 바람에 허리가 휘어질 대로 휘어진 터에 해마다 소득 없는 땅으로 인해 토지세를 기십만 원, 아니 요즈음 와서는 백만 원에 육박하는 액수를 물어 왔던 것이다. 그랬던 그의 땅을 서울시가 매입하겠다니 바지자락 한 가랑이에 두 다리 넣고 달려가 절이라도 하고 싶은 심사였던 것이다.

'그래, 협조하고 말고. 보상가는 얼마나 될까? 공시 짓가가 아닌 현 싯가라니? 그럼, 현 싯가는 얼마나 될까……?'

김백만은 공문을 다시 펼쳐 보다가 동봉된 또 한 장의 서류를 발견했다. 서울시의 토지 매입에 관한 승낙서였다.

그는 방 안으로 들어가 관계 부처에 전화로 확인을 해 보았다. 틀림이 없었다. 그날로 김백만은 승낙서에 도장을 정성껏 찍은 다음 은행에서 개설한 통장의 복사본과 관계서류를 갖추어 직접 시청에다 접수시켰다. 가까운 시일 내에 토지 보상금이 통장으로 지급될 것이라는 담당자의 말을 뒤로 하고 집으로 돌아왔다.

김백만은 매일 같이 토지 보상금으로 받을 돈이 얼마인지에 대하여 궁금증이 파도처럼 덕석말이가 되어 머리를 어지럽혔다.

'몇 천만 원? 그보다야 많을 테지. 공시 지가로 따져 볼지라도 그보다는 훨씬 많을 텐데……. 그렇지! 적어도 몇 억 원은 될거야. 그래, 몇 억 원! 그 돈이면 당장 지금 전세 들어 살고 있는 이 집도 살 수 있고, 막내녀석 등록금으로 얻어 쓴 빚도 갚을 수 있을 게 아닌가! 참으로 사람 팔자 알 수 없는 일이야.'

그토록 애물단지로 여겼던 땅, 때로는 아버지에 대한 원망을 한 적도 한두 번이 아니었던 그 땅이 지금에 와선 황금덩이로 변한 것이었다.

새삼 돌이켜 되씹어 보매 아버지에 대한 죄스러움이 형언할 수 없는 아픔으로 젖어들면서 아버지의 모습이 희미한 실루엣으로 나타나기도 했다. 그는 날로 짧아지는 밤을 잊은 채 아버지의 모습을 떠올리려 애를 썼다. 그는 며칠 동안 아버지의 생각으로 불면의 밤을 하얗게 보냈다.

어린 시절 아버지는 소작농으로 찌든 살림을 꾸려 가며 평생 소원이 자기 소유의 땅을 가져보는 것이었다. 그래서 노동으로 얻은 댓가에서 하루 한 끼쯤 굶는 한이 있더라도 저축을 했고 한두 해 지나 모아진 돈으로 땅을 사곤 했는데, 비싼 땅은 살 수가 없어 거저 얻다시피 사 모은 땅이 바로 난지도 쓰레기 매립장 부근이었다.

그러나 진작 사 두기만 했지 당신은 살아생전 그 땅을 활용해 보지 못하고 돌아가셨다. 땅을 일구어 내 농사를 짓겠다던 그 소망은 돈 벌어 땅만 장만한 것으로 끝을 맺고 돌아가신 거였다. 그렇지만 일거월저(日居月諸 — 쉬임 없이 가는 세월)를 어찌하랴.

그런 아버지를 40년이 넘는 세월 속에 불효하게도 조금은 원망하면서 살아왔는데 그런 아버지가 요 몇 날 밤마다 잠 못 이룬 채 뒤척이는 김백만 앞에 나타나곤 했다.

실루엣으로 나타난 아버지는 포근함과 안도와 이제는 잘 살아 보라는 당부를 남기고 사라지시곤 했다. 비몽사몽간에 하룻밤을 헤매다 깨어 보면 어느덧 아침 해가 솟아 있었다.

날로 봄은 무르익어 흔들리는 아지랑이 속으로 흐르고만 있었다.

김백만은 자기도 모르게 힘이 절로 솟구치는 듯했다. 자식 딸랑 하나 바라보고 90 평생을 살아오신 노모도, 가난에 찌들어 온 아내도 기쁨을 감추지 못했다.

셋방살이만 벗어나도 그게 어디냐며 돌아가신 아버지께서 끝내 딸랑 하나인 자식을 버리지 않았음에 깊은 감사를 올렸다.

집 안은 요 며칠새 활기가 넘치고 생기가 돌면서 생활의 변화를 가져왔다. 그리하여 김백만의 요즈음 나날은 황량하기만 했던 겨울들

판 같던 과거의 삶은 흔적도 없이 사라지고, 무엇인가 다시 살아나고 피어오르는 것을 느끼고 있었다. 그것은 마치 오래오래 헤어진 채 만나지 못해 안타깝던 누이가 돌아온 것만큼 반갑고, 즐겁고, 행복한 일이었다. 이럴 때 아버지가 살아 계셨더라면……

그러다가도 문득문득 불안에 싸여지기도 하는 것이었다.

'혹시 잘못되지나 않을까? 하도 옛날이나 지금이나 정부가 하는 짓이 조령모개라 언제 또 바꾸어질지 어림잡기 어려워서였다. 상암동 일대가 월드컵 경기장으로 적합치 않다며 다른 곳으로 정하지나 않을까 하는 우려도 없잖아 있기 때문이었다.

이를 두고 호사다마라 했던가. 부푼 희망과 행복감과 함께 걱정도 이만 저만이 아니었다.

하지만 그는 침착하고 조용히 기다리기로 했다. 들뜨고 흥분하고 서두른다고 반드시 이루어지는 게 아님을 오랜 공무원 생활에서 익혀 와 잘 알기 때문이다.

김백만은 날마다 보상금 나오기만을 손꼽아 기다렸다. 그러면서도 친구가 경영하는 〈894부동산〉에도 나가 보고, 동기들의 월회 때 만나 건네 받은 명함대로 그들의 사무실을 찾기도 했지만, 보상금 이야기는 입 밖에도 내지 않았다. 또한 일자리 하나 어떻게 좀 알아봤느냐에 대한 내색도 하지 않았다. 보상금만 나온다면 구태여 직장을 구하지 않더라도 내 집 하나 장만해서 빚 갚고 나면 그럭저럭 살아가지 않겠느냐는 나름대로의 계산에서였다.

그렇게 자고 나면 꼭 오라는 데 없고 꼭 가야할 데 없었지만, 김백만은 할 일 없고 볼일 없는 시골장터 다녀오듯이 날마다 나다녔다. 그저 가만히 집 안에 틀어박혀 있기는 간졸증이 나 견딜 수가 없었기 때문이었다.

아무리 그래 봐도 나날은 디디 오고 더디 갔다. 서류 접수를 한 지 겨우 보름밖에 되지 않았지만 몇 개월은 된 것 같다. 그야말로 일일여삼추(一日如三秋)였다.

노모도 김백만이 못지 않게 기다려졌든지 궁금해 물었다.

"상암동 그 땅 값 나온다더니 아직도 안 나왔냐?"

"글쎄요. 아직 소식이 없네요."

"무슨 변수라도 생긴 건 아닌가?"

"그럴 리야 있겠어요. 우리 일만 보는 게 아니니까 시간이 걸리겠지요."

"얼마나 나온다던?"

"글쎄요? 받아 봐야지요."

"경로당 노인들이 그러는데 공시 짓가대로 준다던데, 그러면 몇 푼 안 된다더라."

"그렇지는 않은 모양이에요. 공문에 현 싯가대로 지불키로 한다고 씌어 있거던요."

노모는 아직도 귀가 밝았다. 아들이 하는 말을 또박또박 잘 알아들었다.

"당신이 한 번 더 시청에 가 보시잖고……."

아내도 말은 안 했지만 무척 궁금했던 모양이었다.

"가 보긴? 가만히 있어도 온라인 통장으로 보상금 전액을 넣어 주겠다던데……."

말하기로 치면 김백만이 더욱 더 애가 닳고, 입술이 마를 만큼 오늘이나 내일이나 하며 학수고대하다 못해 은행에 가서 개설해 놓은 통장을 몇 번이나 확인해 보기도 했다. 그럴 때마다 입금된 돈이 없다는 은행 여직원의 말에 면구해서 뒷통수만 긁고 돌아선 것이 두서너 번은 되었다.

그 날도 해가 더디 졌다.

저녁을 먹고 석간신문을 뒤적이다가 그래도 심심해 텔레비전을 틀었다. 열 시 종합 뉴스였다. 몇 가지의 사건, 사고 소식이 전해진 다음 월드컵 경기장에 관한 뉴스가 나왔다.

김백만은 눈과 귀를 똑바로 하고 텔레비전의 볼륨을 높였다.

2002년 월드컵 경기를 원만히 치르기 위해 축구장 건설이 매우 시급함으로 부지 매입이 확정되어 이미 보상금이 지급되고 있다는 뉴스가 나왔다.

"당신도 내일 일찍 은행에 한 번 가 보세요!"

"그래야지. 가 보고 말고."

"보상가는 얼마나 될까요?"

"확실히는 모르지만 예측컨대 몇 억은 나오겠지. 평수가 많으니까."

"그 정도 나오면 허리 펴고 살겠네요. 이자만 물어 오던 빚 다 갚아도 조그마한 집 한 채 장만하면 자식들 제 밥벌이 다하고 있으니 우리 내외 어머니 모시고 못 살아가려구요."

"물론이지. 다 아버지 덕택이구만. 그동안 세금 때문에 애물단지로 여겨졌던 땅이었는데. 지금 이런 횡재를 만나고 보니 생각할수록 아버지께 죄송하다는 생각밖에 안 들어."

김백만은 갑자기 콧등이 시큰해지며 눈물이 나올 것 같아 아내 앞에서 고개를 돌렸다.

그날 밤도 김백만은 아버지에 대한 꿈을 꾸었다. 꿈 속에서 아버지는 백만이의 손을 잡아 주었다. 아버지의 손은 매우 거칠어서 백만의 손등을 찔렀다. 따끔따끔했다. 그래서 꿈을 깼다. 그는 꿈을 깨고도 눈을 감은 채 어린 시절로 돌아가 아버지를 떠올렸다.

추운 겨울 막노동 일을 끝내고 저녁녘에 돌아온 아버지는 그저께 사다 준 수련장을 푸는 백만이를 유심히 들여다보다가 아들의 손을 움켜쥐며 착하다고 손을 어루만져 주었다. 손등을 만지시는 아버지의 손은 너무나 거칠었다.

"열심히 공부해야 한다. 그래야만 공무원이 될 수 있어. 공무원 못 되면 평생 아버지처럼 막일만 하고 살아야 해."

그런 아버지의 소원대로 김백만은 공무원이 되었다. 공무원이 되었기에 막노동을 하며 살지 않아도 되었다. 그랬건만 아버지가 겪었던 경제적 고문만큼이나 아들 김백만도 그 틀에서 벗어나지 못하고 살아왔다. 그런데 아버지는 자기를 버리고 자식을 위해 먹는 것 입는 것 옆으로 밀쳐 둔 채 살다가 가셨다. 이렇게 많은 황금 덩어리를 남겨 주시고……

김백만은 눈을 뜨지 않았는데도 괴어오르는 눈물이 볼을 타고 추르르 흘렀다.


다음 날 김백만이 이제 막 아침 식사를 끝내고 누룽숭늉을 마시고 있을 때 아내가 말했다.

"오늘은 은행에 나가 봐야죠?"

"그렇잖아도 나가 볼까 하고 있어."

그렇게 말하고 있는데 전화벨이 울렸다. 김백만이 수화기를 귀에 대자 굵직한 사나이의 목소리가 들렸다.

"김백만씨 댁입니까?"

"저가 김백만입니다만⋯⋯."

"아, 그러세요. 여긴 시청입니다. 토지 보상금을 귀하의 통장에 입금시켰음을 알려 드리는 겁니다. 확인해 보시고 이상이 있으면 연락 주십시오. 지급내역에 대하여서는 별도 공문을 발송했으니까요."

"네, 네 알겠습니다. 감사합니다."

전화를 끊고 나자 노모가 말했다.

"무슨 전화냐? 누가 어디 일자리라도 마련해 준다는 거냐?"

"어머니 아니예요. 일자리를 구해 준다는 전화가 아니라 토지 보상금이 나왔다는 전화예요. 여보, 나 지금 은행에 바로 나가 봐야겠어. 와이셔츠와 넥타이 좀 내 줘!"

김백만은 그제사 벽에 걸린 시계를 올려다보았다. 벌써 10시가 거의 돼 있었다.

김백만은 가슴이 마구 뛰었다. 그렇게 기다리던 소원이 바로 눈 앞에서 이루어지는 순간이었다. 하루에 한 번씩 꺼내 보던 빈 통장을 들고 은행으로 달려갔다. 은행 창구에서 통장을 내밀며 입금 확인을 해 달라고 했을 때 빈 통장을 받아 든 은행원은 자리에서 벌떡 일어나 허리를 굽혔다.

"아, 김 사장님 안으로 들어오십시오!"

명패를 가슴에 단 강문호란 대리는 얼른 창구 밖에까지 나와 김백만을 모시고 지점장 실로 안내했다. 영문을 모르는 김백만은 지점장이라는 사람과 인사를 나눈 후 자리에 마주 앉았다. 지점장은 자기의 명함까지 내밀며 말했다.

"첫 거래에 거액을 맡겨 주신 고객님께 감사 드립니다. 최대의 써

비스로 고객님의 자금을 안전하게 관리하여 이익이 보장되도록 최선을 다하겠습니다."

김백만은 그제야 대충 짐작을 했다. 그래서 그저 고개만 끄덕해 보였다. 그러고 있을 때 강대리가 김백만의 통장을 지점장에게 보이자 그는 받아서 통장을 펼쳐 본 다음 김백만에게 정중히 건네주며 말했다.

"대단하십니다. 무슨 사업이라도?"

김백만은 지점장의 말은 귀 밖으로 흘려 들으며 통장을 펼쳐 입금된 액수에 정신을 집중시켰다. 그는 그 어떤 것보다도 돈의 액수에만 관심이 가 있었기 때문이었다.

김백만은 통장에 찍힌 숫자에 눈을 고정시키고 그 액수를 대충 헤아려 봤다. 그는 갑자기 눈이 휘둥그레지고 심장이 뛰면서 통장을 쥔 손까지 바르르 떨렸다. 중간이나 끝 숫자를 제쳐 두더라도 머리 숫자가 1백억이었다. 1백억 원! 김백만은 갑자기 정신이 혼몽해져 왔다. 그러나 침착하게 정신을 가다듬으며 일어섰다. 점심 대접을 하겠다는 지점장의 인사말을 뒤로 하고 곧장 집으로 달려온 것이다.

집 안으로 들어서는 김백만을 보고 기다리던 아내가 성급히 물었다.

"나왔어요?" "나오다 뿐인가!" "얼마나요?" "자, 보라구"

김백만은 아내 앞으로 통장을 내밀었다. 통장을 받아든 아내는 한참이나 들여다보며 통장에 찍힌 숫자를 헤아리고 있었다. 아까 김백만이 은행의 지점장 앞에서 그러했듯.

아내도 까무라치듯 놀란다.

"통장 이거 잘못된 것 아닐까요?"

"글쎄 나도 의아스럽긴 마찬가지지만 은행에서 대리도, 지점장도 모두 확인했으니 잘못된 건 아니겠지. 하기사 땅도 웬만큼 넓었어야지. 2만 평도 넘었으니까."

김백만은 아내와 나란히 선 채로 통장을 들여다보고 또 들여다본다. 십억도 아니고 백억이라니! 그것도 부동산이 아닌 현금을. 흔히들 땅에 투자했다가 팔리지 않아 억대의 거지신세로 살아가는 사람이 얼마나 많은 세상인가. 김백만도 따지고 보면 지금까지 백억대의 거지로 살아온 셈이었다.

"애비 은행에 간다더니 벌써 다녀왔어?" 안방에서 문을 가만히 밀치며 노모가 내다보며 말했다. 노모도 보상금에 대해 관심이 많았다.

"네, 어머니." "얼마나, 많이 나왔어?" "네. 아주 많이요. 보세요."

김백만은 통장을 어머니께 보여 드리긴 했지만 어머니가 얼마인지 알 리 없다. 하지만 아버지가 물려준 재산, 그것도 백억이 넘는 거대한 재산이었기에 어머니 앞에 펼쳐 보이지 않을 수가 없었다.

"많이 나왔으면 됐다. 잘 쓰거라."

김백만은 아무리 생각하여도 그 많은 돈이 자기 것이란 사실이 믿기지 않았다.

그런 생각을 하면서도 과연 이 돈을 어디다 어떻게 써야 할 것인가에 대한 고민을 하기 시작했다. 그는 아내와 상의를 했다. 아내는 의외로 단순했다.

"걱정할 게 뭐 있어요. 우선 빚부터 갚고, 이 집을 판다니까 사서 새로 고치고, 쓸 만한 세간 하나 없으니까 그것들이나 장만하고……."

"그 정도 해봤자 한 5억 들까? 1백5억이니까 그러고도 백억이 남 잖아."

"남는 거야 은행에 맡겨 두고 조금씩 찾아 쓰면 되겠지요. 어머님 모시고 단 한 번도 못 가본 여행이라도 좀 다니고 하면 될 걸. 뭘 걱정

까지 해요. 없는 게 걱정이지 있는 게 무슨 걱정이냐구요. 참 걱정두
팔자야."

"백억을 은행에 가만히 맡겨 두기만 해도 1년에 6억의 이자가 붙는
다는 거야. 집 한 채 값이야."

"그래요? 어머나, 그러구 보니 아버님께서 물려 주신 재산이 엄청
나네요."

"아, 그래. 그걸 미처 못 생각했구나. 아버지 산소를 마련해야겠어."

묘비 하나 제대로 못 세우고 남의 산자락에 바가지 엎은 듯 묘봉도
제대로 만들지 못한 채 초라하게 모신 아버지 산소가 김백만의 머리
속에서 이제사 떠올랐다. 묘자리뿐만 아니라 이왕 이장을 할 바에야
산도 몇 정보 사서 훗날 가족 묘원을 만드는 것도 좋겠다고 결심했다.

몇 날을 아내와 함께 머리를 짜고 짜다가 결국 일을 착수했다.

빚을 갚고, 살던 집을 사서 새집처럼 고치고, 서울 변두리에 나가
야트막한 산을 사서 아버지산소를 이장한 후 석물도 제법 번뜻하게
세웠다. 근 일년 넘어 걸렸다. 그 동안 친구의 부동산 사무실을 몇 번
드나든 외는 동기 모임인 〈보름회〉에도 단 한 번 나가지 못했다.


김백만이 하고 싶었던 일을 어지간히  했다 싶은 어느 날이었다.

소파에 비스듬히 기댄 채 무심히 창쪽을 바라보고 있었다. 아침나
절 햇살이 유리창을 훑고 지나갈 때 거기에는 나무그늘 외에 또 하나
의 그림자가 보였다. 어머니였다. 무릎 사이로 얼굴을 접은  어머니는
둥글어진 등허리만 보였다. 그렇게 하고선 봄아지랑이가 출렁이는
정원을 내다보며 해바라기를 하고 있었다. 어머니가 등은 비록 굽었
지만 그만한 연세에도 정정함을 보이고 있었다. 하지만 김백만은 갑

자기 가슴이 뭉클해져 왔다. 자기 행복만 찾기 위해 어머니를 저렇게 밀쳐 두었었구나 하는 생각이 문득 떠올라서였다. 김백만은 얼른 어머니 곁으로 가서 가만히 불렀다.

"어머니, 이리 오세요."

어머니는 아들을 그저 돌아다보며 배시시 웃었다. 팔순에 접어들면서부터는 늘 아들이 부를 때마다 그렇게 웃어 주기만 했다. 김백만은 어머니를 두 손으로 당겨 창문 옆에 놓인 방석에 앉혔다. 그리고 조용히 안았다. 그저 한 집 안에 있으면서도 오랜만에 포옹도 아닌 밋밋한 재회일 뿐이었다. 아들은 하릴없이 어머니의 흰머리를 쓰다듬으며 말했다.

"우리 여행 가세요?" "어디루?" "어머니가 늘 말씀하시던 하와이." "거기 가긴 너무 늦었어. 멀어. 비행기 타기도 힘들고." "그럼, 제주도요." "그만두어. 나는 손부 데려다 함께 집 지킬테니 니들 내외나 다녀와."

김백만은 어머니의 등을 몇 번 두드리고는 이내 손을 풀었다. 어머니의 어깨에는 무거운 세월이 얹혀 있음이 새삼 김백만의 눈에 와 박혔다. 그와 동시에 자식 하나를 위해서 등이 휘도록 살아온 어머니의 삶이 김백만의 귀에 갈매기의 울음처럼 귓속을 파고들었다. 그는 이제 바랄 것이 없다 싶었다. 오직 어머니만 오래 살았으면 싶다. 그의 통장에는 아직도 거액이 별로 줄지 않고 있다. 그래서 어머니가 나가는 경로당과 가난한 친척과 불우한 이웃을 위해 몇 천만 원씩 나누어 주었다. 그래도 역시 돈은 줄지 않았다. 쓴 만큼씩 해마다 보충이 되었기 때문이다. 그러면서도 아내와 자신을 위해 단 한 푼도 써 보지 않았다. 그래 그 많은 돈을 어디다 다 쓰랴. 원대로 한 번 써 보리라. 김백만은 은행을 찾아가 일부러 현금으로 1억 원을 찾았다. 제법 큰 백이 가득했다. 집에 돌아와 현찰을 만져 보니 돈이란 것을 실감할 수 있었다. 그는 아내 앞에 돈 가방을 보여 주며 내일 여행을 떠나자고 했다. 의아해 하는 아내에게 김백만이 말했다.

"돈을 물 쓰듯 한 번 써 보는 거야."

그래서 김백만은 아내와 함께 차를 타고 여행을 다녀왔다. 겨우 닷새만에 어머니와 집이 걱정돼 돌아오고 말았다. 일류 호텔에서 자고, 일류 음식점에서 먹고, 일류 백화점에서 고급 물건들을 사며 즐겼지만, 그동안 쓴 돈은 모두 천만 원도 못 되었다. 돈가방만 바람을 쐬고 돌아온 셈이었다.

어머니께는 부드러운 속내의를 한 벌 사서 입혀 드렸다. 역시 빙그레 웃을 뿐 잘 다녀왔냐 할 따름이었다. 다음 날 김백만은 어머니를 차에 태우고 아내와 함께 아버지 산소에 성묘를 갔다. 몇 가지 제물과 통장을 상석 위에 차려 놓고 잔을 부었다. 그리고 엎드렸다. 아버지 덕택에 지금 이렇게 잘 살고 있습니다 하고 절을 했다. 줄곧 그런 말만 중얼거리면서 오랫동안 엎드려 있었다.

"이제 그만 돌아가자." 어머니의 목소리에 일어나 산소 주위를 한 바퀴 돌아본 다음 돌아왔다. 그 날 저녁은 마침 동기동창들의 모임이 있는 날이라 〈보름회〉에 나갔다. 어째서 일년이 넘도록 모임에 나오지 않았느냐고 야단들이었다.

"미안하다. 어쩌다 보니 그렇게 되었어. 그 대신 벌칙금으로 오늘 식대와 회비적립금으로 천만 원을 내겠다. 친구들의 생각은 어때?"

"뭐, 뭐라구? 처 천만 원! 야, 김백만. 너 농담하지마 꼭 내고 싶으면

너 이름값을 해서 백만 원이나 내지 그래. 우하하⋯⋯."

김백만은 확실한 액수는 말 안 했지만 이만저만해서 돈이 생겼노라고 진실을 털어놓자 다들 농담을 멈추고 조용히 고개를 끄덕였다. 아, 그렇구나 하고. 이어 친구들은 소주잔에 가득히 술을 따르고 김백만을 위하여 술잔을 부딪쳤다. 다시 몇 순배 술잔을 돌렸다. 그때 한 친구가 일어서더니 조용조용히 말을 했다.

"이미 들어서 알고 있겠지만, 우리 동창 중에 박준호가 있잖니. 그가 암으로 입원을 했으나 수술비가 없어 수술을 못하고 있다네."

그 말이 떨어지기가 무섭게 모두의 시선은 김백만에게 모여졌다. 김백만은 모여진 시선과는 상관없이 헛기침을 한 번 하더니 손바닥을 펴 들었다.

"그 문제라면 내게 맡겨 두고 술이나 마셔. 자, 자, 자" 술잔을 거듭거듭 부딪쳤다.

김백만은 귀가 길에 박준호가 입원한 병원엘 들러 수술비를 지불하고 늦게야 집으로 돌아왔다. 김백만은 그날 밤 모처럼 푹 잠을 잤다.


그 이튿날도, 그 사흘날도 김백만에겐 행복한 순간이 이어지고 있었다. 돈이란 이렇게도 사람에게 생활의 변화를 주고 삶의 방향을 바꿔 놓는구나 하고 생각했다. 김백만은 어떤 것에도 자신감이 생겼다. 혼자 호의호식과, 거만과, 오만과 사치와 허영을 부리지 않고 산다면 이만큼 가진 것으로도 이 세상은 살만 하다는 생각이 들었다.

그에게 몇몇 측근들은 큰 사업을 벌여 보거나, 아니면 부동산이라도 사 두면 더 큰 부자가 될 수 있을 것이라고 부추기기도 했지만, 귀 기울이지 않았다. 이 정도의 가진 것만으로도 그는 오히려 과분해 했다.

돈은 확실히 만능이었다. 건강도 주고, 행복도 주고, 사랑도 주고, 베품도 주고, 나눔까지도 함께 주었다. 그리하여 김백만의 모든 삶은 그런 것만으로도 만족하게 했다. 언제나 가난이란 찌듦에서 가깝하고 우울하고, 수심과 울화와 알지 못할 불안과 분노로 가득했던 그 지루하고 기나긴 삶은 돈을 갖는 순간부터 이렇게 사라지고 만 것이었다. 김백만의 나날은 밝음만으로 가득 차 왔다. 황폐하기만 했던 정신적 환경에서 포근함으로 촉촉이 적셔 오는 정서적 행복감은 날로 짙어져 가는 푸르름과 함께 기쁨과 만족감으로 넘쳐 나게 했다.

김백만은 그런 행복감에 젖을 때마다 응접실의 소파에 비스듬히 몸을 담고 창밖으로부터 번져 드는 꽃향기를 만끽한다. 그런 행위는 이제 습관이 돼가고 있었다. 그는 지그시 눈을 감았다. 어느 사이 스르르 오수에 잠겨졌다.

"따르릉 따르릉 따르릉."

전화벨이 여러 번 울렸다. 설든 잠이었지만 김백만은 전화를 받아야겠다고 생각만 할 뿐 몸이 말을 듣지 않았다.

"애야, 전화 안 받고 뭐하니?"

방 안에 계시던 어머니가 후라쉬도어를 밀어젖히며 큰소리를 질렀다. 그제서야 잠에서 깬 김백만은 얼결에 수화기를 들었다.

"김백만 씨!"

"네, 김백만입니다. 누구시죠?"

"S신문에 난 기사 잘 보았습니다. 좋은 일 하셨더군요. 저의 Y복지원에도 좀 도와 주세요. 심한 재정난으로 아이들의 끼니마저 이어가기 어려운 처집니다."

"……"

김백만은 전화기만 귀에 대고 아무 대답을 하지 않고 있었다. 저쪽에서선 도움을 받기 위해 긴 설명과 함께 간절한 호소가 이어졌다.

"……얼마나요?"

"성의껏 도와 주세요. 많을수록 좋겠지만요."

"네, 알겠습니다."

김백만은 전화번호와 계좌번호를 적은 다음 전화를 끊었다. 동창생 박준호의 수술비를 대준 것이 우연찮게 신문에 보도된 후로 평소 듣지도 보지도 못했던 각종 단체들로부터 무려 일곱 번이나 도움을 요청하는 전화를 받았다. 그럴 때마다 꼭 5천만 원씩을 송금해 주었다.

김백만은 각 단체에서 어려움을 호소하며 돈을 요구할 때마다 별로 주저함이 없이 송금을 해 주었다. 남을 도울 수 있는 입장에 있는 자기자신이 기쁘고 만족스러웠다. 앞으로 수십, 아니 수백 군데에서 도움을 요청해 온다 하여도 자기가 소유하고 있는 돈이 줄지 않을 것 같아서였다. 그는 아예 성금으로 나갈 돈을 따로 통장을 만들어 텔레뱅킹으로 빠져나가게 해 두었다. 오늘 Y복지원에도 텔레뱅킹으로 송금을 해 주었다.

그는 송금을 해 줄 때마다 아버지를 생각했다. 사글세의 삶을 전전하면서도 푼푼이 모아 땅을 사시던 아버지. 막노동판에 나가기 위해 새벽잠을 설치고 일어나신 아버지의 얼굴에는 노상 덜 떨어진 잠이 매달려 있곤 했다. 그렇게 해서라도 땅을 사 모으셨던 아버지 덕택에 이렇게 부를 누리고 살지만 개구리 올챙이 시절을 결코 잊을 수가 없다. 시래기죽에 보리밥만 먹던 시절 옆집 아줌마가 주던 쌀밥 한술이 얼마나 맛있고 고마웠던가. 그때 자기도 돈 벌어 잘 살면 어려운 이웃에게 쌀밥 한 그릇쯤은 나눠 먹을 수 있으리라 다짐했던 기억을 잊어 버리지 않고 있다.

　김백만은 다시 응접실 의자에 비스듬히 기댔다. 이제 막 지려는 석양이 커튼과 창문에 비치더니 곧이어 햇살은 계단의 흰 모서리 쪽으로 떨어져 갔다. 그러자 흰 계단은 붉은 저녁노을빛을 받아 동편 뜨락에 선 산수유나무 가지 사이로 던져버린다.

　"어미는 어디 갔냐? 왜 불도 켜지 않고……."

　어느새 응접실엔 어둠이 밀려들고 있었다. 방 안에 누워 계시던 어머니가 응접실로 나와 전깃불을 켰다.

　"글쎄요? 이렇게 늦을 때는 없었는데. 전화도 없이 웬 일일까?"

　김백만은 형편이 펴자 아내도 자기처럼 동창 모임이나 계모임에 자주 나간다는 것을 떠올렸다. 하지만 이렇게 늦도록 집을 비우는 예는 없었다. 건강하시기는 해도 연세 많은 어머니를 끔직이도 염려하는 아내였기 때문이다.

　"따르르릉."

　김백만은 얼른 수화기를 들었다.

　"김백만 씨 맞죠?" 기다리던 아내의 목소리가 아닌 남자의 목소리에 김백만은 또 어떤 단체에서 도와달라는 전화일 거라고 생각했다.

　"네, 그렇소."

　"당신 부인께 전화 바꾸어 주겠소."

　"여 여보, 저 저예요. 아무것도 묻지 마시고 지금 현금 5천만 원을 갖고 푸른 동산 입구로 나오세요! 지금 바로요. 아무에게도 알리지 말고 혼자만 나오셔야 해요."

　"도대체 무슨 소리를 하는 거야! 왜 그래?"

　"저 시키는 대로만 해 주세요"

다시 전화가 바뀌지며 남자의 목소리가 들렸다.

"쓸데없는 짓 하면 당신 부인은 죽고 말 거요. 꼭 한 시간 후 푸른 동산 정문에서 5십 미터 떨어진 곳의 허리 굽은 소나무 밑둥치에 돈 보따리를 놓아 두시오. 그러면 당신 부인을 돌려보내겠소. 신사적으로 합시다. 그럼……"

김백만은 갑자기 피가 거꾸로 흐르는 듯해 잠시 멍해 있었다.

'사람을 납치해 두고 돈을 요구하면서 신사적이라니……. 아닌 밤에 홍두깨도 하고, 무슨 귀신 씨나락 까먹는 소리를 한담!'

그는 한동안 멍해 있다가 '아니, 내가 이러구 있을 때가 아니구나' 싶어 마침 장롱 깊숙이 넣어 두었던 돈을 챙겨 서둘러 차를 몰았다.

김백만은 푸른동산 입구에서 차를 세우고 허리 굽은 소나무를 찾았다. 목표 지점인 소나무는 쉽게 눈에 들어왔다. 범인이 시키는 대로 돈보따리를 놓아 두고 한 2백 미터쯤 물러났다. 잠시 후 범인은 돈보따리를 들고 갔고 이어서 아내는 굽은 소나무 밑으로 달려왔다.

아내는 달려와 남편을 껴안으며 말했다.

"고마와요! 부탁대로 해 줘서. 경찰에 신고할까 봐 걱정했어요."

"고맙긴. 그까짓 돈이 뭔데. 그 녀석 신사적? 으로 하자더니 약속은 지켜주는군. 아무튼 당신이 무사히 돌아왔으니 다행이야."

두 사람은 승용차를 타고 곧장 집으로 돌아왔다. 불과 서너 시간 동안에 벌어진 어마어마한 사건이었지만, 두 사람만이 아는 사건으로 묻어 버렸다. 하지만 김백만 내외에겐 그날로부터 어떤 정체불명의 돌멩이에 뒷통수를 얻어맞은 기분을 떨쳐 버릴 수가 없었다.

그래서 알지 못할 불안과 공포에 쌓이기 시작한 것이었다. 불안뿐만 아니라 돈이 곧 행복일 수 없다는 사실에 대한 생각도 버릴 수 없게 되었다. 그는 서둘러서 가사를 정리하기 시작했다. 지금 사는 집을 팔고 장남과 시집간 딸에게도 재산을 적절히 분배해 주고 이민 수속을 밟았다. 둘째 아이가 이민 가서 사는 캐나다의 노바스샤로 이민을 가기로 작정한 것이었다. 어느 사이 봄과 여름이 한꺼번에 지나갔다.

　김백만 내외가 노모를 모시고 서둘러 재산을 정리한 다음 이민 수속을 밟고 떠날 무렵은 가을이 짙어 낙엽이 뚝뚝 떨어지고 있었다.

　이들을 실은 여객기는 인천공항을 이륙해 은빛 나래를 펴고 하늘 높이 치솟더니 이내 선홍빛으로 타오르는 저녁 노을을 헤집고 점점 허공 속으로 사라져 갔다.

# 창밖의 무지개

지혜는 휴— 하고 숨을 크게 내쉬면서 허리를 폈다. 그리고는 집 안 설거지와 청소를 할 때 입은 앞치마를 벗어 주방 벽걸이에 걸었다. 허리와 어깻죽지가 약간 뻑적지근해 와서 그 곳을 왼손과 바른손으로 번갈아 가며 몇 번 두들겼다. 퍽도 넓은 평수의 아파트에 사는 지혜는 주방 설거지 말고도 방과 응접실을 청소하는데 만도 한 시간은 좋이 걸려서 일을 다 끝내고 나니 온몸에서 땀이 날 정도로 힘이 들었다.

오늘도 아들 둘을 학교에 보내고 남편 출근을 시킨 다음 청소를 막 끝내고 나니 벌써 오전 열 시가 다 돼 있었다. 지혜는 거울 앞에 섰다. 홍조 띤 얼굴은 지혜 자신이 보아도 건강미가 넘쳐 보였다. 그런데 이제까지 까맣게 잊고 살았던 생각이 문득 떠오르는 것이었다.

'아, 나도 벌써 중년의 여인이 되었구나!'

그랬다. 지혜도 이제는 중년의 고비를 살짝 넘어선 것이었다. 그러나 그녀가 지닌 육체의 모든 것이 중년의 고비를 넘어섰다고는 믿어지지 않을 정도로 싱싱함이 철철 넘쳐 났다.

눈부신 살결이며, 잘 빠진 몸매에다 눈, 코, 입술……. 한 마디로 말해 인어 같은 여인이었다.

지혜는 입가에 웃음을 띠고 눈웃음까지 살짝 지어 보았다. 그러면서 종종 남편 앞에서 그러했듯 그녀 특유의 애조까지 표정 속에 살짝 담아 드러내 보였다. 그런 애조띤 표정은 남편으로 하여금 애정을 끌기엔 충분해서 퇴근해 돌아온 날 밤이면 그 넓은 가슴으로 지혜를 안아 주곤 했다.

거울 앞에 선 지혜는 스스로가 생각해 보아도 예쁘다는 생각이 들었다.

그런 지혜였건만 언제나 가정이란 바운더리 안에서 늘 한갓지게 파묻혀 있었다.

아무런 불평도, 말썽도 없이 곱게 자라 주고 학교나 학원에서 1등을 놓치지 않아 이웃 어머니들의 부러움을 사고 있는 두 아들의 어머니로서뿐만 아니라, 남편의 출세를 돕는 내조자로서의 역할을 다하는 것이 그녀의 삶에 대한 전부로 여기면서 살아온 것이 이젠 어느 사이 중년의 고개를 살짝 넘어선 지혜였다. 한 마디로 말해 그녀는 현모양처의 역할만이 삶의 전부로 생각해 왔던 것이다.

거울 앞에 선 지혜는 가슴을 내밀어 보기도 하고 옆으로 엉덩이를 내밀거나 옆구리를 굽혔다 펴 보기도 하면서 거울에 비친 자기 몸매를 이리저리 살펴보다가 윗옷을 벗고 속옷을 벗어 침대 위에 던졌다. 다시 슈미즈도, 브래지어며 거들과 팬티까지 몸에 붙은 것은 다 걷어

냈다. 그런 후 알몸을 거울 앞에서 한 바퀴 빙그르르 돌리며 자기의 매끈한 육체를 가만히 훑어 보았다. 백옥 같이 흰 몸매가 주름살 진 곳 한 군데 없이 탄실해 보였다. 지혜는 곧 욕실로 들어갔다.

진작 틀어 놓은 욕조에는 물이 가득히 차올라 있었다. 욕조의 물은 알맞은 온도에 우윳빛 비눗물이 섞여 거품이 부풀어 올라 있었고 아르마 로즈 향기가 욕실에 가득 차 있었다.

지혜는 욕조에 들어가 몸 전체를 물에 잠겨 놓고 다리를 뻗었다.

얼굴만 내밀어 놓고 온 몸을 두 손으로 가볍게 문지르기 시작했다.

손이 절로 젖가슴에 닿자 자기도 모르게 두 손으로 두 개의 유방을 받쳐 보았다. 팽팽하고 탄력성 있는 두 봉오리는 젊은이 못지않게 부풀어 올라 있었다.

아이 둘을 낳고도 모유 한 번 물려 주지 않고 송아지처럼 우유로만 기른 덕택이었다. 그녀는 앵두 같은 유두를 몇 번 만지작거리자 아랫부분까지 짜릿함을 느꼈다. 익어 벌어진 밤송이 같은 그 부분도 몇 번 만지다가 몸을 씻고 일어섰다. 샤워를 하고 타올로 몸을 닦은 후 평상복으로 갈아입었다. 그래도 점심때가 되려면 아직 일렀다.

지혜는 주방으로 가 푸얼차를 우린 다관과 찻잔을 들고 응접실의 창가로 가 찻상 위에 얹어 놓고 앞에 호젓이 앉았다. 그리고는 향긋한 차를 따라 한 모금 마시며 유리창으로 눈길을 던졌다.

창가에는 봄의 햇살이 눈부시게 비껴들어 지혜의 원피스 드레스 자락에 스며들고 있었다. 창 너머로 내려다보이는 봄 풍경은 꽤나 싱그러웠다. 그 싱그러운 풍경 속으로 바람이 가로질러 가는지 나무의 잎사귀들이 잔잔하게 흔들린다.

불어 가는 바람은 아직도 찬바람인지 아니면 훈훈한 바람인지, 더운 바람인지, 짐작이 가지 않는 것이었다. 겨울이 물러가고 봄이 왔다고 텔레비전 화면 가득 봄소식을 전하고 있었지만 바깥을 나가 본지도 꽤 오래 되었기 때문이었다.

남향인 고층 아파트의 중간층에서 내려다보이는 근린공원에 늘어선 능수버들 가지에는 황록색 잎사귀가 바람에 하늘거리고 있다. 근린공원 너머로는 넓은 강이 동남간으로 활처럼 굽어 흐른다. 그 흐르는 강물은 햇빛을 수면에 받아 은빛으로 빛나는데 거기에는 백로 몇 마리가 먹이를 찾느라 고개를 갸웃거리고 있다.

지혜는 이 같은 풍경을 무심히 바라보다가 며칠 전 예고도 없이 몰려와 수선을 떨다가 돌아간 대학 동창들을 문득 떠올리고는 자기도 모르게 한숨을 토해 냈다.

"푸우―."

그의 한숨은 번져드는 햇살을 타고 아지랑이에 섞여 창 바깥으로 퍼져갈 때 친구들이 쏟아 놓고 간 말들이 귓속에서 맴을 돌았다.


"넌 도대체 어떻게 된 애니? 우리 모임에 한 번도 나타나지 않고."

'무지개' 모임의 총무라는 최진숙이 자리에 앉자마자 윤지혜를 향해 쏟아 놓은 말이었다.

"글쎄, 어찌 살다 보니 그렇게 됐어."

"그러지 말고 나와 봐. 꼭 한 번만이라도. 이렇게 삣까번쩍하게 해놓고 살면서 뭐가 부족해서 식모도 들이지 않고 궁상만 떨고 살어?"

대부분 이태리제 가구들로 장롱, 소파, 침대에다, 화려한 장식장에는 동물의 화석이 박힌 수석과 고급 양주가 가득 채워져 있고, 천정에는 크리스털로 장식된 샹들리에가 매달려 있는가 하면 값 나가는 명화에다, 고급 명품들이 실내 요소요소에 잘 배치되어 있었다.

고급 에어컨, 냉장고는 물론 벽걸이 대형 TV에선 컬러도 선명한 화면이 바뀌고 있었다.

학교 시절에 과대표를 했던 민혜경이 집 안에 들어서자마자 이곳저곳을 한 바퀴 돌아본 후 진숙이 곁에 앉으며 지혜를 부추겼다.

"아무리 재산 불리고 자식 교육 시키고 남편 뒷바라지한다고 해서 그것이 인생의 전부는 아니야. 지금도 봐. 아이들은 학교에 가고 남편은 출근해 버리고 너만 이렇게 남아 있질 않니? 마치 울 안에 갇혀 있는 거나 뭐가 달라. 안 그래! 더 늦기 전에 인생을 즐기며 살아야지. 민혜경이만 해도 그랬어."

"혜경이가?"

지혜는 혜경이 얼굴을 빤히 건너다보았다.

"압구정동 파크리오 고층 아파트 알지. 일백 평이 넘는 실내 공간에 최첨단과학 시스템에 의한 시설은 리모컨 하나만으로 모든 생활이 가능한 아파트지. 그렇게 편하게 살면서도 행복을 못 느끼고 노상 양주잔을 입에 물고 살았다지 않아. 어떤 때는 화장실의 비취색 옥 변기를 걸터 앉아서 유리창 너머로 내려다보이는 불야성을 이루는 한강의 밤풍경을 바라보면서도 행복은커녕 문득 혼자라는 생각에 고독을 이기지 못해 자살을 몇 번이나 기도했던 혜경이야."

"별일이야. 그래서?"

지혜는 눈이 동그레지며 혜경이의 말이 듣고 싶어서 재촉했다.

"세상엔 너, 나 할 것 없이 남편이란 사내들은 다 그렇고 그런 거야. 돈만 벌어 아내에게 던져 주고는 가정에만 파묻혀 있어라 하고 사업상이란 이유 하나만으로 허구헌 날 요정을 드나들며 뭇 여성들과

놀아나는 사내들. 모르면 몰라도 알고 보면 가정이고 재산이고가 뭔 소용 있어. 속 빈 강정이지."

혜경이의 말을 자르며 옥님이가 말했다.

"그랬던 혜경이도 우리와 어울려서 저렇게 명랑해졌잖니?"

"그래, 어떻게 사는 게 즐겁고 멋지게 사는 건지 가르쳐 줘. 나도 그렇게 살고 싶다."

지혜는 혜경이의 말을 흘러가는 말로 들은 것이 아니라 귀를 기울여 들었다.

그러면서 그들이 얼마나 인생을 즐기면서 멋지게 사는지 궁금했다.

"그래, 나도 나갈께. 너희들만 인생을 즐기지 말고 나도 한몫 끼워 다오."

"그게 정말이야?"

"정말이지 않고……."

"해가 서쪽에서 뜰라!"

"호호호 하하하."

친구들의 웃음소리가 방 안 가득하다.

지혜도 웃음을 얼굴 가득 담으며 친구들을 번갈아보며 모처럼 맘껏 웃어 보았다.

"그래 잘 생각했다. 며칠 후 전화하마. 그땐 꼭 나와야 한다!"

반옥님이 다짐까지 했다.

이 날 모인 사람은 모두 일곱 명이었다. 그래서 '무지개회'란 이름을 붙였단다.

이들은 시도 때도 따로 정함이 없이 수시로 만난다고 했다.

이 날도 윤지혜가 점심을 차리겠다고 했지만 총무 최진숙이 번잡스럽다고 굳이 우기는 바람에 일행은 아파트 인근에 있는 백화점의 식당가에 가서 요리를 시켰다.

카운터 쪽에서 아가씨가 다가와 일행을 방으로 안내한 다음 리모트 컨트롤 스위치를 작동시켜 오디오에서 '라흐마니노프의 피아노 곡'을 틀어 놓은 후 주문을 받는다.

아가씨의 유니폼은 퍽이나 산뜻해 보였다. 하얀 블라우스에 검정색 투피스를 입고 갈색 깃털모자를 썼는데 목에는 하늘색 스카프를 둘렀다.

"언제나 마시는 그걸로 하지 뭐. 프랑스 산 레드와인 매도크! 그리고 고기는 스테이크."

역시 총무 최진숙이 와인부터 주문을 하자 뒤따라 들어온 남자 웨이터가 물었다.

"어떻게 해 드릴까요?"

"미디엄으로 하면 어때?"

최진숙이 친구들을 둘러보며 식성을 물었다.

"그래, 그게 좋다. 너무 익혀 먹으면 촌스럽단 소리 들을 테니까."

체크무늬 바지에 베이지색 와이셔츠 위로 브이넥 검정 조끼를 걸친 산뜻한 유니폼의 남자 웨이터는 중년의 여인들에겐 꽤나 신선한 느낌으로 호감을 갖게 해 주었다.

곧 이어 젊은 웨이터는 손님의 수대로 크리스털 컵에다 매도크 와인을 칠 부 정도 씩 따르기 시작했다.

"댕큐!"

윤지혜가 자기 앞의 잔에 와인을 따르는 웨이터를 보고 인사를 했다.

젊은 웨이터도 가볍게 웃으며 답례를 했다.

"나이스 투데이!"

웨이터는 지혜 옆에 있는 반옥님에게도 와인을 따랐다.

"댕큐! 앤 아이 러브 유우."

그 말에 웨이터는 잠시 움찔하다가 얼굴을 살짝 붉히며 싫지 않은 미소를 띤 채 "댕큐!" 하고는 주방 쪽으로 천천히 걸어간다.

"호호호  하하하하."

다들 웃음을 터뜨렸다.

"반옥님의 저런 끼가 멋있어. 그래서 우린 항상 즐겁거던."

최진숙이 와인 잔을 높이 치켜들며 브라보를 외쳤다.

"자, 우리의 청춘은 우리가 되돌리는 거다. 청춘을 다시 찾기 위하여 브라보!"

다 함께 쟁그랑 소리가 나게 와인 잔을 서로 부딪쳤다.

그들은 약간의 핏빛이 도는 스테이크를 들기 시작하자 헤네시 꼬냑을 불러 거침없이 따라 들며 수다를 떨기 시작한다. 친구들이 함부로 쏟아 놓는 말을 지혜는 진담인지 농담인지 몰라 그저 건성으로 들어 넘기다가 저녁 지을 무렵에서야 일어섰다. 남편이야 으레 늦게 들어오겠지만 학교에 갔다 돌아올 아이들을 생각해서였다.

"그럼 먼저 들어가 봐. 다음에 전화하면 꼭 나와야 돼!"

"알았어. 너희들이야말로 꼭 전화해 줘."


유리창으로 번져 드는 햇살에 차향기가 섞여 향긋하게 퍼져 갈 때 친구들이 하던 말이 쟁반에 옥구슬 구르는 소리처럼  쟁쟁하게 귓속을 맴돌았다.

"늦기 전에 인생을 즐기며 살아야지. 전화하면 꼭 나와라! 집에만

박혀 궁상 떨지 말고."

지혜는 친구들로부터 전화가 오기를 기다렸다. 아니, 자기가 먼저 전화를 걸어 볼까도 생각하면서 차를 마셨다.

마침 그때였다.

"따르릉"

전화벨이 울렸다.

"지혜니? 나 진숙이야. 최진숙."

"응, 나야. 잘 있었니?"

"그래, 너 지금 뭣하고 있어?"

"뭐, 아무것두……."

"그래, 그럼 지금 나올 수 있겠네. 우린 벌써 다 모여 있어."

"어디루?"

"너네 집에서 나와 강변로를 주욱 따라 내려오면 첫 번째 다리가 있어. 그 다리 밑을 지나자마자 우회전해서 한 오백 미터쯤 오다 보면 우측으로 "복사꽃 살구꽃"이란 가든이 있어. 거기로 와. 지금."

"그래, 알았다. 곧 갈 테니 기다려."

이래서 윤지혜는 두 번째로 친구들에게 불려 나가 이번에는 "복사꽃 살구꽃"에서 만났다.

그들과 더불어 차도 마시며 며칠 전처럼 수다를 떨다가 점심을 먹은 후 친구들이 잘 간다는 레스토랑의 밀실에서 고스톱도 하다가 양주도 한 잔씩 꺾었다.

친구들은 한잔씩 한 김에 흰소리인지 검은 소리인지는 몰라도 애인을 부르겠다며 큰소리치더니 어딘가에 전화를 했다. 지혜의 친구들은 하나 같이 거리낌이나 주저함이 없었다.

"지혜 너도 애인 한 사람 가져 볼래?"

반옥님이 게슴츠레한 눈빛으로 지혜의 양 어깨에 두 팔을 얹고는 말했다.

벌써 술이 거나해진 옥님은 혀 꼬부라진 소리를 냈다.

지혜도 몇 순배 받아 마신 술기운에 벌써 간이 남산만큼이나 부풀어 올랐다. 그래서 자기도 질세라 큰소리 한 번 쳐 주었다.

"그래, 넌 애인이 몇이라도 되니? 혼자 갖지 말고 나눠 갖자 애. 하나쯤 줘 봐."

"정말이지?"

"그래, 내 앞에 당장 대령해 봐."

옥님이는 정말 자기가 사귀는 남자의 친구라는 사람에게 전화를 했다.

"좀 있으면 올 거야. 대기업의 중역이야. 별 부담 안 가져도 돼."

그리고는 친구들 모두가 하나 둘 각자 전화 통화로 약속한 애인을 만난다며 어디론지 사라졌을 때 중년 남자 한 사람이 지혜 곁에 와서 정중히 앉으며 인사를 했다.

"처음 뵙겠습니다. 반옥님 씨로부터 이야길 잘 들었습니다."

나길준이라고 말하는 그 남자는 명함 한 장을 내밀었다.

"아, 네. 그러셨어요?"

윤지혜는 처음 만나는 외간 남자를 유심히 바라보았다.

나길준이라 말하는 사나이의 첫 모습은 술김에 보아도 한눈에 정감 넘치는 사내로 다가왔다.

사내라곤 남편밖에 몰랐던 지혜가 자기도 모르게 처음 만난 그 사나이가 서먹함이라곤 털끝만큼도 없이, 마치 초등학교 시절의 동창생이라도 만난 듯 스스럼없이 대해 주자 그도 지혜 못지않는 친절을 베풀어 주었다.

두 사람은 그렇게 많은 시간을 끌지 않고도 행복의 문을 두드릴 수가 있었다.

리브사이드의 러브 호텔로 나란히 들어갔다.

곧장 욕실에서 샤워를 하고 나온 두 사람은 푹신한 더블베드에 나란히 누웠다.

사나이와 나란히 누운 지혜는 약간의 불안과 공포와 자책감은 있었지만, 진하디 진한 관능의 쾌락이 황홀함으로 이어지면서 불안과 공포와 자책감은 멀어져 갔다.

'아, 바로 친구들이 말하던 인생의 즐거움이란 이런 것이었구나! 나는 그 동안 정말 바보였어. 역시 밤이어야 별이 빛나듯, 나만의 비밀이 있어야 인생의 쾌락과 행복이 있는 것이로구나.'

윤지혜는 조금 전까지만 해도 사내가 하는 대로 몸을 맡겼지만 이제는 조금도 주저함이 없이 본능대로 관능을 희롱하며 만끽했다.

남편과의 관계에서 느껴 보지 못했던 묘한 감정이 물결치듯 솟아오르며 괴성까지 뿜어 냈다.

지혜는 소리 없는 탄성을 지르며 사내의 몸을 감고 조였다.

지혜의 이 같은 몸부림은 세상의 그 어떤 것과도 비교할 수 없는 쾌락이라 생각했다.

사내 역시 성의 기교는 지혜의 오르가즘을 수그러 들지 못하게 만들었다.

이렇게 두 사람의 달콤한 관계가 끝났을 무렵에는 호텔의 창 너머로 별빛이 성글게 빛나고 있었다.

달콤한 사랑과 정력을 분수처럼 뿜어내던 나길준은 오늘은 좀 일찍 집에 들어가야 한다며 룸 도어 앞에 서서 말했다.

"시간 나는 대로 반옥님 씨에게 연락을 하겠습니다. 자주 뵐 수 있는 기회 주십시오."

그렇게 여운을 남기고 사라져 갔다.

윤지혜는 혼자 사내와 나란히 누웠던 침대 위에 다시 가 누웠다. 사내가 묻혀 놓고 간 살내음이 그녀의 코에 배어 왔다. 그녀는 혼자 중얼거렸다.

'누군가가 말했듯 인생은 스쳐가는 바람이야. 나라고 남편과 자식들만 바라보고 살란 법이 어디 있겠어.'

남자가 나가고 한참이나 있다가 호텔을 나선 윤지혜는 나길준이란 사내와의 황홀했던 순간들을 애써 지우려 들지 않았다. 오히려 그의 체취를 오래오래 간직하고 싶었다.

그렇게 자위를 하면서 호텔을 빠져나와 택시를 탔을 때는 은연 중 알지 못할 자책감이 전신을 휘감아 왔다. 몸이 자기도 모르게 오싹해졌다.

집에 들어섰을 때는 다행히도 그날은 남편이 출장에서 돌아오지 않았다.

그로부터 며칠이 지났다. 반옥님으로부터 전화가 왔다.

"어땠었니? 재미가 말야. 나(羅) 이사로부터 전화 받았어. 좋은 분 소개해 줘서 고맙다구. 자주 만나게 해 달래더라."

"……."

윤지혜는 반옥님에게 뭐라고 말을 해야 할지 몰라 잠시 망설였다.

"왜, 대답이 없어 얘?"

"그래, 뭐라고 했니?"

"뭐라 하긴. 본인이 직접 전화하라고 너 전화번호를 가르쳐 주었지. 헌데 아직도 연락이 없었니?"

"아직……."

"아직이라고 하는 걸 보니 너 많이 기다렸구나. 곧 전화 갈 거야. 사내들이란 원래 외식을 좋아하는 동물들이니까."

반옥님은 친구들의 근황과 자신의 이야기를 줄줄이 섞어 가며 '인생을 즐겁고 멋지게 사는 비법'과 함께 자신의 경험담을 숨김없이 털어놓는데 꽤나 긴 시간을 할애했다.

그리고 전화를 끊었을 때 잇따라 전화벨이 울렸다.

"윤 여사시지요?"

단번에 알아들을 수 있는 목소리였다. 그러나 낮으막한 소리로 말했다.

"네ㅡ."

"안녕하십니까? 저 나길준입니다."

"안녕하세요?"

"지난 번에 즐거운 시간을 주셔서 감사했습니다. 언제 또 만날 기회 주시겠는지요?"

"……."

윤지혜의 마음 같아서는 당장 그날 그 호텔에서 만나자고 하고 싶었지만 아무 말을 하지 않았다. 그날 있었던 그와의 관계가 한순간도 잊혀지지 않았을 뿐만 아니라 그를 향한 욕망의 불길은 날이 갈수록 활활 타오르고 있었기 때문이다. 그래서 그이라면 한 시라도 빨리 만나고 싶었다.

이 쪽에서 말이 없자 나길준이 다시 말했다.

"혹시 실례의 말씀을 드린 게⋯⋯."

"별 말씀을요. 내일과 모레는 좀 그렇고⋯⋯."

"아, 그래요. 그렇담 오늘 오후는 어떨는지요?"

"오늘이라면⋯⋯."

"그럼 그때 그 호텔 스카이라운지에서 12시 반에 만나 점심이라도 같이 하죠."

남자는 전화를 끊었다. 지혜는 시계를 들여다본다. 아직 열 시도 되지 않았다.

평소 같았으면 남편 출근과 두 아이 등교 후이면 집 안 청소로 땀을 흘리고 있을 시간이었다. 그러나 나길준을 만나고 나서는 식사 후 그릇 정도 씻어 놓을 뿐 집 안 청소는 생각도 하기 싫었다. 서너 시간 후이면 만날 나길준만 생각 나서 그 시간이 기다려지기만 했다.

서둘러 샤워를 하고 나와 옷을 입기 시작했다. 남편이 출장 일주일 만에 돌아와 지혜에게 내민 고급 팬티를 매끈한 두 다리 위로 밀어 올려 가장 중요한 곳을 덮었다. 이어 코르셋을 입고, 브래지어를 하고, 슈미즈를 걸친 다음 요즈음 한창 유행인 보라색 투피스를 입기 전에 화장을 하기 시작했다. 어쩐지 화장도 그 어느 때보다 신경이 쓰였다.

세안을 하고 스킨 로션으로 닦은 후 선크림을 바른 다음 화운데이션을 듬뿍 찍어 바른 뒤 콤팩트로 얼굴을 톡톡 두드렸다. 그리고 볼터치까지 한 다음 눈썹을 붙이고 아이라인을 그리고 아이섀도우 후 선혈 같은 립스틱에 반짝이까지 곁들이고 나서는 손·발톱에 은색 매니큐어를 칠했다.

그리고 거울을 들여다보며 투피스 정장을 입었다. 디올 향수를 양

겨드랑이에 뿌린 후 또 악세사리로 몸을 장식한다. 여러 모양의 귀걸이 중 앙증스럽게 생긴 드비어스 백금 링을 양 귀에 걸었다. 십자가가 달린 목걸이에, 팔찌, 다이야 반지 등을 걸거나 낀 다음 연한 주황색 선글라스를 썼다. 마지막으로 브이아이피 카드 몇 장과 현금 한 뭉치를 명품 핸드백에 넣고 손목에 건 다음 또 한 번 거울 앞에서 몸을 빙그르르 돌려본다.

그리고 살짝 짓는 눈웃음 속에 애조까지 섞어 보았다. 만족했다.

지혜는 그제서야 시계를 올려다본다. 리브싸이드 러브호텔 스카이라운지에서 12시 반에 나길준과 만나기로 했으니 지금 나서면 알맞은 시간이라고 생각한 윤지혜는 엘리베이터를 타고 내려가 아파트 단지 정문 앞에서 택시를 잡아 탔다. 다른 때 같았으면 자가용을 몰고 가겠지만 지금은 그럴 처지가 못되었다. 유리창을 배시시 열었더니 차창 밖으로 흐르는 봄풍경과 더불어 시원하고 상쾌한 공기가 얼굴을 스쳐 갔다.

지혜는 백미러에 비친 자기 얼굴 모습을 잠시 보며 몇 개 날리는 머리카락을 가만히 손가락으로 걷어 올렸다. 정성을 다해 화장한 얼굴은 복사꽃 같은 화사함이 넘쳐 흘렀다.

지혜는 눈을 사르르 감았다. 곧 만나게 될 나길준의 건장한 육체가 뿜어 주던 관능의 쾌락이 상상되며 아랫도리가 짜릿하게 요동쳐 왔다.

"사모님, 다 왔습니다. 내리세요."

지혜는 꿈에서 깨어난 듯 서둘러 내렸다. 그리고는 천천히 여유로움과 품위 있는 걸음걸이로 호텔로 들어가 엘리베이터를 탔다.

28층에 있는 스카이라운지에는 나길준이 먼저 나와 있었다.

서로 반갑게 인사를 나눈 다음 양식을 시켜 먹었다. 스카치도 몇 잔 곁들였다.

그들은 이심전심이라 오래 머물러 있을 장소가 아님을 알고 곧 자리를 옮겼다.

한강이 한눈에 들어오는 호텔의 룸에서 전보다 더 진하고 황홀한 관계를 가졌다.

윤지혜에겐 나길준과의 밀회밖엔 그 어느 것도 필요치 않았다.

거의 한 달 간을 사흘이 멀다 하고 둘만의 밀회를 즐겼다. 그러던 어느 날 '무지개' 회 총무인 최진숙으로부터 전화를 받았다.

"깨가 쏟아지는 모양이지? 전화 한 번 주지 않고······."

"너희들이야말로······."

"얘, 알 만하다야. 우리도 다 함께 경험한 선배들이니까. 헌데 한 사내에게만 너무 빠지면 못 쓴다. 한 번 더 눈길을 옆으로 굴려 봐. 주위엔 그 남자 말고도 얼마든지 널려 있으니까. 다만 주의할 게 있어. 상대방 신분 정도는 파악할 줄 알아야 해. 점잖고 사회적 체면을 중시하는 사내들이어야 된다 그 말이야. 그래야만 싫증이 나 돌아선다 해도 사회적 체면 때문에 문제도 없고 뒤끝이 깨끗해."

"······."

윤지혜는 최진숙의 엄청난 이야기에 가슴을 쓸어내리기만 했다.

그런데 어느 날 교회에 나갔다가 정말 우연히도 나란히 앉게 된 사내에게 가벼운 눈웃음을 한 번 준 것이 인연이 돼 두 번째의 사내를 만났다. 그는 변호사이면서 교회 장로였다. 지혜는 남편이나 나길준에게서와는 또 다른 섹스의 감미로움을 느꼈다.

지혜는 이제 남편 이외의 다른 남자를 만나 성의 쾌락을 누린다는 사실에 대해 죄의식이나 두려움, 망설임도 없었다.

'늦게 배운 도둑질 날 새는 줄 모른다.' 는 말이 무색해지도록 지혜는 다섯 번째로 산부인과 김 원장과 쉽게 관계를 맺었다. 평소 간단한 몸살이나 감기 정도로 동네 병원인 김 산부인과를 들락거렸지만 날이 갈수록 대담해진 윤지혜는 자궁진찰을 핑계로 김 원장을 유혹해 쉽게 성공한 것이었다. 지혜는 김 원장과 호텔 방 더블베드에 누워 능수버들 같은 몸매로 김 원장을 휘감고는 끓어오르는 욕망을 한껏 뿜어내고 있을 때 하필이면 핸드폰이 울렸다.

그녀는 하던 동작을 잠시 멈추고 한 손으로는 김 원장의 그것을 만지작거리면서 오른손을 길게 뻗어 핸드폰을 잡았다.

남편이 회사에서 한 전화였다.

"지금 뭣하고 있어?"

"……뭐, 뭣하고 있을 것 같애? 왜 물어?"

"아니 뭐. 오늘 밤엔 바이어들과 만나 술대접을 해야 하거던. 그래서 늦거나 못 들어가게 될지도 몰라서 전화한 거야."

"그래요? 나도 일 좀 보고 들어가면 피곤할 테니 문 걸고 일찍 잘께요."

외간 남자를 끌어안고 제 남편과 통화까지 하는 대담성에도 지혜는 익숙해져 있었다.

'악은 바늘처럼 들어와 참나무처럼 퍼진다.' 는 사실을 지혜가 절실하게 깨닫기까지는 그 후 다시 여럿의 사내들을 만나고 나서였다.

그러나 그때는 이미 늦어 있었다.

반들거리던 가구마다 먼지가 켜로 앉아 있었고, 정결하게 잘 정돈돼 있던 집 안 구석구석은 어수선하고 을씨년스럽기 짝이 없었다.

집 안은 비워뒀던 산막처럼 변했어도 비둘기의 마음이 콩밭에 가 있듯, 지혜는 늘 바깥을 나돌기에 바빴다.

어느새 갔는지 봄도, 여름도 후딱 지나가고 낙엽이 뚝뚝 떨어지는 가을의 끝자락에 들어서는 절기였다.

그야말로 봄꿈이 깨기도 전에 뜨락의 오동잎 떨어지는 소리를 듣게 된 셈이었다.

흐르는 세월을 잊고 살 만큼 지혜도 '무지개' 회의 친구들 말대로 멋지고 즐겁고 행복한 나날을 보냈기 때문이었다.

그러했던 지혜도 어느 날 갑자기 몸도 마음도 시들해져 아파트의 베란다에 혼자 우두커니 서 있었다. 무심히 바라본 창 밖에는 가을비가 추적추적 뿌려지고 있었다.

그때 언제 들어왔는지 남편 승훈이 지혜 곁으로 다가서며 말했다.

"이것 보고 알아서 잘 처리해!"

지혜 앞으로 팽개치다시피 던진 물건은 한 다발의 사진과 편지 한 통이었다.

그동안 지혜의 행적을 낱낱이 추적해 찍은 사진과 거금을 요구한 협박 편지였다. 편지의 내용과 사진은 개봉된 것으로 봐 남편 승훈이 이미 다 읽고, 펼쳐 본 것이었다.

어떤 협박공갈범이 보낸 것인지 생각할 여유도 없었다. 얼결에 그 것들을 움켜진 지혜의 손은 부들부들 떨렸다. 그와 동시에 움켜쥐어졌던 물건들이 응접실 바닥에 떨어지자 어지럽게 흩어졌다.

갑자기 지혜의 입 속에는 쓸개즙보다 더 쓴 진한 액체가 고여져 왔다.

아파트의 중간 층쯤에서 내려다보이는 넓은 강물에는 정결한 늦가을의 햇살이 걷혀지면서 추적추적 뿌려지는 빗줄기를 타고 무지개가 섰다.

아무 일도 없었던 듯 창 밖의 비는 소리 없이 뿌려지는데, 지혜에게는 지난날의 환희는 어디로 사라지고 자책과 회한만이 범벅이 된 채 가슴 가득 차올라 왔다.

지혜는 그럴수록 본래의 자기로 돌아가려 몸부림을 쳐 봤지만 이미 본래의 자기는 사라져 버리고 없었다. 공부가 끝나고 이제 막 돌아온 아들 두 녀석이 응접실 바닥에 어지럽게 흩어진 물건들을 아무 말 없이 내려다보고 있는데…….

어느 사이 윤지혜의 양볼에는 두 줄기 눈물이 주르르 타 내릴 뿐이었다.

여전히 창 밖의 비는 소리 없이 내리고 있었다.

# 황혼 결혼(黃昏 結婚)

그는 머물러야 할 밤도, 시작해야 할 아침도 따로 없었다. 온갖 영욕과 애환을 함께 짊어지고 떠돌다 보면 머무르고, 머무르다 보면 만날 수 있고, 얻을 수 있는 게 있으리라 여겼다. 그래서 나두수는 심심찮게 음성장터에 나타나곤 했다. 그러다 보면 붉은 농무 속에 장엄하게 떠오르는 일출에 하루를 점치며 육거리 실개천 가 〈석류집〉을 들어서기 전 아침 햇살을 싣고 흐르는 실개천에 얼굴을 담가 헹군다.

정신이 말끔해 지고 상쾌하다.

그제서야 〈석류집〉을 들어선다. 아담하고 정갈하게 꾸며진 식당이다. 주인의 성품이 드러나 뵈는 〈석류집〉은 그저 올 만한 손님들이 드나들었고, 조용조용한 사람들이 식사 한 끼에 막걸리 한 잔으로 끝나면 잠시 쉬고 이야기하다가 돌아가는 그런 음식점이었다.

"어서 오셔유우. 내 은잰가는 오실 줄로 지리 짐작했시유우."

언제나 반갑게 대하고 인정 넘친 말솜씨의 반영자다.

"고맙소. 그동안 잘 계셨수? 장사는 좀 어떻구……."

"그저 그렇게 지내지유우. 벌이야 항상 그 모양 아니겠시유우. 뭘로 드시겠는 겝이유?"

"해장국 한 뚝배기 허구, 설성막걸리 한 사발 주시구려."

말을 터놓고 지내기로 누가 흉보거나 시비 걸 사람 없겠거니와 또한 만만하게 지낼 만도 한데 두 사람은 언제나 서로 존대어를 쓰는데 익숙해 있었다. 그만큼이나 내면에 간직한 진한 사랑 때문이리라.

나두수는 손때 묻은 가죽가방을 상 밑에 밀어 넣고 깔고 앉을 방석 하나를 끌어당겨 앉았다. 언제 보아도 단정한 옷차림과 신선해 뵈는 얼굴 표정은 예나 다를 바 없이 영락없는 젊은날의 반영자였다. 이마에 진 주름이야 부실공사로 패인 길바닥 같지만 그것은 지나온 세월 탓일 테니 누구 탓하며 원망하랴. 나두수는 반영자가 음식을 차려 내올 때까지 잠시 기다리노라니 문득문득 떠오르는 반영자의 소싯적 모습이 지금도 눈에 삼삼하다.


나두수의 집 돌담 너머 앵두나무 우물가에 물 기르던 반영자는 그때만 해도 삼단 같은 머리채에 붉은 댕기를 드리웠던 처녀였다.

그 처녀를 나두수는 혼자 좋아했다. 뒷집에 사는 반영자가 물 길러 나오기만 하면 발꿈치를 곧추세우고 담 너머로 보이는 물 깃는 반영자를 훔쳐 보며 연정을 품곤 했었다.

그러던 어느 날 반영자는 소리 소문 없이 맞선을 보고는 산 너머 무너미 마을로 시집을 가 버린 것이었다.

나두수는 지지리도 못난 자신을 원망하며 가슴을 쳤다. 가족들 몰래 집을 나섰다. 고등학교를 졸업하고 부모 밑에서 부모님의 농사를 돌보던 나두수는 가출을 한 것이었다.

그는 벌건 대낮은 접어 두고 밤이슬 내릴 무렵부터 시집 간 반영자네 집 담을 끼고 돌았다. 반영자가 보고 싶어서 미칠 지경이었다.

그렇게 한 사나흘을 돌다가 어스름 달밤에 마실 가는 반영자를 돌담길 골목에서 단 둘이 만났다.

"영자야, 앞집에 살던 나두수……."

"알아, 너 여기 웬일이야?"

둘은 돌담길 골목을 벗어나 어스름 달빛을 가려주는 물방앗간 처마 밑에 서서 이야길 나누었다.

"너무너무 그립고 보고 싶어서 이렇게 왔어."

나두수는 반영자의 얼굴을 빤히 들여다보며 낯을 붉힌 채 말했다.

"나도 두수를 좋아했는데, 두수가 나를 이렇게까지 좋아하는지는 몰랐었지."

"그래서 이렇게 찾아왔잖아."

"이젠 안 돼. 너무 늦었어. 나는 한 남자의 아내야."

"그래, 알아. 이렇게 한 번이라도 만나 보는 게 소원이었어."

"두수도 좋은 여자 만나서 행복하게 살아."

"응, 그래. 그러마."

나두수는 반짝이는 눈동자를 반영자의 얼굴에 못이라도 박는 듯이 한참이나 고정시키다가 분연히 돌아섰다. 서로가 마음 같아서는 끌어안고 싶었지만, 서로 손 한 번 잡지 않았다.

"잘 있어. 언젠가 인연 있으면 또 만나게 되겠지."

구름에 가렸던 어스름 달빛은 어느새 열이렛 달이 밝은 빛으로 변하여 동구 앞길 신작로를 환히 비추고 있었다. 나두수는 몇 걸음을 옮기다 말고 돌아서서 반영자의 뒷모습을 바라보았다.

그녀의 삼단 같던 머리채는 이제 낭자머리가 되어 달빛에 반짝이는 은비녀가 꽂혀 있었다.

그로부터 많은 세월이 흘렀다.


나두수는 해장국과 막걸리 한 사발이 나올 때까지 잠시 옛 추억을 더듬고 있었다.

신록 우거진 유월 아침 첫 손님을 맞은 〈석류집〉 반영자는 밤새껏 끓인 사골국에 삶은 배추잎과 선지를 덤뿍 넣어 끓인 바글거리는 뚝배기를 나두수 앞에 놓고 막걸리 한 사발을 내놓으며 말을 이었다.

"동동구리무 장사는 영영 집어치운 겝인 게유우?"

"그것 고만 둔 건 오래라오."

"그럼, 골동품 장사로 영영 전업했는 겝여?"

"전업한 게 아니구, 그저 살아온 것이 그저 그렇구 그래서 구리무 장사할 때부터 취미 삼아 수집하다 보니 이젠 거기에 푹 빠지고 말았지요."

나두수가 동동구리무 장사로 팔도를 돌아다닐 무렵 우연히 〈석류집〉에 들른 것이 뜻밖에도 꿈에 그리던 반영자를 만나게 되어 오늘까지 십여 년 세월. 음성 장에 들를 때마다 〈석류집〉 반영자를 찾았다.

나두수는 시집간 반영자를 못 잊어 동동 구리무 장사로 세상을 떠돌다가 어느 식당에서 일하던 청상과부(靑孀寡婦)와 정분을 맺어 한때 살았었다. 그랬지만 가난에 지쳤던 여자는 떠나갔고, 그래서 나두수는 홀아비 신세로 세상을 주유해 왔거니와 반영자 역시 시집간 3년만에 암에 시달리던 남편을 잃고 홀몸으로 떠돌다가 이곳에 터 잡은 지 30년이 넘었다. 이래서 두 사람 사이는 이심전심, 다 같은 풀뿌리 삶의 인생에 남다른 공감대가 형성되었다고나 할까? 뭐, 그런 것뿐이었다.

첫 만남 이후 10여 년의 세월을 흘려 보냈지만 정은 주고 받아도 몸 대고 살 붙이는 일은 없었다. 험난한 세상 살아오면서 서로가 두 번 다시 상처 입는 일 없애자는데 동의했고, 그럼으로써 무지개 같은 아름다운 추억만을 되씹고 살자 했다. 영원한 연인으로 살자는 다짐도 잊지 않았던 것이다..

아무튼 그래서 남다른 사연으로 그저 그렇게 지내오는 터였다.

사고무친의 두 사람은 흉허물 없이 만나고 헤어지는 연인이다.

연전에 나두수도 반영자의 주선으로 충주로 가는 길 국도변에다 건물 한 채를 구입해 민속광장이라 이름하고 주워 모은 골동품을 진열해 놓고 있다.

어림짐작으로도 일만 점은 넘으리란 추산이다.

"자식 새끼 하나 있나, 나 혼자 사는 몸 먹고 살만하기에 생각나는 것이라고는 역마살이 끼어 떠돌던 날의 추억이 새록새록 되살아나고, 우리 사이 옛 추억을 주억거림만으로도 또한 행복하다오."

"팔자 좋으신 분 팔자타령 고만 허시래유우."

"어차피 인생은 불안을 싣고 흐르는 강일 뿐인데, 살 날보다 살아온 날이 기니 돌아보고 되새겨 보는 삶도 괜찮지 않겠소."

"골동품이나 민속품도 거기 밴 문화가 곧 그것을 만든 사람들의 삶이겠으니 부가 가치 높겠시유우."

해방도 한참 전 일제하에서 소학교를 나왔던 반영자도 민속품, 골동품에 깊은 안목은 없어도 들은 풍월로 관심은 있어 하는 말이다.

"어디 그동안 모아 놓은 것 있으면 내놓아 보구려."

"그러지유우. 모아 둔 게 몇 점 있시유우."

반영자가 안방에서 들고 나온 물건에는 요강단지만 한 항아리, 기름종지, 토기 몇 점에, 문양 화려한 옥돌 베개 하나, 당초문양 곁들인 자기 술병 둘, 놋쇠 화로에 해주자기가 나란히 나왔다.

"꽤나 모으셨구료."

나두수는 의외의 소득에 기쁨을 감추지 못했다.

"이것두 구해 두긴 했지만 소용 있겠는지유우?"

반영자가 내민 두루마리 한 뭉치를 펼쳐 든 나두수는 눈이 휘둥그레졌다.

"아, 이건 추사 글씨가 아닌가!"

"추사글씬지 춘사글씬지 내 식견으로는 짐작도 안 가거니와, 불쏘시개로 살라 버리기에는 너무 아깝다 싶어 몇 만 원 투자해서 갖고 온 거래유우."

"불쏘시개라니요?"

"글쎄, 내 이야기 좀 들어 보시래유우."

지난 가을 찬바람이 사르르 일 무렵이었다.

반영자가 한 이틀 가게 일을 접고 종고모 댁이 있는 서산의 해미에서도 한참 들어가는 운봉골에 다니러 간 적이 있었다.

운봉골은 이름 그대로 구름이 산봉우리에 걸려 있는 첩첩산중이었다. 그야말로 후미지고 적적한 구석지로는 그만인 촌락으로 문명도 문화도 다 함께 척지고 살기 어렵잖은 곳이었다.

그런 곳에서 평생 뼈가 굵은 종고모는 '가갸거겨' 조차 모르는 까막

눈인지라 추사(秋史)니 노과(老果)니 하는 명인(名人)김정희의 호(號)를 알기는커녕 듣지도 못했을 터인즉 그 글씨의 가치를 짐작이나 했을 리 만무였다.

점심 때가 되자 종고모는 국수 한 그릇을 해 주겠다며 가마솥에 불을 지피기 시작했다. 장작을 몇 토막 넣더니 한지 두루마리를 꺼내 와 그것을 몇 장 걷어 불쏘시개로 삼는 것이었다.

반영자가 그것을 유심히 보고 있노라니 나두수 생각이 떠올라 종고모가 잡고 있는 글씨 두루마리를 끌어당겨서 펼쳐 보았다. 잘은 모르지만 제법 글씨깨나 써 본 선비의 글씨구나 하는 생각이 들었다. 나두수에게 갖다 주고 싶었다.

"고모, 이건 태우지 말고 나를 주면 안 되겠시유우?"

"그걸 워디다 쓰겠대유우? 선비 행세라두 헬낀갑유우."

종고모는 별것 다 챙긴다며 방 안에 놔 두었던 종이 뭉치 하나를 더 보태서 안기는 것이었다. 글씨로 메꾸어진 두루마리를 받아 두고 종고모가 끓여 주는 국수 한 대접을 게눈 감추 듯하고 돌아올 때쯤 해서 돈 2만 원을 쥐어 주었던 것이 지금 생각하니 추산지 춘산지 하는 글씨값으로 치른 셈이었다.

"허허, 세상엔 무지(無知)보다 더 무서운 것은 없다더니만 종고모가 국보급 예술품을 불사르러 들었다니 끔찍도 해라."

나두수는 속내를 드러내어 횡재를 한 듯 기쁨을 감추지 않았다.

감정을 해 보아 만약 진품이기라도 한다면 반영자의 팔자도 펼 것이라며 다른 물건과 함께 준비했던 라면 상자에 함께 넣고, 글씨 외의 것은 평소보다 후한 값을 치러 주었다.

나두수는 며칠 후 인사동에 나가 두루마리를 내보였다.

붓글씨 뭉치는 분명 진품이었다. 문인이자 서화가인 추사 김정희의 독특한 글씨체. 추사의 글씨는 청고(清高), 고아(古雅)한 정신 없이는 쓸 수 없고, 문자향(文字香), 서권기(書卷氣)가 없이는 능히 붓놀림이 불가능하다는 그 유명한 추사의 작품이었다. 상하(上下), 천고(千古)에 그의 독특한 글씨를 추종할 수 없다는 추사의 글씨가 확실했다. 그것도 10여 점.

수억 원의 돈다발과 바꾼 나두수는 그날로 〈석류집〉 반영자를 찾아가는 길이었다.

뜻밖의 횡재로 〈석류집〉 반영자의 찌던 삶을 펴 줄 돈뭉치를 전해 주기 위해서였다.

동서울 터미널에서 음성행 고속버스에 오른지 두 시간이 채 못 되어 음성읍에 닿았다. 돈보따리를 옆에 둔 채 깜박 잠이 들었던 나두수는 종착역에 닿아서야 겨우 잠에서 깨어났다.

그런데 옆에 두었던 돈보따리가 없었다. 남아 있는 것이라고는 비슷한 보따리 하나가 남아 있었다. 비집어 보니 옷가지에다 자질구레한 물건들이었다.

나두수는 그것을 들고 황급히 버스를 내려 먼저 내린 사람을 둘러보았다. 승객들이라야 대여섯 명뿐이어서 금세 내린 사람들을 훑어보았을 때 한 할머니가 들고 있는 보자기가 눈에 띄었다.

"할머니, 그 보자기 이것과 바뀐 게 아닌가요?"

"뭐라구?"

나두수는 손에 든 보자기를 건네주며 얼른 할머니 손에 들린 보자기를 빼앗다시피 했다. 할머니는 바꿔 받은 보자기를 열어 보다가 말했다.

"워쩐지 무겁더란 겝이유우. 까딱 했더라문 내 귀한 선물 보따리 잃어버릴 뿐했겠시유우. 고마워유우."

나두수는 그제서야 정신을 차렸다. 황망하기 짝이 없었던 순간에 온 몸은 땀으로 젖어 있었다. 고마운 것은 할머니 쪽이 아니라 나두수 쪽이었다.

나두수는 발그레 물드는 저녁노을을 등지고 〈석류집〉엘 들렀다.

반영자는 오늘 따라 붐비는 저녁 손님을 받아 음식 장만하느라 분주했다.

나두수가 들어서자 반영자가 반기며 말했다.

"벌써 서울 댕겨오는 겝유우?"

"그렇소. 나도 사골 국물 한 그릇하고 막걸리 한 사발 주소."

나두수는 돈보따리를 상다리 밑으로 밀어 넣고 물컵에 물 한 잔을 따라 먼저 목을 축였다.

"웬 땀을 그렇게 흘리시유우? 허기사 초여름 날씨 치고는 꽤 더운 날씨긴 허지만서두."

"말두 마슈. 하마터면 간 떨어질 뻔했소. 그 놈의 할망구땜시루."

"그건 뭔 소리라유우?"

"내 온 참……."

말을 꺼내려다 말고 반영자가 금세 들고 나온 사골국물을 몇 숟갈 떠넘기고는 막걸리 사발을 들었다. 목젖이 요동치도록 단숨에 한 사발을 들이킨 나두수는 입가를 문지르고 이마의 땀을 씻었다.

나두수가 두 번째로 막걸리 한 사발을 다 마시자 반영자가 다가와 말했다.

"저쪽 방에 들어가서 좀 쉬었다 가셔유우. 많이도 피곤한 기색인데."

"그렇잖아두 좀 있다 가겠소. 할 이야기도 좀 있고……."

그 길로 나두수가 안방에 들어가 비위 좋게 다리 뻗고 한 숨 자고 깼을 때는 자정 무렵이었고 반영자는 가게문을 닫고 설거지까지 끝낸 뒤라 손 닦고 방문을 열고 들어서는 참이었다.

"이제야 끝났나 보구료?"

"야, 좀 더 주무시잖고."

"나야, 아무렴 어떻겠소만, 고된 일 그리하고도 어찌 배겨난다오?"

"타고난 팔자 어찌 하겠대유우. 이렇게 해서라두 살아야지."

"자, 이 거문 그 고생 않구두 살 거요. 일할 사람 한두 명 데리구서리."

나두수는 일전에 반영자가 준 추사 글씨를 판 돈 보따리를 몽땅 밀어 놓으며 말했다.

"아니, 이건?"

"놀랄 일이 뭐겠소. 추억 쫓아 살다 보면 무지개만 있는 게 아니고 횡재도 굴러들어오지 말라는 법 있겠소. 모두가 영자씨한테 주어진 복이 아니겠소."

나두수와 반영자는 그날 밤 오순도순 살아온 긴 이야기로 밤을 지새웠다.

"우린 이제 합가해요!"

반영자가 먼저 말을 꺼냈다.

"그럴까?"

나두수가 반영자를 가만히 끌어안으며 소리 없이 동의했다.

그러다가 새벽닭이 울 때쯤 해서야 한 이불을 덮고 나란히 누웠다.

창 너머로 성근 별이 두 사람의 눈빛으로 젖어 들고 있었다.

"요즈음 세상에는 '황혼이혼'이 더러 있다는데, 우리는 '황혼결혼'을 하는 셈이겠시유우."

반영자가 나두수의 가슴을 파고들며 말했다.

그러고 보니 벌써 저무는 인생길에 접어든 황혼녘이었다.

두 사람은 이제사 흐르는 세월의 강에 거룻배 한 척을 띄우고 거기 몸을 담은 채 어디론가 흘러가고 있다는 생각이 들었다. 남은 삶 역시 살아온 거와 같이 그렇게 살아갈 것이겠지만 마치 신혼 초야 같은 설레임으로 동트는 새벽꿈을 함께 꾸는 것이었다.

그렇다. 인생은 아름답다. 그러므로 우리의 '황혼결혼'도 아름답다. 언젠가 가 보았던 온타리오 호수에서 대서양에 이르는 로렌스강에 깃든 낙조처럼 아름다울런지도 모를 일이라고 나두수는 혼자 중얼거렸다. 그리고는 반영자를 포근하게 감싸 안았다.

그날로부터 꼭 보름이 지난 어느 날 가섭산 중허리에 있는 자그마한 절간에서 주지스님을 모시고 두 사람만의 결혼식을 올렸다.

저녁노을처럼 아름다운 '황혼결혼식'이었다.

# 당숙(堂叔)

　보랏빛 하늘이 바닷물 색을 띠기 시작하자 스물거리는 아지랑이가 햇빛에 흔들리고 있다. 온통 녹색이 밭언덕 산자락마다 질펀하다. 오월도 중순을 접어들면서 햇볕은 점점 두꺼워지더니 아침 이슬이 햇빛에 하늘거리는 아지랑이와 함께 그 영롱함이 더해간다.

　어느덧 봄이 다가서는 초여름에 한 발짝 물러설 무렵 산자락 밭언덕마다 찔레꽃이 흐드러지게 피기 시작한다.

　준혁은 채마밭에서 괭이질을 하다 말고 흐드러지게 핀 찔레꽃을 새삼 올려다본다. 그리고는 이마에 맺힌 땀방울을 손등으로 쓰윽 훔치며 말했다.

　"허허, 그놈의 찔레꽃 흐드러지게도 피었군!"

　때마침 아내도 바랭이를 매느라 호미 질을 하다가 뜬금없이  하는 찔레꽃이란 소리에 같은 쪽으로 시선을 모아 보냈다.

그 곳엔 정말 눈이 부실 만큼 하얗게 핀 찔레꽃이 지천으로 피어 있었다.

"어머나, 엔간히도 탐스럽네."

아내 미령이 찔레꽃을 새삼 떠올리고 있을 때 준혁 역시 생각은 아득한 기억 속으로 거슬러 오르고 있었다.


준혁의 아버지 정인수 씨는 국가 비상대책 상임위원에서 5공이 자리잡기 시작하면서 국회재무분과위원장이 되어 있었다. 그러나 H대학교의 총학생회 회장이던 준혁은 군사독재에 항거하며 민주화 운동으로 매일 데모에 앞장섰다.

그는 어느날 드디어 데모의 주동자로 현상 수배되었고 날마다 쫓기는 몸으로 피신을 다녔다. 부모가 아무리 설득을 해도 듣지 않았던 준혁 때문에 5공의 권력 핵심에 있던 아버지 정인수 씨마저 권좌에서 물러났다.

그 무렵 정보계 형사들은 학원 내까지도 마구 진입해 데모 주동자를 색출하는데 혈안이 돼 있었다.

날이 갈수록 민심은 5공정권으로부터 이완되기 시작하고 학생들의 데모는 과격해져서 폭력 양상을 띠며 화염병과 최루탄으로 밤이 새고 날이 저물기 일쑤였다. 이 지경에 이를 무렵 정보계 형사들은 고위층의 특별 지시에 따라 데모 주동자인 준혁을 체포하기 위해 점점 거리를 좁혀 오고 있었다. 준혁은 할 수 없이 교회나 성당으로 전전하다가 결국은 시골 깊숙이 잠적할 수밖에 없었다.

준혁은 당숙이 사는 충청도에서도 오지인 음성땅, 거기서도 한참 들어가야 하는 감우재 고개 너머 호방터로 들어갔다. 당숙은 일찍이 교직을 물러나 이 산간 오지인 호방터에서 농사를 짓고 있었다. 그는 세상과 담을 쌓고 인생의 고단한 짐을 이곳 초야에 내려놓고 흙과 더불어 살아가고 있었다. 그도 고등학교 교장 시절 학생들의 데모를 사전 막지 못했다는 이유로 직위 해제되었고 얼마 안 가서 사직서를 던지고 시골로 은둔해 온 처지라 준혁이 찾아갔을 때 그는 내심 반기면서도 조심해서 맞아 주었다.

"잘 왔다. 천둥 번개 일고 먹구름 끼던 여름이 있으면 반드시 맑은 하늘에 별이 뜨고 소슬바람에 이삭 여무는 가을이 오는 법이다. 이곳에서 지내기란 여간 힘들지 않을 테지만 견뎌 보거라. 많이 웅크려서 멀리 뛰는 개구리를 보지 않았느냐? 이 세상 또한 그리 오래 가던 못할 겨. 당분간 흙 냄새 맡아 보는 것도 나쁘지 않을 터이고……."

당숙은 흙 묻은 손을 내밀어 준혁의 손마디가 저릴 만큼 꼭 잡아 주었다.

당숙은 한참이나 잡고 있던 준혁의 손을 풀며 왼손에 쥐었던 호미를 도로 옮겨 잡더니 부추 밭에 김매기를 시작한다.

만춘의 햇살에 꽤나 그을린 당숙의 얼굴은 검붉게 보였지만 연세에 비해 늙고 쇠퇴해진 모습은 아니었다. 반세기 가량을 교직에만 몸담고 학교라는 울타리 안에서만 지낸 관계로 피부 빛이 유난히도 하얗던 당숙은 왕년의 모습과는 달리 지금의 모습이 차라리 건강해 보이기도 했다.

당숙은 깊었던 상처에 새살이 돋듯 농군이 되면서 자연 속에서 새삶을 가꾸며 남은 생의 활력을 되찾고 있었기 때문인지도 모를 일이었다. 교직을 갑작스레 물러난 후 한동안 실의에 빠져 분통을 터뜨리던 지난날 당숙의 초췌한 모습은 아니었다.

평소 품위나 고상함과는 달리 한 인간이 지닌 도덕과 가치 기준이 한꺼번에 무너져 내렸을 때 어이없어, 제풀에 지쳐 버린 어린아이처럼 멍하게 지내던 그 때와는 확실히 달랐다.

준혁도 당숙의 곁에서 맨손으로 부추 밭의 잡풀을 뽑으며 말했다.

"부모의 뜻을 거역하고 불효를 저질러서까지 이 몰골로 찾아봬서 죄송합니다."

"젊음은 어떠한 질곡(桎梏)에서도 굽힘이 없어야 참다운 젊음이요, 그것은 곧 역사를 변형하기도 하는 법이거든. 부정과 불의에 항거함은 젊은이의 용기요 시대적 사명일 테니 너무 집안 걱정일랑 접어 두도록 해라."

다행히도 당숙은 준혁의 편에 서 준 셈이었다. 해서 준혁은 제6공화국의 6·29 선언이 올 때까지 호박 골에서 별 탈 없이 지낼 수가 있었다.

준혁은 그 날 당숙 곁에서 텃밭을 매며 두꺼운 산 그림자가 내리고 어둠이 허리까지 찰랑찰랑 차 오를 때까지 일을 거들다가 당숙이 기거하는 농막으로 들어갔다.

그날 밤 준혁은 당숙의 집 안쪽 골방에서 자면서 몇 번이나 몸을 뒤척이며 잠을 설치곤 했다. 같이 데모를 하다가 형사대에 끌려가 싸늘한 감방에서 지내는 친구가 있는가 하면 심한 물 고문과 심지어 전기 고문으로 초죽음을 당하고 있다는 소문을 들었기에 더욱 마음이 불편했다. 자기 혼자 이런 곳에 와서 편안히 지낸다 생각하니 잠이 올 수가 없었기 때문이었다.

준혁은 잠을 자는 둥 마는 하고선 새벽 일찍 일어났다.

호방터의 여명은 어둠과 밝음이 교차되면서 부융한 안개가 엷게 산자락과 밭언덕을 덮어오며 하루의 아침을 열고 있었다. 준혁이 방문을 나서 잔디밭 뜰을 나섰을 때 이미 당숙은 일어나 괭이 한 자루를 어깨에 메고 사립을 나서고 있었다.

"당숙부님, 피곤하시지 않으셔요? 이렇게 일찍 일어나시고……."

"피곤하긴, 너도 일찍 일어났구나. 좀 더 잘 것이지……."

"왜 이렇게 일찍 일어나세요?"

"뭐, 습관이지."

"그럼, 낮에 피곤하실 텐데 낮잠이라도 한숨 주무시나요?"

"낮잠 잘 시간이 어디 있어. 농사꾼은 한시도 쉴 틈이 없는 게야."

준혁은 당숙을 따라 집 주변을 돌아보았다. 새벽은 점점 밝음으로 채워지며 당숙이 경영하는 농원은 훤히 제 모습을 드러내기 시작한다. 준혁은 당숙을 따라 농장을 돌아보노라니 참으로 놀라지 않을 수가 없었다.

십 년 전 시골로 이사를 간다기에 트럭에 이삿짐을 싣고 당숙과 함께 처음 도착했을 때 이곳은 말 그대로 묵정밭에 잡풀만 무성한 황무지였다. 그 황무지를 퇴직금과 서울 재산을 정리해 구입한 것이었다. 전에 살던 사람이 낡고 퇴락한 주택 옆에 채마밭 정도 일구며 살아갔던 모양이고, 만여 평이나 된다는 농토는 억새풀이며 망초대가 어른의 키만큼이나 자라 까투리가 알을 낳고, 노루며 산토끼가 제멋대로 놀다 가는, 황량하기 이를 데 없던 곳이었다. 그런 곳에 짐을 내려놓으며 당숙은 말했었다.

"참으로 한갓져서 좋구나. 제2의 인생을 걸어 볼만한 곳이거든."

그러했던 그 농장이 그때와는 전연 딴판이었다. 그야말로 상전벽

해(桑田碧海)였다. 우선 삐딱하게 반쯤은 기울어져 금방이라도 쓰러질
것만 같았던 고가부터 달라졌다.

당숙이 기거하는 농막은 말이 농막이지 도시의 단독 주택 못지않
았다. 기울어져 가던 고가를 현대에 맞게 멋지게 리모델링 해서 참으
로 생활하기에 편리하도록 손질돼 있었다. 내부는 서가며, 욕실에다,
응접실과 침실이며 주방을 현대식으로 바꾸고, 간간이 들리는 옛친
구들을 위한 별실도 마련되어 있어서 준혁이 당분간 머물기에 안성
맞춤이었다.

서가에는 서울서 옮겨온 장서가 수천 권이나 꽂혀 있었고, 부속 건
물로 지은 창고에는 각종 농기구와 영농장비들을 깨끗이 정비해서
알맞게 진열해 놓고 있었다.

더욱 놀라운 점은 손수 고안하고 설계해 지은 비닐하우스 안에 수
백 분의 분재와 틈틈이 수집해서 손수 좌대를 깎고 다듬어서 진열해
놓은 수석이 그 수를 헤아릴 수 없을 정도였다.

거기다가 밭이며 그 언저리에 널려진 수많은 돌들을 모아 쌓아 놓
은 탑들도 장관이었거니와 장승과 솟대를 농장의 울타리 따라 낸 산
책로에다 서너 자 간격으로 세워 두었으니 그 또한 당숙이 아니고선
해낼 사람이 없으리라는 생각이 들 정도였다.

준혁은 그제야 당숙이 퇴직 후 십년 간이나 호방터를 단 한 번도
나가지 않았다는 사실이 이해가 갔다.

"당숙 님은 참으로 대단하십니다. 만 평도 넘는 이 넓은 땅을 혼자
서, 그것도 손수 이렇게 가꾸어 놓으시다니요! 그야말로 피땀을 쏟아
부은 셈이네요?"

"대단할 거야 뭐 있겠나. 허기사 교직에서 쫓겨나다시피 했고, 거기

다가 자식 하나 있었지만, 결혼하자마자 외국에 나가 버렸으니 식구란 우리 내외뿐이라 농장 가꾸는 일 말고 할 일이 따로 있었겠어. 그래서 자고 새면 이 농장에 엎드려 살아왔지. 물론 독서 시간을 제외하고는."

"이 농원이야말로 흔히 말하는 테마공원이 아니라 '테마농원'이라 하겠군요."

"그렇게 볼 수도 있겠지만 처음부터 그런 생각으로 시작한 것은 아니었지. 환갑도 진갑도 다 지난 나이에 무슨 미래를 위한 투자를 하겠어, 아니면 원대한 꿈을 심겠어. 다만 세상사를 잊고, 나를 잊는 방법으로 그저 해 본 거지."

준혁의 눈에 비친 당숙의 '찔레꽃 농원'은 그렇게 화려하지도, 요란하지도 않은, 마치 찔레꽃처럼 수수하고 가식이 없으면서도 올목졸목하며, 끈질긴 생명력이 넘치는 그런 농원이었다.

농원 전체를 마치 씨줄과 날줄을 쳐서 바둑판 모양으로 나누어 길을 내고 그 네모진 밭뙈기에다 사과, 복숭아, 배, 감, 호두, 자두, 다래, 머루, 포도, 밤, 대추, 석류, 앵두, 살구, 매실 등 과일 나무를 심고, 두릅, 엄나무, 오갈피, 옻나무, 참죽나무, 개금나무, 산수유, 동백, 뽕나무 등을 심었는가 하면, 장미, 진달래, 개나리, 홍철쭉, 황철쭉, 백철쭉, 수국, 황매화, 백매화, 모란, 치자, 라이락, 작약, 과꽃, 나리, 봉숭아, 백접시꽃, 홍접시꽃, 구절초, 국화 외에 야생화 등 기화요초도 키에 따라 군락을 이루었고, 군락지마다 하나하나 패찰이 세워져 있었다. 넓은 농원 둘레에는 산책길을 내어서 그 길 따라 후박나무, 목련화, 전나무, 자작나무, 단풍나무, 헛개나무, 모과나무, 은행나무, 벚나무, 느티나무 따위가 손 안 간 데 없이 키워져서 초여름의 아침 산책길에 싱그러움을 더해 주고 있었다. 또한 기거하는 집 주변에는 채마밭을 잘 손질해서 부추, 근대, 상추, 시금치, 무, 배추, 오이, 토마토, 당근, 머위, 우엉, 가지, 호박, 참깨, 들깨, 감자, 고구마, 옥수수, 산나물, 들나물까지 골고루 가꾸어서 밥솥에 밥 앉혀 두고 손만 내밀면 찬거리는 얼마든지 장만하겠끔 되어 있다.

농원을 거닐다 보면 돌아가는 모퉁이마다 쉬엄쉬엄 쉬어갈 수 있게 통나무 의자도 만들어 놓았고, 음풍영월하는 시인 묵객도 아니면서 군데군데 자연석을 세워 거기다가 명시, 명문장을 각인해 두었으니 과히 문학공원이라고도 할 만하다.

준혁은 당숙이 가꾼 '찔레농원'을 돌아볼수록 놀라움을 감출 수가 없었다. 도회의 돈 많은 어느 재벌이 거금을 투자해서 만든 별장도 아니고, 순전히 당숙 당신 내외만의 손으로 가꾼 농원이라는데 입이 벌어져 말이 안 나올 지경이었다.

"이 정도의 농원을 가꾸는 일이란 그렇게 어려운 게 아니야. 한 십 년 걸렸지만, 그 십 년의 세월이 짧은 것이 아니잖냐 그 말이야. 나이 들면 잠도 잘 안 와. 하루에 네댓 시간 자면 돼. 그 십 년을 초수로 환산해 보라고. 오천이백오십육만 초가 아닌가. 하루에 네 시간 씩 십 년을 자면 잠자는 시간만도 팔백칠십육만 초나 되거든. 십 년이면 강산이 변한다고들 하지 않던가. 십 년 동안에는 식물도 자라고 흙도, 사람도 변할 뿐만 아니라 모든 생물 무생물이 가만있질 않아. 살아 있는 생물에 애정을 쏟으면 쏟는 만큼 자라고 번성해. 아무 가치 없이 흙 속에 묻혔거나 길섶에 나둥그러진 돌도 저렇게 주어다가 탑을 쌓고 글을 새겨 두고 보면 죽음에서 부활되어 다시 생명력을 갖게 되는 거지."

"이 수많은 수종과 기화요초는 어떻게 다 구하셨는지 궁금하군요?"

내가 직접 구한 것도 많지만, 대부분은 여러 곳에 편지를 보내 종자를 구입하기도 했고, 아는 분들로부터 종자나 묘목을 기증 받아 씨 뿌리고 가꾸어 놓은 거야. 처음에는 친구들도 이제야 씨 뿌려 뭐 하겠느냐며 황당무계한 짓 말라고 말리기도 했다가 지금은 와 보고 감탄을 하더군."

"오늘 지구의 종말이 온다 할지라도 나는 사과나무를 심겠다는 스피노자의 말을 실천하신 셈인가요?"

"천만에. 앞에서도 말했지만 맹목적이었어. 그저 나무를 심고, 땅을 파고 채소를 가꾸고 짐승을 기르면서 세월을 삭이자고 작정을 했었지. 육순이 넘은 나이에 씨를 뿌리고 묘목을 가꾸어 황금이 열린다 한들 무엇에 쓰겠어. 더군다나 자식마저 떠나 버리고 없는 마당에. 하지만 일하는 즐거움은 대단했지. 일도 일 나름이라 특히 노동이야말로 마음과 몸을 동시에 건강하게 해 주거든. 일을 해 보지 않은 사람은 모를 거야. 일에서 즐거움을 찾고, 즐기는 재미에 푹 빠져 있노라면 우리 부부는 마치 신선이 된 기분이었지. '나물 먹고 물 마시고 팔을 베고 누운' 그 따위 게을러 터진 인간은 조선왕조 시대의 삼류 선비나 할 짓이고, 오늘을 살아가는 고민 많은 인간들이나 노인들에게는 일에 푹 빠지는 것 외에 어떤 치료법도 없다는 게 내가 터득한 진리이고 지론이야."

"이 정도로 노력을 하셨는데 소득은 어느 정도나 되는지요?"

"소득, 그렇지. 소득이 있고 말고. 과일에, 채소에, 닭·오리·염소 등에서 얻는 육류에, 연못에 기르는 물고기하며, 고구마·감자·콩·토란에다 논마지기에서 생산하는 몇 가마의 쌀이면 우리 두 식구 호구지책으로 족하거니와 우리 부부 나란히 이 찔레꽃농원을 한 바퀴 돌아볼 때는 뭔가 모를 행복감에 젖기 일쑤니 거기에서 더 소득을 바래 뭣하겠는가? 또한 하루가 저물어 뜰 앞에 심은 오동나무에 달이 뜨고, 연못가에 심은 양류에 소소한 바람 지나갈 적에 잔디밭에 놓인 평상에 국화꽃으로 빚은 술상 앞에 놓고 먼 곳에서 모처럼 찾아온 옛벗과 함께 일배일배 부일 배로 술잔 기울이는 그런 풍류도 인생 삶의 일부일진저 이 또한 소득이라 아니할 수 있으리. 안 그런가?"

당숙은 농원을 한 바퀴 돌아본 후 우리에서 염소를 몰아 풀밭에 매어 두고 닭. 오리 장에 모이를 뿌려 준 다음 연못에 걸어 둔 낚싯대 너머로 물고기에게 먹이를 던져 주었다. 그러고 나니 아침해가 한 뼘이나 솟아 있었다. 해맑은 햇살은 아침안개가 산자락 밭언덕을 희뿌연 연기처럼 휘감아 오르는 사이로 눈이 부셔 왔다.

준혁은 그날로부터 근 이 태 동안을 찔레꽃농원에서 당숙을 도우며 생활하다가 5공 정부 끝날 무렵 노태우의 6·29 선언으로 복교를 하려고 서울로 돌아왔던 것이다. 그러나 학적은 이미 제적된 지 오래여서 복학이 불가능했다.

준혁은 부모님을 찾아갔지만 호통만 맞고 집 안에 발걸음도 들이지 못하게 했다.

할 수 없어 다시 서울로 올라온 준혁은 운동권 학생들에게 데모 선동 자금을 대주며 후원해 주던 야당 지도자를 찾아갔다.

그는 몹시 반색을 하며 반겼다. 육이구 선언으로 통일주체국민회의를 통해 대통령을 간접 선거로 선출하던 것을 이제 대통령을 직선제로 할 것을 선언하자 야당지도자는 대권을 노리고 한층 더 운동권 학생들을 이용했다. 몇 개월 안 돼 대선을 위한 총력전이 시작되자 학생들을 적절히 이용해 신군부에 대항하는 학생데모대가 거리를 뒤덮었다. 그 데모대의 한복판에는 역시 정준혁이 우뚝 서 있었다. 선거전

막바지에 이르러서는 전투를 방불케하는 데모로 밤낮이 없었다. 화염병과 최루탄이 도시의 곳곳을 난무했다. 준혁은 몇 번이나 화상까지 입고 병원을 들락이면서까지 데모를 주도했지만 결과는 역시 노태우의 승리로 끝났다.

준혁은 민주화의 조종이 울렸다고 생각지 않았다. 서울의 봄은 기어코 오고 말 것이라는 신념으로 다시 운동권 학생들을 규합했다.

데모는 대선 때처럼 심하지 않았지만 올림픽을 치르던 전후를 제외하고는 여전히 계속되었다. 특히 6공이 끝날 무렵 3당 합당으로 YS가 정권을 잡자 특정지역 사람들은 더욱 반발했고 그 지역을 중심으로 한 학생들은 준혁을 중심으로 과감한 투쟁을 전개하기 시작했다.

준혁은 이제 정치인도 아니고 학생도 아닌 애매모호한 존재로 야당정치인의 주변을 돌며 빛 잃어 가는 민주화 투쟁을 계속하고 있었다. 그는 이제 민주화의 투쟁은 신 군부와의 투쟁이 아니라 정권의 평화적 교체에 있다고 보았다. YS의 합당정치는 아무리 문민정부라 해도 평화적 정권 교체가 아니므로 민주정치가 아니라는 지론이었다. 그러나 YS는 날로 인기가 높아졌고 '역사 바로 세우기' 구호까지 내걸어 부정부패를 뿌리 뽑고, 군부의 잔재 청산을 위해 전직 대통령 두 명을 한꺼번에 감옥에 처넣었다.

그랬음에도 그의 임기 말년은 참으로 눈물겹고 허망했기에 국민으로부터 연민의 정마저 느껴지게 했다. 자식을 감옥에 넣고 IMF라는 경제 위기로 이끈 장본인으로 차기 대통령 당선자인 DJ에게 두 달여 나 그 권한 행사마저 빼앗긴 꼴이 되고 말았다.

준혁은 반세기 만에 야당이 처음으로 평화적 정권 교체를 하는데 혁혁한 공을 세웠다고 자부했다. 그래서 민중이 세운 정부로 자처하여 국민의 정부라는 이름에 스스로 도취돼 있었다.

준혁에게는 한 국민으로서 높은 사람으로부터 논공행상을 받는 일 외는 아무 할 일이 없다고 생각했다. 그는 DJ의 부름만을 기다렸다. 한 달, 두 달 아무리 기다려도 그에게 내려지는 그 어떤 소식도 없었다. 그렇게나 따뜻하고 인간적이며 격려와 위무와 사랑을 베풀고 나라와 민족을 위해 고생하며 투쟁하던 후배들의 앞날을 걱정하고 염려하던, 그 분은 대통령이 되어 한을 풀었지만 준혁은 그제야 그들의 들러리만 서다가 젊음을 소모시키고 말았다는 사실을 깨닫는 순간 허탈감에 빠지고 말았다.

이제 와서 DJ와의 독대는 불가능했다. 그저 들리는 소식이라고는 벌써 DJ 측근들의 비리 아니면, 부정부패로 연일 신문기사에 오르내릴 뿐이었다.

그래도……? 준혁은 그런 마음으로 입에 풀칠하기 어려운 지경에서도 DJ의 부름을 기다렸다. 그 길 외는 살 길이 없었다. 희망도 없었다.

데모 때나 대선 때마다 미적미적하던 별 볼일 없던 운동권 후배들이나 동료들이 잘도 출세를 해 새집도 마련하고 권세도 부리며 뚱땅거리면서 잘도 산다는 소문이 자자했지만 준혁에게는 아무런 소식이 없었다.

그는 그만 지치고 말았다. 그렇다고 운동권 생활 외 아무런 이력도 없는, 그래서 고등 룸펜이 된 준혁은 정말 살길이 막막했다. 그런 처지의 준혁에게 어느 날 편지 한 통이 배달되었다. 당숙의 편지였다.

죽기 전에 한 번 만났으면 한다는 간곡한 당부의 편지였다.

불현듯 생각해 보니 당숙의 곁을 떠나온 지도 또 십 년이 후딱 지나 있었다. 아, 내가 너무 무심했구나!

준혁은 아직 결혼식도 올리지 못한 아내와 더불어 그날로 찔레꽃 농원에 사는 당숙을 찾아갔다.

고속버스를 타고 음성읍에 내려 다시 택시를 잡아타고 호방터로 가자 했더니 운전 기사는 멀뚱히 준혁을 쳐다보기만 했다. '찔레꽃농원'을 아느냐고 물으니 진작 그렇게 말씀하시지 하고 반문이다. 호방터는 몰라도 찔레꽃농원을 누가 모르겠느냐. 그만큼 당숙의 농원은 널리 알려진 모양이다. 준혁이 농원 입구에 내리자 첫눈에 띈 것 역시 흐드러지게 핀 찔레꽃이었다. 반원형 아치의 양옆으로 하얗게 핀 찔레꽃은 그렇게 화려하지도, 천박하지도 않으면서 끈질긴 생명력을 지녔다며 당숙이 좋아하던 꽃이었다.

준혁은 아내 미령과 함께 사립문을 들어서 넓은 잔디가 깔린 뜰을 지나 당숙의 집 앞에 이르렀다. 현관문은 활짝 열려져 있었다.

동경이 한 마리가 컹컹 한두 번 짓더니 그만이다. 꼬리 없는 동경이는 찾아온 손님임을 금세 알아차린 모양이다.

옛날 같았으면 당숙 내외가 이 농원 어느 곳에선가 불쑥 나타나 반겨 주셨을 터인데도 아무런 기척이 없다. 온통 녹음으로 뒤덮인 분지. 그 찔레꽃 농원 전체가 오늘 따라 적막하기 그지없게 느껴진다. 마치 한가한 간이역에 들어선 느낌이다. 만춘의 햇살만은 옛날과 다름없이 무더기로 비껴 내리는데 오늘 따라 당숙의 집 안은 고여있는 웅덩이의 물처럼 모든 것들이 멈추어져 있는 듯하다.

"당숙님! 준혁이가 왔습니다."

그렇게 큰소리를 내며 응접실에 들어섰을 때에야 당숙은 등의자에서 조용히 일어서며 준혁 내외를 반겼다.

"와 주었구나. 반갑다." 그러면서 미령을 가만히 바라본다.

"저의 처입니다."

"저, 미령이에요. 당숙님."

"그렇구나. 아직 결혼식도 올리지 못했다지?"

"네, 형편이 여의치 않아서요."

준혁이 얼른 대답했다.

"다 알고 있다. 종형도 웬 고집이 그렇게 센지……."

준혁의 부모님을 두고 하는 말이었다.

백발이 성성한 당숙은 많이도 수척해 보였다. 올해로 연세가 팔십오 세이시니 미순(米旬)도 몇 해 안 남았다.

"아직도 손수 일을 하세요?"

"못해. 날일로 품삯 주어 가며 일꾼들 데려다 시킬 뿐이야. 그래서 너 형편 알고 있는지라 의논하고자 편지 한 거지."

'인생 칠십 고래히(人生七十古來稀)' 란 말은 옛말이다. 칠순을 목전에 두고도 만여 평의 농장을 경영하는 당숙의 모습을 두고 노익장(老益壯)이라 해야 할지……. 준혁은 당숙의 모습을 찬찬히 살펴보았다. 얼굴에 검버섯이 생기고 피부가 곱긴 하나 주름이 많고 어딘가 노쇠한 모습은 지난 세월도 어지간히 길었음을 숨길 수가 없었다.

그때 당숙모가 부추며 상추, 쑥갓을 바구니 가득 담고 들어오며 반색을 했다, "조카님이 오셨군. 질부도?"

"네, 같이요."

얼마 안 있어 당숙모와 미령이 같이 마련한 점심이라 푸짐한 푸성귀로 즐거운 식사를 했다. 점심을 끝낸 후 넷은 다 함께 농원을 둘러보았다.

당숙이 교직을 물러나 이곳에 터잡은 지 올해로 꼭 이십삼 년이 되는 셈이다. 그 긴 세월 동안 하루도 빠짐없이 농원을 가꾸었으니 그 어느 구석인들 당숙 내외의 손 안 간 곳이 있으랴.

크고 작은 나무는 그 모양도 형형색색이다. 이 농원에 심겨진 화초며, 수목의 종류만도 천여 종이 넘는다니 참으로 놀랄 일이었다. 미령은 더욱 감탄해 마지않았다. 일일이 손수 가꾸었다는 데도 놀랐지만, 최초의 시작을 육순이 넘은 나이에 씨를 뿌려 오늘에 이른 점은 가히 상상도 할 수 없는 일이라 여겨졌기 때문이다.

또한 산책길 요소마다 돌에 새긴 명시, 명문장 비석이 무려 이백 개도 넘게 세워져 있었다. 그래서 주말이면 농원이 미어지게 학습과 견학을 하기 위해서 많은 사람들이 몰려든다고 했다.

농장을 한 바퀴 돌아보고 나오자 때마침 오월 훈풍이 녹색 장원의 나무숲을 지나간다.

숲을 휩쓸고 지나가는 바람과 이름 모를 산새의 간헐적인 지저귐에도 산사처럼 조용했지만, 실구름에 가려 있던 하오의 태양이 불거지자 주변은 금세 호기심 많은 아이의 눈망울만큼이나 환해졌으므로 우리 모두의 마음도 밝고 명랑해졌다.

그날 밤, 준혁 부부와 당숙 내외는 응접실 소파에 마주 앉아 있었다.

통유리 창 너머로 아스라이 보이는 매실봉 머리로는 보름달이 떠오르고 있었다.

당숙은 조용히 입을 열었다.

"오랫동안 심사숙고한 결론이다. 너의 지금 형편이 어떻다는 것도 다 알고서 하는 말이다. 서울 생활을 접고 이곳으로 올 수 없겠니? 만약 그리 한다면 이 농원도, 집도 너에게 모두 양도해 줄 계획이다."

준혁과 미령은 당숙의 뜻밖의 제안에 어리둥절해 한동안 말이 안 나왔다. 잠시 후에야 겨우 입을 떼었다.

"재종형님이 계시지 않습니까?"

"준성이, 그 녀석은 양인(洋人)이 된 지 오래야. 물론 녀석에게 준다 해도 관리할 수 없음은 말할 것도 없고. 그러니 네가 맡아 잘 관리하고 경작해 보거라. 오래 되기는 했지만 한 이 태 동안 쌓은 경험도 있지 않니?"

"하지만……."

"너무 망설일 것 없다. 내 이미 너에게 증여코자 제반 서류를 갖추어 놓았느니라. 나나 너의 당숙모 또한 너무 오래 살았다 싶구나. 다만 너희 내외에게 부탁이 있다면 저쪽 찔레꽃 흐드러지게 핀 언덕 양지 바른 곳에 내 이미 안식처를 마련해 두었으니 우리 내외 이 세상 하직하거든 그 곳에 묻어다오. 그것뿐이다."

당숙의 반쯤 감은 눈에서 맑은 눈물이 자르르 볼을 타고 흘러 내린다.

"흐흐흑――― 당숙님! 왜 그리도 약하신 마음 가지십니까? 건강하게 더 오래 사셔야지요."

그렇게 말하는 준혁도 당숙 앞에 엎드려 그만 큰 소리로 울음을 터뜨리고 말았다. 가슴 저린 통곡을 토해 내는 준혁의 귓속으로 아슴하게 당숙의 말씀이 파고들었다.

"사람 한평생이 뭐겠니? 바람처럼, 구름처럼 그렇게 스쳐 가는 것이 아니더냐. 애시당초 목숨 가진 것으로 태어난 것이 잘못이 아니었을까? 태어난 곳이 있었으면 마땅히 돌아갈 곳이 있어야지. 그 많은 친구들도 앞서거니 뒤서거니 해서 다들 저승으로 떠났는데, 나는 지각을 하고 있어."

당숙의 얼굴에선 어느 사이 타고 내리던 눈물 대신 잔잔한 미소가 번지고 있었다. 당숙모도 휴지 한 장을 뽑아 콧물을 풀고 일어서더니 주방에서 손수 담갔더라며 매실 물을 가져와 컵 가득 부으며 말했다.

"너무 밤이 오래 되었어요, 그만 들어가 잡시다. 조카 내외도 피로할 텐데."

그날 밤 준혁은 잠을 설치면서 몸을 뒤척이고 있을 때 하얗게 부서져 내리는 달빛을 타고 찔레꽃 농원 수목 사이에서 이름 모를 밤새가 후꾸 후꾸욱 우는 소리에 가슴이 젖어들었다.

준혁은 그 많은 시간을 거슬렀다가 다시 현실로 돌아와 채마밭에 괭이질을 한다. 돌아서면 자라는 바랭이를 뽑노라니 문득 당숙 생각이 다시 떠올라 하던 일 제쳐 두고 찔레꽃이 흐드러지게 핀 당숙 내외의 무덤으로 갔다.

당숙의 무덤에는 아직도 잔디가 어우러지지 않았다. 그러니까 작년 봄이다. 준혁 내외가 서울의 모든 것을 청산하고 이곳 호방 터로 이사를 와 찔레꽃농원을 경영하며 당숙 내외를 모신 지 겨우 한 해만에 당숙 내외는 한날 한시에 기거하던 침대에서 나란히 돌아가셨다.

그의 침대 옆에는 한 통의 유서가 남아 있을 뿐이었다.

〈이 세상 너무 오래 머물러 치매라도 걸릴까 두려워 우리 함께 먼저 간다. 양지 바른 찔레꽃 피는 언덕받이에 우리 내외 나란히 묻어 다오.〉

준혁 내외는 무덤 앞에 엎드려 큰절을 올리고 무덤을 지켜보았다.

당숙 내외가 마치 나뭇가지에 잠시 앉았다가 날아간 새처럼 이 세상을, 아니 이 찔레농원을 잠시 머물다 떠났으려니 생각하니 준혁의 가슴에 까닭 모를 애수가 서려 가슴이 저려 왔다.

여전히 당숙이 잘  가꾸어 놓은 찔레꽃 농원에는 오늘도 새가 울고, 바람이 스치고, 화초며 수목은 예나 변함없이 자라고 있었다.

# 불신(不信)의 늪

아무리 망각할 수밖에 없는 것이 세월이라지만 그 속에 영원히 파묻혀 버릴 수만은 없다고 생각한 창수는 부르르 살점을 또 한 번 떨었다. 그리고는 무너지듯 아내가 깔아 놓은 요 위에 몸을 던졌다.

교도소 문을 나서자 아내가 입에다 밀어 넣어 주던 생두부를 아무 생각 없이 삼켰던 게 그것이 지금도 위 속에 고스란히 남아 있다가 다시 목으로 기어오르려 했다.

창수는 그것을 억지로 참으며 가만히 누워 허공에다 시선을 던졌지만 아무것도 눈에 들어오는 것은 없었다.

"징역 6년을 선고함!"

물론 그 후 항소나 상고를 해봤지만 조금도 감형되거나 무죄가 되지는 않았다.

창수는 6년을 고스란히 옥살이를 했어도 단 한 번 그 어느 누구에게서나 억울함에 대한 동정을 받아 보지 못했다.

경찰관이나 검사, 판사 등은 창수의 누명에 대한 억울함을 벗겨 주려는 노력이나 도움은커녕 자기들에게 주어진 권력을 만끽하는데 여념이 없는 듯했다.

그럴 때마다 그들 앞에서 가슴을 치다 못해 쥐어뜯으며 호소를 해봤지만 결국 돌아온 것은 유죄뿐이었다.

거기다 '법정 모독'이라는 죄명까지 씌워 선심이라도 쓰는 듯 구류 10일을 더 보태준, 자질 부족한 저질의 판사도 있었으니 창수에겐 얼마나 기가 찰 일이었겠는가.

그는 감방 생활 6년 동안 분을 삭이지 못해 온몸을 떨다가 만기 출옥을 했다.

그는 쾡한 눈으로 멍하게 천정을 올려다보고 있을 때 마주친 시선들이 있었다. 벌써 중학교에 다니는 자식 새끼 두 남매와 아내의 얼굴이었다. 이들마저 남편이나 아버지에 대한 동정보다 불신이 짙게 서려 있다고 느꼈다.

"어쩌다가 ……?" 하는 빛이 역력해 보이는 듯했다.

"아니야! 나는 죄가 없어. 누명을 쓴 거야!"

창수는 뉘었던 몸을 용수철처럼 튕겨 벌떡 일어나 앉으며 고래고래 소리를 질렀다. 두 남매 녀석들이 눈을 동그랗게 뜨며 공포에 떨었다.

"여보, 다 알아요. 이미 지나간 일 아녜요. 잊어버려요!"

아내는 창수를 다시 뉘었다. 그는 또 다시 넋 나간 사람처럼 희멀건 눈빛을 창쪽으로 돌리는 것이었다. 해가 기우는지 서쪽 창으로 보이는 하늘 끝이 발갛게 물들고 있었다.

창수는 다시 한 번 몸을 부르르 떨더니 이내 모로 누웠다.

그는 어금니 사이로 끼어드는 쓸개즙보다 더 쓴 분노를 자근자근 씹었다. 그 씹히는 분노 속에는 잠시도 잊을 수 없는 지난 일이 마치 녹화된 필름처럼 떠올랐다.

창수는 이번 사고가 있기 전만 해도 구청의 어느 한직(閑職)에서 십 년이 넘게 주사로 일했었다.

그는 가장 말이 없는 사람이면서 일을 제일 많이 하는 공무원으로 소문난 사나이였다.

어찌 보면 자(尺)가웃 쯤은 모자라 보이기도 했고, 어찌 보면 순진 무구한 시골 사람처럼 여겨지는 사람이었다.

그의 나이 사십 고개에 들어섰지만 겨우 주사로 한직을 맡아 왔는데 도 단 한 번의 불평불만을 그로부터 들어본 사람이 없는 인물이었다.

날이 새면 남보다 일찍 출근을 했고, 해가 저물면 동료들의 못다한 일을 거들어 준 다음에야 모두가 퇴근해 버린 맨 뒷꽁무니에 처져서 퇴근하기 일쑤였다.

그런 창수를 동료들은 어쩌다 술좌석에서 한 잔씩 꺾고 나면 그에 게 충고 반, 빈정거림 반으로 던져주는 말이 있었다.

"야, 창수! 자넨 도대체 배알이 있는 놈이야 없는 놈이야?"

"왜 또 그래야?"

언제나 그러했듯 별 표정 없이 '왜 또 그래야?' 할 뿐이었다.

"너는 임마 그 자리에서 언제나 썩고 있을 게여!"

"썩긴 왜 썩어, 이렇게 펄펄 살아 있는데……."

"임마, 그 자린 우리 구청에서 너 말고는 단 한 놈도 있을 놈이 없 다는 걸 몰라서 하는 소리야."

"그런 자리니까 좋은 거지. 아무도 원하는 자리가 아니니까 안전한 자리고, 그래서 아무도 앉을 수 없는 자리를 내가 차지하고 있으니까 영광이지."

"짜식! 일류대학 나온 게 아깝다 아까워."

창수는 동료들의 핀잔 겸 충고를 모를 리 없었지만 그저 얼버무리면서 받아 넘기곤 했다.

사실 창수는 신조 하나쯤 지키며 살리라 했다.

남을 먼저 생각하며 법대로, 정의대로 이 세상을 살아가되 감사하고 사랑하면서 살고팠다.

찢어지게 가난의 굴레에서 헤어나지 못하고 살던 어린 시절. 입에 풀칠을 해야 하는 것이 전부였던 용마산 자락의 움막집 신세는 창수의 마음 한구석에 그늘이 드리워지던 때가 한 두 번이 아니었다.

병든 아버지는 약 한 첩 쓰지 못한 채, 죽음의 순간을 기다리고 있었고, 그런 정황에서도 어머니는 빤빤한 얼굴 하나만으로 다른 남자와 붙어서 창수의 가정을 걷돌고 있었다.

창수는 그런 어머니가 차라리 가출하기를 기다렸고, 아버지 역시 어서 죽기만을 바랐었다.

뼛속까지 파고 드는 가난과 슬픔과 외로움이 창수의 어린 가슴에 옹이처럼 박혔지만 세월이 약이었던지 영리하기 그지없었던 창수는 국고 장학금을 받아 가면서 대학까지 나온 수재였다.

그리하여 말단 행정직에 몸담아 온지 십 년이 넘었지만 아내와 두 남매를 거느린 가장으로 그 나름대로 행복한 삶을 살아왔다.

그는 비록 털털거리는 중고차이기는 해도 자가용 한 대를 마련해서 출퇴근을 해 왔다.

셋방살이에 아무리 중고차이기는 해도 창수의 형편에 자가용이 될 법이겠는가 싶었지만 그 자가용의 용도는 진정 다른 데 있었기 때문에 마련한 것이었다.

월말이 되어 월급날만 되면 꼬박꼬박 찾아가는 움막집이 있다. 거기에는 창수가 살았던 60년대 말 용마산 자락의 움집같은 곳에 자기의 과거와 같은 삶의 집단이 90년대에도 엄연히 존재하고 있었기 때문이었다.

그 곳은 창수의 손길을 필요로 했다.

창수는 썰렁한 계절의 바깥으로 밀려난 듯한 그들을 60년대의 자화상으로 여겨 공무원이 된 뒤 세 끼의 끼니를 걱정하지 않게 되는 날부터 도와 왔다.

퇴근 후 틈틈이 돌아다니며 주워 모은 고물을 팔고 월급을 나누어 그들의 찌든 삶을 도우는 데 조금도 인색하지 않은 창수라서 자가용은 그에게 절대적으로 필요한 도구여야 했던 것이다.

빈민촌의 사람들에겐 어둠에 원한이 많고 태양에는 정한(情恨)이 많은 그들의 슬픔과 외로움과 가난은 창수의 삶의 일부에다 사랑의 한 자리를 차지하게 했는지도 모를 일이었다.

그런 창수에게 지금의 불행을 가져다 준 것은 꼭 6년 전의 어느날 저녁이었다.

퇴근길에 동료들이 한 잔 하자고 부여잡는 것을 마누라 앞에선 간이 작은 남자라서 할 수 없다는 핑계를 댄 후 한사코 뿌리치고 헤어지자 아차산 자락에 게딱지 같이 붙은 움막 앞에다 붕붕거리는 84년형 고물차 한 대를 갖다 댔다.

엔진을 멈추고 움막집을 바라보았다. 전등불이야 켜 있었지만 으

스름한 초저녁 달빛에 거무스름하게 움집을 가린 루핑들이 겉모습을
드러냈다.

마치 전쟁이라도 치른 자리처럼 움막을 가린 루핑들이 넝마처럼
지저분하게 널부러져 싸늘한 밤공기를 타고 을씨년스럽기 그지 없게
보였다.

그런 움막에서 갑자기 와자한 수런거림이 있더니 이내 아이, 어른
할 것 없이 우루루 몰려 나와 창수를 반겼다.

창수는 라면, 사과, 헌옷가지며 빵과 양말 등을 그들에게 건넸다.

그들은 월말이면 이쯤에서 으레 창수가 오리란 걸 잘 알고 있었기
때문이다.

그들은 매우 적요하고 황폐한 지대에서 사회로부터 팽개쳐진 삶을
살면서도 절망에 찬 한숨이나, 포악스런 가난의 고통 대신 해바라기
같은 빛나는 환희와 꿈을 영글리고 있는 아이들이었다.

창수로 인해 아이들은 학교에 다녔고, 기동도 제대로 못하는 중늙
은이 두 사람도 끼니 걱정은 안 해도 되었다.

창수는 이 예닐곱 명의 집단 이산가족들에게 언제나 모멸받고 천
대받았던 자신의 어린 시절 기억의 파편들을 떠올리며 인생이란 땅
위에 잡풀처럼 널려져 목숨을 이어갈 지언정 꿈을 영글리며 살자고
거듭거듭 다짐주기를 잊지 않았다.

창수는 허리를 구부리고 들어간 움막집 안에서 예닐곱 식구들과
함께 라면을 끓여 저녁 한 끼를 때웠다.

"이만하면 절약해서 한 달을 무사히 넘길 게다. 공책, 연필은 상자
에 따로 넣어 두었으니까 아껴 써라!"

그 중 제일 큰 놈인 초등학교 6학년에 다니는 명구 녀석에게 당부

함도 잊지 않았다.

"용마 어른, 아차 어른 두 분도 햇볕 드는 날에는 집 도랑을 한 바퀴 돌아보시는 게 건강에 한결 좋을 겁니다."

두 노인의 존칭어는 용마산, 아차산 이름을 따서 지어준 이름이었다.

두 중늙은이는 창수의 말에 다 같이 고개를 끄덕여 주었다.

그러면서 덕석말이 같이 생긴 이마의 주름을 더욱 굵게 하며 풋풋이 웃음을 보내 주는 것이었지만 우수의 그늘은 지워지지 않는 거였다.

"월말이 아니면 올 시간이 없으니께, 두 어른 말씀 잘 듣고 공부들 잘 해야 헌다."

창수는 아이들에게 당부를 끝내자 집에서 기다릴 아내와 두 녀석이 문뜩 생각나 부지런히 일어서 털털거리는 승용차에 몸을 실었다.

아차산 자락을 휭하니 돌아 골목길을 간신히 빠져나오니 용마로를 가로질러 건너야 하는데 빨간 신호등이 가로막았다.

그는 푸른 신호를 기다리며 시계를 보니 벌써 11시가 훨씬 지나 있었다.

'너무 늦었구나! 꼬마 녀석들이 아빠를 기다리다 지쳐 잠이 들었겠지.'

창수는 조급한 마음이 들자 신호 바뀌는 시간이 너무 길다는 생각이 들었다. 그렇지만 느긋이 기다리는 수밖에 없었다. 다른 차들은 듬성듬성 지나가는 차들을 힐끔거리면서 신호등도 무시하고 잘도 지나갔다.

드디어 푸른 신호등이 들어왔다. 창수는 꺼진 시동을 다시 거느라 키를 두서너 번이나 돌려 겨우 차를 출발시켜 동일로로 접어들었다. 동일로에는 평소와는 달리 자동차들이 띄엄띄엄 지나가고 있었다. 자정이 가까워 올 무렵이니 그렇겠구나 싶었다.

그는 천천히 차를 몰았다. 그런데 한참 달리다 보니 길 한가운데 어떤 물체가 나뒹굴고 있었다.

그는 급브레이크를 밟았지만 뒹구는 물체를 약간 지나쳐서야 차가 섰다. 그리고는 차에서 유리창을 열고 뒷쪽을 유심히 보았다.

'아니, 사람 아냐? 교통사고를 당했구나!'

그는 차에서 뛰어내리기가 무섭게 뒹구는 사람 곁으로 달려갔다.

"여보세요! 여보세요!"

창수는 얼결에 쓰러져 피투성이가 된 사나이를 부둥켜안다시피 하고 마구 흔들었지만 대답 대신 바튼 신음소리만 냈다.

'이를 어쩐담!'

창수는 자기 차에 싣고 병원으로 가야겠다는 생각밖에 없었다.

그래서 온 힘을 다해 사나이를 끌어안았다. 그러나 중상을 입어 축 늘어진 사나이는 창수 혼자 힘으로는 도저히 옮겨 실을 수가 없었다.

잠시 지나가는 차라도 세워야겠다고 생각했지만 그 순간만은 단 한 대의 차도 보이지 않았다.

하는 수 없이 혼자 끙끙거리며 피투성이가 된 사나이를 끌다시피 해서 자기의 차로 옮기느라 애를 쓰고 있을 때 그제서야 택시 한 대가 급정거를 하더니 기사가 달려왔다.

"당신 이게 무슨 짓이야! 꼼짝도 하지 마!"

택시 기사는 다짜고짜 창수의 멱살을 잡은 채 호주머니에서 핸드폰을 꺼내 어딘가에 신고를 했다. 영문 모르게 멱살을 잡힌 창수는 아무리 뿌리치고 비비적거려도 놓아주지 않아 소리만 고래고래 질렀다.

"당신이 대관절 누군데 다 죽어가는 사람을 저렇게 두고 이따위 짓을 하는 거요! 이것 놔요! 이러다간 저 사람 죽고 말겠소!"

그러나 덩치 큰 택시 기사는 더욱 더 멱살을 조이며 말했다.

"잔말 말고 가만 있어. 잠시 후면 알게 될 테니."

얼결에 어처구니없이 멱살을 잡힌 창수는 요란한 경찰 백차의 경적과 함께 앰뷸런스가 거의 동시에 도착해서야 그 걸대 큰 사나이의 팔에서 풀려났고, 이어 피투성이의 사나이는 병원으로, 창수는 수갑을 찬 채 경찰서로 끌려갔다.

곧 이어 신문을 받았다.

뭔가 잘못돼도 한참은 잘못됐다고 생각한 창수는 자초지종을 진술했지만 경찰관은 화를 벌컥 내며 빽! 소리를 질렀다.

"이 새끼, 누굴 핫바지로 아나! 사고 당시 현장에 목격자가 있었는데도 무슨 뚱딴지 같은 소리만 하냔 말야! 바른대로 대!"

"목격자라니요?"

"바로 이 분이야!"

걸대 큰 사내가 싱긋 웃음을 흘리며 창수를 힐끔 보더니 경찰관 앞에 가 허리를 굽신거리며 말했다.

"이 사람이 틀림없습니다. 사람을 치고 뺑소니를 치려는 순간에 제가 달려가 멱살을 잡았으니까요."

그 말에 창수의 눈에서는 불꽃이 튀었다.

"이 자식 무엇이 어쩌고 어째."

창수는 수갑을 찬 채 자리에서 벌떡 일어서며 경찰관의 목소리보다 더 큰소리를 빽 질렀다.

그러나 곧 의자에 주저앉고 말았다.

"그래도 아니라면 어째서 당신의 차 바퀴에 피해자의 피가 묻어 있나?"

"그건 잘 모르겠소."

창수가 어지간히 흥분만 되지 않았어도 길바닥에 흘러내린 핏자국 위에 차바퀴가 지났음을 말할 수 있었을 테지만 그럴 경황이 없어 모른다고 해버린 것이었다.

이 두 가지의 증거가 창수로 하여금 6년 옥살이를 하는데 절대적인 기여를 한 셈이었다.

담당 경찰관의 초동 수사 기록은 검사와 삼심 판사를 거치는 동안 단 한 줄도 삭제나 수정됨이 없이 통과되어 젊음을 옥살이로 바치고만 창수였다. 거기다가 교통사고를 당했던 당사자마저 뒷날 정신이 돌아왔을 때 창수를 가해자라고 몰아붙였으니 옴짝달싹을 할 수 없었던 것도 피할 수 없는 운명이 아니었는가 싶었다.

물론 그 때의 목격자(?)였던 택시 기사가 용감한 시민으로 시장의 표창을 받은 것은 두말할 것도 없었다.

창수는 일찍이 배반하는 것부터 배우지 못한 자신이 지금에야 후회막급이었다. 그는 감았던 실눈을 바끔이 떠 보았다.

어지러웠다.

"물이나 한 그릇 주오!"

아내는 따뜻한 숭늉 한 그릇을 창수에게 내밀며 말했다.

"다 부질없는 생각이예요. 없던 것으로 하고 살아야죠."

아내의 몰골도 말이 아니었다.

찌든 살림에 옥바라지 6년을 해 오는 동안 질긴 것이 목숨이라 이제까지 부지해 왔지만 가슴은 새카맣게 타고 타서 숯가루가 되고도 남을 지경이었다.

아마 창수의 남은 가족들을 동기처럼 지내던 산수화가 창회나, 교
감인 중기, 원로 교사 왕우하며, 지금은 중흥마을 아파트에 가서 살지
만, 현달이 같은 친구들과 전직 동료들의 뒷바라지가 없었던들 아차
산 자락의 움집에 살던 이산가족 집단의 신세나 다름 없었을 터였다.
창수는 아내가 짬짬이 주는 숭늉 몇 모금만으로 연 사흘을 몸만 뒤척
거리며 방바닥을 질머지고 지냈다.

　　"그러심 안돼요. 일어나서 바람이라도 쐬세요."

　　창수는 푸석한 얼굴과 휘청거리는 몸뚱아리를 일으켜 뜰에 나서
보았다. 정오의 햇살이 비치기는 해도 초겨울 날씨는 썰렁했다. 전봇
대 옆에 선 가로수의 마지막 잎새가 찬바람에 펄럭이며 떨어져 내리
고 있었다.

　　"당신이 김창수 씨죠?"

　　창수는 퀭한 눈으로 고개만 끄덕였다.

　　"○○신문 기잡니다. 당신은 억울한 누명을 쓰고 6년간이나 옥살
이를 했다는 사실이 밝혀졌습니다. 그 때 사람을 치고 달아났던 진범
이 잡혔으니까요."

　　창수는 기자를 향해 송곳 같은 눈빛을 꽂았다가 이내 옆으로 돌렸
다. 시선이 던져진 곳에는 녹슬어 폐차가 되어 버린 방치된 승용차의
몰골이 눈에 들어왔다.

　　"지금 심정은 어떻습니까?"

　　"가짜범은 6년의 옥살이를 했는데 진범은 몇 년 옥살이를 시키겠
답니까? 저렇게 녹슬어 망가진 폐차처럼 망가진 내 인생, 내 가족, 그
리고 지금은 어디서 어떻게 사는지도 모를 아차산 자락 움집의 내가
돌봐 왔던 일곱 명의 인생은 누가 보상해 줍니까? 이 우라질 놈의 세

상! 으 허허허 어억-."

창수는 갑자기 두 주먹으로 자기의 머리카락을 쥐어뜯으며 꺼이꺼이 울부짖었다.

기자가 취재를 하고 돌아간 다음 날은 아침부터 을씨년스럽게 겨울비가 추적추적 내리고 있었다.

그 빗속에 던져진 대문 앞의 조간 신문에는 창수의 사진과 함께 기막힌 사연의 기사가 실려 있었지만 아무도 보아주는 이 없이 비에 얼룩지고 있었다.

# 견습기(見習期)

 

우리가 그를 처음 맞아 환영회 겸 인사라도 나누자고 데리고 간 집이 '갈매기'란 방석집이었는데, 녀석은 처음 만난 자리였음에도 불구하고 얼마 안 가서 구면이라도 된 듯 분위기에 곧장 흡수되면서 참으로 재미있게 놀아 주는 폼이 돼 먹어서 우리들은 한결 안심을 했고, 금세 친숙해질 수가 있었다.

사실 우리가 근무하는 주식회사 반도산업의 자재과는 이 회사의 노른자위다. 그런 노른자위에 녀석은 어떤 연줄로 들어왔는지 아직은 모르지만 짐작컨대 예사 놈이 아닐 것만은 사실일 터이고, 어차피 한 과에서 일할 바에야 떨떠름하게 지낼 것이 아니라. 확 터놓고 지낼 수 있어야만 앞으로 어떤 일을 하던지 간에 행동 통일을 할 수 있을 거란 의견이 지배적이었던 우리들은 그와 이렇게 서둘러 자리를 같이한 거였다.

"자, 쭉 한잔 들게"

자재과장 고기배(高基培)가 소주 한 잔을 '꼴깍' 하고 소리가 나게 마신 다음 녀석에게 권하면서 다시 물었다.

"김 뭐라 했나?"

"네, 김 사장(金思長)입니다."

"뭐? 사장이라고?"

"네, 죄송합니다. 하지만 한자로는 글자가 틀립니다. 생각 사(思)자에 길 장(長)자입니다."

그때 옆에 앉았던 박 계장이 크게 웃으며 말했다.

"사장이라, 그 이름 하나 멋지구먼. 과장님껜 죄송합니다만 사장님(?)과 한 방에서 근무하는 것도 별 나쁘진 않겠습니다. 아하하."

칠팔 명의 과원이 함께 웃음을 터뜨렸고 본인도 약간은 미안한 표정이긴 했어도 따라 웃고 말았다.

"자, 다 함께 축배를!"

모두가 철철 넘치는 소주잔을 부딪힌 다음 입으로 가져 갔고, 그 밤이 기울 때까지 퍼 마셨다. 그리고는 일어섰는데 우리들의 몸은 이미 달빛 어린 바다 위의 해초처럼 흐물거릴 정도로 만취돼 있었다.

우리들은 한사코 부여잡는 '갈매기'들의 호의(?)를 뿌리치고 택시 정류장까지 나와 차를 타고 헤어졌다.

그 정도였기에 다음 날 회사에 죽지 못해 겨우 기어 나오다시피 한 우리들이었다.

시간 맞춰 사무실에 나오기는 했어도 고 과장도, 박 계장도, 나와 마찬가지로 미스 홍이 끓여 놓은 보리차를 벌컥벌컥 마셔대며 안절

부절못한 것이었다.

그런데 그 전입사원 김 사장 녀석만은 언제 술 한 방울 마셨더냐 싶게 태연하게 근무하면서 늦게 나타난 전 과원을 일일이 맞이했고, 예의 바르게도 어제 베풀어 준 환영연에 대하여 감사하다는 말을 빼놓지 않는 거였다.

"역시 젊은 사람이라 다르군. 됐어."

고기배 과장을 비롯해 선배 과원들이 하나 같이 칭찬을 해 주었다. 그러나 김을 진정 부러워서 그런다던가, 그가 성실하고 유능해 보여서 칭찬해 주는 것은 절대로 아니었다. 오히려 조금 못마땅한 녀석쯤으로 치부해 두고 하는 말들이었다.

"김 사장, 아니 미스터 김!"

건너편 좌석에 마주 앉은 미스터 한은 김 사장을 건너다보며 하품 뒤섞인 말씨로 불렀다. 김 사장은 앉았다가 자리에서 일어나 똑똑히 대답했다.

"네!"

"젊은 사람이 그 모양이야."

"네?"

"네라니. 우린 자넬 환영해 주느라 술좌석을 마련했었는데, 그래 술 마시다 말고 도망간단 말야?"

"아, 그 말씀입니까? 그 점은 죄송하게 되었습니다만 워낙 술이 약해서 어쩌는 도리가 없었습니다."

"그렇담, 우리 과에선 물 위에 뜬 기름꼴 되겠는데."

그렇게 핀잔을 주자 그는 면구하다는 듯 뒤통수를 긁적거릴 뿐 더 대꾸를 하려 들지 않았다.

어쨌거나 우리들은 이렇게 해서 김 사장이란 녀석과 한 방에서 일을 하게 되었고, 우리들은 이틀이 멀다 하고 그를 끌어다가 '갈매기집'이 아니면 회사에서 좀 거리가 뜬 단골집 '유정'을 수시로 드나들었다.

그럴 때마다 녀석은 어떤 공포감에 사로잡히는 듯했는데, 추측해 보니 월급 때 치러야 할 외상값이 겁이 나서인 성싶었다.

"야, 미스터 김, 촌놈 같은 소리 하지도 말아. 월급 봉투 축 안 낼 테니."

"네?"

"놀라기는, 걱정 말고 술이나 마셔 두라구."

고기배 과장도 만선되어 돌아오는 고깃배만큼이나 의기양양하게 술을 마셔 댔고, 박일배 계장도 이름만 일배지 열 잔 스무 잔도 사양 치 않는가 하면, 미스터 한이나, 나나 술에 대해선 도통해 있어서 지고 가진 못해도 마시고는 갈 수 있는 위인들이었다. 확실한 통계는 내어 본 바 없지만, 미루어 짐작컨대 그간에 마셔댄 술의 양을 섬으로 따져보면 사오백 석은 족히 될 거라는 계산들이다.

하여튼 이 같은 술은 반도산업에서도 자재과에 오고 나서 부쩍 더한 셈이었다.

그것은 자리가 그렇게 만들었고 그렇기에 서로 오려는 자리가 아닌가!

그렇다고 단 한 푼인들 제 호주머니 돈 내고 술 마시는 법 없었으니 얼마나 좋으랴. 그런데 월말이 다가왔다. 우리들은 술값으로 돌아온 계산서를 김사장 녀석 앞으로 돌리며 잘 처리하라고 일렀다. 그러자 그는 놀란 토끼 눈을 하고는 어안이 벙벙하다는 듯이 계산서와 우리들을 번갈아 보는 것이었다.

그때 고 과장이 그 녀석을 불러가 귓속말로 한 두어 마디 건네 주었을 때 더욱 놀라는 빛이었지만, 가만히 제자리에 가 앉는 것이었다. 벌써 우리들은 고 과장이 어떤 말을 녀석에게 했는지 빤히 짐작하고도 남음이 있었다.

자재 출고 시에 몇 % 정도 더 로스로 봐주면 모든 것이 끝나 버리기 때문이었다. 우리들은 조금도 두려워한 적이 없었다. 이 정도는 언제나 상례였기 때문이었다.

그런데 녀석은 정말로 제가 무슨 진짜 사장이라도 된 듯이 고 과장의 지시대로는 양심상 절대로 할 수 없다며 이번 달에 한해 자기 월급으로 그 술값을 갚겠다고 버티는 것이 아닌가!

우리들은 할 수 없이 그를 따돌리기로 했고, 그는 6개월이 되어 타부서로 밀려날 때까지 한 번도 우리 술좌석에 어울려 들지 못했던 거였다.

그런 그 녀석을 내가 그 녀석의 바로 곁에 앉아서 근 반년 동안이나 지켜보았지만 그 어떤 한 부분밖에는 볼 수가 없었다.

흔히 있는 상사에 대한 불만이라든가, 회사에 대한 불만 등이 있겠는데 그런 것도 단 한 마디인들 들을 수가 없었고, 오직 그에게서 볼수 있었다고 한다면 무엇이나 자꾸만 묻고 배우는 자세로 일관하는 것뿐이었다.

어찌 보면 좀 우둔하게도 보였고, 또 달리 생각해 보면 생김새만큼이나 아주 진지하기 이를 데 없는 인간으로도 보였다.

나는 언뜻 언뜻 그 녀석을 볼 때마다 느끼는 감정이 좀 이상했다. 상당히 사교술에도 능하다 싶은가 하면, 세상 물정 돌아가는 데는 어둡다 싶은 그런 녀석이라고 치부해 두었다.

나는 그가 이 자재과를 떠나 타부서로 가기 이틀 전에 단 둘이 다방에서 만나 잠시 물어 본 것이 있었는데 그의 말을 듣고 나는 그제야 깜짝 놀랐다.

내가 물어 본 것은 그가 우리 회사에 언제 입사했으며, 어떤 부서에 있었고, 우리 과에 들어올 수 있었던 뒷배경 같은 것이었는데 그의 대답은 걸작이었다.

"뭐, 그게 대수로운 겁니까? 입사 경력이야 다양하지요. 안 다녀 본 과라곤 별로 없었으니까요. 입사 5년이지만 다양한 경험을 쌓은 셈입니다. 특히 오기영 선배님의 지도에 감사하고 싶습니다. 참, 뭐라 하셨던가요? 아, 뒷배경이라도 있느냐구요? 그거야 없는 것보다야 있으면 좋겠고, 하여튼 돌아보면 5년 동안, 정확히 말해 이상하게도 한 부서에서 6개월은 넘기지 못했으니 제 사회생활 하는 처세가 부족한가 봅니다."

"그럼, 우리 과에 온 지도 꼭 6개월이 되어 가는데?"

"각오가 돼 있습니다."

나는 그때서야 바보 같은 녀석이 아님을 짐작했고, 그런 성미로 살려면 진작 자재과를 떠나야 할 거란 정도로밖에 생각하지 못했었다.

그런 뒤로 그는 개성이 뚜렷하다 할까? 뭐, 솔직히 표현해서 그의 이름마따나 사장 풍모라도 지녔다 할까 하는 그 김 사장이란 녀석은 통 만나볼 수가 없었는데, 내가 대리에서 과장으로 승진이 되어 총무부의 관리과장으로 갔더니 녀석은 어느 사이에 총무 부장 자리에 앉아 있지 않은가!

나는 반갑기도 하고 눈이 의심스러워 멀뚱히 바라보고 있는데, 그가 먼저 나와서 나의 손을 덥석 잡으며 반가워했다.

"오기영 과장, 정말 기차게 한 번 해 보시오."

그는 이미 알고 있었는지 입사 선배도 몰라보고, 혹은 불과 일 년 전의 올챙이 시절도 깜빡 잊고, 그것도 반말 비슷하게 "보시오" 하고 말하는 것이었다. 그러나 나는 불쾌하다는 생각보다 우선 반가웠고, 일하기에 편리하게 되었다고 느꼈다. 사실 나야말로 누구 한 사람 손 내밀어 끌어 줄 사람이 없었기 때문이었다.

사실 이 반도산업은 재벌 그룹 중에서도 상위 그룹에 속한다.

전자제품을 생산하는 모회사인 이 반도산업을 비롯하여 반도중기, 반도건설, 반도자동차, 반도조선, 반도무역 등 그 규모나 재력 면에 있어서 참으로 방대한 대기업체이다.

이 거대한 그룹의 관리 과장이 되기까지 순전히 나의 이름처럼 오기로 밀어붙였지만 언제 어느 날에 모래성처럼 우르르 무너져 내릴지 나 자신도 알 수 없는 일이라 물론 배알이 안 뒤틀리는 것은 아니었지만 김 사장 녀석쯤은 잘 모셔두는 것도 손해볼 일은 아닐 거라고 생각했다.

김 부장이나 나나 그저 뛰는 수밖에 없었다.

간부가 되고 보니 말단에 있을 때보다는 확실히 시야가 넓어져 회사가 어떻게 돌아가고 있는지 짐작이 갔다.

기업계는 정말 전쟁터구나 할 정도로 실감나게 돌아가고 있었다.

원가 절감을 위해, 혹은 인력 관리를 위해, 새로운 시장 개척을 위해, 더러는 타회사와의 치열한 접전으로 빼앗겼던 영토를 회복하기 위해, 더러는 영업 영토 확장전으로 한 치의 양보 없는 전쟁을 치르고 있음이 새삼 눈으로 보였다.

나는 하루가 어떻게 지나가는지도 모르고 그저 술렁임 속에 하루를 보내 놓고 나면 다시 일상의 따분한 흐름이 있음을 느끼곤 했다. 그리고 돌아오는 퇴근길마다 '갈매기집'이 아니면 '유정'을 거르질 못했다.

그래서 또 몇 개월이 지났을 때 김사장 부장은 어느 사이 상무이사로 승진했고, 나나, 나 또래의 과장, 대리는 겨우 자리바꿈으로 전전하고 있을 뿐이었다. 참으로 '사람 팔자 알 수 없다'는 말이 이토록 실감나는 것은 바로 김사장 녀석을 두고 이른 말일 게다.

아닌게 아니라 녀석은 그런 식으로 가면 분명 이름과 같이 진짜 사장 한 자리는 해먹을 놈이란 생각도 드는 것이었다.

그러고 보니 부사장이 사장 직무 대리로 있을 뿐 사장이 공석 중임도 새삼 생각났다. 그러나 그건 너무 지나친 비약이고 그러리라고 생각해 본 것에 지나지 않는 일이었다.

회사가 워낙 방대하기 때문에 다는 모른다 손치더라도, 내막을 아는 사람들은 김사장 녀석의 출세 문제로 인사 원칙 운운하며 입방아를 찧기가 일쑤였다. 그런데 아나 다를까. 녀석은 하루아침에 상무에서 경비 주임으로 발령이 나 아침저녁 간부들이 출퇴근 할 때마다 거수경례 하기에 바빴다.

사람 팔자 정말 모를 일이었다. 모두가 어찌된 일이냐고 인사를 했고 동정과 함께, 싸늘한 눈초리도 던졌지만 녀석은 눈 하나 깜짝하지 않고 제 할 일만 하고 있었다.

나는 어쩐지 가슴으로 흘러내리는 축축한 아픔과 눈시울에 맺히는 이슬 때문에 정문으로 차를 타고 나갈 수가 없어 걸어나가자, 그는 거침 없이 거수경례를 하는 것이었다.

"허허, 왜 이러시오"

내가 그의 손을 끌어내리자 그는 정말 아무렇지도 않은 듯 활짝 웃었다.

"어찌된 일입니까?"

내가 다잡아 묻자 또 그는 태연하게 대답하는 것이었다.

"세상사 그럴 수도 있죠 뭐."

나는 알 수 없는 일이라고 여겼고 남의 말하기 좋아하는 친구들은 무슨 부정을 저질렀는데 회장님 먼 친척뻘이 돼서 쫓아내지는 못하고 그나마 그 자리에 붙여 둔 것이라고 했다.

아무튼 그런 무성한 루머도 불과 몇 개월 못가서 사실무근이었음을 알았다.

그 날은 2월도 중순쯤으로 접어들어 이미 봄도 이마에 닿는다 싶었는데 밤사이 하얀 눈이 내려 천지를 깨끗이 뒤덮고 있었다.

우리들이 그 눈을 밟고 회사에 들어서자 마자 신임 사장 부임한다고 임직원을 비롯한 전 간부사원들은 상황실로 모이라는 사내 방송이 거듭되고 있었다.

우리들은 궁금히 여기면서 의자에 가 조용히 대기하고 있었다. 잠시 후 단상에는 신임 사장이 등단했고, 우뢰와 같은 박수 소리가 들렸다.

그런데 인사를 하기 위해 단상에 나타난 사장은 다른 이가 아닌 어제까지 경비 주임을 하던 김사장이 아닌가! 잘못 봤나 하고 아는 사람은 모두 눈을 닦고 봤는데 역시 김사장 녀석임에는 틀림이 없었다.

그에게서 깨끗한 신사복을 빼놓고는 조금도 달라진 게 없는, 틀림없는 김 사장 그대로였다.

"……그리고 아래론 말단 사원에서 위로는 경영진에 이르기까지 두루 거친 경험을 바탕으로 기업 경영에 신명을 바쳐 볼까 합니다. 모두가 잘 협력해 주시기를 바랍니다."

그 녀석 말이 끝나자 우리들은 다시 박수를 쳐 주었고, 그 소리를 어깨 너머로 받으면서 김사장은 단상에서 천천히 사라지고 있었다.

우리들은 그가 이 반도그룹의 총수 김중헌(金重憲) 씨의 둘째 아들 김 사장(金思長)이었다는 사실을 꿈에도 모르고 있었던 거였다.

# 오월(五月)의 이별(離別)

지혜는 시계를 보았다. 오후 5시 반이었다.

아직도 해가 지기에는 2시간이 훨씬 더 남아 있었다. 보라색 커튼 사이로 오월의 두꺼운 햇살이 비집고 들어와 지혜가 앉은 책상 깊숙이 깔린다.

지혜는 노랗게 퇴색한 앨범을 끄집어내서 펼쳐 놓고 한 장 한 장 넘기고 있었다. 그러다가 어느 한 장의 사진에 시선을 모았다. 한참이나 들여다보고 있었다. 하얀 햇살이 넘기는 사진첩 위에 깔리면서 지혜의 동공으로 반사돼 오자 그녀는 사진첩을 덮었다. 그렇게 사진첩을 덮어 놓고 창가로 가서 선다. 그리고 살며시 보라색의 커튼을 반쯤 걷어 올렸다. 실내가 온통 햇빛으로 가득 찬다.

그 가득 찬 햇빛을 옆으로 밀치기라도 하듯 비껴선 지혜는 저절로 시야에 들어오는 성산대교 쪽을 바라보았다.

한강 물이 물감을 푼 듯 푸르게 흐르고 그 위로 가로 걸린 성산대교가 퉁겨진 활처럼 보기 좋게 걸려 있었다. 그리고 보니 지혜의 남편이 경영하는 병원이자 가정이기도 한 이 집이 상당히 높은 지대에 있었구나 하고 지혜는 새삼 느껴 보았다.

성산대교가 끝나는 머리쯤으로 해서 김포 가도가 이어지면서 딱정벌레만큼이나 승용차들이 쉴 사이 없이 왕래하고 있었다.

지혜는 그 길을 따라 시선을 그었다.

하얀 햇빛이 유난히도 빛나는 봄 하늘로 은빛 물체가 요란한 소리를 내며 지금 막 공항 쪽을 내리고 있었다.

지혜는 문득 시계를 또 보았다.

여섯 시에서 십 분이 모자랐다.

그렇게 지혜가 시간을 재고 있는 것은 20시 정각에 '김포공항 도착'이라는 준호의 전보를 받았기 때문이었다.

'얼마 만인가? 그래, 결혼하기 전이었으니까 20년이 훨씬 넘었구나. 많이도 변했을 거야. 어쩜 알아보지 못할런지도 몰라.'

그래서 지혜는 아까부터 앨범을 꺼내 준호의 사진을 찾아보았던 것이었다.

사범 3학년 시절의 학생모를 쓴 채 학예부에서 같이 찍은 사진이었지만 지혜에겐 기억도 생생했다.

졸업 기념으로 연극반에서 '햄릿'을 연습하다가 늦게 특활반 교실을 나섰을 땐 진눈깨비가 내리고 있었다.

그래서 망설이고 있는데 지도부 선생님이 우산을 들고 퇴근하다가 둘을 불러 양쪽으로 세워서 나란히 교문을 나섰고, 그렇게 얼마 안 가서 지도부 선생님은 다른 선생님을 만나 헤어지면서 우산을 지혜에게 맡기며 말했다.

"둘이 정답게 가야 한다. 싸우지 말고."

선생님은 빙긋 웃음만 남기고 멀어져 갔고, 둘은 2킬로미터가 넘는 로터리까지 나란히 걸었었다. 그것이 두 사람 사이의 전부였다.

그리곤 20년이 훨씬 지난 셈이다.

그 후 지혜가 교편을 잡다가 약대를 나왔고, 남편 승훈과 결혼해 오늘에 이르렀다. 한데 준호를 한사코 초청한 것은 지혜가 아니라 남편 승훈이었다. 알고 보니 승훈과 준호는 같은 의학도로 같은 과에서 수학한 친구 사이였다.

남편 승훈의 말에 의하면 준호는 승훈이 지혜와 결혼할 무렵 음대 출신의 여자와 결혼했다가 사별한 지 벌써 삼 년이 넘었다고 했다.

"그럼 재혼하잖고."

"그게 문제야. 전연 생각 않고 있거든."

"글쎄, 외국에 가 있으니까 편지 정도뿐이니 어쩔 수가 있어야지."

"아내를 무척 사랑했었나 보군요."

"그런 점도 없잖아 있었겠지."

"그럼 이번에 귀국하면 당신이 꼭 주선해 보셔요. 좋은 여자 아는데 있으면 말예요."

"물론 그런 생각이 없는 것도 아니지. 어쩜 그런 일 때문에 내가 초빙하게 되었는지도 몰라."

"어쨌든 잘 되었어요. 당신도 건강이 좋지 않고 하니 말예요."

사실 승훈은 자신의 병에 대해 잘 알고 있었다.

아무리 오래 버틴다 해도 일 년을 넘지 못할 것이란 사실도 알고 있었다. 그런 사실을 아내인 지혜만이 모르고 있을 뿐이었다.

승훈은 준호에게 몇 번이나 간곡한 편지를 띄웠다. 절대 아내에게 알리지 말고, 와서 도와 달라고 간청을 했던 것이 오늘 준호가 오게 된 것이었다.

"여보, 뭘 그렇게 내다보고 있지?"

언제 왔는지 승훈이 지혜 곁으로 다가서며 말했다. 지혜는 움찔하며 승훈을 돌아다보았다.

"어머나? 벌써 양복도 갈아 입으셨군요."

"그럼 마중을 나가야 할 게 아닌가? 조금 일찍 나가 보아야지. 요즈음은 하도 차가 밀리니까."

"친구가 좋긴 좋군요?"

"좋다 뿐일라구. 붕정만리(鵬程萬里)를 친구 찾아오는데…… 서둘러 나가 봅시다."

둘은 그 날 어둠이 내린 공항이었지만 대합실만은 휘황한 불빛 아래라 준호를 맞이하는데 불편이 없었다.

준호도 지혜 내외 못지않게 무척 반가워했다.

물론 승훈이의 병을 생각하면 준호에게 어두운 그늘이 없었던 것은 아니지만, 지혜가 눈치채지 않게 하느라 애를 썼고, 저녁은 양식집에서 먹었다.

지혜는 조금도 아는 체를 안했다. 그저 남편의 친구로 대했고, 반가운 손님으로 맞이했다. 준호 역시 마찬가지였다.

다음 날부터 준호는 승훈의 병원에서 일을 보기 시작했다.

생각보다는 환자가 많아 준호는 놀랐다.

하루가 어떻게 지나가는지 의식할 수 없는 가운데 벌써 봄이 가고 여름이 지났는가 싶더니, 가을을 맞은 가로수들 사이로 초가을 햇살이 노란 국화꽃잎처럼 쏟아져 내리고 있었다.

'아, 벌써 가을이구나! 오래간만에 맞이한 가을!'

준호는 정원에 선 은행나무 머리 위로 펼쳐진 에메랄드빛 하늘을 모처럼 올려다보고 있었다.

그러자 그 은행나무 가지 사이로 쏟아지는 햇빛과 일렁이는 바람을 느꼈다. 참으로 오랜만에 겪는 정경이었다. 그때 승훈이 조용히 다가서며 준호의 옷소매를 잡아당겨 등의자로 갔다.

"여보게 준호. 자넨 여전히 지성과 겸손으로 중무장하고 있군. 버리게. 이왕 날 도와주는 김에 내 아내도 도와주게! 나는 이미 내가 아닐세. 꺼져가는 내 의식을 막연히 자맥질하고 있을 뿐임을 자네도 알고 있지 않은가. 이 병원도 자네 앞으로 명의 이전까지 다 해 놓았네. 나는 이제 남은 삶을 위해 슬픔도 아끼고 사랑도 아낄 참일세. 잘 부탁하겠네. 아내의 마음 한 켠에도 자네가 자리하고 있을 걸세."

그날 밤 둘은 노란 국화주를 한 병이나 마셨다. 그러곤 또 다음 날부터 병원 일에 묻히고 말았다. 승훈도 그랬고 준호도 그랬다.

지혜는 지혜대로 환자의 약 조제에다 간호원들의 뒷바라지며 두 사람의 음식 등에 신경 쓰느라 가을이 훌쩍 가고 겨울이 봄에 밀려난 지 오래였지만 시간을 의식할 겨를이 없었다.

그러던 어느 날 승훈은 예정된 목숨을 시간도 지체함이 없이 거두어 버리고 말았다. 승훈이 지혜에게 이 사실을 예고해 준 것은 임종 사흘 전이었고, 유서 역시 같은 날 건네받은 것이었다. 준호에게 부탁했으니 두 사람의 남은 인생 자기 몫까지 살아달라는 유서였다.

그로부터 한 달이 지난 오월, 신록 속에 부산한 봄이 무르익고 있었다. 역시 인생은 가면 돌아오지 못하되, 봄은 해마다 여전히 가고 또 온 것이었다.

그런 봄과는 대조적으로 오월의 어느 날이었다. 김포공항에는 은빛 날개를 편 비행기의 트랩에 오르는 준호를 바라보는 소복 차림의 한 여인이 있었다.

지혜였다. 그녀의 눈자위엔 잔잔한 슬픔과 이슬이 맺혀 있었다.

지혜에겐 봄이 되자 벌써 두 번째로 맞는 이별이었다.

# 회한(悔恨)

겨울이 끝나고 봄이 와 있었다.

아마 바닷가의 봄은 멀리 활처럼 굽어 누운 수평선으로부터 오는가 보다.

아련한 수평선 위로 아지랑이가 춤을 추고 있었다.

섬자락에는 동백나무 가지마다 샛빨간 꽃망울이 탐스럽게 터지면서 사선을 긋는 저녁 햇살을 받고 풀빛 바다에 그림자를 드리우고 있었다.

김 교장은 혼자 갯바위에 앉아 낚싯대를 드리웠지만 아직 고기는 입질 한 번 하지 않아 무료했다. 이명증이 없었는데도 귀가 갑자기 멍멍해져 왔다.

"꽤갱– 꽤갱……"

젖가슴을 찢는 듯한 쇳소리가 지금도 마구 가슴속 심장에까지 와 박히는 것 같은 착각에 젖어들었다. 그러자 전신에 소름이 오싹 끼쳐졌다.

"휴ㅡ."

김 교장은 가슴을 쓸어내리며 멀리 수평선을 바라보았다.

가로 누운 수평선엔 몇 척의 화물선이 지나가고 있었지만 김 교장의 눈에는 그것이 들어오지 않았다.

그저 꽹과리 소리와 함께 섬짓한 아픔과 두려움만이 전신을 휘감아 왔다.

그러면서 수치심과 자책감을 함께 떨쳐버릴 수가 없어 머리 속은 수세미 속처럼 뒤숭숭해지면서 몸서리가 쳐지는 것이었다.

보송보송한 봄의 햇살이 찰랑거리는 수면을 타고 김 교장의 얼굴에 와 닿고 있었다.

때를 맞추어 바다에 드리워진 릴대의 끝이 춤을 추고 있었다.

고기가 물린 모양이었다.

그러나 김 교장은 그것을 의식하지 못한 채 이젠 눈마저 지그시 감고 있었다.

김 교장은 그 날을 곰곰이 생각할수록 우울하고, 답답하고, 분하고, 억울함이 가슴을 꽉 치밀며 불이 붙어 활활 타오름을 억제할 수가 없었다.

"꽹 깨갱ㅡ 꽹 깨갱ㅡ."

강아집 선생이 꽹과리를 치고 앞장을 서자 이어 소고, 북, 장구, 징까지 든 아이들이 강 선생의 뒤를 따라 풍물을 치며 교실을 돌기 시작했다.

한 바퀴, 두 바퀴…….

음악도 아닌 국어 수업연구 시간에 사물을 동원해서 수업의 도입 부분을 시작하자 참관하던 선생님들은 다들 흥미와 관심을 갖고 지켜보지 않을 수가 없었다.

"쿵 따르 쿵 꽹 과앙 쿵따르……."

그런데 정상적인 수업에 있어서는 도입이 5분을 넘지 않은 것이 상례인데도 벌써 20분이 넘도록 지도교사인 강아집 선생을 필두로 한 대여섯 명의 어린이가 풍물을 치면서 교과서를 펼쳐 놓고 있는 아이들의 둘레를 돌고 있었다.

말하자면 똑같은 행동을 반복하고 있는 것이었다.

다만 색다른 것이 있다면 똑같은 리듬과 가락에다가 노랫말만 바꾸어 부른다는 사실 뿐이었다.

"……가자 가자 앞으로 깃발을 따라 거룩하신 녹두장군 정신을 이어받아……."

이쯤에 이르자 수업 참관을 하고 있던 여러 선생님들은 술렁이기 시작했고, 때마침 장학 지도차 수업 참관을 했던 장학사는 수업 중지를 시키고 말았던 것이다.

그런 일로 인해 강아집 선생과 김독식 교장 사이에는 한 치의 양보 없는 줄다리기가 시작된 것이었다.

김 교장에게 치명타를 안겨 준 강아집 선생은 진작 물러나야 할 사람은 김 교장이라 했고, 김 교장은 의식화된 교사는 교단에 설 수 없다고 팽팽히 맞섰다.

김 교장은 강 선생에 대한 행동 하나하나를 머리카락에 홈파듯 들추어 냈고, 강 선생은 김 교장의 비리를 백일하에 폭로하기 시작했다.

김 교장이 강 선생에 대해 조사한 내용 중 크게는 교원노조 가입과

교사협의회 가입, 그리고 반정부적 발언 등이었으며, 작게는 교내 직원의 파벌 조성, 학급 어린이에 대한 의식화 교육, 학부형으로부터 봉투 받기를 거절한 대신 고가의 물품을 받은 사실, 수재의연금과 방위성금을 거두어 교원노조 활동과 교사협의회 지원금으로 유용한 사실, 무단 결근, 무단 외석, 지각, 조퇴의 다반사로 복무의 불성실, 교육과정의 불이행 등이었다.

이런 것은 김 교장의 주도 면밀한 계획하에 사실에 근거하여 조사된 것이었다.

반면에 강 선생 역시 김 교장의 비위 사실에 대하여 철저히 조사, 폭로한 내용을 보면 학년 초에 담임 배정과 주임교사 임명을 둘러싸고 교사들로부터 금전을 받은 사실(20명에 3백여만 원으로 증거가 확실하다고 주장), 교문 이전을 빌미로 공사비를 육성회비에서 지출하였음에도 불구하고 같은 명목으로 학부모의 찬조금을 받아 독식한 사실, 각종 소모품비에서 학급용 종이 한 장 사주지 않았고, 교사와의 대화비역시 추석 때 떡값으로 1인당 5천 원씩 나누어 준 것 외에는 모두 혼자꿀꺽했으며, 폐품 판 대금 2백50만 원에다 어린이 신문판 이익금 3백만 원, 식목일에 묘목 산다고 학부모께 받은 돈 350만 원 등을 게눈 감추듯 했고, 책걸상 수리비다, 칠판 수리비다, 풍금 수리비다, 앰프 시설 수리비다, 텔레비전 수리비다 해놓고 생판 그래도 방치한 채 예산만 홀랑 써버린 사실, 불우이웃돕기를 한다며 반장 아이들에게 성금함을 들려 전교생에게서 거둔 돈 2백39만 원과 성미 거둔 것 25가마도 그 절반이 넘게 이 핑계 저 핑계 대서는 횡령, 착복한 사실 등 무려 50여 가지를 들추어 내서는 교조신문과 교사회지에다 폭로했다.

김독식 교장은 막강한 행정당국의 배경과 교장연합회의 힘을 십분 활용하고 과시했으며, 강아집 선생은 교조와 교협을 빽으로 삼아 교육 개혁의 기수로 자처했다.

김독식 교장과 강아집 선생과의 대결은 찬반과 긍부정의 양론 속에서 석달을 끌다가 드디어 결판이 나고야 말았다.

강아집 선생은 징계위에서 파면이 되었고, 김독식 교장은 부정 공무원으로 조사를 받은 후 40년간의 근속이 참작되어 겨우 파면만은 면하고 정년 1년을 앞세우고 불명예 퇴임을 했던 것이다.

문자 그대로 이전투구(泥田鬪狗)였다.

모두가 승리가 아닌 패배뿐이었다.

둘다 그간 세월이 흘러 두 해가 넘었건만 황량한 가슴은 그 어느 것으로도 채워지지 않았다.

김 교장은 대낮부터 술푸념을 해도 소용이 없었다.

그럴 때마다 음산하고 우울한 회색빛깔의 서울을 벗어나 이곳 섬으로 달려왔지만 매양 한 가지였다.

망망한 바다를 보면 시름이라도 달래지려니 했으나 소용이 없었다. 오늘따라 더욱 그러했다.

낚싯대를 거둔 김 교장은 때마침 지나가는 낚싯배를 불러 타고 선창으로 되돌아와 선술집으로 들어갔다.

"아니, 김 선생이?"

"……?!"

김독식 교장과 강아집 선생은 뜻밖의 만남에 서로가 어정쩡히 마주 보며 앉았다.

순간 두 사람은 가장 멀고도 가까운 사람임을 함께 느꼈다.

그토록 증오의 대상이었던 두 사람은 서로의 표정에서 회한을 읽고 있었다.

고뇌의 덕지들이 김 교장의 흰 머리카락에서나, 강 선생의 아주빛 얼굴에서도 짙게 묻어 있었다.

"교장 선생님, 저를 모르시겠습니까?"

"새삼 그게 무슨 소린가?"

"국민학교 시절의 저 말입니다. 그때 교장 선생님은 저의 담임이셨죠."

"뭐라구?"

"반장에게만 편애하시는 것에 항의하다가 생똥을 싸도록 매를 맞았죠. 그때 나도 선생이 된다면 당신 이상으로 해 보리라 다짐했던 거죠."

"……?"

사제(師弟)는 이 풍진 세상을 만나 참으로 묘한 관계로 뜻밖의 장소에서 서로 회한에 잠기지 않을 수 없었다.

# 밤 안개

황혼 무렵이었다.

시들기 시작한 햇살 몇 점이 수면에 반짝반짝 부서지고 있었다. 이어서 암갈색의 해걸음이 강 저편 산으로부터 머뭇머뭇 건너오는 것이 확연했다.

"안 펴고 뭘 하는 거야?"

동식은 던졌던 낚싯대를 당겨 찌를 조절하면서 상필을 건너다보며 말했다.

"포인트가 마땅찮아."

상필은 연신 자리를 물색하며 건성으로 대답했다.

"선무당이야 장구 나무란다지만, 꾼이 무슨 포인트 타령이람."

"아무래도 탕거리는 올려야 할 게 아닌가."

상필은 자칭 꾼으로 자부해 왔으매 기어코 오늘만은 그 솜씨를 보여줘야 한다는 각오가 대단했다.

일행 칠팔 명은 어느 사이 저마다 자리를 정해 수면에 뜬 찌에 시선을 꽂고 있었다. 가장 좋은 포인트를 고르기에 여념이 없던 상필도 드디어 골이 패인 후미진 곳에 자리를 잡고 낚싯대를 네 대나 폈다.

낚시터는 금방 침묵이 흘렀다. 수면은 어느새 무채색으로 천천히, 그리고 소리도 없이 함몰돼 갔다. 나를 비롯한 태훈과 봉주는 낚시대 근처에도 가 본 적이 없었지만, 시조회 겸 고스톱 대회라도 갖자는 분위기가 그러했고, 거기다가 장(長)도 함께 간다는 말에 한축에 끼어 들고 말았던 터라 애당초 낚시보다 고스톱 아니면 술타령이나 해보자고 나섰던 터였다. 자연 우리 셋은 적당한 장소에다 텐트를 치고 밥을 지으면서 연신 탕거리가 낚여지기만을 고대했으나 허사였다.

나는 소위 꾼들이 앉은 자리마다 돌아가며 삐꾸를 획획 쳐들어 보곤 했다. 그러나 눈만 붙은 피라미 새끼도 한 마리 눈에 들어오는 것이 없어서 실망을 안고 텐트로 돌아와야 했다.

"그 보라구. 세상의 허풍장이는 낚싯꾼뿐이라니까. 애당초 계획했던 대로 소주나 꺾자구."

봉주의 말이 떨어지기가 무섭게 우리는 생소주를 고추된장에 찍어 그것을 안주 삼아 신나게 들이켰다. 거나해진 우리는 '만고강산'이며 '이 풍진 세상'을 목청껏 뽑아 제꼈다. 우리들의 구성진 목소리는 펑펑 쏟아지는 달빛을 타고 축축하게 뿌려지는 밤 안개 속으로 녹아들었다.

"에끼! 이 사람들 못 쓰겠군. 훼방 놓기로 작정한가 본데. 너무 그러지들 말게나."

동식은 참다 못했는지 낚싯대를 놓고 우리에게 다가와 내뱉다시피 말했다.

그제야 우리는 소리를 거두었고, 다시 몇 잔씩을 꺾었다. 그리곤 몸을 약간씩 휘청거려 가며 낚시하는 모습을 구경하기로 했다.

달빛을 받은 밤안개가 수면으로 녹아들 듯 눅눅히 뿌려지고 있는 그 속으로 야광 찌가 반딧불처럼 빛나고 있을 뿐 입질의 기미는 없었다.

하지만, 꾼들은 석고처럼 앉아 촌각도 늦추지 않고 팽팽한 시선으로 찌를 지켜보고 있었다.

"미쳐도 단단히 미쳤군. 저게 무슨 지랄이야. 글쎄, 옛날 강태공이야 어지러운 세상 잊자고 세월 보내는 맛으로 그 짓 했다지만, 원 요즈음 같이 바쁜 세상에 저게 할 짓이야. 찌든 도시 공해 벗어났으면, 고이 산소 사우나나 할 일이지."

우리는 함부로 빈정거리며 꾼들을 희롱했다. 그러나, 그들은 하나 같이 찌에만 시선을 줄 뿐 고개 한 번 돌리는 법이 없었다. 제풀에 지친 우리는 따로 행동하기로 하고, 낚시터에서 조금 떨어진 마을로 들어갔다. 마을이래야 겨우 슬레이트집 너댓 채가, 그것도 전봇대 두 칸쯤은 되게 띄엄띄엄 떨어져 있었다.

마을 이름은 미라실(美羅室).

차령산맥 하발치에서 흘러내린 야트막한 산자락이 굽이굽이 돌아가다가 연약하고 정결한 차림으로 다소곳이 주저앉은, 새댁 같은 마을이었다. 아름다운 비단처럼 첫눈에 정드는 정한(情恨) 깃드는 그런 마을이었다.

우리는 잡풀이 무성한 밭둑을 탔고 달빛은 무척 고왔다. 실비처럼 뿌려지는 밤안개는 해질녘까지 삶은 듯이 무덥던 대지를 식혀 차라리 낭만적인 밤이 되었다.

우리는 불한당처럼 무작정 사립문도 없는 어느 집 마당에 들어섰다. 전깃불이 환했다. 밝은 달빛이 부럭대기 숫소가 매인 외양간까지 깃들었지만, 전깃불은 역시 환히 밝았다. 컹컹컹 개 짖는 소리에 한 아낙네가 축담으로 나섰다.

"하룻밤 민박이라도……"

술 기운을 빌어 기세 좋게 그러면서도 조심성 있게 나는 입을 뗐다.

"아랫채로 드세요. 오늘 따라 손님이 없습니다. 식사를 안하셔도 숙박은 무료입니다."

마당 한가운데까지 나와 우리를 안내하는 아낙네는 첫눈에 보아도 밉지 않게 생긴 여인이었다. 화장기라곤 없는 얼굴에 반들거리는 눈망울과 오똑한 코에, 가로 길이가 짧은 입술이 그녀의 특징이었다. 뛰어나다곤 볼 수 없으나 아름다운 여인임엔 틀림없었다.

우리는 마당에 있는 펌프로 물을 자아올려 손발과 목을 씻었다. 참으로 시원했다.

방으로 들어가 좌정을 하곤 소주와 안주를 시켰다.

"어이, 김 과장(교외에선 주임교사를 흔히 과장이고 부르기도 한다) 우리도 펴자고."

태훈이 봉주를 향해 말했다. 고스톱을 하자는 뜻이었다.

"좋아, 허자구. 해보잔 말여. 당신 돈이 내돈이구, 내돈은 물론 내 것이니까."

우리 셋이 점 백으로 장난 삼아 몇 판 돌렸을 때야 주인 아낙은 술상을 차려 왔다. 나는 아무 생각 없이 그녀를 쳐다보며 말했다.

"아줌만 올해 몇이나 되우?"

그녀는 잠시 나를 쳐다보며 웃는가 싶었는데, 금세 표정을 굳히며 나를 자세히 보는 것이었다.

"왜 그러우? 내 얼굴에 무어라도 묻었나?"

나는 농담을 늘어 놓을 양으로 수작을 걸었다.

"혹시 이 선생님이 아니신가요?"

그녀가 묻는 말에 셋은 술상을 가운데 두고 웃었다.

"이 세상에 흔한 것이 김가 아니면 이가이고 박가가 아닌가? 그래, 맞추기는 했는데, 어째서 그러우?"

태훈이 여전히 농담조로 물었다.

"그럼, 이춘풍 선생님?"

"아니? 그러긴 한데……."

나는 소스라치게 놀라며 그녀를 뚫어져라 치켜 보았다. 태훈도, 봉주도 잠시 입을 걸어맸다.

"선생님, 저 계추월이에요. 오량교 다닐 때 담임 선생님이셨죠."

그녀는 갑자기 나의 손을 움켜쥐며, 다소곳이 무릎을 꿇고 앉았다. 나는 잠시 정물처럼 동작을 멈추었다. 순간 낯이 화끈 달아올랐다.

……망각의 세월 속에 영원히 파묻혀 버린 추억들이 아련히 떠올랐다.

진달래가 지천으로 핀 봄동산에 소풍을 갔을 때였다.

점심시간이었다. 선생님들만 둘러앉아 식사를 하는 자리에 계추월이가 막걸리 한 주전자를 가지고 왔다. 군에서 휴가를 얻어 오랜만에 집에 오신 아버지께서는 선생님께 갖다 드리라고 했다며 불쑥 내밀었다. 그 광경을 보고 옆에 앉았던 박선생이 부추겼다.

"그 참 고마운 일이로군. 기왕 갖고 왔으니 담임 선생님께 한 잔 따라 올리려므나."

추월은 진달랫빛 얼굴을 하며 다소곳이 술잔에 술을 따르었다.

"그 풍경이 그림처럼 아름답군요. 춘풍에 추월이의 이름까지도요."

농담 잘 하기로 이름난 김옥랑 선생이 하하 웃으며 말했다.

졸업을 앞둔 열세 살의 추월이었지만 농담 속에 담긴 의미를 모를리가 없었기에 낯빛은 더욱 붉어지지 않을 수 없었다.

그러나 내심 담임 선생님을 좋아했던 추월은 그 농담이 싫지 않았던 것도 지금껏 잊혀지지 않은 거였다.

"……그래, 추월이라? 벌써 삼십 년도 넘었군."

"네, 선생님. 그런데 선생님은 늙으시지도 않으셨군요!"

"허허, 그건 그렇구. 언제부터 여길……?"

"국민학교를 졸업하던 해였습니다. 그러니까 선생님께서 그 학교를 떠나시던 해였죠. 아버지께서 월남에 파병되셨다가 유골 상자만이 돌아왔을 때였습니다. 그 유골을 바로 저 길 옆에 묻었죠."

그녀가 가리키는 곳의 열어젖힌 창너머로는 산자락의 속살이 달밤에도 완연하게 나의 눈에 다가왔다.

"무덤은 두 개인데?"

"네, 하나는 어머니 무덤이예요. 어느 해 이맘 때였습니다. 그러니까 아카시아 꽃이 만발할 무렵 어머니는 기어코 저 강물에 뛰어들고 말았지요."

"허허- 저런!"

"그러나, 저는 멋모르고 삶의 끄나풀을 못 놓고 살다가 어떻게 얻었는지도 모르는 저 여덟 살짜리 사내녀석과 더불어 지금껏 이렇게 엎디어 있습니다.

계추월의 이야기에 빨려든 우리 셋은 죄 없는 담배만 요절을 냈다. 나는 참으로 묘한 감정을 느꼈다.

흔히 술집이나 여관 방에서 일이 끝나고서야 사제 간임을 알았다는 이야기를 귓결에 더러 듣기는 하였지만, 오늘 밤 여기서 계추월이를 만난 나의 감정은 어둠의 원한도, 태양의 정한도 아니었다.

"이춘풍 선생님. 저가 술 한 잔만 따르어 올리겠습니다. 그 옛날 봄 소풍 갔을 때처럼요."

그녀는 우리 셋의 이부자리를 펴 주고 달이 퍽도 기울어서야 윗채로 갔고, 우리 셋은 자리에 누워서도 잠을 잘 수가 없었다.

찌들고 모멸 받아 가며, 그래도 누려야 하는 그녀의 삶을 생각할 때 아무런 이유도 없이 나는 자책과 회한 때문에 잠을 설쳐야 했다.

아직도 빤히 내려다보이는 강상에는 간데라 불빛이 비치고 있는 걸로 보아 꾼들은 밤을 밝힐 모양이었다.

달빛과 함께 여전히 피어오르던 밤안개는 어느 사이엔가 빗줄기처럼 나의 가슴에다 사선을 긋고 있었다.

# 그녀가 울었던 까닭은?

일기는 오전 10시를 접어들면서 심상치 않았다. 한 줄기 바람이 주름진 이마를 어루만지듯 스쳐갔다. 이어 동전만한 햇덩이가 반짝하고 빛을 던지는가 했더니 이내 먹구름 속으로 사라졌다. 해서 금세 먹빛으로 잦아진다.

농민여성회장의 영결식장이 마련된 광장은 그야말로 입추의 여지가 없이 농민들로 가득 차 있었다. 드디어 식이 시작되었다.

"지금부터 수입농산물 반대투쟁 결의대회에 참석했다가 분함을 참지 못해 분사하신 우리 거룩한 이화령 열사의 영결식을 거행하겠습니다."

이어 식순에 따라 여러 인사들의 조사가 잇따랐다.

"……우리 말고 또 누가, 어디서 이 거룩한 희생의 기록을 기억해 주고 마음 되새겨 줄 자 있으리오. 결코 오늘 이화령 열사의 주검도 풀잎에 내려앉은 아침 이슬만으로 존재하다가 한 줌 햇볕에 사라지고 말 것인가? 이 열사, 당신만 농민의 고단한 짐을 지고 떠나셨구려……."

어른들의 대개 이런 내용의 추도사들이 있은 후 맨 끝으로 단상의 마이크 앞으로 나선 한 소녀가 있었다. 소녀는 언뜻 보아 나이 겨우 예닐곱 살 정도밖에 돼 뵈지 않는 어린 소녀였다.

단상에 올라 선 소녀는 귀엽고 예쁘게 생긴 얼굴만큼이나 화사하게 차려 입은 옷차림도 잘 어울렸다. 소녀는 조금도 어색해 보이거나 주저함이 없이 당당한 모습으로 단상에 올랐다. 그러고는 마이크를 가까이 끌어당겨 자기 키에 맞추기까지 한 후 자기가 읽을 추도사를 품 안에서 끄집어내 펼쳐들었다.

잠시 쨍한 햇살이 소녀의 어깨를 비껴 펼쳐든 종이 위로 내려앉자 눈이 부실 만큼 반사되어 그녀의 얼굴을 핥고 있었다.

드디어 소녀는 은쟁반에 옥구슬이 굴러가는 듯한 목소리로 추도사를 읽기 시작한다.

"……울지 않을게요. 우리 농민의 어머니, 당신을 위해서라도 울지 않을게요. 울고 싶으면 당신이 가꾸다 버려둔 농작물 한 그루 더 가꿀래요. 어머니, 우리 어머니! 당신이야말로 진정 우리 농민의 어머니였어요……."

마이크를 통해 들려오는 추도사의 내용이 광장을 가득 메운 농민들의 귀에 깊숙이 파고들자 어느 사이 그들의 눈 언저리에 한 맺힌 눈물이 늑늑히 고이기도 했다. 이리하여 이화령 열사의 영결식의 분위기는 여기서 절정을 이루는 듯했다.

그녀의 목소리에는 애잔한 슬픔이 저려 있어 이화령 열사의 영혼과 함께 농민들의 한스러움은 가슴으로 파고들었다.

농민을 살리겠다고 정권을 잡은 정치인들에게 속아서만 살아온 농민군중들. 속아서만 살아온 세상살이가 더럽고 아니꼬와 오늘 이렇게 모여 분노하고 있는 것이다.

농민군중의 얼굴엔 밝은 웃음 대신 가난에 찌든 어두운 그늘이 서려 있었다.

이 때였다. 맑고 화사게 빛나던 하늘이 갑자기 먹구름으로 가려지고 이내 빗방울이 우두둑 우두둑 하고 떨어지기 시작했다. 그 굵은 빗방울은 광장에 모인 군중들의 입성을 적셔 주는데 모자람이 없었다. 그러나 군중들은 조금도 동요함이 없이 소녀를 향해 그녀의 목소리에 귀를 모으고 있었다.

그런데 갑자기 소녀의 낭랑하던 목소리가 흔들리기 시작했다. 소녀는 추도사 읽기를 잠시 멈추고 옷에 떨어지는 빗방울을 몇 번 턴 다음 주위를 한 바퀴 둘러보더니 기어코 울음을 터뜨리는 것이었다. 소녀의 울음소리는 마이크를 통해 잔잔하게 광장을 퍼져 갔다.

소녀의 오열이 시작된 것은 바로 '후두둑' 하고 먹빛 하늘에서 빗방울이 떨어짐과 동시였다. 소녀의 추도사를 듣던 광장의 군중들은 한결같이 감동되어 일제히 고개를 숙였다. 소녀는 이제 흐느끼다 못해 큰소리로 울음보를 마구 풀어 놓는 것이었다.

이 광경을 지켜보던 군중들 중에는 소녀처럼 목이 메어서 손수건을 눈에 갖다 대고 흐느끼는 자도 있었다.

그럴 수밖에 없는 것이 어른들 못지않게 고인의 서거에 대한 애통함이 추도사를 읽는 것만으로도 부족해 울음을 터뜨려서까지 애도하고 있었기 때문이었다.

"참으로 대단한 아이로구나!"

군중들 틈에선 소리 없이 소녀를 향해 찬사를 아끼지 않는 사람도 있었다.

소녀의 울음은 그칠 줄을 몰랐다.

후드득 후드득 굵은 빗방울은 포도 알처럼 떨어져서 소녀의 옷자락을 적셨다.

식장에 모였던 군중들은 일제히 손에 들고 있던 우산을 펴서 소낙비를 가렸다.

그때 여자 한 분이 우산을 펴들고 단상의 소녀에게로 다가가서 소낙비를 가려 주었다.

그 여인는 소녀가 추도사를 잘 읽을 수 있도록 며칠 동안 지도를 해 주셨던 담임교사 박옥랑 선생이었다.

박옥랑 선생은 곧이어 소녀가 더 이상 추도사를 읽을 수 없다는 것을 판단하고 읽기를 중단한 채 얼른 소녀를 단상에서 데리고 내려왔다.

잠시 장내는 침묵이 무너지고 수런수런 군중의 웅성거림이 이어지는가 싶더니 마이크에서 사회자의 맨트가 나왔다.

"여러분이 보고, 들으셔서 아시는 바와 같이 소녀의 추도사는 격한 감정을 추스릴 수가 없어 더 이상 계속할 수 없게 되었음을 양해하여 주시기 바랍니다. 그럼 다음 순서로 김희자 님의 구호 선창이 있겠으니 '반대한다!' 란 복창을 해 주시기 바랍니다."

단상에 오른 여성대표 김희자 씨는 카랑카랑한 목소리로 외쳤다.

"우리 농민 죽이는 농산물 수입 절대 반대한다!"

"반대한다! 반대한다! 반대한다!"

그와 동시에 우렁찬 함성이 광장을 뒤흔들 듯이 울려 퍼지며 들었던 우산들이 하늘을 찌를 듯이 높이 높이 치켜 올려 졌다가 내려지곤 하는 것이었다.

형형색색의 우산들이 펴 졌다 접혀 졌다 하면서 외국 농산물 수입 반대 결의대회는 절정을 이루었고, 농민군중의 분노는 까치산 자락에서 다시 메아리가 되어 돌아오곤 했다.

그러는 사이 거짓말 같게도 언제 그랬느냐는 듯 먹빛 구름은 걷히고 햇살은 비늘처럼 반짝이며 무더기로 쏟아져 내리는 것이었다.

한 줄기 소나기가 지나간 광장에는 하늘 한복판에 얼굴을 내민 해가 농민 군중과 앳된 소녀를 조용히 내려다보고 있다.

광장의 추도식은 이제 끝났다. 추도식은 끝났어도 삼삼오오로 모이거나 흩어져가는 사람들로 광장은 북적대서 소란하기가 이를 데 없었다.

그렇게 북적대는 광장의 한 귀퉁이에 한 소녀와 여인는 짧게 누워 있는 두 그림자를 밟고서 나란히 서 있었다.

추도사를 읽다가 중단하고 내려온 소녀와 그의 담임교사인 박옥랑 선생이었다.

흥분되어 울음을 터뜨렸던 소녀가 진정기미를 보이자 담임교사 박옥랑 선생이 물었다.

"며칠 동안이나 그렇게 연습을 했는데도 그 모양이 되고 말았구나. 어째서 울기까지 했니?"

박옥랑 선생은 소녀를 빤히 들여다보며 안타깝다는 듯 물었다.

"너무너무 속상해서요."

소녀가 박 선생님을 똑바로 올려다보며 대답했다.

"뭐가 너를 그리도 속상하게 했지?"

"비가 내 옷을 이렇게 적셨잖아요? 선생님이 사 주신 새 옷을 말예요."

소녀는 아직도 젖은 옷소매를 치켜들면서 말했다.

그러는 소녀의 얼굴에는 아직도 근심이 풀리지 않은 채 상기된 모습 그대로였다.

"아, 그랬었구나! 하지만 괜찮아. 조금 있다가 집에 가서 깨끗하게 세탁해 주마."

박 선생은 갑자기 소녀를 와락 껴안았다.

이 소녀가 바로 장터 어귀 블록집에 사는 소녀가장 남보라였다.

남보라의 아버지는 간암에 시달리다 세상을 떠났고, 어머니는 가난이 지겨워 돈벌이 하러 나갔다지만 함흥차사다.

해소병으로 몸져누운 할머니에, 다섯 살짜리 동생 윤이를 데리고 사는 보라.

그런 어린 것이 모진 목숨을 소름이 끼치도록 추스르며 살아간다는 사실을 알고부터 남모르게 돌봐오는 박옥랑 선생이었다.

보라가 태어나고 나서 처음으로 입어 본 새 옷. 그것도 선생님이 마련해 준 그 소중한 새 옷을 입어본 첫날 하필이면 비가 내려 옷을 적셨으니 얼마나 보라에겐 기막힌 일이었던가! 보라는 추도사를 읽기만 했지 그 내용도 모른다. 아니 알 바가 못된다. 외국농산물 수입 반대 결의 대회나 이화령 여사의 죽음에 대한 의미도 모른다.

소녀는 오직 박옥랑 선생이 고맙고, 선생님이 맞춰주신 새 옷이 소중할 뿐이었다.

단상의 마이크 앞에서 옥구슬 구르는 듯한 목소리로 추도사를 읽었지만 생각은 온통 새 옷에 있었고, 후두둑 떨어지는 빗방울과 함께 그녀의 울음은 곧 젖는 옷의 안타까움에 있었을 뿐이었다.

　남보라와 박옥랑 선생은 군중들이 다 흩어져 가버린 빈 광장의 한 귀퉁이에서 두 사람이 한 몸 되어 오래오래 서 있었다.

　남보라와 박옥랑 선생의 어깨 너머로 밝고 맑은 햇살을 흔들며 사르르 바람이 비껴 흐르는데 두 사람의 귀밑머리가 가볍게 흩날리고 있었다.

　보라는 젖은 눈빛으로 박옥랑 선생을 무척 면구한 표정으로 올려다본다. 박옥랑 선생 역시 가슴으로 촉촉이 젖어드는 연민의 정을 참지 못해 소녀를 꼭 껴안은 채 말없이 그녀의 등만 토닥토닥 두드리고 있었다.

# 여맥(餘脈)

서울은 언제나 영규에겐 낯이 선 도시였다.

거리를 거닐어도 그렇고 사무실에서 사무를 보거나 집에 돌아와서도 언제나 마찬가지의 느낌이었다. 10년을 넘어 살아도 서울은 언제나 타향이라는 느낌뿐이었다.

그렇게 각박한 서울에서 용케도 살아온 자신을 되돌아보며 어느 날 저문 거리에 섰을 때 하얀 눈이 펑펑 쏟아지고 있었다. "아, 눈."

그렇게 그는 중얼거리며 하늘을 올려다보자 평소 자기와는 무관하다 싶던 높다란 빌딩이 한눈에 들어왔다.

그는 그것을 보면서 그 거대한 빌딩의 소유자를 생각하고는 곧장 고개를 흔들고 말았다.

'허황된 생각이다. 왜 내가 그들의 근처에도 갈 수 없다는 것을 뻔

히 알면서도 엉뚱한 생각을 하고 있단 말인가. 올라가지 못할 나무는 바라보지도 말라지 않던가.'

영규는 버스 정류장에서 내려 길을 걸었다. 길은 어느 사이 눈으로 하얗게 덮여 있었고 거리를 지나는 차들은 굼벵이처럼 굼실대고 있었다.

영규는 가지만 남아 앙상한 가로수 밑을 거닐다시피 하며 천천히 집으로 돌아왔다. 발목까지 푹푹 빠지는 눈을 밟으면서…… 그렇게 눈이 많이도 내린 그날 밤이었다. 어느 사이 눈이 멎었는지 별빛이 창문 가득 밀려들고 있었다.

벌써 세상 모르고 잠든 아이들의 숨소리와 함께 바람 부는 소리만 들리는 밤이었다.

평소에는 이웃집의 우람한 저택에 매달린 휘황한 외등 때문에 보이지도 않던 별빛이 오늘밤만은 새삼스럽게 창문 가득 밀려들고 있었다.

"철겨운 눈이 왔으니 이젠 봄도 얼마 안 있어 오겠네요."

아내는 영규의 곁에 다가 누우며 창문께로 시선을 준 채 나직이 속삭이는 것이었다.

영규도 역시 아까부터 반쯤 걷어 올려진 커튼 사이로 눈길을 모으고 있었다.

"그런가 보군. 그런데 왜 봄부터 기다리는가?"

그렇게 되받아 놓고 보니 아닌게 아니라 하늘의 별들은 더욱 빛나 보이고, 바람 소리는 더욱 으스스하게 느껴지는데, 해질녘 버스 정류장에 내려 가로수 밑을 걸어오자니 발목 가득 차오던 눈길이 더욱 생각 나 봄 오는 소리라도 먼저 듣고 싶던 거였다.

"어디 간들 별 뾰족한 수야 있겠어요만 하루빨리 날씨라도 풀려 이 살 갔으면 해서 그래요."

"뭐, 이살 가?"

영규는 아내가 한 말이 너무나 뜻밖이어서 별빛이 밀려드는 창문으로부터 고개를 돌려 아내의 얼굴을 빤히 들여다보는 것이었다.

그러나 영규의 그런 행동과는 달리 아내의 표정은 창으로부터 밀려드는 별빛과 함께 우람한 이웃 저택의 부윰하게나마 반사되는 빛으로 인해 확연히 알아볼 수 있도록 조금도 흐트러짐이 없이 말을 받는 것이었다.

"그래요. 이살 가야겠어요. 민물고기는 민물에서만 살지 바다에서 산단 소리 들어보셨어요."

"또 무슨 투정을 부리려고 그러는지 모르겠군. 그래, 바닷물 고기는 민물에 산다던가."

"거야 마찬가지 일 테지만, 아무래도 여기로 이사온 것은 잘못했나 봐요."

"왜 또 무슨 일이라도 생겼단 말요? 언제는 서울치고 변두리는 사람 살 곳 못 된다고 성화이더니만, 그래서 당신 말대로 서둘러서 이곳으로 옮겨온 게 아니오. 원 참, 변덕스럽기는. 채 일 년도 못 되었는데……"

그렇게 말해 놓고 유심히 아내의 눈동자를 들여다보니 한 눈 가득 하늘의 별무리가 담긴 채 어떤 수심이 고여 있음을 짐작하고도 남음이 있었다.

사실 아닌게 아니라 영규 말대로 아내의 성화는 대단했었다. 어디가 살 곳이 없어 변두리에 와서 살다가 이 모양이냐고 신접살림 난 지 일주일도 못 가서 투정을 시작한 것이 어영부영 칠팔 년이나 흘러갔고, 그러는 동안 아이놈 하나 낳고 둘 낳아 기르고 학교 보내면서부터 불평을 조목조목 따져 가며 늘어놓기 시작했던 거였다.

첫째 변두리라서 수돗물 한 바가지 받는데 새벽잠 설치고, 둘째 인심 사납고 좀도둑 많아 마음놓고 하루인들 살 수가 있나, 셋째 한 지붕 밑에서 대여섯 가구씩 살다 보니 걸거치는 게 아이들이라 골목 비좁은 것은 고사하고라도 상스런 욕설 때문에 아이들 교육이 어찌 되겠느냐는 것이었다.

거기에다 동대문 시장이나 남대문 시장 한 번 다녀오려면 몇 분씩이나 기다렸다 타는 버스마저도 내리고 보면 신발은 고사하고 쑤시개가 된 옷에 단추마저 떨어져 앞가슴이 열려 있기가 일쑤여서 망신 당하기 예사라 했다.

물론 그런 점에 대해선 영규로서도 아침저녁 출퇴근 때마다 겪는 바라 충분히 인정하고도 남는다는 생각으로 입을 다물고 있을 수밖에 없었다.

불편하기로 치면 변두리에 사는 것이 영규로선 지겹고 살맛 없다는 생각마저 들 정도였으니까.

근 한 시간 가량이나 시달려야 하는 출근 버스에서부터 종일 근무에 지쳐 파김치가 된 채로 또 아침의 그 형태의 버스로 되돌아와야 한다는 것은 변두리 사람이나 아는 고충임이 분명한 것이었다.

그래서 결국 이빨이 시게 앙다문 십 년 만에 전세돈이나마 넉넉히 마련했으니 사람 행세해 보자 싶어 사 대문 안 효자동으로 이사해온 것이 아니었던가.

"차라리 전에 살던 변두리가 그래도 나았구나 싶어요."

"글쎄 무슨 일루 그러느냔 말요. 물만 하여도 수도꼭지만 틀면 쫠

좔 쏟아지겠다. 경비가 심하니 도둑 한 놈 얼씬이나 하나. 쓰레기차 안 와서 걱정인가. 골목에 아이들 나와 노는 그림자도 못 보니 나쁜 말 배울 턱도 없겠구. 뭐가 어째서 그러우. 제발 쓸데없는 염려 좀 붙들어 매 놓고 살구려. 원참, 걱정두 팔자지.”

그제서야 할 말이 없는지 아내는 입을 다문 채 침묵을 지키는 것이었다. 그렇게 되자 오히려 답답해진 쪽은 영규일 수밖에 없었다. 실컷 운만 띄우고 정작 할 말은 안하는 아내의 심정을 헤아릴 길이 없어서였다.

그로 인해 한동안 침묵이 흘렀고 창으로 비쳐 드는 별빛만이 더욱 더 초롱하기만 했다.

그럴 때 아내는 갑자기 소스라치게 놀라며 이불을 뒤집어써 버리는 것이었다.

이불을 뒤집어쓴 아내는 그대로 소곤거렸다.

“저것 봐요! 저 담에 말예요.”

영규는 작은 소리지만 아내가 겁에 질린 듯 이불 속에서 내뱉는 말에 고개를 들어 별빛이 가득히 밀려드는 창너머로 눈길을 쏘았다.

그런데 거기에는 뜻밖에도 검은 그림자를 드리운 채 담을 타고 넘어가는 것이 보였다.

“도둑이다!” 하는 작은 소리가 입 안에서 튀어나왔다.

영규는 잠옷 바람으로 일어나 앉으며 잠시 생각하고 있었다.

그때 아내가 말렸다.

“우리 집에 안 들어오는데 그만두세요. 위험해요.”

“내 집이구 남의 집이고가 어딨어. 도둑 드는 걸 보고도 그냥 두다니……”

그제사 아내도 일어나 별빛이 스미는 창문 벽에 붙어 서서 지금 막 담을 타고 이웃집의 그 우람한 저택의 이중 창문을 넘어 들어가는 모습을 지켜보면서 부들부들 떨고 있었다.

"가만 있자? 저 놈을……."

"어떻게 할 작정이세요?"

"쉬이! 조용히…… 112에 신고를 해야지. 불을 켤 수도 없구. 깜깜해서 어떻게 건담. 아니 저 댁에선 뭘하고 있지."

"그만 두세요. 부잣집 물건 좀 갖고 가기로서니 어떨려구……."

그렇게 소곤대는 아내의 말을 귀바깥으로만 들으며 결국 영규는 전화기를 찾아 다이얼을 돌렸고, 순경이 도착하기까지는 불과 수 분밖에 안 걸릴 터였다.

그러나 영규 내외는 마음이 타올라 잠옷 그대로 이제는 바깥까지 나가 그 담 밑에 가 웅크리고는 도둑의 동정을 살피기에 애를 썼고, 그 집 사람들이 깨어나 잡아주기에 은근히 기대를 걸고 있었다.

그러나 그 고래등 같은 집의 처마 끝에 매달린 수박등마저 희미하게 졸고 있을 뿐 쥐죽은 듯 조용하기만 했다.

그때 무장까지 한 경찰이 도착했다.

"저 위쪽 창문으로 넘어갔어요."

영규는 고래등 같이 우람한 집을 가리켰다.

경찰은 어느 사이 그 집 이층 베란다까지 올라갔는가 싶더니 방범대원은 담을 넘어 현관 앞과 뒤꼍까지 에워쌌다. 그리고는 주인을 불렀다.

그제서야 집안은 발칵 뒤집히기나 한 듯 법석을 떨었다. 그런지 얼마 안 되어 경찰은 도둑을 붙들어 끌고 가는 모양이었고, 영규 내외도 안도의 숨을 내쉬면서 방에 되돌아와 누웠다.

그랬는데 이번에는 그 집에서 무슨 물건 부서지는 소리가 나며 요란하다 싶더니 여자의 찢어질 듯한 목소리가 들리기 시작했고 그 소리는 영규 내외가 잠을 자고 난 아침까지도 계속되어 어지간히도 소란스러웠다.

"도둑은 이미 잡혀갔는데 왜들 저럴까? 또 도둑맞은 물건이 있을 턱도 없고……."

"글쎄 말예요. 원 소란스러워 밤잠이나 제대로 잘 수 있어야죠. 하지만 남의 일에 신경 쓰시지 말고 한잠 더 주무세요."

마침 일요일이라 그럴까도 생각하다가 일어나 보니 햇살이 문지방까지 들어와 있었고 벌써 눈 녹는 소리가 처마 끝에서 들리기 시작했던 거였다.

그래서 일어난 영규는 텔레비전을 보는 아이들 곁에서 담배를 피우고 있는데 아내가 잠시 대문 밖에 나가더니 누구하고 이야기를 주고받더니 들어왔다.

"어떻게 되었다는 이야기라도 들었소? 어젯밤 그 집 사건 말이오."

"글쎄, 어젯밤 그 집에 들어왔던 사람이 도둑놈이 아니라질 않아요."

"뭐? 도둑이 아니었다고! 그럼 누구였다던가?"

"그 댁 아들이었대요."

"그렇담 왜 담을 넘어가?"

"평소 품행이 고작 그 정도라나요. 허구헌 날 술이나 마시구 못된 짓은 가려 가며 혼자 다하고 다니다가 담 넘어 들어오기 예사였다나요. 하는 꼴사납다고 문도 안 열어 주기 때문이래요."

"그 참, 헌데 잡혀간 사람은?"

"그 집 아들이래요. 두둑이라고 우겨 데려가게 했다나 봐요."

"그럴 수가? 그래도 자식은 자식인데."

"글쎄 내 말 좀 들어보세요. 저렇게 밤새도록 소란을 피우는 것은 자식 때문이 아니래요."

"그럼?"

"그 왜 심술장이로 소문난 주인 영감 보셨잖아요. 바로 그 영감쟁이가 들여놓은 지 며칠 안 되는 식모 아줌마와 같이 자다가 아들 녀석 때문에 그만 들통이 나서 저렇게 야단굿이래요."

"허어, 무슨 망신람. 그래 그 소문은 누구한테 그리 빨리 들었소?"

"그거야 옆집 경아 엄마 아니면 들을 사람이 있어야죠."

"저런 점잖은 부인이 그런 소릴 다 듣고 다니다니."

"응 점잖아요! 점잖은 사람 무엇으로 호박씨 깐다는 소리 못들었어요. 명문대학 출신이라고 외고 떠벌이고 다니지만 품행이 말이 아니라고 아는 사람은 다 알고 있는 걸 뭐."

"다 알고 있다니?"

"술만 마시고, 화투치고, 외간 남자 만나는 가정주부라면 그 경아 아줌마도 알아주어야 될 만하잖겠어요."

"여보, 그만 하구려. 말이면 단 줄 알아! 그런 소린 들어도 못 들은 척 귀 좀 막고 지내구려. 원."

"그런 소리 안 듣고, 그런 꼴 안 보시려거든 하루빨리 이사나 가세요. 그래, 그 정도야 돈 많은 유한 마담들의 사생활이니 상관할 바 못된다 치더라도 식모가 자가용 타고 시장 보아다가 송아지만한 개 시중 드는 꼴하며, 쫑인가 메린가 하는 서양 종자 개새끼 이빨에 스켈링까지 해 주며 밥 잘 먹지 않는다고 쇠고기 사다 불고기 해주느라 냄새만 풍기니 창자 뒤틀려 배겨 낼 수 있어야 말이지요.”

“허허 걱정도 팔자구려. 돈 한푼 안 드는 것 냄새나 맡고 눈요기나 하면서 살지.”

그렇게 웃음으로 받아넘기기는 했지만 어찌 아내의 마음이 영규 자신의 심정이 아니랴 싶었다.

참으로 세상은 묘하게 돌아간다 싶을 정도로 가진 자는 한량없이 거만스럽고, 못 가진 자는 그들을 저주하고 깨씹고 들추고 그러다가 애걸하고 매달리고 또 질투하고······.

영규도 어저께 치솟기만 하는 재당숙의 빌딩을 올려다보다가 한숨만 쉬고, 체념만 했던 기억을 되살리며 ‘푼수대로 살아야지’ 하고 가슴을 커다랗게 쓸어내리고 말았다.

그래서 그 날은 만화 영화가 한창인 텔레비젼 앞에 아이들만 남겨 둔 채 아내와 더불어 거리에 나서고야 말았다. 이사 갈 집을 구하기 위해서였다.

어느 사이 날씨는 봄날씨처럼 포근해 발목까지 차던 눈이 절반은 녹아 질척거렸지만 아랑곳하지 않았다.

‘민물고기가 그야말로 민물에서만 살 수 있다’는 논리를 몇 번이나 상기하며 영규 내외는 변두리를 해가 질 때까지 돌아다녔고, 그리하여 맘 정하고 이사간 곳이 서울특별시 안의 보통 사람들만 사는 보문동 오백 번지 일대에 있는 집이었다.

보문동 5백 번지.

여기가 속칭 보통 사람들이 모여 보통으로 살아가는 보통 사람들만의 세계가 있는 그런 곳으로 이사오는 사람이나 떠나가는 사람이나 그저 고만고만한 삶을 살다가 고만고만 떠나고 고만고만 들어와 사는 그런 곳이었다.

그래서 영규 내외는 타향에서도 고향같은 느낌이 드는 이곳까지 와 푹 주저앉고 말았다.

사실 옛날이나 지금이나 서울에 산다고 모두 서울 사람 행세할 순 없다.

서울 시내에서도 4대문 안에 살아야만 서울 사람 구실을 할 수가 있었다.

그런 것도 불과 십년 안팎의 일.

그러나 지금은 그 개념이 조금 달라진 셈이어서 무조건 강남이나 영동 땅에 산다고 해야만 서울 사람 구실을 하겠끔 되었다.

그래서 같은 서울의 하늘 밑에 살면서도 서울 사람 행세를 할 수 없는, 서울특별시 사람이 못되는 서울 보통 사람들만 사는 지역이 바로 보문동 오백번지다.

그래서 그들도 세칭 서울의 보통 사람들일 수밖에.

그들은 하루에도 몇 번씩이나 사 대문 안을 드나들지만 문안 사람은 못된다.

더구나 개발 붐을 타고 하늘 높은 줄 모르고 치솟는 영동의 아파트 촌을 하루에도 열 번은 더 왕래하지만 역시 영동 사람이 못되는 그 보통 사람들이다.

서울특별시 안의 보통 사람들.

문안 사람도 못되고 영동 사람도 아니어서 스스로가 보통 사람으로 여기면서, 그래도 서울 사람이라고 시청, 구청, 동사무소에서 내라는 세금은 다 내고 사는 서울특별시의 보통 사람들.

이들이 사는 현주소가 바로 동대문에서 한참이나 벗어난 보문동 오백 번지인 것이다.

영규 내외처럼 그렇게 사는 사람들은 항상 바쁘다. 벌처럼 날고 개미처럼 기면서 사는 그들은 해가 뜨고 지는 것에 상관함이 없고, 눈 오고 바람 부는 것을 대수롭지 않게 여기며 살아간다.

그저 눈 뜨면 제 할 일에 바쁘고 눈 감으면 잠자는 것이 그들 삶의 전부다.

은행나무 가로수가 늘어선 찻길을 바라보며 ㄷ자 모양을 한 이곳 5통54반의 가구 수는 십 호다.

맨 들머리의 왼쪽 첫 번째 집이야 작년에 새로 지어 이사온 2층 양옥이니 그것을 제외하면 하나같이 남향에 동대문과 서대문으로 서로 마주보는 단층 한옥집 일색이다.

이들 한옥들은 외부 모양새도 그렇고 내부 구조도 하나 같이 집장수가 지어서 그런지는 모르나 똑같은 모양들이라 사는 형편을 일일이 가서 들여다보지 않더라도 대개 엇비슷하게 그렇고 그렇게 살 것은 뻔한 사실들이었다.

들머리에 있는 2층 새집이야 늘 공터로 남아 있던 터에 새로 지어 늦게 이사온 셈이니 별도로 쳐 두고, 그 뒷집이 동대문 5가에서 내외가 고무신 장사를 하고, 그 다음 집이 청계천에서 전기부속품상을 하는 삼십대의 부부, 그 다음 집이 사십대 내외로 아들 둘만 학교에 보내면 영동 아파트 공사장에 미쟁이로 나가 일을 한다.

그 다음은 무슨 회사 과장이고, 막다른 골목집은 시청 앞의 소공동 근처에서 담배가게를 하고 있다. 오른쪽으로 맨 앞집이 쌀가게 집이면서 5반장 댁이고, 그 다음 집은 국민학교 선생 댁이며, 그 뒷집은 시내버스 기사 댁, 그 다음 집이 중앙 우체국에 다니는 집배원인 체신

공무원 집이다.

　그래서 새 이층집 말고도 열 가구가 국민학교 학생 생활 기록부에 기재되는 '생활 정도란'에 '보통'이라 기록할 만큼 살고 있는 보통 사람들인 것이다. 그들은 서로가 가보지 않더라도 누구네 집 밥숟갈이 희고 검은가까지도 가만히 앉아서 면경 알처럼 훤히 알고 지낸다.

　그것은 뭐 다들 앉아서 만리 보는 재주 때문이 아니고, 아이들이 내 집 네 집 없이 무상 출입하다 보니 본 대로 들은 대로 옮기고 전해 듣기 때문이다. 이렇게 보통 사람들이 보통으로 함께 살아가는 이 변두리의 사람들. 그렇다고 뭐, 특별한 연유가 있어 이렇게 모여 산다거나 한 것은 아니다. 영규 내외처럼 그저 저마다 제 형편대로 살 곳을 찾아 다니다 보니 그렇게 된 것이고, 그렇다 보니 같은 형편, 같은 처지로 살기 마련이었다.

　그들은 누구네가 먼저 왔고 누구네가 뒤에 왔다는 것도 모른다. 또 얼마쯤 살다가 떠나는 사람 있으면 그 집에 꼭 그만큼 사는 보통 사람들이 들어오기 마련이어서 또 함께 묻혀 살게 되는 것이었다.

　그렇게 살면서도, 그렇게 저마다 다른 직업을 갖고 살면서도, 단 한 번이나마 이웃끼리 다투어 본 적도 없다.

　그렇다고 함부로 말 터놓고 지낸다거나, 수다를 떠는 법도 없이 가만가만 그저 그렇게 남 흉 안 보고, 자기 자랑 안 하면서 그렇게 사는 사람들이다. 그러면서도 아이들 돌이나, 어른의 생일날이면 한 집도 빠짐없이 적으면 적은 대로 음식을 골고루 나누어 먹는다. 뿐만 아니다. 눈 온 날 아침이면 누가 먼저 일어나 쓸었는지 골목 전체가 말끔히 치워져 있기 마련이요, 바람 부는 날이면 언제나 골목은 물이 촤하게 뿌려져 있기 십상이다.

그들은 한결같이 내색 한 번 안 하면서도 은연중 서로 사랑하고, 의지하고, 돕고, 믿고 그렇게 살아가고 있는 이웃들이 된 것이다.

그들은 일요일이면 한 사람도 빠짐 없이 교회도 나가고 절에도 나가고 한다. 그렇게 나가는 그들은 언제부터 누가 제안해서 정한 것인지는 모르되, 왼편쪽 사람들이 어디를 다녀와야 오른편 사람들이 그 다음으로 다녀오게 된다. 물론 그 다음 주는 반대편 집들이 먼저 다녀오게 되지만.

이처럼 남남끼리 모여서 그것도 한 고향 사람도 아닌, 팔도 사람이 제각기 다른 고향을 갖고 모인 사람들이 유별나게 잘 지내고 있지만, 또한 그런 것이 유별나게 보이지 않음 역시 보통 사람들의 보통 삶이라고 보면 온당할 일이었다.

그런데, 오직 군계일학(群鷄一鶴)으로 새로 지어 이사 온 들머리의 그 한 집만이 유난히도 달랐다. 그것은 집이 그렇고 그 집에 사는 사람도 그러했다.

날아갈 듯 우람하게 솟은 대리석 집 자체부터가 가히 이 근방에선 보기 드문 호화주택인 데다가 가득 채워둔 가구 하나 하나가 그야말로 호화찬란하기 이를 데가 없어 어느 날 집들이로 초대를 받아 갔던 5통 5반 사람들은 평생 처음 보는 일에 그저 입만 딱 벌렸을 뿐이었다.

한편 그 같은 저택에 어울리기나 하듯, 정정숙이란 안주인은 이름처럼 정숙해 보이고, 학처럼 우아한 데다가 지성미와 교양미 그리고 미모까지 곁들여 인형처럼 아름다워 감히 어느 누구 한 사람 말조차 걸어 보기가 송구할 정도로 여겨졌다.

'참으로 행복한 여자'로 사 대문 안 아니면 영동에나 가서 살아야 할 사람이라고 다들 입을 모아 아까워하고 부러워해 마지않았다.

그처럼 확실히 돈도 많았고 그렇다고 뭐, 잘난 척하는 법도 없이 언제나 이 동네의 보통 사람들이나 다름없이 친절하고 마음씨 고운 여인이었다.

그래서 어느 사이엔가 그녀의 말이라면 통반장 말보다 더 무게 있게 받아들이고 있는 이곳 오백 번지의 사람들이었다.

어느 날 정정숙 여사는 환한 자기 거실에 쌀가게집 아줌마를 조용히 초대하여 다정하게 이야기를 주고받았다.

"액수가 다소간에 맡겨 주면 월 1할을 책임지고 재산 증식을 해드리겠어요."

그녀는 침착하고 점잖게 말했고 어딘가 믿음직스럽고 고맙게 느꼈던 쌀가게 아줌마였다. 그래서 쌀가게 아줌마는 자기가 몰래 감춰 뒀던 농밑 돈까지 보태어서 갖다 맡겼다.

월말이 되자 아니나 다를까. 틀림없이 1할의 이자가 나왔고 그래서 다시 그 이자까지 합쳐 그달 분 쌀 장사로 번 돈을 보태 또 이잣돈을 놓았다. 그래서 꼭 1년이 되었을 때 합계가 본전의 배 가까이 되었다.

이렇게 돈놀이로 재미를 보며 재산을 증식해 가고 있다는 사실에 대하여 남이라곤 혼자 사는 정정숙 여사 외는 알리 없었다.

그렇게 알뜰히 절약하고 저축해서 살아가기는 영규의 아내도 마찬가지였다.

아니 열 가구가 모두 저 나름대로 내일을 잘 살기 위해 무섭게 절약 생활을 강행하다시피 하고 있었다. 모두가 언젠가는 문안이나 영동쯤은 가서 살 수 있으리란 기대에 오늘의 찌든 삶이 오히려 행복한 거였다.

그래서 이태가 되고 삼 년이 되었다. 이제는 타향이 아니라 고향쯤으로 정든 곳이 되었고 남남끼리 모인 이웃이 사촌만큼 가까워져 있었다.

그래도 언제나 마찬가지인 것은 고만고만하게 살고 고만고만하게 지낸다는 사실이었다. 서로 알 것은 다 알고 있으면서도 모르는 척, 모를 것 같으매도 다 알고 있는 그런 이웃이 된 것이었다. 그러나 서로가 감쪽같이 모르고 있는 사실이 꼭 한 가지 있었다. 그것은 그다지도 알뜰히 절약한 돈을 어떻게 늘려 갈까 하는 것이었다.

영규 아내는 그 나름대로, 쌀가게 아줌마는 그녀대로, 자기만이 재산 증식에 재미를 본다고 생각하며 저마다 입 한 번 떼어 본 적이 없었기 때문이었다. 열 가구 모두가 같은 방법으로, 같은 사람에게 재산 증식을 하고 있었지만 묘하게도 그것만은 철두철미하게 비밀이 지켜져 있었던 거였다. 그것도 한 해 두 해 만도 아닌 온 삼년이나 그렇게 지내왔었다.

이젠 영규의 아내도, 쌀가게 아줌마도, 기사댁도, 체신공무원댁도…… 누구네 집 할 것 없이 지금 살고 있는 집만 팔아 보태면 영동에 나가 십오륙 평짜리 주공아파트 정도는 사겠다 싶어 적당히 눈치봐서 정정숙 여사와 셈을 댈까 하고 기회를 잡고 있었던 것은 당연지사였다.

그런데 그녀는 하루 아침에 자취를 감추고 말았다. 일주일이 지나고 보름이 지났건만 정정숙 여사는 나타나지 않았다. 참으로 희한한 일이었다.

대문을 걸어 둔 채 날아갈 듯한 이층 양옥집만 정정숙 여사가 돌아오기를 호젓이 기다리고 있을 뿐이었다.

'웬일일까? 혹시 바람이라도 났나.'

여기까지 생각이 미친 여인네들은 겉으로 내색은 안 했지만 속으로 안달이 나 견딜 수가 없었다. 그래서 자세히 수소문해 보니 탈이

나도 보통 난 것이 아니었다.

그녀에게 말 한 마디, 옷자락 한 번 잡아끌어 보지도 못한 채 목숨만큼이나 아까운 그 돈을 그렇게 해서 김정숙 여사에게 고스란히 바친 셈이었다. 여인네들이 그로 인해 서로 멀뚱히 바라본 얼굴빛은 납덩이 그것이었다.

결코 그녀가 '정정숙'을 가장한 '부정숙'의 여인이었음을 뒤늦게 알아차렸을 때는 이미 상황은 끝나 있었기 때문이었다. 다시 말해 문안 사람이나, 영동 사람의 꿈은 깨어지고 보통 지역에서 보통 사람으로 환원된 셈이었다.

한동안 이들이 사는 동네에는 해도 달도 뜨지 않은 어둠만이 있었다. 영규도, 집배원도, 국민학교 선생님도…….

다들 하나 같이 이삼 일씩은 누웠다 일어났고, 여자들은 그들대로 우황든 황소만큼이나 앓아 제쳤다.

그녀의 집마저도 은행으로 넘어간 지가 오래여서 닭 쫓던 개 지붕 쳐다보듯 허허로운 하늘만 보면서 손을 터는 수밖에 별 도리가 없었다.

영규는 풀 죽은 아내의 모습을 보다못해 한 마디 했다.

"민물고기는 민물에 살아야지 바다에 살 수야 없지 않겠소. C동에 살던 생각 잊지 말고 힘 좀 내 보구려."

영규의 말에 영규의 아내는 빤히 남편의 얼굴을 쳐다보다가 그녀의 머리를 남편의 가슴에 디밀면서 어깨까지 떨며 조용하게 흐느끼는 것이었다. 참으로 오랜만에 느껴지는 다정함이었다. 내외는 한참이나 그러구 있었다.

"여보 그만하구료. 우리만이 안겨다 준 불행이 아니잖소. 사람이 있고 돈 있는 법인데 벌고 벌면 생기는 게 돈일테니 그만하구료."

그러나 좀처럼 그칠 줄 모르는 아내의 소리 없는 울음은 영규의 가슴에 못처럼 콱콱 와 박히면서 잃어버린 세월이 그토록 아까울 수가 없었다.

그러니 아내의 마음인들 오죽하랴. 짐작 못한 바 아니거늘 창너머로 흐르는 구름에게 마음을 털어 보내면서 일어섰다.

"남사스럽다 생각 말고 골목에 나가 물이라도 뿌리구려."

아닌게 아니라 뜨락에 한 포기 심은 진달래가 꽃망울을 맺고 있음도 이제야 알았고, 바람이 오늘 따라 유독 심하게 불어 먼지가 일고 있음을 보고서야 아내에게 이른 것이었다.

그리곤 영규도 회사엘 나갔다. 영규의 아내도 뒤따라 일어나 머리와 옷매무새를 잠시 고친 다음 빗자루와 물뿌리개를 들고 골목으로 나갔다.

그날 따라 여인네들은 약속이나 한 듯 열 집이 하나 같이 골목이 비좁게 나와 비로 쓸고 물을 뿌리며 골목 청소를 했다. 그러면서도 푸석푸석한 얼굴에 서로서로 눈인사를 건네었고, 악몽을 털어버리기라도 할 듯 밝은 표정을 짓기에 애쓰는 모습이 역력했다.

이렇듯 선하기만 하고 순박하게 살아왔기에 그토록 어처구니없게 당하였을까.

하여튼 세월은 약(藥)이었다. 그래서 산 사람은 살아가기 마련이었다. 벌써 봄은 무르익고 있었다. 마침 초파일에 일요일이 낀 연휴는 이곳 보문동 오백 번지 5통 5반 사람들의 봄나들이 기회는 그만이었다.

열 쌍의 부부로 구성된 하루 나들이 관광을 다녀오기로 한 곳은 겨우 남이섬 정도였으나 부담 없고 만만하기로는 그저 그만이어서, 그날 하루로 지난 삼년의 세월을 다시 찾은 것만큼이나 즐거웠다.

맑은 공기와 물과 녹색의 장원에서 하루를 즐기고 돌아올 무렵 아직도 해가 동지 섣달의 오전 해 정도는 남아 있었다.

그런데 그들이 탄 차가 청량리 밖 중랑교를 막 건넜을 때 갑자기 교통이 마비 상태가 되어 차가 밀리기 시작했다. 근 반시간이나 차 안에서 기다리다 못해 차에서 내린 그들은 교통사고로 비참하게 죽은 한 사람의 시체를 목격하고는 곧장 차 안으로 모두 들어가고 말았다.

죽음, 그것은 누구에게나 두렵고 비참하게 생각되었다. 더구나 고급 승용차의 주인이 그다지도 어처구니없는 죽음을 당하였을 때 얼마나 아까웠던 목숨이었겠는가.

조금 전까지만 해도 거나한 기분에 희희낙락했던 일행이 꿀 먹은 벙어리마냥 침묵을 지키고 있었다.

어느 사람에게나 생명은 유한한 것이고 귀한 것이지만, 보다 더 오래, 보다 더 값지고 행복하고, 그리고 편안히 살기를 원한다.

가진 것이 많을 수록 일초를 아끼고 사는 사람들이 많다. 몸보신을 위해서 좋은 것은 다 먹고 가릴 것은 가려 가며 사는 사람들이다.

반면에 가진 것 없는 사람들, 영규 내외나 그 주변 사람들처럼 무엇이 삶인지도 모르고 그저 엎드려 살아가는 보통 사람들도 역시 죽음 앞에는 엄숙해진다.

그렇게 엄숙해진 기분으로 집에 돌아온 그들은 배달된 석간 신문을 보고 한 번 더 충격을 받지 않을 수가 없었다.

사회면에 대문짝만한 사진과 함께 '정정숙' 아닌 '부정숙' 여사의 기사가 실려 있었고 그 내용은 조금 전 중랑교 근처에서 교통사고로 죽은 장본인이었기 때문이었다.

"어머나! 고만한 삶을 살려고 그 짓까지 했더람."

영규의 아내가 '푸우' 하고 한숨까지 쉬고 있었다.

그때 영규가 신문을 접으면서 한마디 보태었다.

"특별한 사람으로 이왕 못 태어났을 바에야 보통 사람 행세하고 살아야지."

"누가 뭐래나요. 민물고기 민물에만 살 듯, 여기 이대로 한 오백 년 살까봐요."

그들은 살아온 만큼이나 남은 어떤 여맥을 끈질기게 부여잡고 그들 나름대로의 고만고만한 삶을 살아가고자 다시 한 번 다짐하는 보문동 오백 번지의 5통 5반 사람들이었다.

# 역류(逆流)

<1>

가을의 햇살이 마구 흩어져가는 거리, 그 태양 빛 다발 속으로 붐비며 밀리는 인파, 하늘을 찌를 듯 솟아만 가는 빌딩의 숲, 그 숲에 매달린 하구많은 간판들 그리고 이제 막 쏟아져 나와 거리를 누비며 신문을 파는 소년들.

"신문이요! 석간신문."

그 소년들이 돌리는 신문도 아직 인쇄기름 냄새가 물씬거리고 있으리라.

그러나 그 모든 것에서 시선을 거두지 않더라도, 내리고 타면 떠나는 시내버스의 차창 밖으로 역류하는 풍경들은 무거운 소음 속에 이내 묻혀져 버리고 마는 것이었다.

'그렇다. 세상 모든 것은 다 그렇고 그런 것이다. 어떻게 살건 삶은 곧 현실임이 틀림없다. 아무리 앞을 향해 걸어봤자 별 것이 아니잖는가. 그렇다면…… 나만 구태여 이러구만 있을 것인가. 이미 지각은 했지만 더 늦장만 부릴순 없다.'

　상준은 사람들에 밀려 자기도 모르게 버스에서 내렸다. 하긴 버스를 탈 때부터 어디로 가야겠다는 생각이 있어 탄 것이 아니 듯이 내릴 곳 역시 그럴 수밖에 없었다.

　상준은 잠시 정류장에 멍하니 서 있었다. 버스에서 내린 사람들마다 어디론지 바쁘게 사라져 갔고, 다시 버스를 타기 위해 기다리는 사람들로 붐비는가 하면, 사람들을 밀어내리고 밀어올린 버스는 요란한 소음과 검은 매연만을 토하고는 이내 미친 듯이 질주해 버리는 것이었다.

　상준은 자기도 모르게 공허감에 휩싸이고 있었다. 밀리고 밀어대는 군중들 속이었건만 황야에 혼자 서 있는 기분이 되어 말할 수 없는 공허감에 마음 조여져 오는 것이 아닌가.

　'이 지구의 어디쯤에 의지하고 발을 붙이고 살 것인가.'

　그런 생각과 더불어 누군가가 한 말도 생각났다.

　"아무것도 바라지 않는 사람이 행복하다. 그것은 실망할 아무것도 없기 때문이다."

　그러나 지금 상준으로선 자기 혼자가 아니었기에, 또한 성인군자가 못되었기에, 각박한 현실이 그의 앞을 가로막고 있기에, 세상 인심이 전쟁터처럼 살벌만 하기에, 그로선 뭔가 구하여야 하고 무슨 짓이나 해내야만 질긴 목숨을 이어 나가리라는 다짐과 함께 '세상에 날 적엔 먹고 살려고 났지 굶어 죽을려고 났나' 하는 평퍼짐한 군말을 스스로 씹으면서 아무 데고 발길을 옮겨 놓았다.

얼마를 그렇게 걸어가는 상준의 뒤에서 "신문 사세요, 석간이오."
하는 소년의 목소리가 뒤쫓아 오고 있었다. 그제야 새삼스레 깜박 잊
고 있었던 사실을 떠올려 신문 한 장을 골라 샀다.

그는 우선 신문의 제호와 날짜만을 한 번 더 확인했을 뿐, 그대로 접
어 든 것이었다. 그리고는 아무렇게나 눈에 띄는 다방으로 들어갔다.

다방에 들어간 그는 될 수 있는 대로 손님이 없는 조용한 구석에
앉아 가만히 신문을 펴 들었다.

아직도 인쇄기름 냄새가 물씬 풍기고 있었다. 그는 신문의 독특한
냄새로 인해 묘한 감정이 일었지만 그런 감정을 억제하고 자기가 낸
광고의 기사를 찾고 있었다. 단 두 줄에 불과한 깨알만한 광고문이었
지만 어떤 특호활자의 광고문보다도 선명히 눈에 찍혀 오는 것이었다.

'이발 방(房) 점포(店鋪) 보합(保合) 730만, 사주면 200만 걸고 日 4
만 보장 확실 254 : ○○○○'

상준은 자기가 낸 광고문(실은 남의 광고기사를 전화번호만 다르게 옮겨 놓
은 것이지만)을 연거푸 세 번이나 훑어 보는 동안 평생 처음 느껴 보는 흥
분으로 가슴이 두근거리고 신문을 잡은 손이 잔잔하게 떨리고 있었다.

그는 그런 상태를 감추기 위해 신문을 접은 다음 느슨한 기분으로
펑퍼짐한 자세를 취하곤 찻잔을 들었다.

그는 생각할수록 그따위 하찮은 광고에 끌려 어처구니없게도 당한
일이 속상해지기도 하지만, '없는 놈이 고기 한 점에라도 침 흘린다.'
고 세상 물정 모르고 덤볐던 걸 생각하면 누구도 탓할 게 못되는 것이
아니더냐 싶었다.

그러나 그가 보증금조로 사기당한 사백육십만 원은 다섯 식구의
목숨이 걸린 것이었기에 이젠 그 놈을 잡아 어떻게 하기보다는 놈과

같은 수법으로 제 삼자에게서 보상을 받는 도리밖에 없다는 생각이 들어 같은 내용의 광고를 낸 것이었다.

'어차피 전쟁터에 나선 몸이 아니냐. 당했으면 빼앗을 권리도 있는 것이다. 뛰는 놈 위에 나는 놈이 있다면 기는 놈 밑에 엎어져 있는 놈도 필시 있을 것이 아닌가'

그러나 그는 그런 생각과는 달리 선뜻 자리에서 일어서질 못했다. 제대로 할 양이면 이미 신문 광고에 낸 어느 여관의 전화기 앞에 붙어 앉아 있어야 할 일이었건만.

그것은 아까 신문을 펴면서부터 잔잔히 떨리던 손이나, 아니면 아직도 매캐하게 배인 코 끝의 신문 인쇄 기름 냄새가 역겨워서이기 때문일런지도 몰랐다. 상준은 이제 반쯤 눈을 감고 있었다. 숫제 잊기로 한 그 일이 더 생생하게 되살아나는 데는 어쩌는 수가 없었다.

## <2>

그 날은 날씨가 그렇게 맑을 수가 없었다. 연 사흘을 무슨 황사 현상인가 하는 이상 기후로 서울의 하늘 밑은 온통 먼지와 바람으로 숨쉬기조차 거북하기가 이를 데 없었는데, 아침 나절에 느닷없이 지나간 한 줄기 소나기로 언제 그런 불순한 날씨였더냔 듯이 하늘은 푸르고 공기도 맑았다. 특히 상준에겐 모든 것이 새롭게만 느껴질 정도였다. 축 처지기만 했던 어깨와 걸음걸이마저 확 달라질 만큼 환한 햇살이 비쳐 왔을 때, 그는 새로운 삶의 길이 열리기라도 한 듯한 기분이 돼 있었다.

비록 날씨가 사람들의 일상생활을 좌지우지하지는 못한다 하더라도 적어도 상준에겐 찌뿌둑하게 흐려진 날씨가 그 날 그 날의 하루해를 보내는 데 그리 편하달 순 없었다.

어딘지 모르게 좀이 쑤시고 안달이 나 견딜 수가 없는 날은 흐리고 비오거나 바람 불고 먼지 나는 날이었다.

뭣인가를 해서 다섯 식구의 호구지책은 마련해야겠다는 일념만으로, 오라는 데는 없어도 가볼 때는 많아, 날만 새면 진종일 서울 거리를 누비는 상준이지만 별 뾰족한 수가 없기는 매일반이었다.

다만 아침에 나설 때의 기분과는 달리 어느 날이고 아무런 소득 없이 대문에 들어서면 멀미에 두통이 이제 습관적으로 돼 갈 뿐이었고, 그 만성적인 괴로움은 좋지 못한 날씨일수록 더한 것이었다. 그런 상준에게 비록 초가을의 날씨이긴 하나 여느날 미처 느낀 바 없었던 그런 쾌적한 기분의 날씨였다.

언제나 앞을 가로막던 어두운 감정이나 우울과 함께 머리통을 떠날 줄 모르던 만성적인 멀미도 이제 막 집 안에 들어서자 아내의 의아해 하는 표정을 읽기 이전에 이미 씻은 듯이 상준의 기분은 맑아 있었던 것이었다.

"아니, 오늘은 웬일이오?"

수돗가에서 빨래를 하다 말고 대문을 따준 아내는 행주치마로 연신 물손을 훔치면서도 의아한 눈초리로 상준을 쳐다보는 것이었다.

그도 그럴 것이 말단 사원이긴 하였지만, 그것마저 물러나자 한동안은 그래도 무슨 수가 생기려니 하는 막연한 생각으로, 20여년 간이나 못자 본 낮잠이라도 실컷 자 두자는 심사로 집 안에만 틀어박혀 있더니만 채 열흘이 못 가 좀이 쑤셔 무슨 일자리라도 구한답시고 아침이면 집을 나가 통행금지 시간을 한정으로 돌아왔고, 그럴 때마다 풀이 죽어 있어 꿀 먹은 수펄처럼 입을 걸어매다시피 했었는데, 오늘따라 해가 서발이나 남았는 데다가 기분 또한 그렇지 않은 걸로 봐서 의

아해, 한 마디 한 것이었지만 어떤 기대보다도 고맙고 반가움이 앞서
한 말이었다.

"해가 서산에라도 뜰 것 같다 그 말이군. 이젠 너무 걱정 말구려.
좋은 수가 생겼으니."

"예? 어디 취직이라도 됐단 말요?"

"취직 따위 쯤이 아니라니까."

상준은 약간 흥분된 음성으로 영문을 몰라 어리둥절한 아내의 손
목을 끌다시피 하며 방으로 들어가 앉자 담배부터 한 대 피어 무는 것
이었다. 상준은 한 입 가득 머금은 담배 연기를 여유있게 내뿜고만 있
었다. 아내는 답답했다.

"여보 이야길 해 봐요. 원 답답해서……."

"어디 취직 자리가 그리 쉽고, 돈벌이를 한다는 게 그리 용이한 일
인가요. 하지만 꿩 잡는 게 매라고 월 수입 백여만 원 되면 취직이 무
슨 필요 있고 생활 걱정 뭘 한단 말요."

"당신은 도대체 꿈을 꾸고 있는 거요, 아니면 무슨 씨도 먹히지 않
는 소리만 그렇게 하고 있어요. 어디서 한 달에 백만 원씩이나 굴러
들어올 눈먼 돈이 있단 말예요? 참 답답하기만……."

"암 있고 말고, 사람이 사는 기회란 꼭 있는 법이거던, 정확히 실수
입을 따져 본다면 일백이십만 원에서 일백이십사만 원은 보장되어
있는 셈이니까……."

점점 더 상준의 하는 말이 씨가 먹지 않는 허망한 이야기로 들려
웃음이 나올 것 같음을 억지로 참는 아내는 그래도 예삿말이 아닐 거
란 기대가 앞서, 학교에 갔다 돌아오는 아이들의 인사도 외면한 채 남
편의 다음 말에 흥미를 갖지 않을 수가 없었다.

"당신 말대로 월 백만 원이 넘는 수입이 될 수 있다면 적어도 부장 아니면 사장 자리 쯤 돼야지 않겠어요."

"부장, 사장이 문젠가, 이건 따지고 보면 손 안 대고 코 푸는 격이거든."

상준은 드디어 상상조차 하지 못했던 행운의 기회가 왔음을 아내에게 털어 놓는 것이었다.

상준은 사실 퇴직금으로 일천만 원에서 귀가 좀 달린 돈을 일시금으로 받긴 했지만 날마다 꽂이에 꿴 곶감 빼먹 듯 야금야금 잘도 쓰여지는 돈은 벌써 절반이나 도둑맞은 듯이 달아나 버린 것이었다.

'이거 큰일났군. 이러다간 정말 안 되겠다.'

초조해진 상준은 알아볼 만한 데는 다 알아보고 가 볼 만한 데는 다 가 보았지만 별 수가 있는 것이 아니었다.

그래서 상준은 하루에도 몇 가지 신문을 사서는 기사를 보는 게 아니라 광고란만 내리훑고 치훑는 것이었다.

그래서 사원 모집이라는 데는 다 가 보았지만 어느 한 군데 월급 한 푼 제대로 줄 만한 곳이 못 되었고, 겨우 차비 몇 푼 얻는 정도로 남 좋은 일만 해주기 마련인 게 고작이었다.

그러나 신문의 광고란을 보는 것만은 버리질 못했는데 우연히도 눈에 확 와서 박히는 것이 있었다.

'이발 방(房) 점포(店鋪) 보합(保合) 730만, 사주면 200만 걸고 日 4만 원 보장 확실 97 : ○○○○'

상준이가 이런 광고에 관심이 끌려 유심히 들여다보게 된 것은 아무리 애써 일자리를 구해 봤자 가망성이 없다는 데도 있었지만, 아직도 오백여만 원이란 퇴직금이 남아 있다는데 더욱 마음이 가는 광고였기 때문이었다.

그러나 어디까지나 광고이니 만큼 사실과는 다르리라는 예상을 하면서도 일단 알아나 보고 싶었다.

그리하여 사실과 다르다면 그만두면 될 것이고, 어쨌든 밑져야 본전이란 생각으로 다방에서 신문에 난 전화번호를 돌린 것이었다.

길게 신호가 가자 찰깍하는 소리와 함께 동전이 떨어지며 상대방의 목소리가 귀청을 울리는 것이었다. 예쁜 여자의 목소리였다.

"여보세요? 신문 광고를 보고 전화했는데요?"

"그래요, 잠깐 기다리세요. 바꿔드리겠어요."

"예, 전화 바꿨습니다."

이번에는 굵직한 남자의 목소리였다.

"이발업에 관한 광고를 내셨는지요?"

"물론입니다."

"그러시면 한 번 찾아뵙고 싶은데 위치가 어디쯤 되는지요?"

"왕십리입니다만 찾기가 힘드실 테니 전화번호라도 대주십시오. 다시 연락해서 이발관을 직접 둘러보시도록 하겠습니다."

상준은 자기의 연락처를 알려 달라는 말에 전화가 없는 탓으로 잠시 머뭇거리다가 친구댁의 전화번호를 대고 자기 이름을 알려준 다음 삼십 분 후에 꼭 연락을 해 줄 것을 부탁했다.

상준이 친구댁의 전화기 옆에서 기다리는 동안 약속한 시간으로부터 삼십 분 만에 전화벨이 울렸다.

"제게 온 전화인가 봅니다. 제가 받지요."

친구의 부인이 받으려는 전화를 상준이 먼저 받았다.

"박 사장댁입니까?"

"예?"

"거기 박상준 사장님 댁이 아닌지요?"

"……아, 예 접니다만……."

"좀 전에 이발관 때문에 말씀하셨다는 데 우리 사장님은 바쁘셔서 제가 종업원인데 전화드립니다."

"아, 네네, 그러십니까."

상준은 틀림없이 잘못 걸려 온 전화인 줄만 알았다. 느닷없이 박 사장을 찾았기 때문이었다. 친구 역시 사장은커녕 과장도 되지 못했고 성씨 또한 박이 아닌 김이었다. 게다가 상대방의 음성마저 좀 전과는 다른 데가 있었다.

그러나 곧 자기에게 온 전화임이 확실했고 그러므로 해서 성동서 앞 '수련' 다방 카운터에다 서로 물어 만난 다음 안내를 받기로 약속한 후 전화를 끊었다. 상준이 친구의 집을 나와 버스의 맨 뒷좌석에 앉아 마구 흔들리면서도 스스로 웃지 않을 수가 없었다.

자기의 기막힌 사정도 모르고 사장이라고 부르는 사람도 있으니, 하기야 구멍가게 주인도 사장이라는 세상에 이발관 주인에다 월 수입 백만 원이 넘는다면 사장이 되고도 남을 법도 했다. 만약 별다른 조건 없이 광고 낸 그대로라면 계약을 해 두어야겠는데 계약금을 갖고 나오지 못한 게 후회가 되기도 했다.

담배포 하나 얻는 데도 그 돈으로는 엄두도 못낼 판인데 혹시 철거 대상이나 아닐까? 만약 그렇지 않다면 자기보다 먼저 알고 이미 가 있는 자가 있을 지도 모른다는 생각에까지 미치자 마음이 조급했다.

그렇게 되면 벌써 계약이 되었거나 아니면 틀림없이 경쟁자가 있을 게 아닌가.

그러나 어제 석간에 난 것도 아니고 아침 조간 신문이라 미처 발견 못한 사람도 있을 뿐만 아니라, 자기처럼 조건만 맞으면 당장이라도 돈을 지불할 수 있는 여건이 돼 있는 사람도 드물 것이 아닌가.

짐작컨대 지금 곧 만나기로 약속까지 한 걸로 보면 그렇게 걱정할 것도 없다 싶었다.

그러나 그는 흥분과 초조감을 속으로 삼키면서 전화기에다 대고 '사장'이라고 서슴없이 부르던 말이 아직도 귀에 쟁쟁해 되도록 태연하려고 애썼다. 그런 태도로 버스에서 내린 상준은 약간 헐렁해진 넥타이를 바로한 다음 '수련' 다방을 찾아보았다. 허구 많은 간판들 속에서도 '수련'은 곧 눈에 띄었다. 상준은 곧장 다방 간판을 이고 안으로 들어섰다.

다방 손님이 들기엔 이른 시간인데도 다방은 만원이었다.

겨우 빈 좌석을 골라 앉고는 성급하게 주문해 오는 레지에게 호주머니 생각을 해 커피를 시킬까 하다가 '사장님' 소리가 다시 찡해 와 쌍화차를 시켰다. 그러고 보니 택시를 타고 올까 하다가 버스를 타고 온 것이 만 번 다행이라 여겨졌다.

더구나 만날 사람이 이발관 주인이 아닌 종업원이라니 차 값은 체면상 자기가 내야겠기 때문이었다. 상준은 담배를 한 개비 뽑아 목만 남은 성냥개비로 불을 붙인 다음 여유있게 카운터를 향해 앉아 있었다. 될 수 있는 대로 카운터 쪽에는 무관심한 척했다.

그래서 그는 갖다 놓은 차를 한 모금 마신 다음 천천히 담배를 물고 있었다. 그때 어깨 너머로 찾는 사람이 있었다.

"박 사장님 아니십니까? 저 이발관에서 온 한(韓)입니다."

그러고는 맞은편 좌석에 와 앉는 것이었다.

"네, 그렇습니다. 용케도 알아 보셨군요."

"그저 이발을 오래하다 보니."

상준은 간단히 인사를 나눈 다음 맞은편에 앉은 한의 모습을 보았다. 서른대여섯은 되어 뵈는 한이란 청년(이름을 대지 않고 한이라고만 했다)은 첫눈에 이발사임이 분명했다.

이발사면 으레 입는 흰 까운 하며, 누렇게 뜬 얼굴빛, 거기다 맨발에 꿰신은 슬리퍼가 누가 말하지 않아도 금세 알아차릴 수가 있었다.

"일을 하다 나와서……" 하는 그자의 말이 되려 무색할 정도였다.

"사업을 해 보시겠다구요? 혹시 경험이라도 계신지요?"

"글쎄요, 통 경험이 없어 놔서. 사업이랄 수야 없지만 무슨 일이나 그 업종에 대해 어느 정도는 알아야 할 텐데. 그래서 실무자에게 이야기라도 들었으면 해서 온 겁니다."

"아주 경험이 없으시다면 권유는 안 드리겠습니다만, 사실 광고 그대로 입니다. 솔직히 말씀드리자면 지금 팔려고 내놓으신 김 사장님도 이발이란 이 자도 모르는 분이신데 우연히 인연이 되어 지금 이발소를 사서 저에게 맡겨 주셨고, 그래서 삼년간이나 제가 책임을 지고 운영해 오는 동안 월 이틀만 빼고 한 번도 거르지 않고 매일 사만 원씩 드렸습니다. 그렇게 해도 저의 가족 일곱 식구가 먹고 살아왔습니다."

"그럼 월 수입이 백만 원이 넘는다면 더 잘 되는 장사가 없을 텐데 김사장은 왜 팔려고 할까요?"

"글쎄요, 들으니까 가정에 복잡한 문제가 있는 모양이더군요."

"그 정도 잘 되는 영업이라면 한 형께서 인수하시면 더욱 좋으실 텐데…… 직접 기술을 갖고 계시니까."

"그런 형편이 된다면야 오죽 좋겠습니까만, 사실 이발해 먹는 놈치고 돈 있는 놈 어디 있으며 초등학교도 제대로 나온 놈이 어디 있습니까. 직업이 깎아쟁이 직업이라 그렇게 깎아만 먹고 살다 보니 인생도 깎아지게 마련이었지요."

"원 별 말씀을……."

상준은 그렇게 말해 놓고도 사실 자기보다 비참한 삶을 말없이 살아가고 있구나 하는데 대한 측은함에서 동정이 앞섬을 어쩌지 못했다. 그래서 상준은 돈 기백만 원(실은 어느 쪽도 그들에겐 큰 재산이지만) 있다는 것으로 자본주 행세를 하며 손 안 대고 코풀기의 이득을 차리겠다는 속셈이 한에게 까뒤집어 보이는 것 같아 스스로 낯간지러워지는 것이었다.

그런 내색을 금세 짐작이라도 한 듯, 한은 한 마디 더 보태는 것이었다.

"사실 이발사 치고 어디가 굴러도 먹고 살긴 마련이나, 가게가 넘어가고 사장이 바뀔 때처럼 비극은 없지요. 그러면 대개가 종업원도 갈아치우거든요. 그렇게 되면 나처럼 책임 이발사로 있다가도 딴 데 가면 조수 노릇밖에 못하거던요. 그래서 이발사 자격증을 갖고만 있으면 물주(이발관을 사는 사람) 잡는 날이 출세하는 날이지요. 혹 박 사장님께서 의향이 계셔서 인수하시게 되신다면 저에게 맡겨 주셨으면 합니다. 실은 이발관이 잘 돼 가고 있습니다. 물론 직접 돌아보시고 결정 지을 문제이지만요. 저로선 단골 손님도 있고 뿐만 아니라 이미 책임자로 보증금도 이백만 원 들어 있습니다. 이발기구 보증금이죠. 물론 한 달에 이틀씩 빼던 것도 없이 매일 사만 원씩 수금해 가시도록 해 드리겠습니다."

"그런 조건이라면 할 사람이 많을 텐데?"

"누가 아니랍니까. 모르는 사람은 몰라도 내막을 아는 사람은 금세 인수할 겁니다. 잘 모르긴 해도 김 사장 아는 분이 몇 번 와서 운영 상태를 물어보더군요. 하지만 딴 데서 기술자를 데려온다는 말이 있어 내막을 사실대로 알려주지 않았습니다."

상준은 한의 이야기를 자세히 듣고 보니 더 이상 주저할 것이 못 된다는 판단이 섰고, 그렇게 이미 마음 속으로 결정을 짓고 나니 시간을 끄는 게 안달이 날 지경이었다.

"그렇다면 한 형이 이 일을 성사시켜 보시겠습니까? 물론 한 형이 책임을 맡도록 할 테니까요. 나로선 이발 계통에 전연 백지이니까. 오히려 부탁을 해야죠."

그 정도로 이야기의 결론이 지어졌을 때 한의 표정은 밝아져 누르께한 안색이 홍조로까지 변하는 것이었다.

"감사합니다. 어떻게 해서라도 성사시키겠습니다."

그는 흡사 시험을 치르고 나온 학생처럼 명랑해지는 것이었고, 상준이 역시 그 이상의 희망에 부풀어 있었다.

"그럼 일단 둘러보십시오."

"그럽시다."

상준은 한을 따라 '수련'을 나왔다. 햇빛이 눈부시게 빛나는 거리에서 잠시 신호등에 걸려 횡단보도에 멈추어 섰다.

"약간 거리가 뜨지만 걸어서 가시죠."

한의 말에 상준도 시끄러운 소음 속이라 고개를 끄덕여 주었다.

이내 불이 켜지기가 바쁘게 사람들이 차선을 갈라 놓았다.

상준은 사람들 틈에서 한을 따라가기에 정신이 없었고, 그러길 십여 분 후 한산한 소방도로에 나설 수가 있었다.

한도 걸음을 늦추었고 상준도 숨을 돌릴 수가 있었다.

"아참, 잊을 뻔했군요. 사장님께 참고로 말씀드리겠습니다만, 이발소를 둘러보시되 종업원들에게 눈치 채지 않게 해 주십시오. 어느 직장이나 다 그렇듯 특히 이 업소에 종사하는 사람들은 경영주가 바뀐다하면 무척 불안해 할 뿐만 아니라 좋지 못한 결과가 옵니다. 일자리를 잃게 되는 게 상례로서 아무래도 지장이 있지요."

"그도 그렇겠군요. 하지만 새로 구하기도 힘들테니 그대로 있게 할 텐데……."

"더구나 이 만한 조직을 짜기도 힘드는 일이라 혹시 동요할까 드리는 말씀입니다."

"아무려면 좋을 대로 하죠. 뭐 대수롭잖은 일이니까."

상준이 한을 따라 둘러본 이발관은 의외로 영업이 잘 될 곳이 틀림없어 보였다. 삼층이나 되는 건물에 여관, 욕탕이 있었고 주택가를 끼고 큰 관공서가 몇 군데 있는 데다가 가장 요지의 코너에 위치하고 있는 점 등이 그러했고, 깨끗한 시설에 그날 따라 손님이 붐비고 있었다.

상준은 한의 말대로 종업원들이 눈치 채지 않도록 가만히 살펴 보고 나왔다.

"어떻습니까?"

한이 싱긋 웃으며 묻는 말이었다.

"말씀대로 잘 되겠군요."

"그럼 서둘러 계약을 하시죠. 김사장에게 연락을 하여 오도록 하겠습니다. 김 사장과 계약만 되면 건물 주인에겐 전세금을 안는 것으로 그만이니까 상관 없겠습니다."

이런 정도로 해서 상준은 급히 집으로 돌아와 보증금 사백육십만 원을 갖고 오는 동안 한이 김사장을 모시고 기다리겠다는 다방 '수련'으로 다시 나간 것이었다.

상준은 퇴직금 중 남은 돈의 반이 넘는 거액을 가져가면서도 아내에게 상의도 하지 아니한 것은 한꺼번에 기쁨을 안겨주자는 것이었고, 만약 일이 성사가 안 되었을 경우 또 한 번 실망을 주지 않겠다는 생각에서였다.

상준이 숨을 몰아쉬면서 약속 시간에 맞추어 수련에 들어섰을 때 거의 동시에 한도 나타났다.

"계약금은 준비 되셨습니까?"

"그야 그것 때문에 갔다오지 않았소."

"그러시다면 바로 나가시죠. 이왕 결심하신 바엔 완벽하게 하는 게 좋다 싶어 건물주와 김 사장도 함께 모셨습니다. 바쁘신 분들이라 미안해서 음식점으로 모셨지요. 제가 대접하겠습니다. 일이 잘 될려니까 다행히도 시간들이 잘 맞는데요."

한은 매우 기쁜 모양이었다. 오히려 기쁘기로 말하면 상준일 테지만. 한을 앞세우고 들어간 음식점 한구석에는 벌써 두 사람이 기다리고 있었다.

상준은 한의 소개로 김사장이란 사람과 건물 주인을 소개받고 인사를 나눈 다음 한이 낸다는 맥주를 마셨다.

그들도 한결같이 한의 나이와 비슷했으나 키가 크고 풍골이 장대한 건장한 체구임이 달랐을 뿐이었다.

좌석의 분위기 역시 그렇고 그런 처지여서 별다른 이야기도 술을 권하는 것도 아니었다.

그저 건성으로 몇 마디씩 오고 갔다. 피치 못해서 억울하게 넘기게 된다는 말은 김사장이란 이발소 경영자가 하는 말이었고, 과거야 어쨌던 나가는 사람 보다 새로 사귈 사람에게 더 관심이 많은 것은 당연하니 전세금도 더 올려 받지 않고 재계약을 해준다는 선심을 보여주기까지 하는 자는 건물 주인이었다.

그래서 사백육십만 원을 건네주고 계약을 한 것이었다. 나머지 잔금을 치르는 대로 일당 사만 원씩은 그 날로 상준 쪽에서 받도록 한다고 계약서에까지 써 넣었다.

"그럼 모두 바쁜 사람들이니 일어섭시다."

이래서 서로가 만족한 듯 악수까지 한 다음 헤어졌고, 상준이 역시 계약서를 소중히 간직한 채 일찍 집에 들어와 아내에게 그런 연유를 늘어놓고 있는 참이었다.

"하늘이 무너져도 솟아날 구멍이 있다더니, 참 잘 되었네요."

아내도 더 없이 기뻐하는 것이었다.

"이젠 당신이 수금만 매일 사만 원씩 해오면 돼."

"그런데 장소가 어디예요. 수금이야 당신이 하든, 내가 하든 관계없지만 같은 값이면 우리 아이들도 거기 가서 이발하도록 했으면 좋겠기에."

"물론이지. 그럼 당장 같이 구경 삼아 들러 봅시다."

"아니 그보다 이왕 잔금만 치르면 내일부터라도 우리가 수금이 된다니 은행에 나머지 돈도 찾아서 마저 갖다줘 버립시다."

"그럴까. 아무렴 좋도록 합시다. 쇠뿔은 단김에 빼랬다고."

상준 내외는 모처럼 나들이나 하듯 은행에 들러 잔금마저 준비해선 택시를 잡아 나란히 탔다.

그토록 암담하고 그토록 숨막히던 서울 거리가 온통 그네 둘을 위해 존재하는 것으로 착각할 만큼 즐거웠다.

그런 기분은 상준이 둘러본 이발관 앞에 내려서도 마찬가지였다.

그들은 이발관 앞에서 약간 망설였다. '종업원들이 눈치 채면 어떨까' 하는 생각에서였다. 그러나 책임자인 한씨만 슬쩍 만나 보면 될 것이라는 생각에서 아내와 같이 들어섰다. 한 이발사가 손님들 이발을 하느라고 정신 없어 하면서도 어떻게 왔느냐고 물었다.

"아, 한 선생 좀 만나려고요."

"한 선생이라니요?"

가위를 든 이발사가 의아해 되물었다.

"이발관 책임자 한씨 말입니다."

이발사는 더욱 의아스러운 표정을 지었다.

"저가 책임잔데요? 저는 한이 아니라 임입니다."

"그럼 한씨가 책임자로 있지 않단 말입니까? 어쨌던 한 선생은 어디 갔습니까? 오전에 저와 함께 이 자리에서 만났던 분 말예요."

"글쎄요. 그 사람이야 뭐하는 분인지 알 수 있나요. 어제서부터 두어 차례 들르긴 했습니다만서두."

"아니, 어떻게 생각하실 건 없습니다. 이왕 어차피 알게 될 테니 털어놓고 말씀드립니다만, 이발소를 우리가 계약했기에 잔금을 드리고자 온 것이니까요."

그 말에 이발사는 물론 모든 종업원들이 깜짝 놀라는 것이었다.

'영문도 모르고 있었을 테니 놀랐겠지.' 이런 상준의 생각과는 달리 까무라칠 만큼 놀란 쪽은 그의 아내였다.

"계약을 하시다니요. 혹시 사기당한 것이 아닙니까? 우리는 이발관을 팔겠다는 생각도 해 본 적이 없는데요"

그 말에 상준 내외는 발칵 소리를 질렀다.

"뭐, 뭐라구요?"

순간 말이 막혀 한참 만에야 이것저것 정신없이 캐물어 보았지만 뻔한 대낮에 눈 빼인 격이 된 듯 깨끗이 당한 것은 엄연한 사실이었다.

"원, 세상에 이럴 수가?"

상준은 영원히 헤어날 수 없는 수렁으로 빠져든 상태에서 사흘을 앓다가 일어났다. 일어나서는 이를 악물고 놈을 찾기 위해 보름 동안이나 시내를 헤맨 것이었다. 그러나 일당이 나타나 주진 않았다. 그래서 그는 그만 지치고 말았다.

## <3>

상준은 머리를 쳐오는 무거운 생각에서 탈출이라도 해야되겠다 싶어 펼쳐 놓은 신문을 그대로 둔 채 다방을 나왔다.

"쌍놈의 것 다 그런 세상인데."

그는 서슴없이 광고에 낸 어느 여관의 전화기 앞에 가 앉았다.

전화받는 데만 일금 일만 원을 지불(놈들처럼)했기에 여관 주인은 친절했다. 벌써 몇 통의 전화가 왔더라고 했다. 상준은 다시 전화를 기다렸다. 전화는 금세 또 왔다.

상준도 자기가 당했던 그런 수법으로 일을 추진하기로 했다. 도합 세 사람이었다. 평소에 그렇게 친한 사이는 아니었지만, 가난에 찌들어 삶에 지친 자들로 법은 저만큼 제쳐 두고 막판으로 살아가는 사람들이었다. 그들은 사업에 실패하고 그 지긋지긋한 지난날의 올가미에서 벗어나지 못하고 있었기 때문이었다.

상준이 그들에게 그런 사연을 털어놓고 협조를 요청했을 때 대가 없이도 선뜻 나서 준다는 데는 상준 이상의 괴로운 삶에 대한 체험이 있었기 때문이었다. 그들은 각본을 짰다.

그래서 상준은 멋모르고 겁없이 덤벼드는 고객을 만나기 위해 다방으로 나갔고, 나가서는 그때 그 놈들 이상으로 연기를 했다.

그랬더니 이상하게도 너무 쉽게 걸려들어 오히려 이쪽이 싱거워지는 것이었다. 물론 상준 자신도 그렇게 당했지만. 너무나 쉽게 계약이 되었고, 계약금도 십만 원이 더 많은 사백칠십만 원이었다. 결국 계약서 한 장과 바꿔 내기까지 밑천이 들었다면 신문광고료와 전화세 도합 일만사천육백 원에다 맥주 두 병 값이 보태진 것이었다.

'녀석도 연신 웃음을 띠고 있구나. 그렇지만 내일이면 알만 할거다.' 상준이 그런 조소를 금치 못하면서 식당을 태연히 걸어나오는데 점잖게 부르는 목소리가 거머잡고 당기기나 한 듯 뒤에서 들리는 것이었다.

"정 사장님! (정으로 행세했다) 미안하지만 주민등록증 좀 보여 주실까요."

그러면서 그의 코 밑에 내어민 것은 경찰관 신분증이었고 동시에 상준의 손목엔 차가운 물체가 조여지는 것이었다. 이미 호주머니에 들어왔던 돈도 다시 되돌아갔다. 어느 틈에 사라졌는지 금세 같이 있던 두 연기자들은 이미 없었다.

상준은 결국 그 이튿날로 구속영장이 떨어져 그물을 친 호송차에 실려 가고 있었다.

그는 아내와 자식들이 눈앞에 어른댔지만 체념하고 나자 차라리 평온해 지는 것이었다.

그는 차가 흔들리는 대로 차창 밖으로 멍하게 시선을 던지고 있었다.

거기엔 세상의 모든 풍경들이 아무렇지도 않는 듯 자꾸만 역류하고 있었다.

# 공항의 노을

"여보, 영감 이제 그만 돌아가세요."

할멈이 노인의 옷소매를 잡아끌었다.

"그럴까? 기어이 떠나고 말았구려. 모두가 부질없는 일들이었지."

그 허허로운 공간에 시선을 던지고 있다가 가만히 그것을 거두는 김 노인은 마누라의 흔들리는 목소리에 자신도 모르게 한숨을 토해 냈다.

그러면서 할멈의 곁으로 다가갔다.

"뭐가 보이기나 하세요? 나야 온 가물거리만 해서……."

할멈은 눈알이 시려 그런다는 듯 연신 손수건으로 눈자위를 꼭꼭 누르면서 말했다.

"글쎄, 나도 임자나 마찬가지 아닌가."

그렇게 대답하는 김 노인의 눈에서도 부우연 안개가 서려 촉촉히 젖어 있었다.

그랬지만 그들 내외의 망막에는 아직도 아들 훈(勳)과 며느리의 영상으로 가득차 있는 듯했다.

훈 내외를 실은 은빛 물체의 거대한 여객기는 방금 요란한 폭음 속에 활주로를 떠나자 점점 그 자태를 축소시키더니 결국은 창공으로 사라져 버리고 만 것이었다. 그러나 김 노인 내외는 망부석처럼 우두커니 선 채 전송대를 떠날 줄 몰랐다.

그저 수제비처럼 띄엄띄엄 한두어 마디씩 대화를 나누면서도 터엉 빈 허공을 잡아당기기라도 할 듯이 시선을 도로 주면서 가슴을 적시고 있었다.

그때 청소를 하느라 대걸레를 부지런히 놀리던 중년의 한 사내가 말을 걸어 왔다.

"자식이라도 보내셨나요? 무척 서운해하시는 표정들이니 말예요."

김 노인 내외는 그제사 조용히 허공으로부터 시선을 거두며 돌아서는 것이었다. 그러면서 풀죽은 목소리로 짧게 대답했다.

"그렇다오."

"허허 복도 많으신 내외분이시군요. 훌륭한 자식을 두어 외국까지 보내시는 걸 보니."

"……."

남의 속도 모르고 자기의 지레짐작만으로 지껄여대는 중년사내의 말에 늙은 내외는 뭐라 대답할 말이 없어 나란히 전송대를 빠져나와 2층 계단을 내려오고 있었다.

그때서야 할멈이 잠시 걸어매었던 입을 떼며 말했다.

"여보, 많이도 서운하세요?"

"그럼, 임잔 안 그러우?"

서로가 정붙이고 살붙여서 살아온 오십 년이란 세월을 뻔히 알면서도 그렇게밖에는 더 물어볼 말이나, 대답할 말이 없었던 거였다.

늙은 내외는 이제 다정히 손목까지 서로 잡고 공항의 대합실을 빠져나오자 넓은 광장의 한모퉁이에 놓여진 의자에 앉는 것이었다.

그와 동시에 또 시선을 공항의 전송대 너머로 나란히 보내는 것이었다.

그 곳에선 아까와는 달리 우렁찬 금속성 소리와 함께 은빛의 여객기가 착륙하고 있었다.

역시 김포의 국제공항은 공항답게 떠나는 사람들이 있는가 하면 돌아오는 사람들도 많았다.

공항의 역사(驛舍)는 언제나 그렇듯이 이별이 있고, 만남이 있는 그러한 곳이었다.

그러나 이 늙은 내외에게는 만남은 기약이 없고 이별만 있는 듯했다.

그래서 활활 타는 저녁노을마저 붉게 물들기 시작한다.

그렇게 타는 저녁노을빛이 늙은 내외의 눈망울에 가득히 고여 들고 있었다.

황혼!

그 황혼은 어제도 있었고 내일도 있을 것이다.

그러나 이들 내외가 일생을 세월 속에 묻고 이제야 맞이한 인생의 황혼만은 다시 돌이킬 수 없는, 너무나 서글프고 적막한 것이었다.

그런 인생의 황혼이 일상의 노을과 함께 진하게 진하게 이들 내외의 가슴 깊숙이 번져 들고 있었다.

김 노인 내외는 갑자기 욱!하고 치미는 고독과 설움과 분노에 잠시 주먹까지 쥐었다. 그러나 그것도 잠시일 뿐, 찬찬히 목줄기로 삼키면서 서로가 눈시울만 적시었다.

"영감, 너무 상심 마세요."

할멈이 아까처럼 손수건으로 눈시울을 자근자근 누르며 노인을 위로하고 있었다.

"허허, 임잔 더하면서, 나보다도……."

김 노인은 채 말을 잇지 못했다.

"자식이구 뭐구 다 소용 없어유. 품 안에 안구 기를 때 말이지, 소용 없구말구요."

할멈의 푸념 섞인 목소리에 김 노인은 더욱 허전해짐을 어쩌지 못해 또 한번 한숨을 토하는 것이었다. 그와 함께 지난날이 일시적으로 눈 앞에 다가서는 것이었다.

그는 부모의 유산이라곤 땡전 한닢이나, 논밭 자락 하나 상속받지 못했다. 남의 집 머슴살이 십년에 겨우 땅마지기나 장만해 살았었다.

이른 새벽에 나가 논밭에 엎드리면 저녁에 별을 이고 돌아와 누우면 그만이었다. 그럴 때마다 등짝이 방바닥에 닿으면서 육신이 늘어지곤 했었다. 아내도 마찬가지라 밭이랑에서 손톱이 닳아 늘상 피가 맺혀 있었다.

그런데도 아들 훈을 위해 세월 가는 줄 모르고 살아온 날들이었다. 아들 훈이를 대학 졸업을 시키고 장가를 들이기까지 외아들 훈이만을 믿고 참으며 살자했다. 다행히 대학에 입학한 훈을 따라 서울로 올라와 아파트 생활이 시작되었다.

평생을 고향 땅에서 선산을 지키며 흙 파먹고 살자던 김 노인 내외였지만, 아들 곁을 떠나 살 수가 없었기에, 또 그 뒷바라지를 해야겠기에, 땅 팔고 집 팔아서 서울로 왔었다.

그렇게 뒷바라지한 보람으로 아들 훈은 참으로 훌륭한 사람이 되었다. 대학을 나와 학사가 되었고, 대학원을 나와 석사가 되더니 작년에는 박사학위까지 받았다.

김 노인 내외는 아들이 얼마나 대견스럽고 자랑스러운지 모를 지경이었다. 훈은 드디어 결혼을 했다.

일류여대 영문과를 나온 규수를 며느리로 맞이한 김 노인 내외는 자기를 깍듯이 대접해 주지 않은 것이 약간의 불만이긴 했어도, 어디로 보나 교양 있고, 우아하고, 당당해 보이는 며느리가 참으로 자랑스럽고 사랑스러웠다.

김 노인 내외는 남이 흉만 보지 않는다면 덩실덩실 춤이라도 추고 싶은 심정이었다.

그렇건만 한 시도 놀고 못 있는 김 노인 내외라, 영감은 영감대로 진날 갠날 없이 미장일을 나갔고, 할멈 역시 밥 짓고 빨래하고 집안 설거지하며 해 가는 줄 모르고 신명이 나 있었다.

이젠 손자든 손녀든 낳아주기만 하면 그 놈들 돌보는 잔재미로 남은 여생 살겠다는 행복감이 연신 꽃잎처럼 초르르 쏟아져 내리는 듯했다. 이렇듯 아들, 며느리 뒷바라지하는 열성은 옛날 훈이 공부시키던 때나 다를 바 없이 여전했다.

식모라도 데려오자고 훈이나 며느리가 말을 꺼낼 때마다 김 노인 내외는 입을 틀어막기라도 할 듯이 막무가내로 마다했다.

"아직도 멀었다. 내몸 움직이고, 네 애미 오죽 잘 해 그러냐?"

그러면 훈은 말대꾸를 했다.

"어머님, 아버님 때문에 그런 건 아녜요. 남 보기 창피해서 원."

그러나 김 노인 내외는 상관하지 않았다.

그런 부모들과는 달리 훈 내외는 일요일이건 아니건 걸핏하면 둘만 나란히 외출을 했고, 할멈은 집 지키고, 영감은 일터로 나갔다.

그러나 한 해 한 해, 해가 갈수록 김 노인 내외의 건강은 말없이 달라지고 표 없이 쇠약해지고 있었다. 벌써 일흔이 이마에 닿은 인생의 황혼기였다. 그렇게 내심으로 기다리다 못해 손주녀석 하나쯤이라도 낳아 달라고 했지만 한 마디로 퇴박만 맞았다.

"우리나라 인구가 몇 명이나 되는지 아세요?"

"글쎄다?"

"지난 팔월달로 사천만이 넘었대요. 애 낳는 게 장땡이 아녜요."

"암, 암, 그렇지. 하지만 자식 낳아 기르는 게 인생사 최고이거던. 너무 늦다. 명심하거라."

그러곤 그만이었다.

어느 날이었다.

"이젠 임자나 나나 청승 그만 떨고 편히 살구려. 자식 덕도 좀 봐야지."

"영감 생각이 내 생각인데. 아무려문요. 생각해 보면 주접도 어지간히 떨어 왔네요."

아들 부부가 외출하고 없는 아파트에서 김 노인 부부는 도란도란 다정스레 이야기를 주고 받았다.

"돌아보면 아닌 게 아니라 훈이 놈 때문에 오죽이나 고생했수."

할멈은 영감에게 담뱃불을 당겨 주며 만족해 하고 있었다.

"그래, 임잔 훈이 찬밥 안 먹이겠다고 도시락 싸서 들고 학교에 다닌 세월이 얼만지나 아오?"

"그야 국민학교 입학 때부터 였으니까 한 이십 년? 저야 에미니까 그럴 수밖에 없었다 손치더라도, 원 영감님은 그렇게도 야단스러웠더란 말이오."

"야단스러웠다니?"

"아따, 그 뭐하러 다 큰 녀석 회사는 남몰래 가서 기웃거려 보곤 했수?"

"그거야 솔직히 말해, 보고 싶어 그랬지. 막말로 어떻게 키운 자식인데……."

"나는 거들떠보시지도 않구, 딱두 하시구려. 야속도 했다우."

"어흐흠, 가만 있자. 왜 여태 안 돌아올까?"

김 노인은 딴전을 펴며 할멈의 화살을 피할 겸 또 아들 며느리 걱정부터 했다. 이렇게 김 노인 내외는 나들이 나간 아들 내외를 종일 기다리다 지쳐 눕기 일쑤였다. 그렇게도 소중히 여기는 자식이었다. 그런데 불과 사흘 전 갑자기 미국으로 떠나게 되었다고 하지 않던가.

"그럼 다녀와야지, 얼마 동안이나 걸릴까?"

"글쎄요. 가 봐야 알겠지만 돌아오긴 힘들걸요."

"뭐라구! 그럼 며느리랑은 어쩌구?"

"같이 가야죠. 여권도 함께 나왔으니까요."

"……."

"……."

김 노인 내외는 금세 가슴이 콱 막히고 눈앞이 캄캄해 와 말이 더 안 나왔다.

"가더라도 편지 자주 드리지요. 또 다달이 생활비도 보내 드리고요. 저희 회사선 단 한 명뿐이었는데 그 행운이 저에게 내려진 거여요."

"행운? 그래, 행운이고 말고……."

이렇게 김 노인은 자지러든 목소리로 시작해 연사흘 동안이나 말문이 열리지 않았지만 훈 내외는 그들대로 떠날 차비를 하느라고 옆 돌아볼 겨를이 없었다.

그랬다가 오늘 비행기 편으로 떠나는 훈 내외를 보내기 위해 이렇게 김 노인 내외는 공항까지 나온 거였다.

공항 대합실에서만 해도 훈 내외는 동창, 회사 동료, 여러 친구들 틈에 둘러싸여 환송 인사를 받느라 정신 없이 돌아가고 있었다.

그래서 정작 자식을 보내는 김 노인 내외는 저만치 밀려나 있어야 했다.

김 노인 내외는 끝내 아들 내외가 떠나는 마지막 인사마저 멀리 손짓으로 받았을 뿐 그들의 손목 한 번 잡아 보지 못하고 떠나 보냈다.

"이젠 임자도 많이 여위었구려."

김 노인은 할멈의 손을 와락 부여잡으며 잔잔하게 떨리는 목소리로 말했다.

"당신두요."

그때 공항 광장으로는 많은 인파가 대합실로부터 꾸역꾸역 밀려나오고 있었다. 전송 나왔던 사람들의 무리였다. 그러나 김 노인 내외는 어디로 갈까하며 서성거리기만 했다.

벌써 광장의 가로등에는 하나, 둘 전깃불이 들어오기 시작했고, 붉게 타던 저녁 노을은 어둠에 밀리며 스러져 가고 있었다.

그래서 또 얼마나 지났을까? 공항 광장은 잠시 조용해지고 있었다. 모두가 바쁘게 스쳐간 광장이었다.

이별이 있고, 만남이 있고, 그래서 애환이 겹쳐지던 그 광장이 이렇게 오늘도 하루를 맞고 보낸 것이었다.

그 허허롭고 텅빈 광장에 다만 김 노인 부부만이, 언제나 그러고만 있기라도 할 듯 못박힌 듯 의자에 앉아 있었다.

그러다가 조용히, 참으로 조용히 짙어져만 가는 황혼 속에 묻혀지고 있었다.

# 꽃멀미

범악재의 높은 산 상마루는 얼마 전까지만 해도 흰 눈에 덮여 있었다. 흡사 소복차림의 여인 같은 백설의 영봉이었다. 그러나 그것은 어느날 예고도 없이 엷은 안개 속에 보랏빛 아지랑이를 이고, 눈앞에 성큼 다가서는 것이었다.

보리가 동이 오르는, 짙은 녹색의 구수한 향기 속에 씀바귀, 진달래, 바이올렛 등이 풀꽃냄새에 뒤엉킨 자운영 꽃향기와 함께 햇살에 이끌리어 보랏빛 공간으로 스물스물 피어오르고 있었다.

산비탈마다 널린 진달래, 길을 메우고 돋아난 냉이, 무릇, 달래들이 다소곳이 고개 숙인 할미꽃과 더불어, 나른한 춘곤에 지난날의 이야기를 봄바람이 실어다 주고 있었다.

이렇게도 봄은 가로, 세로 추슬러 뿌려진, 푸른빛의 여울 속에 꽃멀미가 이는 계절이었다.

그렇건만 오는 봄, 가는 세월을 잊은 듯 말없이 누운 단 하나의 무덤이 있었다.

그 무덤을 덮은 초록빛 잔디 사이에는 삘기가 탐스럽게 솟고 있었다. 그런 무덤 앞에 아까부터 장승처럼 서 있는 한 사내, 팔용이었다. 그는 흡사 넋 나간 사람같이 보였다.

벌써 한낮이 되었는지, 실뱀처럼 기어 내린 산길을 따라 먼 발치의 아래초리 동네에선 낮 닭의 울음소리가 애잔했고, 범악재 산허리를 감돌아 내려오며 부르는, 풀꾼들의 육자배기 가락이 더욱 선연해 왔다. 그제사 사내는 욱하고 치미는 분노와 서러움을 함께 토하며 잔디 덮인 무덤을 끌어안고, 흐느끼기 시작하는 것이었다.

"분녀, 이 무정한 사람아…… 으흐흑."

흡사 산짐승의 울음같은 목메임과, 몸부림이었다.

여전히 풀꾼들이 부르는 선연한 가락은 바람결에 산자락을 누벼 오고 있었다.

"석탄 백탄 타는데 연기도 김도 안 나네……."

범악재 산허리를 돌아 실타래처럼 굽어 간 비탈에는 벌써 풀꾼들의 풀짐이 줄을 지어 내려오고 유독 목청을 높여 부르는 누군가의 수심가가 새삼 팔용의 가슴을 후벼 파듯 조여 왔다.

이어 이번에는 남도 특유의 잡가인 육자배기 가락이 풋풋한 풀향기와 꽃내음을 안은 봄바람을 타고 가사도, 곡조도, 알아볼 수 없이 수선스럽게만 들리는 것이었다.

한참 만에 팔용은 무덤에서 일어났다. 그리고는 무덤 옆 잔디에 가 눕는 거였다. 금세 그의 눈에 한두 점 떠 가는 구름발이 들어왔다. 그와 함께 자신의 허망하기만 한 지난날이 풀꾼들의 노래가락에서 떠올려지는 것이었다.

팔용이 분녀를 아내로 맞은 것은 그의 나이 서른 다섯이었고, 분녀는 갓 스물의 앳된 처녀였다. 그가 그토록 장가를 늦게 든 데는 자신을 제외하면 어느 누가 보아도 자 가웃은 모자라 보이는데 있었고, 거기다 반 귀나 먹어 남의 말귀마저 얼른 알아듣지 못해 더욱 그러했다.

그러나 남이야 어찌 보든, 그 나름대로는 같은 마을 순임이를 혼자나마 사랑해 본 적도 없잖아 있었다.

팔용이 살던 은내(銀川)에는 과년한 처녀들도 많았다.

순임이를 비롯해 둘이, 영임이, 순년이, 복실이, 동분이, 울녀, 봉순, 미실이…….

그들은 하나같이 초등학교도 다 채우지 못한 처지였건만, 제나름의 가풍 지켜 얌전하고, 부지런하고, 소박하고, 순진하기 이를 데 없었고, 봄이면 산나물 캐러 광주리나 이고 동구 앞을 나서는 날이면, 봄바람에 깃 땋아 늘인 댕기머리채가 눈이 부시도록 아름답게 보였다.

그 중 순임은 어느 면에서나 제일이었다.

얼굴 곱고 예절 바른 데다가, 몸가짐 또한 단정해서, 혼기에 있는 아들 둔 집안 치고 은근히 침 안 흘리는 사람도 없었다.

그랬기에 같은 동네 총각 치고 눈독 안 들여 본 녀석도 드물었으리라. 그런 순임이라 드러내 놓고 칭찬 안 하는 사람이 없었다.

"세상에 순임만한 처녀도 드물재."

"하모 요시 처녀가 아니라쿠니."

"어떤 복 많은 총각이 데려갈랑고."

"총각뿐이다. 순임일 며느릴 맞는 그 시어민들 오죽 좋을라. 호박이 넝쿨째로 굴러 가는 판인데……."

겨우내 밀린 빨래를 하느라 동네 앞 개울가에 모인 중년 아낙들에게 이 같은 말이 입에 오르내릴 만큼 순임은 빠진 데가 없었다.

"그나저나, 소동댁은 순임일 안 치울건가? 중신애비가 그리 들랑이도 짬짬해만 있는 거 보니."

팔용의 모친 한밭댁은 빨래 방망이를 놓고 때 묻은 팔용의 속적삼을 돌팍에다 박박 문지르며 예사롭게 던진 말이었건만, 실은 팔용이 걱정이 앞서 한 말이었다.

"엇다, 한밭댁도 마, 팔용이 장가보낼 걱정이나 하소. 순임이사 반세 좋은 가문이겠다, 살기 걱정 없겠다, 처녀 밑물 마리도록 시집 안 보낼까바 걸쌓소."

지수댁은 옥양목 빨래감을 맑은 물에 헹구며 넉살 좋게 한마디 해놓고는 너부죽이 웃는 거였다.

"누가 아니랬나, 우리 팔용이 생각만 하문 밤잼이 안 오재이, 내사 치마만 두른 처자 있어 시집오겠다고 나서만 준다면야 여부가 있을 말인가."

한밭댁은 천신만고 아들 하나, 그것도 범악재 중허리의 서낭당에 빌고 빌어 얻은 자식인데, 나이 삼십이 넘도록 혼처 하나 나서 주지 않으니 오죽하면 그렇까 싶어, 한숨만 절로 나는 판이었다.

그녀는 폭 쏟아지는 한숨을 허공에다 내뱉고는 빨래 방망이를 유난히도 크게 두들기는 것이었다.

"앗다 한밭댁, 그러다간 서답감(빨래) 버리겠소. 설마 몽달귀신 될라꼬, 챙이(키) 짝도 짝이 있다는데 누가 알아. 천하 요조숙녀가 며느리로 올라꼬 거동이 늦은 겐지……."

맞은편에 앉은 더무실댁이 듣기 좋으라고 하는 말인지, 아니면 빗대어 보노라 그런지 분간할 수가 없어 한밭댁의 심정은 헐렁하고도 찝찔하기만 했다.

그러기에 속알머리가 없는 여편네들이라고 욕이라도 한 주먹 안기고 싶었지만 속으로 삼켰다.

'그 허구 많은 동네 처녀들 헛말이라도 건네 보면 어때. 설사 팔용이가 좀 모자란다 하더라도 사내 구실이야 못할까 봐. 처녀 총각은 쇠말뚝에도 대 본다는데……'

그러나 그런 것은 한밭댁 마음뿐이지 드러내 놓고 할 말은 못되는 처지였다.

모두가 팔용이 하면 심덕 하나 빼 두면 늘상 뒷전으로 밀쳐 두기 일쑤였고, 더구나 논섬지기까지 주겠다고 재실댁 둘째 딸 미실에게 넌지시 중매쟁이를 넣었더니만, 재실댁 내외 보다 오히려 당사자가 펄펄 뛰더라는 것이었다.

"논 섬지기야 좋지만, 그걸 서방이라고 우찌 데리고 살아."

한쪽 눈알에 티눈 박힌 미실이도 제 주제는 생각잖고, 그렇게 퇴박을 놓던 일을 한밭댁은 지금도 잊지 못하고 있기 때문이다.

그쯤 되고 보면 팔용이가 순임을 넘겨다본다는 것은 섣달 그믐밤에 바늘귀 찾는 격이랄까. 어림반푼어치도 안 될 말이었다.

그러나 팔용이 생각하기론 순임이 자기만을 생각해 주는 한구석이 있다고 짐작했다.

자기 아닌 남이 보았다면 펄펄 뛰고 질겁을 했을 순임이가, 팔용이에게만은 무관히 넘겨 버린다는 사실에서 더욱 그러했던 것이다.

한여름밤이었다. 그 날은 무척 더웠다. 밤은 꽤 깊었고 달빛은 펑펑 쏟아지고 있었다.

실버들이 늘어선 개울가에 봇물을 보러 나갔던 팔용은 자기도 모르게 우뚝 서고 말았다. 숨이 딱 멎었다. 그저 황홀할 뿐이었다.

하얀 달빛 속에 드러난 인어의 상체에 눈이 붙어 떨어지지 않았다. 팔용은 말뚝처럼 땅에 박힌 듯 오금도 떨어지지 않았다.그저 가만히 숨만 몰아쉬었다.

"팔용이재, 아까부터 알고 있었다. 너무 가까이 오지마, 나 목물 치고 있어."

순임의 조용한 목소리였다.

팔용은 달빛이 하얗게 부서지는 봇물 위로 너무나도 눈부시게 드러난 부푼 순임이의 젖무덤을 보는 순간 피가 멎는 듯했다. 그는 한참만에야 돌아서고 말았다.

난생 처음으로 제 이름을 불러 준 순임이, 그 고운 목소리와 젖무덤과 몸매, 그래서 팔용은 그 날 이후 밤마다 순임을 생각하며 잠을 설치기가 예사였다. 그랬건만 왠지 순임은 떠나 버리고 말았다.

그 이듬해 살구꽃이 필 무렵 예고도 없이 시집을 가 버리는 것이었다. 그리곤 그만이었다. 참으로 무정했다.시집을 간 것은 순임이뿐만이 아니었다.

을녀, 봉순, 은실이, 심지어는 한쪽 눈에 티눈 박힌 미실이도 나보란 듯이 잘도 시집을 갔다.

그럴 때마다 팔용은 '턱 떨어진 개 지리산 쳐다보듯' 멀건히 바라만 볼 수밖에 별도리 없었다.

꽃가마를 타거나, 택시에 실려, 느릅나무 모퉁이를 잘도 떠나 버린 은내 마을 처녀들이었다.

그뿐인가, 사내들도 스무 살을 넘기기가 무섭게 장가 들어 아들 딸 낳고 잘도 사는 것이었다. 그런 꼴만 보고 살아야 하는 팔용이는 오기차서 심덩거레한 마음을 견딜 수가 없었다.

그러던 팔용에게 중매가 들었다. '쥐 구멍에도 볕 들 날이 있다.' 고 정말 '쨍하고 햇뜰 날' 이 그에게도 온 것이었다.

"없어서 탈이지, 사람이야 고만하문 빠진 데 없지, 배나 안 곯고 살 데 있으몬 치울란다카던데, 논섬지기까지 준다면야 한 가랭이 두발 넣구 온다 뿐일까."

우연히도 찾아온 사돈 팔촌 뻘쯤 되는 중늙은이로 부터 이런 말을 듣고, 숨 넘어 갈 듯 서둘러 성례를 올리게 한 한밭댁이었었다. 그래서 덕분에 팔용은 분녀를 아내로 맞이했던 거였다.

갓 시집온 분녀는 말 듣던 대로 가난이 덕지로 앉아 누렇게 뜬 얼굴에 몸매마저 을씨년스럽기 한량없었다.

그렇던 분녀도 한 해가 못 가 광대뼈가 묻힌 연지볼엔, 복사꽃같은 웃음이 흘렀고, 몰라 보게 거짓말같이 달라진 몸매가 은내마을 사람들의 관심거리로 등장하기까지 되었다.

"한밭댁 며느리 참 예쁘기두 하재. 어쩌몬 고렇게도 달라졌담. 시집간 순임이보다 월등 미인이더라."

"그렇께 한밭댁 입이 함박만 하재."

"글쎄, 내 머라켓노. 모다 지 배필은 따로 있다재."

"허지만 여자란 너무 잘 생겨도 못 쓴다우, 겉보다 속이 좋아야재."

"그건 그렇구려, 아니할 말이긴 해도 새댁이 웃는 웃음은 너무 헤픈 것 같아 안 뵈던가."

우물가이건, 빨래터이건, 시집간 순님이 대신 분녀 이야기가 이마을 중년 아낙네들의 입질에 오르내리고 있었다.

그만큼 분녀는 잘 생긴 여자였다. 팔용은 그런 분녀를 제 아내로 맞이한 것을 생각하면 눈에 넣고 싶은 심사였다.

실버들 봇둑에서 달빛 아래 보았던 순님의 앙가슴이, 이제는 분녀의 보드라운 살결에서 영원히 묻혀져 버리는 거였다.

"분녀, 우린 오래오래 살자. 언제라도 이렇게 말이다."

팔용은 분녀를 으스러지도록 안았다. 한지 바른 창문으론 달빛이 가득 차 오고 있었다. 분녀도 나이 든 팔용이 못지않게 밤이 좋았다.

그런 분녀이기에, 이젠 분녀 없으면 못살 것 같은 팔용이라서 그녀가 하자는 대로 했고, 그녀가 원하는 거라면 세상 없어도 다 들어 주었다.

분녀가 날로 예뻐지듯 세상도 날마다 달라져 갔다. 초가 지붕은 슬레이트로 덮이고, 돌담장은 헐려 불록담으로 변해 가시 철망도 얹혔다. 두 사람 지나기 힘들던 나들이 길도 소달구지가 팽팽 지나갔다. 전깃불이 밝아 밤낮이 따로 없게 되었고 라디오와 텔레비전도 볼 수 있게 되었다.

남자의 활동보다 여자들이 더 많이 설쳤다. 분녀는 팔용이 대신으로 동네일도 잘 보았다. 세상이 날로 변할 수록 분녀의 화장도 거기 따라 짙어지고 있었다.

분녀는 차츰 팔용이 보다 마을 일에 바빠했다. 그녀는 밤늦게 돌아올 때가 많았다.

"너무 그러다가 병 날라. 들일만도 고달풀낀데, 저녁마다 모임에 나가골랑 몸 부지 할까가?"

팔용은 분녀를 생각해서 몇 밤을 참다가 그녀를 끌어당겼다.

"그만 자요. 내일 아침 남새밭도 손봐야지 예."

분녀는 돌아눕는 거였다.

"그까짓 남새밭이야 내 아니몬 안 되나 뭐."

"자꾸 이리싸문 난 어디론가 가 버릴끼라 예. 그만큼 받들었으면 됐지. 올매나 이러구 지내야 해."

"분녀, 성났어. 내 분녀 좋아 그런긴데."

결국 그날 밤도 팔용은 창호지 문틈으로 번져드는 달빛만 바라보다가 잤다. 팔용은 사실 분녀가 파랑새처럼 날아가 버릴까 봐 겁이 났다.

"팔용이 녀석 계집 복은 타고 났어."

"니 인심 한 번 써 봐라. 딱 하룻 밤만."

같은 동네 풀꾼들에게서 이런 소릴 들을라치면 그저 "히히" 웃어 넘기긴 했어도, 간이 오그라들 만큼 종일 분녀 생각에 밤이 기다려지는 것이었고, 한편 넘나보는 놈 없나 싶어 안달까지 나는 것이었다. 날이 갈 수록 분녀는 사내들 틈에 예사로 어울렸고, 그런 날이면 유난히 화장을 짙게 하고 있었다.

이미 은내골도 순님이나 봉순이가 살던 시대가 아니었다.

과년한 처녀가 사랑방 총각들 틈에 예사로 드나들었고, 유부녀가 남의 서방 손목쯤은 예사로 잡았다. 분녀도 마찬가지였다. 오히려 팔용이 너 보란 듯이 분녀는 한술 더 뜨는 것이었다.

팔용은 그게 못마땅했지만, 분녀에게 속시원히 털어놓고 말 한마디 할 만한 위인이 못되어 '소 닭 보듯' 멀건히 보고만 있었다.

그러던 어느날 밤 을쇠가 찾아왔다. 그 때까지도 분녀는 돌아오지 않고 있었다. 을쇠는 들어오자마자 소 언덕 받는 소리를 했다.

"팔용이 너 꼭 한번 안 빌려 줄끼가?"

"뭐 말고?"

"뭐긴, 너 예편네 분녀 말이다."

"히히…… 또 그 말이가."

"도시놈은 빌려 조도 촌놈은 못빌려 준다. 그거지."

"그게 무신 말고? 도시놈이라니?"

"달포 전에 이사 왔다는 경성 놈인가 서울 놈인가 하는 그 주가 말이다. 내 말 정 몬믿어 몬 범악재 재실로 지금이라도 가 보라모!"

"그럼, 분녀가?"

팔용은 빨딱 일어섰다. 자 가웃쯤은 모자란단 팔용이도 그것만은 참을 수가 없었다.

"내 놀릴라꼬 그런 말 하는 건 정 아니재?"

팔용은 화등잔 같은 눈을 까뒤집다시피 해 문짝을 걷어차고선, 싸 하게 퍼붓는 달빛을 가르며, 한숨에 범악재 중턱에 있는 재실로 달려갔다. 재실엔 정말 불이 켜져 있었다. 달빛은 너무 밝아 차갑기만 했다.

"이 주가 놈아!"

재실의 쌍닫이 문짝이 부서져라고 여는 순간! 팔용의 눈엔 불꽃이 일었다. 을쇠 말대로 분녀의 하얀 젖무덤을 주가 놈의 손이 뱀 혓바닥 핥듯 더듬고 있었기 때문이었다.

펑— 펑—……팔용은 얼마를 어떻게 했는지를 몰랐다. 그저 그러고 는 그만이었다. 새벽이 되어서야 팔용은 정신을 차렸다. 주가 놈은 간 곳이 없었다. 분녀만 숨을 거둔 채 싸늘히 식어 있었다.

"분녀, 분녀, 분녀야! 으흐흐……."

팔용은 산짐승의 울음을 토해 냈다. 그리고 그는 한사코 분녀 시신 만은 제 손으로 묻은 다음 감옥으로 끌려갔었다. 그래서 한 십 년 살다가 나왔다.

　아직도 주름치마처럼 흘러내린 산협의 하발치론 조용한 은내마을
만이 봄 아지랑이에 잠겼을 뿐 야단스러운 꽃향기가 지천으로 뿌려
지고 있었다. 팔용은 잔디밭에서 일어났다. 뜻밖에도 순님이와 분녀
가 나란히 팔용의 앞을 가로막고 있었다.
　그들은 제각기 봄꽃을 다발째 팔용에게 안기며 화사한 웃음을 보
내 주는 것이었다.
　팔용은 갑자기 이는 꽃멀미에 취하여 어칠 비칠 무덤을 등진 채 산
을 내려오기 시작했다.
　“나아를 버어리-고— 가아시는 니임은…….”
　그저 코멘 목소리로 시커먼 한숨을 허망히 토해 낼 뿐이었다.

# 파도(波濤), 그리고 달빛

그날 따라 일기가 그렇게 좋지 못하리라곤 예측하지 못했다. 파도는 온통 해변을 핥고 물어뜯다 못해 짓이기다시피 하고 있었다. 상당히 넓은 백사장이라 평상시 같았으면 꽤나 북적댔을 만한 곳인데도, 사람이라곤 찾아볼 수 없었다.

여전히 파도는 지칠 줄 모르고 철썩였다.

모래사장에서 조금 떨어진 절벽에도 연신 하얀 포말로 운무까지 이루며 파도는 부딪고 부서지기에 바빴다.

"제기랄 와도 한참 잘못 왔어."

우리 일행 중의 민태호가 드디어 불만을 털어놓기 시작했다. 그는 우리(상수와 나)가 피서 가기를 권했을 때 한 마디로 '노–.' 했었다. 그런데, 준비를 해서 출발할 때 그를 끌다시피 하자 도살장에 소 끌려가는 시늉을 하면서 마지못해 예까지 따라온 터였다.

"야, 그래도 삼복에 비지땀 흘리면서 방 안에 딩굴기보다야 정신 위생학적으로 보더라도 나을 거야. 모두 벗고 발목에 물이라도 적시자."

상수의 말이었다.

"아무래도 한 줄기 할 모양인데. 일기예보에도 '곳에 따라 때때로'라 했거던."

태호는 날씨가 점점 검게 짙어져 오는 수평선에 시선을 던지며 말했다.

"야, 언제부터 관상대 믿게 됐니? 설마 통보관 시험에 응시원서 내놓고 오지는 않았을 테지."

내가 그렇게 민태호를 빈정대고 있을 때, 벌써 굵직한 빗방울이 후두둑 떨어지기 시작했다. 연신 파도의 굽은 높아만 갔고, 해변은 온통 파도소리로 귓속이 멍멍할 지경이었다.

"안 되겠는 걸."

우리들은 우르르 텐트 속으로 들어가 앉았다.

"장소도 적당치 못했어. 하필이면 이런 외진 곳으로 오다니. 경우에 따라서는 민박도 할 수 있어야 하는데 말야. 사람의 그림자라고는 없는 무인도가 아닌가!"

민태호의 입심은 여전했다.

"처음부터 이런 곳을 택한 건데 뭐. 아무려문 어떨려구. 대학생 미아 됐단 말 못 들어봤으니 염려 놓아 둬."

상수도 연신 대꾸했다. 우리 셋은 텐트에서 비가 개기를 기다렸지만 날씨는 우리가 예상했던 대로 소나기 한 줄기만으로 끝내주지를 않았다. 우리들은 할 수 없이 수영복 차림으로 텐트를 빠져나와 사방을 살펴봤다. 아무래도 젖은 모래사장에서 밤을 보낼 수가 없겠다는 판단에서 민가(民家)가 어디 있겠지 하는 기대에서였다. 우리는 비에 젖은 모래밭을 걸어서 파도가 부딪고 있는 절벽을 조심해서 기어 올라갔다. 한참 만에 절벽 위까지 오른 우리들은 사방을 휘둘러 봤다.

황해 저쪽으로 끝간 데 없이 펼쳐진 바다는 빗속에 나뭇잎처럼 뜬, 한두어 개 정도의 섬이 곧장 바다에 잠길 듯 보일 뿐, 연신 들끓는 해면과 함께 물굽이는 이리떼처럼 우리가 쳐놓은 텐트 쪽 아니면 방금 기어오른 벼랑 쪽으로 몰려와 부딪고, 그래서 부서져 버리는, 일종의 자살 행위만 계속하고 있었다.

우리는 바닷가로 연이어 간 뭍에서 당장 오늘 밤 묵을 곳을 찾기에 여념이 없었다. 그러나 아무리 눈을 닦고 찾아봐도 집이라곤 없었다. 우리는 다시 약간 경사 진 아래로 내려가기 시작했다. 한 오 분 정도 빗길을 더듬어 바위 틈으로 기어 내려가고 있을 때였다.

어디서 사람 소리가 빗방울 듣는 소리와 바람소리에 엉켜 귀에까지 묻어 왔다. 흡사 주문을 외는 듯한 그런 소리가 분명히 들려 왔다. 우리들은 그와 동시에 소리 나는 방향으로 일제히 시선을 꽂았다. 불과 열 걸음도 못 미칠 거리에서 한 여자가 무어라고 중얼대면서 연신 엎드렸다가 일어서곤 다시 엎드리는 동작을 계속하고 있었다.

우리들은 약간 놀라움과 공포감을 가지면서도 호기심에 잠겨 서로의 얼굴과 그녀의 동작을 번갈아 보았다. 잠시 멈추어 그렇게 구경이나 하듯 섰다가 우리들은 그녀 가까이로 다가갔다.

그녀는 우리가 옆에 서 있음도 아랑곳없이 같은 동작을 몇 번이나 되풀이하더니, 이젠 돌아서서 들끓고 있는 바다를 향해 눈을 꼭 감은 채 망연히 서서 두 손을 합장하고 있었다.

그녀가 지금까지 절을 하던 곳에는 밤송이 모양의 봉분이 있었다. 점점 빗줄기는 세차게 뿌려졌고, 그녀의 옷은 함빡 젖었기 때문에 몸에 착 달라붙어서 히프와 유방과 그곳까지 선명한 윤곽을 드러내 놓고 있었다.

그러나 나는(태호와 상수도 그렇게 느꼈다고 뒤에 말했지만) 그녀의 그런 모습을 보면서도, 성적 감정보다도 어떤 조각품을 보는 듯한 황홀감이었는가 하면, 이내 어떤 공포감에 빠지기도 했다. 그러나 혼자가 아닌 셋이나 되었으므로 호기심에서 그녀를 지켜 보고 있었다. 그 때 거리가 상당히 먼 곳의 비탈에서 쏟아지는 비를 헤집고 한 노인이 내려오며 무어라 소리치고 있었다. 노인은 점점 가까이 다가왔다.

"애야, 그만 올라오거라! 얼른 오거라!"

그녀를 부르는 노인의 목소리에 여인은 합장했던 손을 내리고 눈을 떴다. 그리고는 소리치는 쪽으로 얼굴을 돌리다가 비로소 우리를 발견하고 움쩍 놀라더니 노인이 내려오는 쪽으로 달려가는 것이었다. 잠시 후 그녀와 노인이 마주쳤을 때 노인은 우리들을 내려다보며 말했다.

"젊은이들은 무어 하는 사람들이오?"

얼굴 정도는 구별할 수 있는 거리에서 노인은 물어 왔다.

"해수욕 왔다가 비를 만났습니다. 신세 질 집을 찾고 있는 중입니다."

나의 커다란 목소리에 노인은 대답했다.

"그렇다면 나를 따라 곧장 올라오시구려."

그렇게 말하고는 뒤돌아 봄도 없이 오던 길로 그녀와 함께 앞서 올라가는 것이었다. 우리는 서둘러 바닷가로 내려와 텐트를 걷고 장구를 챙겨 그들이 올라간 방향으로 따라갔다.

그렇게 높지 않은 산허리쯤에 이르러 보니, 엷게 깔린 안개 속에 한 채의 초가가 있고 거기에는 벌써 불이 켜져 있었다. 우리 일행이 문전에 당도하자 여인은 이미 젖은 옷을 갈아입고, 부엌에 나와 있었다. 노인은 방에 앉은 채로 방문을 열었다.

"아, 어서 들어올 것이지."

우리 셋은 비옷을 벗고 방으로 들어갔다. 그래서 그 밤을 노인과 함께 지내게 되었다. 밤이 깊어갈수록 파도 소리, 바람 소리, 빗소리에 비릿한 갯내음까지 섞여 와 통 잠이 오질 않았다.

여인은 노인의 등 뒤에서 잠을 자고 있었지만, 노인도 우리들처럼 잠이 오지 않는지 긴 담뱃대에 장수연을 번갈아 재면서 이야기를 들려주었다.

"그럴테지. 궁금한 것도 무리가 아닐 거란 말일쎄. 이 녀석은 내 딸일쎄. 올해 나이 스물 여섯. 아까 본 그 무덤이 내 안사람의 것일쎄. 이 녀석에게는 어미가 되고, 내가 아내와 더불어 이곳에 들어와 오늘까지가 오십여 년, 그러니까 내 딸이 서너 살 적이었으니까 살아온 햇수에서 반쯤 꺾어 헤아려 보면 되겠군."

노인은 다시 담배를 빨았고 그 연기는 다시 한숨과 함께 토해지고 있었다. 그 때의 그 밤은 오늘처럼 비가 내리지는 않았더라며 들려준 이야기는 다음과 같다.

노인은 그 때 중병으로 누워 있었고 아내는 풀뿌리, 나무껍질로 죽을 쑤어 남편을 간호하고 있었다. 네댓 살 먹은 계집애를 등에 업은 아낙네는 꺼이꺼이 신음하는 남편을 보다 못해 밖으로 나갔다. 하얀 달빛이 그녀를 해변으로 이끌었다. 그녀가 선 벼랑 밑으로는 하얀 모래를 야금야금 씹으며 밀려왔다가 밀려나가는 파도가 보였다. 그녀는 그 파도를 내려다보며 치마를 몇 번이나 뒤집어썼다가 내리고, 내렸다간 다시⋯⋯.

그 순간 그녀의 눈에 들어온 것은 몇 사람의 사내가 그녀에게로 다가오고 있었음이었다.

그들은 그녀를 둘러싸며 말했다.

"목격자는 당신뿐이요! 자, 이것을 갖고 저 아래 모래사장에 누운 여인의 머리카락을 잘라다 주시오."

그들이 그녀 앞에 내어민 지폐뭉치는 의외로 부피가 컸다. 그녀는 잠시 망설였다. 그러곤 그들을 찬찬히 올려다보았다. 달빛을 등으로 져서 얼굴은 확실히 볼 수가 없었지만, 차가운 눈빛만은 짐작이 갔다. 그녀는 고개를 한 번 끄덕이곤 한 사내가 내민 칼을 받아 해변의 모래밭으로 갔다. 거기엔 달빛을 받고 반듯이 누운 한 여인이 잠을 자는 듯 조용히 누워 있었다. 그녀는 등에 업은 아기를 한 번 추스르고는 그녀의 온 힘을 다해, 누운 여자의 긴 머리카락을 왼손으로 감은 다음 싹둑 소리가 나도록 잘랐다.

그 순간 '퍽!' 하면서 죽은 여인의 시체는 그녀의 손으로부터 분리되어 모래에 얼굴을 박고 엎어지는 것이었다. 그리고 그 시체를 벼랑 밑으로 끌어다 놓은 다음 벼랑을 타고 되돌아 오기 시작했다. 그녀의 몸에는 하얗게 부서지는 달빛이 땀과 함께 범벅이 되었다.

벼랑 위까지 올라갔을 때야 지켜보고 섰던 사내들은 잘라 온 머리카락을 받아들고 사라져 버리는 것이었다. 그녀는 꺼이꺼이 소리내어 앓고 있는 남편이 누운 초가로 올라가기 시작했다. 공범자로서 분배받은 지폐뭉치를 안은 채였다.

그녀의 귀에는 파도 소리도, 바람 소리도, 펑펑 쏟아지는 달빛도,

들리거나 보이지 않았다. 다만 잠자는 듯한 모래사장 위의 여인이 그녀의 눈에 매달렸을 뿐이었다. 그러면서 그녀의 등 너머로는 괴상한 신음소리를 토하며 따라오는 것이 있었다.

그녀는 소름끼치는 전율을 느꼈다. 도저히 돌아볼 수가 없었다.

그녀는 머리카락을 잘랐던 칼이 아직도 자기 손에 쥐어져 있음을 알자 어깨 너머로 들리는, 말하자면 죽은 여인의 한스런 목소리와 함께 자기의 뒷덜미를 끌어당기고 있는 것 같음에 그녀는 쥔 칼에 힘을 주어 마구 휘둘렀다.

어깨 너머로 한 번 칼이 휘둘러 질 때마다 이상하고 야릇한 영혼의 울부짖음은 더욱 선명히 들렸고, 들리면 들릴수록 그녀는 자기의 어깨 너머로 소리의 주인공에게 칼을 빠르게 휘둘렀다.그러면 그럴수록 더욱 고조되는 소리에 그녀는 그만 방문 앞에 다 와서 엎어져 버렸다. 그리고 그것이 그녀의 마지막이었다.

꺼이꺼이 신음을 토하면서 앓고만 있던 남편은 그녀의 비명소리에 겨우 방문을 열고 나와 보니 대낮처럼 퍼붓는 달빛 아래 피투성이가 된 아내가 아기를 업은 채 엎디어 있었다. 아기는 자지러지게 울었다.

결국 등에 업힌 아기의 울음 소리에 착각한 그녀는 어깨 너머 아기를 찔러댄 것이었고, 찌를 때마다 아기의 비명은 고조돼 그녀는 더욱 놀란 것이었다.

"젊은이들이 본 무덤은 쌍무덤이여."

그 말에 나는 다시 물어보았다.

"그러니까 두 여인을 함께 묻었단 말씀인가요?"

"아암, 그렇지. 내 육신마저 주체하지 못했는데 어째서 그런 힘이 났는지 자신도 모르겠더란 말여. 아암, 달빛과 파도 소리 때문이었는지도 모를 거여. 나는 아내가 무엇 때문에 그랬는지 궁금하여 미친 듯이 달려갔고, 그래서 또 하나의 시체를 보았던 거여. 하지만 아내의 무덤을 만든 후에 시체를 쌍무덤으로 만들어 합장하기까지에는 몇 해가 걸렸던 거여. 드러내 놓고 이야기할 처지는 아니지만, 아내의 그짓(머리 자른 일)이 있었음을 내가 뒷날 알고 부터 그녀의 허수아비를 만들어 저렇게 쌍무덤을 지었던 거여. 늦게나마 영혼을 위로하고자 함이었지.”

노인은 잠이 든 딸의 적삼을 걷어 등줄기를 보여주었다. 거기엔 지렁이가 기는 듯한 자국이 등잔불 아래서도 완연히 보였다. 칼자국이었다. 꽤나 많은 흉터가 남아 있었다.

“과년한 딸을 어떻게 할 작정입니까?”

태호가 노인에게 물었다.

“별 수 있나. 타고난 팔자인 걸. 눈도 까막눈일쎄. 이날까지 흙만 파고 바다만 바라보면서 살아왔는 걸.”

등잔불에 비친 채로 잠이 든 여자의 얼굴은 상상 외로 예뻤다.

“어르신네는요?”

내가 등잔불을 가까이 하며 노인의 과거가 궁금하다는 표정을 짓자 고개를 좌우로 흔들며 말했다.

“부질 없는 짓이야. 왜놈이 그렇고, 빨갱놈이 어디 사람이든가. 젊은이들은 몰라 왜놈과 싸워 나라 찾았다 싶었더니 6·25가 사람 잡았지. 그 뿐일쎄. 잠이 오거든 자게.”

노인은 방문을 배시시 열고는 바깥 날씨를 살폈다.

“아닙니다. 저희들은 통 졸립지 않습니다.”

“비가 멎었는가 보군.”

노인은 딸의 몸에 홑이불을 덮어 주고는 방 안에서 나갔다. 우리들도 노인을 따라 뜨락에 나섰다.

어느 사이 구름 한 점 없이 하늘은 거짓말 같이 개여 보름달이 중천에 매달려 있었다. 그러나 아직도 파도 소리는 그칠 줄 몰랐다. 우리들은 노인을 따라 한참이나 걸었다. 바닷물이 하얗게 부서지는 벼랑 위에서 우뚝 멈추어 선 노인은 손을 들어 가리켰다.

"바로 저길쎄."

낮에 보았던 무덤이었다.

"지금도 내 귀엔 저 무덤에 서린 한(恨)의 소리가 파도 소리에 묻어 들려오고 있다네."

노인도 어제 빗속에서 눈을 감고 바다를 바라보고 섰던 딸과 마찬가지로 끝없는 바다를 망연히 바라보고 서 있었다. 파도와 바람과 달빛이 한여름밤을 하얗게 밝히도록 잠을 쫓고 있었다.

그래서 우리도 눈 한 번 붙이지 못한 채 그 다음 날 그곳을 빠져나오고 말았다.

# 심연(深淵)의 여심(女心)

그녀의 가슴은 고무 풍선처럼 한껏 부풀어 오르기만 했다.

모든 일이 그녀에겐 즐겁고 행복하게만 느껴졌다.

그녀는 지금 막 요람에서 잠이 든 준호만 생각해도 세상의 행복을 혼자 차지한 기분이었다.

그녀는 어쩐지 한곳에 가만히 있을 수가 없었다.

우람한 저택의 아래 위층을 공연히 오르내리는가 하면, 열심히 일하고 있는 가정부를 불러 말을 걸어보기도 한다.

그러다간 또 이것 저것 시키는가 하면 "얘 순이야, 좀 쉬었다 해라." 하고 주책을 부리기도 한다.

그런 그녀의 속마음을 순이도 알아차려서 덩달아 호들갑을 떨어주니 김은정(金銀貞) 여사의 마음은 더욱 신명이 나지 않을 수 있으랴.

"얘, 순이야 이리 오너라."

"네, 아줌마."

쪼르르 달려오는 순이를 데리고 안방 요람에서 쌔근쌔근 잠이 든 준호 곁으로 간 김여사는 만면에 웃음을 띤 채 가만히 내려다본다.

"아줌마, 저것 좀 봐요. 아이 귀여워라."

순이의 호들갑 떠는 소리에 준호가 움찔 놀란다.

김 여사는 살그머니 요람을 흔들어 준 다음 또 종종걸음으로 응접실로 나왔다. 마침 반쯤 걷어 올린 분홍빛 커튼 너머로 화사한 4월의 햇살이 정원 가득 쏟아지고 있었다.

그녀는 그 커튼 사이의 창문을 활짝 열어 젖혔다.

순간! 확 스미는 4월의 훈풍이 그녀의 가슴을 마냥 설레게 만들었다.

우아하게 꽃망울을 틔운 목련, 분홍빛 연산홍, 정원 가득한 관상수마다 푸른 생기가 뚝뚝 듣고 있었다.

아! 얼마 만인가! 벌써 20년. 그 20년 만에 처음 느껴 보는 봄, 그 4월이 아닌가!

이토록 가슴이 터질 것만 같은 4월을 그 누가 잔인한 달이라고 했을까.

그러다가 그녀는 화들짝 놀라며 서두르기 시작했다.

"나 정신 좀 봐라. 이러구만 있을 게 아닌데……."

"왜 그래요. 아줌마?"

곁에 섰던 순이가 영문을 몰라 물었다.

"저 화장대 위에 있는 핸드백 좀 가져 오너라. 어디 좀 다녀와야겠다."

"어딜 가시려구요? 바람 쐬면 안 된다구 아저씨가 걱정하시던

데……."

"상관없다. 내 곧 다녀오마. 준호 곁에 꼭 붙어 있어야 한다. 깨거 들랑 우유 먹이구."

그녀는 이미 나들이 차림까지 하고 있었던 터라 순이가 갖다 주는 핸드백을 들고 정원에 나서자 이미 운전기사가 자가용을 대기하고 있었다.

그녀는 푹신한 자가용에 몸을 담자 "구청으로 가세요." 하는 말이 무섭게 차는 스르르 구르기 시작했다.

그녀는 미끄러지듯 달려가는 자가용 속에서 스스로 미소를 잃지 않았다.

행복하기만 한 4월을 만끽하고 있었다.

그러면서도 그녀의 머릿속엔 지워 버릴 수 없는 지난 결혼 생활 20 여 년이 떠올랐다.

"내 무슨 전생에 죄를 지어 '쪼글밤송이' 만 다섯씩이나 낳다니. 하 지만 이젠 어딜 가나 떳떳하구 말구. 준호 놈만 잘 키우면……."

김 정 여사가 이토록 준호로 인하여 안절부절못할 만큼 기뻐하는 데는 그 나름의 이유가 있어서이다.

결혼 이태 만에 낳고 보니 딸이었고, 남편도 '첫딸 유복' 하다고 했다.

두 번째, 은근히 바랐던 아들이지만 역시 계집애였다.

세 번째 배가 불렀을 때 그녀는 남편에게 물었다.

"또 계집애면 어떡하지요?"

"아무려면 어때. 이번만 낳고 말아요."

또 딸이었다.

"딸이에요. 서운하죠?"

그저 웃어 넘기기만 하는 남편이었다.

그래서 네 번째도 딸, 다섯 번째도 딸이었다.

"이젠 제발 좀 그만둡시다. 꼭 아들이 있어야만 되나. 딸이면 어때. 그렇게 고집 부리다간 정말 아이 낳는 주머니(아주머니)밖에 안 되겠소."

"모르는 소리예요. 여자 팔자 치구 아주머니(아이주머니) 안 될 바에야 결혼을 말아야지. 호호호."

그녀는 막무가내였다.

하여 여섯 번째만은 드디어 사내놈을 턱하니 낳아 놓고 만 것이었다.

중역들의 사모님들이 아들자랑 늘어놓던 그때의 수모감도 싹 가시는 듯했다.

딸이면 어떠냐고, 말이야 그랬지만 염치없이 빨랫줄처럼 내질러 놓은 계집애 다섯을 보는 남편의 마음인들 오죽하랴 싶었던 그녀였기 때문이다.

"아들이에요."

산부인과 간호사가 준호를 낳았을 때 들려 준 그 말이 지금도 그녀 귀에 쟁쟁했다.

드디어 차가 구청 앞에 도착하자 그녀는 호적계 창구로 갔다.

준호의 호적신고만은 그녀 손으로 직접 하고 싶었기 때문이었다.

그녀는 출생신고를 하기 전에 호적부를 열람해 보기로 했다.

그녀는 직원이 내미는 두꺼운 호적부를 받아 번지 순서로 찾아보았다.

헌데 이게 웬 일이람.

그녀는 의심스러워 몇 번이나 눈을 닦고 들여다보았지만 틀림없는 자기 호적부였다.

　그래도 그녀는 믿기지 않아 자가용 운전기사까지 데려다 보였지만 틀림없었다.

　"어쩜 이럴 수가…… 으흐흑."

　아무리 들여다보아도 그녀의 호적부에는 딸애 다섯 외에도 세 명이나 되는 사내애의 이름이 버젓이 얹혀 있지 않는가!

　순간 운전기사가 쓰러지려는 그녀를 재빠르게 자가용에 태우고 병원으로 옮겨 갔다.

　얼마 후 병원 침대에서 눈을 뜬 그녀는, 들여다보고 섰는 남편을 모로하고 창밖을 내다보는 것이었다.

　"정말 4월은 잔인한 달이예요."

　그녀의 볼에는 끈적한 액체가 쉼 없이 흘러내리고 있었다.

# 흔들리는 황혼

"딩동, 딩동"

차임벨 소리와 함께 벽시계 옆에 붙은 화상폰에 여인의 얼굴이 떴다.

"조금 전에 전화 드렸던 도우미예요."

"네, 그러세요. 문은 열렸으니 그냥 들어오세요."

가만히 현관문을 열고 들어서는 여인의 첫인상은 여유롭고 편안한 얼굴을 살포시 펴 밝게 웃음 짓고 있었다. 김 박사가 소파에서 일어서서 그녀를 맞이하자 몇 걸음 그의 앞으로 다가선 그녀는 크지도 작지도 않은 음성으로 인사를 했다.

"안녕하세요, 김 박사님."

그렇게 첫인사를 하는 그녀의 얼굴에는 밝은 웃음과 편안함이 가득히 넘쳐흘렀다.

"어서 오세요."

김 박사도 반갑게 인사를 했다.

김 박사는 펼쳐 놓았던 조간신문을 접어놓고 소파 옆에 놓인 조그마한 테이블 앞 의자에 그녀를 앉도록 권유하며 자기도 마주 앉았다.

이렇게 도우미로 석 여사와의 첫 만남이 이루어진 것은 아내와 사별하고 두어 달이 지났을 때였다. 중앙부처에서 오랜 세월을 함께 보내다가 다 같이 정년 퇴임을 했던 친구 민영철이 어느날 불쑥 나타나 말했다.

"자네 재혼할 때까지는 당분간 파출부라도 들여야 되지 않겠나?"

김 박사는 한참이나 머뭇거리다가 대답했다.

"파출부를 둔다……?"

"남편은 교수로 있다가 정년 퇴임을 한 후 연금으로 생활한다고 들었는데 그 부인이 자네라면 도우미가 돼 주겠다는 거야."

"교수의 부인이 아닌가? 그런 분이 어째서 파출부로?"

"단순히 돈을 번다는 게 아니라 일종의 봉사라고 여기는 도우미 역할을 하겠다는 게지."

"글쎄…… 그의 남편도 주유소에 나가 일을 한다니까."

"허허 거 참!"

그리하여 석나미 여사를 도우미로 맞이하게 된 것이었다.

두 사람이 생면부지의 첫 만남이었음에도 불구하고 자주 만났던 친구처럼 어색함이 없었던 것은 순전히 석나미 여사의 사글사글한 언어와 깍듯이 하는 예절, 그리고 교양미가 넘쳐나는 데서 연유했다. 거기다 서로가 새삼 소개할 필요없이 들은 바 있어 알 만큼은 알고 있었기 때문이었다. 그래서 새삼 별도의 인사를 나누지도 않았다. 석 여사는 단도직입적으로 말했다.

"거두절미하고 도우미로서 몇 말씀 드리겠습니다. 하루의 근무시간은 노동법이 규정한 대로 아침 7시에서 오후 5시까지로 하되 한 두 시간은 신축성 있게 운영하겠습니다. 도우미로서 주어진 일은 세 끼의 식사 준비, 세탁, 청소, 시장 보기 및 선생님의 잔심부름 정도가 되겠습니다. 그 외에도 더 부탁하실 말씀이라도 계신지요?"

김시형 박사는 이날 이때까지 살아왔어도 도우미를 써 본 적도 없고 도우미가 어떤 일을 하는 직업인지도 알지 못해 그저 그녀가 하는 말만 듣고 고개를 끄덕일 뿐이었다.

"그럼 일과를 시작하겠습니다. 참, 한 가지 더 말씀 드릴 것은 '팬티'만은 손수 세탁해 쓰세요."

김시형 박사는 잔잔한 웃음을 얼굴에 펴면서 역시 고개만 끄덕였다.

"제가 임시로 쓸 방은요?"

"저쪽 화장실 겸 욕실 옆방입니다."

석 여사는 김시형 박사가 가리키는 방으로 들어가더니 이내 간편한 옷차림으로 에프론까지 걸치고 곧장 주방으로 간다.

그녀는 주방의 곳곳을 대충 훑어 본 후 쌀 채독에서 2인 분량의 쌀을 잡곡과 섞어 전기밥솥에 안친다. 그리고는 김 박사 며느리들이 며칠 전부터 준비해 둔 찬거리로 반찬을 장만하여 아침상을 내오는데 걸리는 시간은 한 시간 남짓했다.

"자, 드십시오. 저의 음식 솜씨가 어떠실는지요?"

"수고하셨습니다. 같이 드세요."

"네."

도우미 석 여사는 김시형 박사가 먼저 수저 들기를 기다렸다가 함께 아침 식사를 하기 시작했다. 식사를 하면서 석 여사가 말했다.

"식단은 주 별로 짜서 미리 말씀 드리고, 시장 보기는 주 2회로 하겠습니다. 특별히 주문할 것이 있으면 수시로 말씀해 주세요."

"네, 그러죠. 하지만 너무 염려하시지 않아도 됩니다. 저는 평소 아내가 해 주는 대로 식사를 해 왔으니까요."

"그렇지만 식생활에도 습관이란 게 있으니까요. 즐겨 드시는 음식이라든가 뭐 그런 것 말예요."

"상관 마세요. 아무거나 잘 먹으니까요."

김박사는 석 여사가 차려 준 아침식사를 하면서 그녀가 마련해 준 음식 맛이 어쩜 아내가 해 주던 음식 맛과 비슷하다고 느꼈다. 자그마한 질그릇 뚝배기에 보글보글 끓는 토장국의 냄새와 맛에서 아내의 모습이 떠올랐다.

아내 민소영은 결혼 후 오십 년을 살 섞고 얼굴 맞대고 살아왔지만 남편을 주방 근처에도 얼씬하지 못하게 했다. 그것은 남편에 대한 예우이기도 했지만, 마치 여자만이 소유하고 있는 핸드백을 남에게 펼쳐 보이는 듯한 기분이 들어서라고도 한 적이 있다. 아내는 주방이란 공간에서 자기만의 독특한 솜씨와 정성으로 남편과 자식들을 위한 조리사로서의 역할을 해 오면서 행복과 희열을 느끼며 살아온 여인이었다.

그녀의 손에서 만들어진 음식들은 영양과 맛과 위생이 함께 곁들여져 가족들의 건강과 행복을 소복소복 자라게 해 주었다. 아내가 만들어 준 음식 맛에 길들여진 김 박사의 입맛은 그래서 외식을 즐기지 않았다.

아침식사를 끝내자 도우미 석여사는 굼뜨지 않는 동작으로 식탁을 정리하고 이내 차 대신 구수한 숭늉까지 김 박사 앞에 갖다놓는다. 그리고는 주방에서 그릇을 씻느라 손놀림이 분주했지만 그릇 부딪히는 소리 한 번 내지 않았고 그저 간간이 수돗물 쏟는 소리만 들릴 뿐이었다. 그렇게 시작한 도우미 여사의 하루 일과는 집 안 곳곳의 청소와 정리, 그리고 세탁기로 빨래를 하고 서가의 먼지를 닦아 내는가 하면 틈틈이 김 박사가 들 간식을 내놓고, 세 끼의 밥을 짓고, 반찬을 장만하고…….

그런 일을 하면서 노상 입을 닫아 놓는 법이 없어 어느 날이나 그러했듯 그녀는 고개를 돌려 김 박사에게 시선을 주면서 연신 이야기를 이어 갔다.

"선생님의 서가에는 제가 읽지 못한 책들이 많아요. 그 많은 책들 중에는 선생님의 저서도 많고 세계의 고전들도 수두룩하네요."

"보시고 싶은 책이 있다면 언제든지 가져가셔서 읽어도 돼요."

"네, 그렇잖아도 어제 서가를 청소하다 보니까 톨스토이의 인생론과 스탕달의 연애론이 있어 대학생 때에 그것들을 읽고 현실에서 희열과 행복과 욕망 그리고 자유분방함을 추구했던 그 시절이 그리워 다시 읽어 봤으면 했어요. 그런데……."

"그런데, 지금은 어떠세요?"

"요즈음은 나이가 들어 그런지는 모르겠으나 현세에 대한 생각보다는 사후에 대한 회의에 얽매이는 경우가 많아요. 예를 들면 한스 홀저의 '사후의 생명'에 대한 궁금증 같은……."

"그래요? 소위 '심령과학'에서 말하는 사후의 저승생활과 영혼은 어떤 형태로 존재하며, 저승에 가서도 이승과의 교신이 있는가 하는 문제를 연구한 영혼불멸론 같은 것에 대한 관심이겠군요."

오늘도 도우미 여사는 연신 그릇을 닦고 주방 청소를 하느라 부지런히 손놀림을 멈추지 않으면서도 이야기를 이어 갔다.

"네. 바로 그런 점에 관해서인데 그 책에는 성전(聖典)에서 인용한 말이라고 씌어 있지만, 저승에서 인간의 영혼을 세 개의 몸으로 보고 그 첫째가 상념체(想念體)이고, 둘째가 정신적이고 감정적 존재로서의 정묘한 유체(幽體), 그리고 셋째가 거친 육체를 들었어요. 그래서 이승의 인간은 육체적인 감각을 우선하고 있으나 유체의 세계는 의식과 감정과 프라나(生命素)를 소유한, 지극히도 행복한 상념의 세계 속에 산다고 돼 있었지요. 정말 그럴까요?"

김시형 박사는 소파에 앉아 지그시 눈을 감은 채로 그녀의 이야기를 듣고 있다가 느닷없는 질문에 눈을 뜨고 그녀를 보며 말했다.

"글쎄요. 영혼의 실체 여부에 관하여서는 찬반이 엇갈리고 있어 어느 쪽이 옳다고 단정할 수는 없으나 흔히들 말하기를 영구히 존재하는 영혼이 이승에서의 삶에서 육체를 잠시 빌려 쓰다가 노쇠해지고 병들어 썩는 육신을 버리고 영생을 위해 영혼만 떠난다고들 하지 않아요."

"그럼, 선생님도 영혼의 존재를 인정하시는군요."

"인정한다기보다는 그렇게 생각하는 것이 좋겠지요."

"선생님, 저가 어느 책에서 본 이야기입니다만, 니카라과에 사는 한 시인이 있었더래요. 이 세상의 모든 것은 다 가졌다고 큰소리치며 오만하게 살아가는 소모사라는 거부를 주인으로 모시고 사는 시인이었죠. 그 시인이 리고베르토 로페스였는데 주인 소모사와는 정 반대로 이 세상의 그 어떤 것도 가진 게 없는 사람이었대요. 어느날 소모사의 저택에서 네 발의 총성이 울렸고, 동시에 주인 소모사는 쓰러지고 말았더랍니다. 물론 총을 쏜 자는 소모사의 하인 리베르토 로페스 시인이었죠. 총을 맞은 소모사는 미국 비행기로 미국병원의 미국 침대에서 치료를 받았지만 숨을 거두자 다시 니카라과로 돌아와 묻혔

답니다. 가진 것이 많았던 소모사는 죽어서도 그 묘지까지 보호받아 삼엄한 경계가 펼쳐졌던 거예요. 그런데 그 삼엄한 경계를 뚫고 비웃기나 한 듯이 누가 그의 묘비에다 이런 글을 써 붙였더랍니다. '여기 살아 있을 때보다 조금 더 썩은 소모사가 누워 있도다.' 라고요"

김 박사는 도우미 석 여사의 옥구슬이 구르는 듯한 음성과 부드러운 언어와 무슨 얘기든 막힘없이 엮어 내는 해박한 지식에 매료되어 날이 갈수록 흥미와 관심을 갖고 듣게 되었다.

그녀는 걸레를 빨아 응접실이나 방바닥을 닦을 때도 김 박사와 가까운 곳일 때는 작은 목소리로 좀 거리가 떨어지면 약간 큰 목소리로 그녀가 하고 싶은 이야기를 구수한 입담으로 흥미진진하게 들려주는 것이었다. 그러니까 언제나 일하며 말하는 쪽은 석 여사이고 조용히 듣는 쪽은 김박사였다.

"저가 소모사의 이야기를 하는 것은, 인간들이 모든 것을 다 가졌다 해도 백년을 누리지 못하는 삶에서 영혼으로 돌아갈 때는 다 버리고 갈 것이 아니겠어요. 그런데도 이승의 삶에서 소유욕으로 인해 저승으로 갈 영혼마저 더럽히지 않을까 하는 두려움 때문이예요."

"그런 우려를 할 만도 하네요. 뭐, 때 묻은 영혼이랄까!"

이렇게 김 박사는 오늘도 도우미 석 여사의 중단 없는 이야기를 듣노라니 아내와 사별하고 실의와 허탈과 니힐로 무력감에 빠져 한동안 우울증에서 헤어나지 못하고 있었는데 도우미 여사의 출현으로 날마다 그녀가 들려주는 이야기에 빨려들어 이제는 어느 정도 시름을 잊게 되었다.

그런데 1주일마다 꼭 하루씩은 나오지 않았다. 물론 오던 첫날 예고를 해 준 바는 있지만 그렇게 하는 이유를 그녀도 말하지 않았고 김 박사도 물어보지 않았지만 늘 궁금했다. 그녀가 나오지 않는 날은 무료하고 심심해 종일 혼자서 책을 읽거나 멍하게 창 바깥을 내다보며 하루를 보내곤 했다. 그렇게 꼭 한 달이 지났을 때 김 박사는 생각을 바꾸었다. 비록 중앙부처의 고급관리로 정년 퇴임을 하긴 했으되 여럿 되는 자식들 공부시키고 시집장가 보내고 나니 내외 단 둘이 살 집 한 채 장만하지 못한 처지였다. 해서 남들은 퇴직 후 연금으로 노후생활대책을 세웠지만 김 박사는 퇴직금을 일시불로 지급받아 그의 아내가 소원하던 집 한 채를 사서 내 집 마련의 소원을 풀어 줬지만 생활이 막연했다. 하나 자식이 여럿인데 무슨 걱정하랴 싶었다.

다행히 5남매의 자식들은 형편에 따라 돈을 모아 부모의 생활비를 마련해 주었다. 아내는 그 댓가로 손자손녀들을 돌봐 주느라 부지런히 5남매의 집을 오갔다. 김박사는 퇴직 후 자서전을 쓰느라 시간을 보냈다. 아내는 과작(寡作)이긴 해도 때때로 무게 있는 시와 수필을 썼다. 때가 언제쯤 될는지 모르지만 시집이나 수필집 한 권은 내야 되겠다고 늘 벼르는 아내였다. 아내는 아파트 베란다에다 갖가지 화초를 길렀다. 불과 서너 평 되는 공간에다 그녀가 원하는 꽃과 풀을 심어 놓았다. 그리하여 밤이면 그 곁에 의자를 놓고 김 박사를 불러 마주 앉아 "우리는 참 행복해요." 하는 말을 자주했다. 특히 별이 빛나는 밤을 좋아해서 그런 밤이면 창문을 열고 별과 바람을 불러들이고 로즈마리 향기 짙은 따뜻한 차를 따라 주었다. 그러던 아내가 세상을 떠났다. 아내가 약 1년 동안 앓다가 임종하던 병실의 창으론 그날 그 시각에도 붉게 타던 저녁놀이 스러져 갈 때 하늘의 성근 별들이 창으로 얼굴을 디밀고 있었다. 아내는 참으로 평화롭고 맑은 얼굴빛으로 숨을 거두었다. 마중해 온 별을 따라 바람과 더불어 그렇게 떠난 아내임을 지금도 잊을 수가 없다. 김 박사는 혼자 이런 생각에 잠길 때마다 상실(喪失)의 슬픔에 문을 잠그고 혼자 통곡도 해 보았다. 그러나 한 번 떠난 아내는 귀불귀(歸不歸)였다. 가슴으로 아픔이 꽉 차올라 눈물이 물줄기로 흘러내렸다.

이런 처지에서 도우미 석 여사의 출현은 상실의 슬픔과 고뇌에서 어느 정도 위안이 돼 주었다. 하나 월말이 돼서 김 박사는 다시 생각을 바꾸게 되었다. 자식들로부터 생활비를 받는 것도 부담이고 무위도식(無爲徒食)하면서 도우미의 월급까지 짐을 지운다는 것이 애비된 도리가 아니라는 생각이 들어 손수 취사를 하기로 하고 도우미여사를 그만두게 했다.

"괜찮아요. 짧은 기간이었지만 저가 과연 도움을 얼마나 드렸는지 모르겠네요."

"특히 좋은 말씀들을 들려 주셔서 도움이 많았지요."

"선생님께서는 사모님과 사별한 지 얼마 되지 않아 상심이 크실 것 같아 저가 자청해 왔었습니다. 다른 곳에 좋은 조건으로 오라는 데가 있었지만서두요. 그래서 상실감을 조금이라도 소멸시켜 드리고자 많은 얘기를 했던 거예요."

"그러셨군요, 감사합니다."

"네. 또 기회가 주어지면 연락해 주세요."

그렇게 해서 도우미 석여사와 헤어진 지도 근 수 개월이 지난 어느 날의 오후였다.

C신문사 교양부의 후배 되는 나석진 기자가 노인 복지원의 생활 모습을 취재차 간다며 봉사활동 겸 한 번 같이 가지 않겠느냐고 연락이 왔다. 도우미 여사가 떠난 후로 줄창 낮이면 졸고 밤이면 불면의

밤을 시달리다가 외출이라도 한 번 해야겠다고 여기고 있을 때라 김 박사는 두말없이 따라나섰다. 집으로 오겠다는 후배의 호의를 사양하고 교외로 나가는 버스터미널에서 만나 나기자의 차에 동승했다. 승용차로 경춘가도를 한참 달리다가 양수리를 지나 국수리에 좀 못 미쳐 왼편으로 꺾어서 깊숙한 산골길을 꽤나 오래 달렸다. 길은 비록 협소했으나 포장길이라 그렇게 힘들이지 않고 찾아간 곳은 양지 바른 산자락에 어느 단과대학의 캠퍼스만큼의 규모인 '은빛양지타운'이란 요양원에 들어섰다.

'은빛양지타운'의 내부는 매우 아늑하고 밝았다. 노인들이 실내나 복도에서 마음대로 오고갔다. 요양보호사나 자원봉사자들도 그들 사이에 섞여 분주히 움직이고 있었지만 소곤거리는 말소리 외는 조용하고 따뜻한 분위기가 흐르고 있었다. 3백여 명의 입소자와 1백2십여 명의 요양보호사와 의사, 종사원 등이 한 가족으로 생활한다며 사무장이 요양원 곳곳을 안내하며 말했다.

동서남북으로 배치된 방들은 매(梅), 난(蘭), 송(松), 죽(竹)의 이름을 붙여 송, 죽 실은 황혼부부의 보금자리로, 매, 난 실은 노인병 증상에 따라 구분 배치해서 노인들의 요양과 노후생활을 할 수 있는 전문요양원이라는 데에 강조를 했다.

김시형 박사는 요양원 시설을 둘러보며 가만히 생각했다. 지금 사는 아파트에서 혼자 쓸쓸히 지내느니 보다 차라리 이런 곳에 와서 여생을 보냈으면 하는 생각이 문득 들어서 물었다.

"입소조건은 어떤가요?"

"소형 아파트 한 채 정도 소유자라면 그것을 팔아 보증금으로 내면 부부 혹은 독신이 단독 방에 입주할 수 있고 평생 동안 침식은 물론 건강과 치료요양이 보장됩니다. 만약 5년 이상 살다가도 싫으시면 보증금 반환이 가능하고 사망 시까지 산다면 장례를 치른 후는 자식들에게 7할의 보증금이 반환되지요. 선생님께서 의향이 있어 오신다면 환영하겠습니다."

"지금도 입주 가능한 방은 있소?"

"몇 개의 여유 있는 방도 있을 뿐만 아니라 찾는 분들이 계속 늘고 있어 보시다시피 저쪽에 신축공사 중에 있는 건물도 곧 완공 예정이구요."

그 날 김 박사가 해지기 전까지 타운을 비교적 샅샅이 돌아본 후 3일간의 도우미로 배치받은 곳은 두 할머니가 한 방을 쓰는 북쪽 편 난실 17호 방이었다.

주로 치매나 중풍을 앓고 있는 환자들로 여든 명이 넘는 노인들은 무작정 배회하는 증상이 있거나 종일 몸을 뒤척이며 누워만 있는 환자들이었다. 그들의 가슴에는 이름표가 붙어 있었다. 그 중 송실 17호 방의 주인공은 89세의 김옥분 할머니와 84세의 한비녀 할머니였다. 그들은 온돌방에 각기 요를 깔고 폭신한 캐시미언 이불을 덮고 있다가 김 박사가 들어가자 미동을 하며 눈으로 반겼다.

"모든 일은 요양보호사들이 다 해 드릴 거예요. 그저 선생님은 계시는 동안 노인들의 말벗만 돼 드리면 됩니다." 하는 사무장의 말을 되씹어 보며 두 할머니 곁으로 다가가서 첫인사를 했다.

"안녕하세요. 며칠간 함께 있을 도우미예요."

김 박사는 조용히 웃는 표정으로 두 할머니의 표정을 살폈다.

나이 많은 김옥분 노인이 먼저 손을 이불자락 밖으로 내밀며 말했다.

"내 손 좀 잡아 줘."

김 박사는 그녀의 손을 가만히 잡았다. 싸늘했다. 뼈만 앙상했다. 다시 또 하나의 그녀 손이 김 박사의 손에 겹쳐졌다. 김 박사의 손에 두 손을 겹친 김옥분 노인은 누웠던 허리를 들어 겨우 앉았다. 김 박사는 그런 그녀의 허리에 높은 베개를 받쳐 주었다. 뻣뻣이 누워 있던 노인은 희미한 눈빛과는 달리 미주알고주알 자신의 이야기를 흥얼거리기 시작했다.

"아들도 며느리도 딸도 하나 없어. 친손, 외손은 무척 많아. 그리고. 저 친구도……."

"거 봐, 또 저래. 언닌 왔다갔다 한당께. 아들 딸 손자 며느리 증손까지 합치면 뼈쓰 한 대도 넘을 걸. 하지만 그래 봤자야."

옆에 누웠던 한비녀 할머니의 빈정거림은 김 박사가 김옥분 할머니만 상대하고 있는데 대한 불만의 표시였다.

친구의 빈정거림에 김옥분 할머니의 표정 없던 눈에선 눈물이 핑 돌았다.

"시끄럽다. 저쪽으로 가아!"

김 할머니가 노여움을 얼굴에 노출시키자 한비녀 할머니가 힘없는 목소리로 되받으며 돌아눕는다.

"언닌 저래서 되게 보기도 싫당께."

김 박사는 한비녀 할머니께도 돌돌 말린 캐시미언 이불자락을 펴서 어깨를 감싸 주며 베개를 바로 베도록 고쳐 주었다.

어느 사이 해가 기울어 어둠이 요양원을 덮어 왔다. 산은 높고 골이 깊어 해가 그 어느 곳보다도 일찍 기울기 때문일 게다.

저녁식사 시간이었다. 두 할머니에게 배식으로 제공된 것은 쌀에 당근과 감자와 노란 좁쌀이 동동 뜨는 걸쭉한 죽이었다. 억지로 두 사람을 가까이 앉혀 놓고 번갈아 가며 죽을 떠 먹었다. 같이 나온 굴과 토마토 몇 쪽이 있었지만 노인은 그것을 싫어해서 먹다 남은 죽 그릇과 함께 고스란히 되돌아 나갔다. 두 할머니는 겨우 죽만 먹고도 물을 청했다. 컵에 물을 따라 주자 손도 떨고 입술도 떨면서 한 컵의 물을 겨우 다 마셨다. 그리고는 꼬꾸라지듯 자리에 눕는다.

"끙, 아이구 허리야. 그래, 얼마나 있다 갈 건가?"

김옥분 할머니가 김시형 박사에게 반말로 물었다.

"며칠간 있다가요."

"그래, 내 아들과 손자, 손녀들이 내일 모레면 올 텐데……."

자기를 이렇게 요양원에 버린 자식들이지만 그들이 사무치게 그립고 보고픈 모양이었다.

"오면 뭘 해. 번개처럼 왔다 가 버리는 걸. 안 온 것만 못하당께. 떼거리로 몰려왔다가 썰물같이 나가 삐리고 나면 눈물만 안 나오간! 언니 저 눈꺼풀 좀 봐. 다 물러 짓이겨졌지 않구."

"할머니 자식들은 잘 하셔요?"

김 박사가 한비녀 할머니께 말을 걸었다.

"내라고 다를 게 무시기 있간디. 자식 장가 보내고, 딸 시집 보내면 제서방 제계집 위하고 제 새끼 기르기에 정신없지. 어디 늙은 부모 짐 아니라 여기는 자식 봤어라."

한비녀 할머니의 입가에는 끈적한 풀 같은 침이 나돌았다. 김 박사가 그녀의 입에다 보리차 물을 한 숟가락 떠 넣고 입가를 닦아 주자 그녀도 눈물을 쏟았다.

이미 방 안은 소등이 되어 희미한 전등 불빛 아래 두 할머니는 무슨 심기가 틀어졌는지 이불을 감고 서로 돌아누웠다. 금세 방 안은 시간이 멈춘 듯이 조용한 적막이 흘렀다.

　김 박사는 두 노인이 거처하는 같은 방 안 모퉁이에 놓인 하얀 침대로 가서 누웠다. 김 박사도 아내와 사별한 후 오늘 밤과 같은 침묵에 잠긴 시간 속을 무수히 헤맸었다. 며느리 자식들의 발걸음이 열흘 만에서 한 달로, 한 달에서 계절로 간격이 뜨면서 전화마저도 잘 해 주지 않아 자식에 대한 원망과 속 끓임으로. 비감에 잠긴 적이 한두 번이 아니었다. 오늘 밤 두 할머니의 모습을 보면서 자신의 늙음을 새삼 발견해 보았다.

　이들처럼 자신도 결국엔 삶의 결승점에 다다르게 될 것이고 세월이란 시간이 어깨를 누를 때 그 어떤 힘으로도 저항할 수 없는 한계점, 그것의 현주소를 그 어떤 이도 지켜봐 주지 않는, 혼자만이 서 있는 황혼의 들녘이 아닐까. 그래서 인생은 결국 혼자이고 혼자 떠나는 것일 거라고 김박사는 체념하려 했지만 뭔지 모를 울화가 갑자기 가슴을 치밀기 시작하는 것이었다. 그 울화는 자신을 황량한 벌판에 내다버린 자식들에 대한 원망이기도 하고, 나이 많은 죄밖에 없는 두 할머니들에게 소리 없이 다가서는 주검에의 허무감이라 할까. 이런 저런 것들이 노을 짓든 인생의 황혼 속에 깃발처럼 흔들거리며 김박사의 시야를 자꾸만 덮어 왔다. '나도 저 두 노인과 뭣이 다르랴!'

　얼마 남지 않은 자신의 삶을 절감하며 희미한 전등불빛 아래서 몸을 뒤척였다.

　잠을 청했다. 여전히 잡생각에 머리만 어지러울 뿐 통 잠이 오지 않았다. 그때 밤새의 울음소리가 들렸다.

　"후이 후이. 쪽조골 쪽조골."

　김 박사는 더 이상 누워 있을 수가 없었다. 가만히 일어나 밤새 소리가 들려오는 창 쪽으로 다가갔다. 창문으로는 아내가 늘 바라보던 별들이 밤하늘을 수놓고 있었다. 무거운 적막 속에 밤새의 울음소리만 들릴 뿐 그 모습은 보이지 않았다. 김 박사는 한참을 그렇게 별을 바라보며 서 있다가 돌아섰다. 두 노인 중 한 사람이 보이지 않았다. 그래서 자세히 보니 초저녁까지만 해도 서로 토라져 돌아누웠던 두 할머니들이 어느 사이 한 이불 밑에서 서로가 부부처럼 꼭 껴안은 채 차고 있었다. 역시 자식들이 혈육이고 가족이라고는 하나 영원한 동반자는 되지 못했다. 기이한 인연으로 한 방에 같이 입실한 운명의 두 여인이야말로 자식보다 나은 마지막까지 함께하는 동반자요, 영원한 친구일지도 모를 일이었다.

죽음의 문턱에 다가선 노인들일수록 자식과 손자들이 보고 싶고 그리워 몸부림치며 기다리지만 자식들은 와 주지 않는다. 그래서 지치다 못해 "왜 내가 이러구까지 살아야 하나." 하고 진작 죽었어야 하는데 죽지 못하는 한탄을 한숨으로 토해 내며 숨을 헐떡이는 것이다. 어찌 죽음인들 살아있는 자의 편의대로 될 것이던가.

김 박사는 그 날 밤 내내 잠을 설치다가 새벽에야 겨우 눈을 좀 붙이고 깨어 보니 침묵들로만 꽉 채워졌던 방 안에는 갑자기 수선스러움으로 날이 밝고 있었다.

"무엇 때문이지요?"

"김옥분 할머니가 위독해서요."

뒤집어썼던 이불이 걷어진 두 할머니의 모습은 각각 달라 있었다. 옥분 할머니의 얼굴은 핏기 없이 그저 가늘게 숨을 몰아쉬고 있었고, 그런 상황에도 아랑곳하지 않고 한비녀 할머니는 그녀를 껴안은 팔을 풀어 주지 않는다.

"할머니 놓으세요. 응급실에 가야 해요. 치료를 하고 와야죠. 얼른 이 팔을 놓으세요!"

"안 돼. 나 혼자 어떻게 있으라고 그래. 안 된다 안 돼!"

한비녀 할머니는 김옥분 할머니를 꼭 껴안은 채 막무가내로 떼를 쓴다. 할 수 없이 의사와 보호사들은 강제로 한비녀 할머니를 떼어 놓고 김옥분 할머니를 응급실로 데려갔다.

한동안 수선스런 시간이 지나가고 한비녀 할머니만 남은 방에 아침식사가 운반되었다. 요양보호사가 노란 턱받이를 해 드리니 마치 아이 같은 차림이다. 평소도 기력이 쇠한데다가 막무가내로 떼를 쓴 후라 한비녀 할머니는 허물어질 듯한 몸을 김 박사의 도움을 받아 겨우 허리만 꺾어 앉는다. 아침 식단은 밥과 미역국, 다진 산채, 계란찜, 콩자반. 요양보호사가 국물부터 한 술 떠서 입에 넣어 주고 밥숟갈을 가져 가자 고개를 살래살래 흔들었다.

"언니 데려와! 같이 묵게스름. 응."

"식사하고 계시면 치료 받고 올 거예요."

한비녀 할머니는 김 박사에게로 고개를 돌려 풀어진 눈빛으로 쳐다본다. 정말 그렇게 할 것인가를 묻는 눈빛이다.

"먼저 식사나 드세요. 그리고서 기다려셔야지요."

이번에는 요양보호사가 밥을 국에 적셔 입에다 넣었다. 그것을 마지못해 받아 입에 담은 뒤 한참을 우물거리다가 삼켰다. 그러는 동안 건물 창마다 깊게 번져 든 아침 햇살이 방 안을 환하게 해 주었다. 아침 식사를 대강 끝낸 한비녀 할머니는 다시 꼬꾸라지듯 자리에 누웠다. 김 박사는 한비녀 할머니를 요 위에 바로 뉘고 캐시밀론 이불을 덮어 주며 몇 번 토닥거려 주며 말했다.

"잠시 바깥에 나갔다가 올테니 푹 쉬세요."

그녀는 풀어진 눈빛으로 고개만 약간 움직이는 것으로 답할 뿐이었다.

김 박사는 황혼 부부들만이 생활한다는 동관의 긴 복도를 들어섰을 때 마주친 여자 한 분이 있었다. 수 개월 전 김 박사 집에 도우미로 와 주었던 석나미 여사였다.

"아니, 김 박사님 아니세요?"

"석 여사도 여길 어인 일로……?"

뜻밖의 장소에서 만난 두 사람은 우선 휴게실로 갔다. 커피 한 잔씩을 앞에 놓고 그동안의 안부를 물었다.

"우연의 일치세요. 둘 다 봉사활동으로 왔으니 말예요."

"그렇군요. 하지만 저는 처음입니다. 봉사활동은 명분뿐이고 노인 요양시설을 둘러보고자 왔거던요."

"그러세요? 이 양지타운의 동관 송1실에서 35호실까지는 김 박사처럼 독신이나 황혼 부부들이 입소해 있는데 참으로 행복하게 사시더라구요. 의료시설이나 문화시설이 잘 갖추어져 있고, 취미나 오락, 운동 등 다양한 활동은 물론 동년배들끼리 동락할 수 있으니 얼마나 즐겁게 지내는지 몰라요. 김 박사님처럼 외로우신 분들에게는 안성맞춤인 곳이 아닌가 싶어요."

"그런가요? 헌데 전에 저 집에 도우미로 오셨을 때 1주일에 하루씩 나오시지 않은 날은 여기 나오시느라 그러셨던가요?"

"여기에 간혹 나오기도 했지만, 대부분이 여러 직장이나 단체에 나가 얘기를 해 주느라 그랬지요. 특히 여기서는 삶의 결승선에 이르러 고민하는 사람들에게 편안한 죽음을 맞이하도록 호스피스 역할을 했지요. 지금도 그렇고요"

"아, 그랬었군요."

"그저 평범한 사람들의 삶의 이야기를 제가 평소 공부했던 대로 했
던 거예요. 죽음이란 어느 누구에게나 공포와 두려움의 대상 아니겠
어요? 그래서 늙음과 죽음의 공포에서 벗어나 그것들을 자연스럽게
맞이하도록 노력해 보는 게지요."

김 박사는 석나미 여사를 다시 한 번 우러러보며 '아, 역시 그랬구
나.' 하고 그녀의 지성적인 면에 속으로 새삼 감탄했다.

그때 영안실 쪽에서 갑자기 곡소리가 나고 대식당 안에서는 사람
들이 왁자했다.

두 사람은 동관 2층 휴게실에서 영안실과 대식당을 내려다보며 마
주 앉았다.

석 여사가 말했다.

"이미 예고된 죽음이지만 기어코 떠나셨네요. 김옥분 할머니 말
예요."

"그래요? 하룻밤 사이를 두고 생(生)과 사(死)가 구분 지워지게 되는
군요."

"보세요. 영안실과 저 넓은 식당 안을 메운 김옥분 할머니의 후예
들. 저들의 들끓음은 고인에 대한 애도일까요? 아니면 소리 없이 내
면에 감추어진 축제일까요?"

"……."

김시형 박사가 말을 잃고 있을 때 석나미 여사가 다시 말했다.

"부모가 자식에 갖는 애정은 저승에까지 가지고 가겠지만, 자식들
은 달라요. 우리 세대나 그 이전의 세대를 그들은 까마득한 옛 이야기

로 여겨요. 한마디로 가족이란 개념은 핵가족으로만 이해하려 들거던요. 바로 저들도 '오래 산 죄' 밖에 없는 김옥분 할머니가 귀찮은 존재로 그의 시신을 화장해 한 줌의 재를 뿌림으로써 기억에서 지워 버리게 될 거예요."

김시형 박사는 묵묵히 석나미 여사의 이야기를 들으며 한 인간이 삶의 결승점을 통과해 소리 없이 사라지는 마당에서 남은 자들의 애도인지 축제인지 모를 아우성 같은 소란함을 지켜보면서 자기도 모르게 몸을 떨었다.

혼자라는 외로움이 전신을 휘감아 왔기 때문이다. 안개가 끼지 않았는 데도 시야가 뿌옇게 흐려져 왔다.

"그럼, 저는 또 약속된 시간이 있어 가 보겠어요. 일이 끝나는 대로 다시 뵐께요."

"네, 그럼……."

김시형 박사는 석나미 여사가 종종걸음으로 걸어가는 뒷모습을 바라보며 의자에 비스듬히 몸을 기댔다. 얼마나 시간이 흘렀을까? 서쪽 능선으로 해넘이가 시작되고 있었다. 아울러 풍성한 저녁놀이 휴게실 난간에 앉은 김시형 박사의 온 몸을 휘감아 왔다. 무지갯빛 저녁놀은 참으로 장엄하면서도 화려했다. 그러나 그 놀은 김시형 박사의 남은 인생에 아득한 외로움의 잔해들로 흔들거렸다.

# 주름진 세월(歲月)

뙤약볕이 점차 엷어지더니 이슬이 서늘함을 불러 왔다. 아울러 소슬바람이 더위를 몰아내더니 어느덧 계절은 가을 문턱에 와 닿는다. 충호는 시선을 차창 밖으로 던져 가을 풍경을 바라보고 있었다.

(아, 이게 얼마 만인가! 대충 짐작해 봐도 40년은 후딱 지나간 게야. 세상이 변해도 많이 변했어.)

특급열차 통일호를 타고도 서울서 부산 간 다섯 시간도 넘게 걸리던 60년대에 비해 오늘날은 KTX로 불과 2시간대로 주파하는 시대로 변했다. 양충호 내외는 지금 KTX를 타고 고향을 가고 있는 것이다.

그는 밀양서 내려 경전선으로 갈아타고 고향을 갈 작정인 것이지만, 40년 만에 타보는 고향 가는 열차라 남다른 감회가 앞섰다.

그 감회와 더불어 생각은 저절로 40년을 거슬러 올라갔다.

4·19가 지나고 5·16도 한참 지난 60년대 중반이 되었어도 민생고 해결은 어렵기만 했던 시절이었다. 〈재건복〉 입고, 공업화와 산업화를 외치며 선진화의 깃발이 펄럭이고, 새마을 노래가 동네방네 울려 퍼졌지만 여전히 가난의 굴레는 벗어날 길이 없었던 때였다.

역시 늘어나는 현상이라곤 탈농에다 이농뿐, 젊은이들이 기회만 주어지면 도시로 나가 신발공장 아니면 섬유공장이 밀집된 수출공단으로 취직을 하기 위해 떠나는 형편이었다.

충호도 가정 형편이 춘궁기를 이겨내기엔 역부족이었던 때라 시골 중학교를 졸업하고 마지못해 아버지를 도와 농사를 짓고 있었다.

5월 상순의 무논에는 못짐이 던져지고 품앗이하는 동네 사람들과 함께 모내기를 한창 하던 때였다. 때마침 쉴 참이라 논두렁에 걸터앉아 남정네들은 막걸리 한 사발씩을 마시고 있고, 아낙네들은 부추전과 삶아 내온 하지 감자를 한 입씩 넣고 있는 중이었다. 써레질에, 쟁기질에, 못줌 나르기에 질펀해진 논둑을 미끄러지지 않고 용케도 걸어 들어온 읍내 우체국의 배달부가 충호에게 전해준 것은 병대표 한 장이었다.

입대날짜는 불과 열흘밖에 안 남은 5월 스무닷새 날로 적혀 있었다.

"이 바쁜 때 무신노무 편주고? 또 마, 중핵교 동창 모임인 기가? 아니몬 오뉴월 염천 귀신도 꿈틀거린다는 이 바쁜 때에 살기 싫어 저승에라도 갔다는 부고라도 온 기가?"

땅딸막한 키에 무슨 말이나 야무딱지게 해붙여 대서 '좀생이 대추씨'란 별명을 듣는 충호의 당고모가 궁금증을 참지 못해 그렇게 물어왔다.

"당고모도 참, 한 살팎(같은 골목) 들락인다지만 우찌 그리 잘 아요?"

"자알 알고말고지. 내 니 속까지 훤히 디러다 보고 안 있나. 내 말이 맞재? 아니 몬 부산 고무신 공장에 가 있는 순실이한테서 온 기가?"

"보이소마, 군대 오라는 병대표기라 예."

"병대표? 니 무라케쓰노!"

지난 가을 볏가마니를 나르다가 허릴 다쳐 굴신이 어려운 데다가 해소천식으로 연방 기침을 하면서도 모내는 날이라 방 구석에서 구들장만 등지고 있을 수 없어 논 자락에 나왔던 아버지가 기침소리 섞어 대로해 소리쳤다.

"병대표라 예. 군대 오라는 영장이 나왔다 그 말 아이닝껴."

충호가 누런 봉투 속에서 끄집어낸 입대영장을 보이며 말하자 아버지는 또 기침을 토하면서도 버럭 소리를 지른다.

"면 병사계 문 서기 그 놈 그렇게 부탁했건만 기어코 병대표를 내보내다니! 3대 독자는 군대 안 보내도 된다쿠기에 그만큼 알아듣게스럼 말해 놓았는데……. 괘씸한 놈!"

"지라꼬 별 수 있겠심니꺼. 상부에서 내보내니께 통보한 기지 예."

충호의 덤덤한 말에 당고모가 거들었다.

"하모 그건 그렇다. 병사계 서기라고 제 맘대로 할 끼가. 오라면 가야지. 하지만 너그 어무이 나이 많고, 너그 아부지 병들어 저 모양인디 너마저 군대 가고 나면 이 농사는 어찌 짓고, 어떻게 묵고 살재? 순실이와 결혼이라도 했더라면 너 없는 동안 순실이가 잘 거천 할 것인디."

"순실이야 공장에 취직했것다, 나 같은 놈을 생각이나 해 주것어예. 장가는 고사하고 살아가기도 힘든 판에 어서 군대나 다녀와야지 예."

"그런 소리 말거라. 순실이 공장 가기 전날 밤 내게 찾아와 충호 니 걱정만 하다 갔구만."

"원, 당고모도……."

그 날 모내기를 해 기울기 전에 끝내고 집으로 돌아온 충호의 아버지 양상덕 씨는 탱자나무 울타리로 둘러친 텃밭에 남새 뜯는 애매한 수탉을 향해 돌팔매질까지 하며 고래고래 소릴 질렀다.

"돈 엄고 빽 엄는 놈 우찌 살겠노.법도 소용 없는 세상, 문전옥답 닷 말 가웃지기 값만 갖다 바치면 〈앉은 제대〉도 할 수 있다는데, 없는기 죄라, 자식 한 놈 군에 보내 놓고 우리 늙은이 우찌 살꼬.이 빌어 묵을 놈의 세상. 디렵다 디러워. 훠어이! 닭새끼마저 왜 저 지랄이고."

그날 따라 어둠이 서둘러 달려들고 있었지만 충호 아버지의 한 섬인 속울음은 좀처럼 사그라들 줄 몰랐다.

충호는 몇 날을 삼대독자의 병역면제 특혜를 받으러 면소를 몇 번 들락거렸지만 목적을 달성치 못했다. 결국은 입대한 후 청원서를 내기로 하고 스무닷샛 날 입대하고 말았다.

논산 제2훈련소에 입대한 충호는 빡빡 깎은 중머리에 훈련모를 쓰고 전, 후반기 훈련을 마치고  춘천에 있는 제3보충대를 거쳐 배치된 곳은 7사단의 최전방 "인제 가면 언제 오나 원통해서 못 살겠네." 하는 유행가 가사로 빗대기까지 하는 그 인제, 원통이란 곳에 주둔한 한 보병연대의 소총소대에 배속되었다.

충호는 거기서 줄곧 2등병에서 1등병이 될 때까지도 의가사 제대는 되지 않았다. 부대 배치와 동시에 한시도 몸 빠질 시간이 없었던 충호는 청원서는커녕 편지 한 장도 쓸 수가 없었다. 그저 매일같이 흙먼지와 풀물로 얼룩진 한 겹 군복을 입고 여름은 땀에 젖고, 겨울은 바람 찬 땅에서 뭔가에 쫓기며 세월을 흘렸다. 그랬어도 그에게 얻어진 것은 아무 것도 없었다.

전쟁은 없어도 전쟁 못지않은 나날의 훈련은 고되고 지겨웠다. 비오는 날에도 침투사격 훈련은 계속 됐었고, 눈 오고 바람 부는 날에도 정규 훈련이 아니면 사역병으로 불려 나가 등 펴고 발 뻗어 볼 기회가 없었다.

빽 있고 돈 많은 집 자식들은 휴가도 외출도 잘도 나갔고, 불침번이나 사역병 차출에는 아예 그림자도 보이지 않아서 충호처럼 비린 박토에 연명해 온 자식들에겐 단골 몫으로 배당받아 대리 감내해 주느라고 뼛골의 진이 빠질 지경이었지만 국가에 충성한다고 그 흔한 표창 쪼가리 한 장 주는 법이 없었다.

어느 날이었다. 충호가 침투사격이란 고된 훈련을 끝내고 점심시간이라 배식을 받아 들었을 때 관보(지방관청에서 보낸 전보) 한 통을 받았다.

〈귀 부대 양충호 병사 부친 사망 귀가 조처 요망〉이었다. 발신인은 충호 고향의 군수였고 수신인은 충호 소속부대의 부대장이었다.

"빨리 관물 챙기고 서둘러 귀가하라! 휴가기간은 1주일간이니까 귀대날짜를 반드시 명심해서 미귀사고가 없도록 해주기 바란다. 알겠나?"

"예! 알겠습니더. 일병 양충호 병사 특별 휴가 받고 귀향하겠습니더."

부대장의 특별휴가 명령을 받은 양충호는 딸랑 휴가증 한 장을 들고 선걸음에 G. M. C 군용 트럭에 올랐다. 서너 시간 넘게 달린 군용 트럭이 춘천역에 닿기는 팔봉산 너머로 불그레 타오르는 저녁 노을이 번져 가고 있을 무렵이었다.

충호는 춘천역에서 헌병의 싸인을 받고 서울 용산행 군용열차를 바꾸어 탔다. 그는 구두닦이 딱새들이 찢어 간 우단 좌석의 너절한 한 자리를 잡고 앉으니 그제사 아버지가 돌아가셨다는 생각이 떠올랐다. 어머니 모습도 동시에 떠올랐다. 눈보라치는 허허 벌판에 어머니 혼자 헤매고 있는 모습과 함께 경제적 고문에 견디다 못해 구름을 타고 하늘로 오르시는 아버지의 모습이 환상이 아닌 현실처럼 선연해 왔다. 충호는 손을 내밀어 어머니를 부여잡기도 하고 자꾸만 하늘나라로 오르시는 아버지를 불렀지만 두 분은 아무런 대답이 없었다.

"이봐, 양 병사! 내려와!"

지르는 소리에 놀라 눈을 번쩍 떴을 때 휴가병들을 검문하는 헌병 둘이 충호의 명찰을 들여다보며 잡아끌었다. 충호는 그들에게 끌려 영문 모르고 내린 곳은 용산역이었다. 춘천역에서 용산역까지 오는 데는 무려 서너 시간이 넘게 걸렸을 것임에도 충호는 깊은 잠에 빠졌던 모양이다.

그는 춘천역의 군용열차 칸에 몸을 담기가 무섭게 눈꺼풀 위에 피로가 덮개를 이루며 쌓여 와 깊은 잠에 떨어졌던 것이 무려 3시간이 넘었던 모양이다.

충호는 역전에서 휴가를 떠나는 많은 다른 병사들 틈에 끼어 줄을 섰다.

사방은 칠흑의 어둠이었지만 전주에 매달린 전등불빛을 받아 역전 광장은 그런 대로 환했다.

기차는 대중없이 도착하고 대중없이 출발을 했다. 한밤중인 데도 내리고 타는 손님들로 북적댔다. 충호는 아버지 상을 당해 가는 몸이라 겹친 피로 속에서도 누구보다 먼저 차를 타야만 했다. 그런데 몇 차례의 남행 열차가 출발을 했으나 헌병은 도시 보내 줄 생각을 안했다. 충호보다 훨씬 늦게 도착한 병사들이 몇 무더기씩 차가 도착될 때마다 소리 소문 없이 잘도 떠났것만 충호가 출발할 차례는 오지 않았다.

충호는 충혈된 눈으로 헌병 앞에 갔다. 그들 중 조장급쯤 돼 뵈는 병장 계급장을 단 헌병에게 거수경례를 붙이고 애원을 했다. 아버지 상을 당해 가는 길이니 빨리 보내 달라고. 그러나 헌병의 태도가 영 엉뚱했다.

"이 쌔끼 줄 똑바로 못 서!"

동시에 그의 반들거리는 구둣코는 충호의 다리뼈를 걷어찼다. 충호는 사정없이 꼬꾸라졌다.

"이 쌔끼! 응구력도 좋구만."

두 번째의 헌병 구둣발이 날아들기도 전에 충호는 벌떡 일어나 승차를 기다리는 휴가 장병들의 줄 뒤에 가 섰다.

충호는 너무나 아파 오줌까지 찔끔 싸고도 항변을 하지 못했다. 병장이 돌아가고 다른 헌병이 교대로 왔을 때는 새벽 동이 틀 무렵이었다. 알고 보니 몇십 원씩 모아둔 월급을 헌병의 호주머니에 쑤셔 넣어 주어야만 한 시간이라도 일찍 출발하게 되는 것임을 알았다. 그제야 충호와 같은 맹추들만 몇이 남아 있다가 이른 새벽 조간신문을 파는 소년의 귀띔으로 부랴부랴 서둘러 돈 푼을 모아 헌병의 호주머니에 찔러주고는 완행열차의 군용칸 한 좌석을 잡을 수가 있었다.

충호가 그 날 새벽 완행을 타고 용산역을 출발해서 삼랑진 역에 도착하기는 밤 열한 시가 조금 넘어서였고, 삼랑진 역에서 꼬박 3시간을 대합실에서 졸다가 경전선의 진주행을 갈아탔다.

거기서도 무려 네 시간을 소모해 진주에 내린 충호는 3시간 후에 옥종까지 가는 막차가 있어 표를 타 놓고 버스 터미널 한 모퉁이에 있는 〈비봉〉이란 음식점에서 돼지국밥 한 뚝배기를 사서 굶주린 배를 채웠다.

그래도 시간이 남아 "진주라 천 릿길을 내 어이왔던고, 촉석루에……." 어쩌고 하는 남인수의 노래에 나오는 촉석루 구경이나 해볼까 하였지만, 그럴 경황은 아니었고, 비었던 창자를 채우고 나니 식곤증으로 졸음이 쏟아지기 시작했다. 충호는 국밥 값을 치르면서 주인아주머니께 부탁했다.

"보이소, 아지매요. 나 세시 반차 뻐쓰 타야 댕깨내 여기서 눈 좀 붙일라쿠니 시간 되몬 좀 깨와 주이소 예?"

"그리 하이소 마. 내 시간 되몬 깨와 줄낀깨내. 염려 말고 한 숨 붙이소마. 근대, 아재는 후(休)가 오는 모양인디 고향이 어딘기요?"

"옥종 방면인 기라 예."

"그라모 면사무소 있는데?"

"거기서도 한참 들어가야 되요. 지리산 산 그림자에 묻혀 사는 동네라면 알것심닝껴?"

"그라모 안실 호방터가 아닌가?"

"우찌 거길 잘 아요?"

"나도 거기서 태어났거든. 그럼 누구집 아들일까?"

"예, 저 아버지는 양 상자 덕자라 쿱니더."

충호는 국밥집 아주머니와 이런 저런 이야기 끝에 돌아가신 아버지의 함자를 대놓고 보니 가슴이 찡해 왔다. 그렇게 달려들던 졸음도 백 리 밖으로 달아난 듯했다.

"그라모 드무실댁 아들아이가? 참 뜻밖이재. 그래 부모님들은 잘 계시고? 아니지 지금 군에서 오는 길이라 했재. 니 어무이하고는 절친한 친구 사이 아니가."

국밥집 아주머니는 아재에서 반말로, 이제는 아주 말을 놓고 있었다.

"군에서 아부지 돌아가셨다는 전보받고 지금 귀향 중이라 예."

"어무(머)나, 저를 어쩜 좋재? 아들 하나 딸랑 두었는디 임종도 몬했구나. 저런 쯔쯔 아니 내가 이렇게 아니라 국밥 값은 이왕 낸 거고 부조금을 좀 내야겠다. 내 형편에 이래 살고 보니 가 볼 수도 없고."

진주 〈비봉국밥집 민진희〉라 쓴 봉투를 충호에게 내밀었다. 사양을 했지만 굳이 군복 주머니에 밀어 넣어 주었다.

"아니 벌써 이야기하다 보니 차 시간 다 댔네. 어서 가 보게나. 어쩌문 좋노. 참말로 안 댔다. 어무이한테도 내 말 전하거라. 여가 봐서 한 번 가것다쿠고."

충호는 몇 번이고 허리를 굽혀 인사를 하고 돌아서는데 민진희 아주머니는 장례 치르고 귀대할 때 꼭 들렀다 가라는 말을 잊지 않았다.

충호는 하루에 첫차와 막차 두 차례밖에 안 다닌다는데 막차인 재생 버스에 몸을 흔들거리며 옥종에 도착한 후 다시 3십 릿길을 걸었다. 어둠이 내리고 땅거미가 들 무렵에야 집에 들어가니 동네 몇 사람들이 마당에 모닥불을 피워 놓고 서성거렸다. 어머니는 창호지 바른 댓살 문을 반쯤 열어 놓고 가물거리는 호롱불 앞에 아버지의 시신을 지키며 혼자 오도카니 앉아 있었다.

"어무이, 저 왔심니더. 충호 예."

방 안에 들어서는 충호를 와락 끌어안으며 울먹이는 목소리로 말했다.

"충호야, 너 가서 있는 군대가 그리도 머나? 니 아부지 돌아가신 지 오늘이 나흘째다. 니 올 때까지 기다리느라 저렇게 방에 모셔 두고 있다. 세상에 우야문 좋노."

충호 어머니는 거미 같이 마른 체구에 퀭한 눈에는 눈물마저 말라 있었다. 충호는 어머니를 한동안 부둥켜안고 울다가 아버지 시신 앞에 엎드려 통곡을 했다. 밤이 깊어 가고 있었다.

마당에서 토닥거리며 타는 모닥불 소리 외는 온 천지간이 미동 없이 고요하다. 충호에겐 그렇게 적요로운 밤풍경에서 세 가족의 살아온 생애가 한바탕 꿈이었던 듯 아득하게 느껴졌다.

다음날 이른 새벽부터 충호는 넋 나간 사람처럼 망연자실해 있는 어머니를 위로해 가며 아버지의 장례를 서둘러 준비했다. 아무리 동네분들이 도와준다 하여도 삼대독자이다 보니 친척들이 없어 충호 혼자 일을 볼려니 한도 끝도 없었다. 묘지를 찾아보고 상여를 만들고, 장례를 치르고, 하루 세 끼 상식(上食)을 올리고, 인근에서 문상 오는 손님을 맞고, 귀가하는 동안 사흘이 걸리고, 그러다 보니 휴가기간 1주일이 언제 지나갔는지 후딱 지나갔다.

삼우제를 지내고 묘소를 다녀오면서 생각해 보니 귀대 일자가 지나 버렸다.

(아차, 큰일이로구나! 중대장이 미귀하지 말라고 그렇게 당부를 하였는데, 지금 바로 출발한다 하여도 부대에 도착하기는 오던 때와 마찬가지로 3일은 걸릴 낀데……."

그랬다. 미귀(未歸)는 이제 피할 수 없게 되었다.

충호는 앞서 산을 내려가는 어머니를 바라보았다. 육순의 세월이 어깨에 고여 저렇게 종잇장처럼 가벼워져 가는 것은 모두가 충호 자신 때문일 거라고 생각하니 절로 눈물이 났다.

그렇다고 주어진 현실을 탓할 수만은 없는 것이었다. 서둘러야 했다. 충호는 아버지 무덤 앞에 푯돌 하나 세울 여가는커녕 핏기 하나 없이 백짓장처럼 하얀 어머니를 혼자 두고 한시바삐 부대로 돌아가는 수밖에 없었다.

지금은 오후 2시. 그는 소복 입은 어머니를 뒤로 하고 집을 떠났다.

3십 릿길을 걸어서 옥종에 나가 트럭을 타니 곧 진주에 도착할 수가 있었고 진주서 대구 가는 버스에 무작정 올랐다. 삼가, 합천, 고령을 거쳐 대구 동촌에서 기차를 탈 작정이었다.

가을이라고는 하나 늦더위가 심해 에어컨 없는 버스는 만원이라 숨이 턱에 닿는 더위를 참고 고령이란 곳에 도착했을 때는 사방을 분간키 어려운 어둠이 덮여 있었다.

군경 합동검문이 시작되었다. 당연히 군복 입은 양충호는 헌병의 검문을 받았고, 미귀라는 이유로 고령경찰서에 임시 인도되어 벤치에 수갑을 찬 채 묶여 졌다.

충호는 한시라도 빨리 귀대를 해서 중대장과의 약속을 지키지 못한 것에 대한 용서를 빌어야 겠다고 생각했다.

벽에 걸린 시계가 새벽 한 시를 알렸다. 보초 겸 미귀 병을 감시하던 순경이 충호 옆에 의자를 끌어다놓고 앉더니 이내 졸기 시작한다. 기회를 노렸던 충호는 묶인 벤치를 조심해서 들고 경찰서를 빠져나오자 담벼락에다 부딪쳐 의자를 부셔 버린 다음 골목길을 무작정 내달았다.

호루라기 소리가 충호의 귓전에 울려 왔다. 도망간 사실을 순경이 안 모양이다. 충호는 높은 담을 타고 어느 한 집에 들어갔다. 담장 안 나무 밑에 가만히 숨어서 불빛이 환한 응접실을 살펴보았다. 벽에는 누런 금테를 두른 모자가 걸려 있고 무궁화 계급장이 네 개나 붙은 정복이 걸려 있었다.

'아니? 경찰서장의 관사구나!'

충호는 사시나무 떨듯 하면서도 차분히 생각해 보았다.

'오히려 여기면 안전지대다. 설마 경찰서장의 집에까지 수색을 하지는 않겠지.'

생각은 예상대로 맞아떨어져 동틀 무렵까지 무사히 보내고는 다시 담을 넘어 무작정 강변을 끼고 달아났다. 날이 훤히 밝았을 무렵 호주머니에서 옷핀을 뽑아 수갑 구멍에 넣고 이리저리 휘젓다 보니 수갑이 풀어졌다.

충호는 대구 방면을 향해 산길과 들길을 골라 발길을 재촉했다. 다시 어둠이 몰려올 무렵 대구 동촌역에서 서울행 급행열차를 무임승차했다. 화장실과 승강구를 번갈아 이용해서 승무원의 검표를 피한 충호는 새벽 두 시경에야 서울역에 닿았다. 용산역은 헌병의 검문이 심하고 노량진 역에서 내렸어야 철조망을 넘어 들판으로 빠져나갈 수 있었는데 깜빡 잊고 지나쳤던 게 실수였다. 하는 수 없이 철조망이 쳐진 블록 담을 뛰어올랐다. 개구리처럼 담장에 달라붙어 훌쩍 넘으려는 순간 철도공안원에게 덜미를 잡히고 말았다. 무임승차로 잡혔지만 군인이라 헌병대로 넘겨졌다.

충호는 그 길로 군법회의에서 재판을 받고 육군형무소에 수감되었다. 군대 미귀와 탈출, 불법무기(수갑) 소지, 무임 승차 등의 죄목은 5년 형의 죗값을 치르는 데 충분했다. 형이 끝나 불명예 제대를 한 충호가 고향으로 돌아갔을 때는 어머니마저 세상을 뜨고 없었다. 그는 단신으로 고무공장에 다니던 순실이와 결혼해 서울로 올라와 30여 년을 살아온 것이다. 공사판 막노동에, 자동차 정비공으로, 용달차와 택시 운전 등이 그의 직업이었다. 그는 그렇게 해서 살 수밖에 없었다. 그러다 보니 교통사고에 사소한 시비 등으로 전과 기록은 컴퓨터를 치면 자가웃은 될 만큼 긴 이력이 나온다. 그랬기에 아들, 딸 남매를 두어 시집 보내고 장가 보내 놓고 나니 60고개에 주름진 세월로 얼룩져 있었다.

지금 양충호는 아내와 나란히  남행열차를 타고 고향으로 가는 중이다. 고향이라고 가 봤자 친척 하나 없으니 반기고 얼싸안아 줄 이 없으련만 그래도 가고 싶고 보고 싶은 게 고향이다. 풀이 무성할 부모님의 산소에 성묘 겸 금초나 하고 돌아오면 그만이지만 40년 동안 못 가본 고향이 못내 그립고 안타깝다. 초특급 KTX는 불과 시간 반 만에 대구역을 통과해 밀양을 향해 달리고 있었다.

양충호는 달리는 차창 밖으로 흐르는 풍경을 줄곧 바라보다가 자기도 모르게 흥얼거린다.

"타향이 싫어, 고향이 좋아……."

# 스쳐간 바람

　세월과 삶은 시작도 없고 끝도 없다. 그저 스쳐가는 바람이다. 그렇게 어디서 와서 잠시 머물다 어디론지 모르게 지나가는 바람처럼 삶 또한 그러려니 하면서도 윤치구는 하루에도 몇 번씩을 주먹으로 가슴을 쓸어내리곤 했다. 그럴 때마다 한숨이 절로 토해짐을 어쩌지 못하는 윤치구는 60층짜리 주상복합아파트 꼭대기에 걸린 저녁 해를 오늘도 망연자실해서 올려다보고 있었다.

　"허허 참, 이럴 수가?"

　세상에는 '뛰는 놈 위에 나는 놈 있고, 엎어진 놈 위에 덮치는 놈 있다.' 지만, 어디 덮칠 데가 없어서 석자 코가 빠져서 엎어져 있는 놈에게 그 코마저 문드러뜨리려고 덮치다니!

　윤치구는 팔순의 어머니 얼굴 모습이 떠오르다가 아내의 얼굴이 겹쳐져 왔다. 또 전문대학에 다니며 아르바이트를 해서 학비를 보태는 아들이 떠올랐다. 그들은 지금 60층짜리 주상복합아파트의 꼭대기에 걸린 저녁 해와 더불어 숨바꼭질을 하고 있었다. 아내도, 어머니도, 아들도 그들의 얼굴에는 행복한 미소가 가득했다.

평생을 어렵게 살아왔지만 권세도, 재물도, 명예도 탐해 본 적이 없이 살아온 가족들이었다, 어머니도 자식이 부자가 되고, 권력을 가져 출세하기를 원하고 바라지도 않으셨다.

밥 세 끼 거르지 않고, 건강하고, 남에게 피해 주지도 받지도 않으면서 고만고만하게 오손도손 한평생 살아가는 게 평생의 소망이셨다. 아내도 근검절약해서 생활을 꾸려가면 남편의 수입만으로도 얼마든지 한 가족 즐겁고 행복하게 살아가리라 여겨 왔다. 윤치구도 그런 가족의 분위기에 묻혀 욕심 없이 이날까지 살아왔었다. 한데 이게 무슨 날벼락이람!

윤치구는 끄응하고 자기도 모르게 다시 한 번 신음소리를 토해 냈다.

'사오정' 시대를 절감하면서 오십을 눈앞에 두고 윤치구는 어느 대기업의 과장 자리에 앉은 지 겨우 일 년 만에 퇴출되었다.

다행히도 퇴직금으로 몇 천만 원 탔기에 팔순의 어머니를 모신 윤치구는 그동안 장만해 둔 주공아파트 열여덟 평짜리가 있으니 그럭저럭 살아가리라 여겼다.

그래서 퇴직금을 밑천 삼아 구멍가게라도 하나 얻어 해장국집을 내면 전문대학 다니는 아들과 함께 네 식구 호구지책은 강구할 수 있으리라 여겼다.

해서 윤치구는 아내와 함께 근 보름 동안이나 장소 물색에 나서 보앉지만 썩 마음에 드는 곳이 없어 지친 몸을 이끌고 해질녘이면 집 안에 들어서곤 했다.

말이 그렇지 장사라고 아무나 하나? IMF 이후 오늘날까지 경제가 호전되기는커녕 계속 내리막을 걷고 있다. 돈 많은 사람이야 경제사정이 좋건 나쁘건 잘 먹고 잘 살기는 마찬가지겠지만 일반서민들, 윤치구 같은 사람들에게는 아침 저녁 다른 장바구니 물가에 가슴이 내려앉는 판이었다. 웬만하면 호들갑떨며 살지 않으려 해도 그까짓 현금 이천만 원 있는 것 대책 없이 이대로 간다면 곶감 빼먹듯 다 없어지고 말테니 생각할수록 참혹한 현실 앞에 살아갈 길이 막막했다.

'정말 정신차려야지. 이러다간 큰일이야!'

윤치구는 어젯밤에도 한바탕 사나운 꿈을 꾸었다. 거덜이 난 살림살이로 온 식구들이 뿔뿔이 헤어져 흩어지고 윤치구 자신은 노숙자 생활로 거리에 나앉은 신세가 된 꿈이었다.

윤치구는 그 같은 꿈을 손사래를 쳐서 지우고 문득 아내를 바라보았다. 종일 가게를 둘러보노라 따라다녔던 아내는 무척 피로한 듯 파김치처럼 늘어진 채 자리에 누워 있었다. 그래도 불평 한 마디 않는 아내가 오히려 윤치구에겐 민망스럽고 원망스럽기까지 했다. 차라리 불만이라도 털어놓고 한바탕 부부싸움이라도 벌였으면 속이라도 시원할 것 같았기 때문이다.

그러나 아내는 말이 없었다. 잠들기 전 아내는 이런 말을 했다.

"너무 걱정 말아요. 살다 보면 무슨 좋은 수가 생기는 법인게요. 그러고 요만큼 사는 것도 하늘이 내린 복이라고 여기며 살아야죠. 지금껏 살아온 대로 말이예요."

윤치구는 그날 밤 육신이 쑤시듯 피곤함을 느끼면서도 잠이 제대로 들지 않아 밤잠을 설치다가 날이 밝기가 무섭게 또다시 구멍가게를 구하러 나갈 차비를 하고 있었다.

며칠 전에 구해 놓은 시내 지도를 펴 놓고 지역을 살펴보고 있었다. 장사가 될 만한 중심가나 번화가는 가게세가 비싸 엄두도 못내겠고, 그래서 오늘은 시내 중심가를 벗어나 변두리 쪽으로 나가 보리라 작정하고 일찍 세수를 하고 아침 식사를 끝냈을 때였다.

한데 뜻밖에도 고향 친구로부터 한 통의 전화를 받았다.

"어, 친구, 나 만석이야. 귀담리 양밭골 이만석일쎄. 도대체 얼마만인가. 술 한 잔 하게 지금 당장 나오게."

윤치구는 전화를 끊고도 한참이나 기억을 다듬어서 이만석을 떠올렸다.

널따란 텃밭을 끼고 자리잡은 동구 앞 이만석의 고래등 같은 기와집엔 대문, 중문, 쪽문이 있었다. 학교가 파한 후 집에 돌아오면 혼자 집 지키던 강아지만 혀 깨물고 달려왔고 그 무렵이면 윤치구는 이만석의 쪽문에다 대고 소리쳤다.

"만석아, 빨리 나와라! 무너미 보에 멱 감으러 가자."

"응, 잠시만······."

그런 때면 이만석은 어김없이 지니고 나오는 게 있었다. 송편에 인절미하며 과자, 사탕 굴까지 호주머니가 그득했다. 피죽 한 그릇도 제때에 챙겨 먹을 수 없었던 윤치구 또래의 대부분 친구들에 비해 그만큼 그의 집은 풍요로운 집안이었다.

만석의 아버지 이천수 씨는 물려받은 재산으로 첩까지 거느렸지만, 사흘이 멀다 하고 둠터 주막집에서 작부들과 지내기 일쑤였다. 그래도 서너 명의 머슴을 두고 백여 마지기의 문전 옥답을 자작했고, 안

섬이, 장구실, 먹뱀이, 돌모루, 바디실, 선돌빼기 등에 있는 수천 석
지기 전답들은 소작농으로 주고 있어 창고에는 언제나 볏섬이 그득
했다. 반면에 윤치구를 비롯한 대부분의 아이들의 가정 형편은 보릿
고개를 넘기기가 강원도 한개령 넘기보다 힘들었지만, 이만석만 불
러내면 별의별 먹거리를 얻어먹을 수가 있어 아이들은 만석과 어울
려 놀기를 좋아했다.

어쨌든 그 시절, 그 해 한여름의 즐거웠던 추억도 초등학교 졸업과
함께 이만석이 서울로 진학해 감으로써 막을 내렸었다.

돌이켜 새삼 생각해도 윤치구에겐 꿈속의 풍경처럼 아련하고 몽롱
한 추억 속의 친구였다. 부윰한 안개에 가려진 사물처럼 이만석의 얼
굴 모습이 떠오른다.

그 후 윤치구가 거친 파도의 능선을 헤치고 오십대에 퇴출되기까
지 이만석을 단 한 번도 만나지는 못했지만, 풍문에 간간이 들려오던
그의 짭조름한 소식은 부동산으로 대박을 쳐 그의 부친 못지않게 잘
산다는 것이었지만 직접 확인하지는 못했다.

그러나 윤치구는 상전 나리의 밤참 챙겨주듯, 네 식구 치다꺼리에
도 부대껴 오뉴월 볕살에 풀죽어 늘어진 무청만큼이나 축 늘어져서
낚싯바늘 삼킨 닭모가지를 하고 살아오노라니 이만석에게 전화 한
번 주지 못한 것이 무척 면구해졌다.

윤치구는 서둘러 이만석과 만나기로 약속한 장소인 〈권가네 가든〉
으로 나갔다.

가든 입구에 들어서자 종업원 아가씨가 윤과장이냐고 묻기에 얼결
에 고개를 끄덕였지만 과장이란 말에 구역질이 났다. 그 잘난 과장 자
리 하나 앉기가 무섭게 퇴출이 되었고, 그래서 그 과장이란 직책도 이

미 코딱지처럼 떼어서 쓰레기통에 처박아 버린 지 오래이기 때문이다. 그런 생각을 하며 여종업원을 따라 방으로 갔다.

방에 들어서자 이만석은 이미 마련해 놓은 술상 앞에 앉았다가 얼른 일어나 손을 내밀며 윤치구를 반겼다. 둘은 술을 들며 잠시 옛 추억을 더듬어서 이야기를 엮어가다가 이만석이 윤치구의 근황을 잘 알고 있다는 듯이 말했다.

"뭐, 듣자하니 생활이 고달프다며? 그래 퇴직금 몇 푼 갖고 생활하다 보면 곶감 빼먹듯 해서 앞날이 암담하게 느껴질 때도 있겠지."

윤치구는 이만석의 말이 가슴에 와 닿았다. 실로 무슨 용단을 내야지 그렇지 않으면 앞길이 암담함에 아득할 때가 많았던 것이다.

"하지만, 자네라고 항상 그렇게 살라는 법은 있겠나. 내 좋은 방도를 강구해 봄세."

"방도라니? 무슨……."

윤치구는 이만석이 무슨 방도를 강구해 보겠다는 말에 옛 친구로서 고마운 옛정이 짜릿하게 느껴지며 콧등이 찡해져 왔다.

"어쨌거나 그 문제는 내게 일임해 두고 술이나 하세. 자자!"

이만석은 윤치구에게 잔이 철철 넘치도록 술을 따랐다. 그리고 자기 잔도 윤치구 앞에 내밀어 술을 가득 붓게 한 다음 잔을 서로 맞부딪치고 술을 연거푸 마셔 댔다.

어지간히 마신 두 사람은 거나해졌고 기분도 피어오르는 안개를 타고 하늘로 솟구치는 기분이었다. 그쯤해서 이만석은 두툼한 봉투 하나를 윤치구 앞에 내밀었다.

"얼마 되지는 않지만 성의로 생각하고 우선 아쉬운 대로 쓰게. 자네 처지를 생각해서 가까운 시일 내에 좋은 방도를 강구해서 연락하겠네."

그러고는 이만석이 자리를 떴고 윤치구는 친구의 고마움에 감격하여 제정신이 아닌 채로 집에 돌아왔다. 집에 돌아오자 꽤나 두터운 봉투를 열어 보곤 더욱 놀랐다. 과장 시절의 한 달치 월급만큼이나 된 금액이었다.

'역시 만석이는 소문 듣던 대로구나. 이 세상 어느 녀석이 잘 산다고 못사는 놈 뭉칫돈 보태 주는 것 봤어. 만석이야말로 진실 된 친구가 아니고 무엇이겠나.'

윤치구는 눈물이 날 만큼 고마운 이만석을 생각하며 며칠을 보냈을 때 한 통의 편지를 받았다. 역시 가까운 시일 내에 좋은 방도를 강구해 보겠다는 약속을 지키겠다며 서류에 도장을 눌러 보내라 했다. 물론 자기가 경영하는 무슨 상사라는 회사의 이사 추천서에, 동봉해 온 또 다른 백지 한 장에다 인감도장을 눌러 보냈다.

우선 자기가 운영하는 벤처기업의 이사로 영입해 놓고, 의도했던 바를 추진해 보겠다는 간단한 내용에 대한 답신이었다. 답신을 보낸 윤치구는 하늘을 날듯이 기뻤다. 구멍가게를 내어 해장국집을 운영해 보겠다던 생각도 접었다. 모처럼 가족들이 오붓하게 아침밥상에 둘러앉자 윤치구는 이만석이 베풀어 준 일에 대해서 보태지도 빼지도 않고 죄다 이야기를 했다. 자초지종 설명을 듣고는 어머니도, 아내도 세상이 모두 삭막하고 냉정한 것만은 아니라고 기뻐해 마지않았다.

분수에 넘는 도움 받음이긴 하나 아무 조건 없이 주는 친구의 베풂에 조금도 짐 될 것이 없으니 그런 것이 사람 사는 세상이 아니겠느냐고 어머니는 이만석을 고맙고 또 고마운 사람이라고 기뻐하셨다. 그

날부터 윤치구의 가정은 새로운 희망과 꿈으로 가득차 있었다.

무엇보다도 다행한 일은 윤치구가 다시 직장을 갖게 되었다는 것과 옛날처럼 삶에 걱정 없이 고만고만하게 살아갈 수 있겠다는 안도감에서 잔잔한 흥분마저 느끼며 행복에 젖기도 했다. 그러면서 이만석을 위해서라면 성심성의를 다해 그 은혜 잊지 말아야 할 것이라고 다짐하고 또 다짐을 했다.

그런 나날 속에 달포 반이 지난 어느 날이었다.

그 날은 유난히도 천둥이 치고 소나기가 장대처럼 쏟아 붓는 시끄러운 날이었다. 등기 편지 한 통을 받았다. 그 내용은 이사 취임도, 좋은 방도의 강구도 아닌 법원으로부터 발송된 재산 압류장이었다. 그날 따라 세찬 비바람은 열여덟 평 아파트를 금방 날려버릴 듯이 불어제쳤다.

그렇게 세찬 바람은 윤치구 가족의 삶에 꿈도, 희망도, 고만고만하게 살아가겠다는 소박한 소망도, 한꺼번에 그 뿌리마저 뽑아 버렸다.

# 꽃잎이 흐르는 강(江)

    경부선 특급 남행열차가 출발한지 한 시간 가량이나 지났건만 지
연은 자세 한 번 고쳐 보지 않은 채 줄곧 흐르는 차창 밖의 풍경에만
시선을 던지고 있었다.

    멀리 차창 밖으로는 봄의 풍경이 느릿느릿 흘러간다.

    밭자락마다의 노란 배추꽃이 그렇고, 봄언덕마다의 연분홍 진달래
가 그렇게 흐르고 있었다.

    무심히 던져진 지연의 시선 끝마다 봄이 확실히 무르익고 있었다.

    그렇게 철이 반복되는 동안 세월이 흐르기 마련인 것이다.

    그 흐르는 세월에 묻혀 인생도 어디론가 흘러가고 있는 것이다.

    마치 차창에 흐르는 풍경처럼.

    지연은 느릿느릿, 그리고 잔잔하게 흐르고 있는 차창 밖 풍경에 정

신을 빼앗겼다거나 한 그런 마음도 아니었다.

그저 다발로 쏟아지는 햇빛과 봄이 무르익는 훈훈한 바람과 밀려왔다가 밀려가는 풍경에다 시선을 보내고 있을 뿐 신경을 쓰지도, 상관도, 하지 않고 있었다.

그녀는 한 손으로 턱을 괴고는 알맞게 젖혀진 특실 의자에 비스듬히 기대고는 마냥 그러고 있었다.

연신 햇빛이, 바람이, 그리고 봄 내음이 그녀의 얼굴에 스치고 코로 스멀스멀 스며들었다.

얼마를 그렇게 보내고 있었을까?

지연이 던진 시선의 끝으로 줄곧 보이던 아련한 풍경이 한꺼번에 바뀌면서 산과 강이 함께하는 협곡으로 기차는 달리기 시작하였고, 보라빛 하늘과 짙은 물안개가 동시에 사위를 둘러싸면서 진풍경을 이루는 것이었다.

그제서야 지연은 문득 자세를 고쳐 앉는다.

갑자기 구름밭 같은 물안개가 보랏빛 하늘에서 녹아내리며 앞을 가로막자 모든 것이 뿌옇게 흐려지면서 눅눅한 기류 속에서 시야가 흐릿해지는 것이었다.

그러나 그 반투명의 뿌연 안개 저쪽으론 찬란한 무지개가 서고 있었다.

'무지개!' 지연은 천천히 고개를 돌려 그 쪽을 바라보면서 혼자 조용히 탄성을 쏟아 놓았다. 그와 함께 조그맣게 한숨까지도 토해 냈다.

기차는 여전히 아랑곳없이 미친 듯 질주하고 있었다.

무지개를 잡기라도 할 듯이 안개 속을 뚫으며 달렸다.

'아— 그렇다. 사랑과 행복이란 안개 저쪽에 있는 무지개와 같은 것인지도 모른다. 잡힐 듯 하면서 잡히지 않고, 보일 듯 하면서도 아련한 그 무지개! 뿌연 안개만 없더라면 금방 잡힐 것만 같은 무지개이지만, 실은 그 안개로 인해 무지개가 서고 있지를 않는가. 인간에게 주어지는 사랑도 행복도 절로 주어지는 것은 아니다. 가시밭이 있고, 돌자갈이 있고, 강이 있고, 산이 있듯 언제나 괴로움이 먼저 할 때 행복과 사랑은 구하여진다. 그래서 인간은 안개 저쪽의 무지개를 바라보듯 언제나 벽 저쪽이나 강 건너 것을 보는 마음이면서도 아쉽고, 기다리고, 목마른 갈증, 이런 것들이 사랑일까, 아니면 행복일까?

지연은 그런 생각이 들자 문득 자신의 과거를 쿡쿡 찔러대면서 떠오르는 상념을 떨어 버리려 애를 썼다.

그러나 열다섯 해 전의 과거와 함께, 조금 전 서울역 플랫홈에서 손을 흔들고 헤어진 남정호가 자꾸만 떠올려지는 것이었다.

지연은 다시 고개를 조용히 흔들었다.

'잊어 버려야 해. 없었던 것으로 말야.'

지연은 불안과 공포가 가슴을 눌러 왔기 때문이다.

그것은 남편 신원민에 대한 불안보다도 다 큰 아이들에 대한 불안이 더 했는지도 모를 일이었다.

그래서 강물에 나룻배가 지난 다음 생긴 물보라가 사라지듯, 자신의 감정도 그렇게 가라앉히려고 애를 써 본 것이었다.

그러나 그러면 그럴 수록 머리를 쳐들고 일어서는, 어쩌면 영원히 지워 버릴 수 없는 운명처럼 이렇게 혼자일 때마다 밀물처럼 솟구쳐 오는 감정이 가슴을 설레게 함을 가눌 길이 없었던 것이다.

지연은 지금도 남정호가, 달리는 기차를 향해 줄곧 따라오는 환상에 사로잡히며 감미로운 연정에 가슴이 소르르 타오르곤 한다. 남정호! 그 사내야말로 사십 고개의 지연에게 구세주와 같은 존재로 등장한 사람이었다.

지연이 정호를 놓칠 수 없게 된 것은 두 번째의 만남에서였다. 그날도 지연의 남편 신원민은 야간 진료에다 병원의 당직이라는 이유로 지연에게 들를 수 없다는 것을 전화로 알려 왔다.

언제나 남편은 그런 식으로 지연에게 오지 못하는 이유를 말하곤 했다. 그렇게 말할 때마다 알면서도 모른 채 살아 온 지연이었다.

스물두 살의 꽃다운 나이에, 그 꿈 많던 여대시절에 자기 의사와는 상관없이 결혼 초야를 맞았고 그래서 사흘 밤을 못 넘기고 파경을 맞은 지연이었다.

그리하여 초혼에 실패하고 만난 신원민! 그런 연유 때문만은 아니지만, 결코 창 안의 여자가 되지 못한 채 창 밖의 여자로만 밀려나 오늘을 살아온 지연이다.

얼굴 생김새 하나만으로도 뭇사내의 인기를 독점할 수 있었던 지연은 신원민의 끈질긴 집념에 결혼식까지는 못 가졌지만 그것을 전제로 동거생활을 해 왔다.

본의 아닌 초혼의 실패는 지연으로 하여금 혼인신고나 결혼식 같은 문제는 차라리 거추장스럽게만 여겼었다.

서로가 사랑할 수만 있다면 그것 이상의 것이 있을 수 없다는 생각에서였다. 그것이 오늘날 현실로 자기 앞을 가로막을 때 얼마나 지연에겐 바보짓이었던가.

신원민이 의과대학을 졸업할 무렵 그에게 새로 나타난 여자는 돈이 많았다. 병원 개업까지는 인턴에서 전문의 자격도 따야 할 원민에게 당분간은 돈 많은 여자가 필요하다고 했다.

지연은 설마 어쩌려니 싶었다. 지연은 임신 중이었다. 아무려면 어쩌랴 여겼다.

형식이야 어떻든 사랑하면 그만이 아니겠나 싶었다.

원민은 결국 임신한 지연을 잠시 옆으로 밀쳐 놓고 새 여자와 결혼을 했고 그녀와 혼인신고도 했다.

의사로서의 야망과 꿈을 키우기 위해서 뿐만이 아니었다.

가난한 지연의 친정 식구들 생계문제도 포함되어 있다고 했다.

'사랑해. 진정이야. 결혼식이다 혼인신고다 하는 것이 다 뭐냐말야. 괜한 데 신경 쓰지마. 그 여자보다 돈이 필요했을 뿐이야. 우리의 영원한 사랑과 애정을 위해서야. 이해해 줘, 알겠지?'

원민의 간곡한 소망이었다.

지연은 신원민이 결혼하겠다는 그녀를 만났다. 오정자라 했다.

첫눈에 웃음이 절로 나올 만큼 지연은 자신감을 가졌다.

갑부의 딸이란 걸 빼어 버린다면 그 어느 것 하나 원민의 눈에 찰 것이 없겠다는 느낌을 가지게 했기 때문이었다.

'역시 원민은 진실한 사람이다. 환경이란 어쩔 수 없는 것이 아니냐.'

지연은 그렇게 자위를 하면서 원민을 오히려 동정도 했던 것이다. 그래서 그녀는 지연의 양해로 원민의 법적인 아내가 되었다. 원민은 그녀 덕분에 인턴을 거쳤고 전문의 자격을 따 병원을 개업하는데 절대적인 도움을 받았다.

그러나 어느 사이인가 의식하지 못한 채 지연은 창 밖으로 밀려나 있었다. 이미 두 남매를 낳았으되 원민의 호적엔 사생아로 올려졌고 자신의 주민등록부엔 친자도 아니요, 어머니도 아닌 동거인에 불과

한 두 남매였다.

오정자가 신원민의 안방 깊숙이 자리를 점유했을 때 지연은 이미 곁방살이로 밀려난 지가 오래였다.

지연은 그런 연유로 해서 몇 번이나 실신을 하기까지 했다.

그러나 이미 밀려난 자리를 다시 비집고 들어가기에는 어림 반푼 어치도 없는 노릇이었다.

오정자가 마련한 성은 너무나 견고한 것이었다.

지연은 이미 창 안을 넘겨다볼 수는 있다 손 치더라도 창 밖의 여자에 불과했다.

오정자의 환한 방 안을 양지에 비한다면, 지연의 음침한 방은 썰렁하기만한 늦가을의 날씨 같을지도 모를 일이었다.

지연은 이제 더 참을 수가 없었다. 하지만 어떻게 하랴.

이미 굳건히 쌓은 오정자의 성을 점령하고 신원민을 차지하기엔 때가 늦었음을 알았다.

지연은 연기도, 김도 안 나는 속을 태우고 끓이면서 살아 왔다. 그럴 때마다 지연을 향해 원민은 이렇게 말했다.

"당신이 최고야. 그 여잔 돼지비계 같아 매력이라곤 없는 여자야. 단 한 번이나 만족해 본 줄 알아. 자, 이리와, 정말이야."

원민은 지연의 관능적인 육체에 한없는 욕정을 쏟아 놓곤 했다. 지연도 그런 관능의 늪으로 빠질 때마다 그의 말대로 오정자에 대한 승리감에 사로잡히기도 했다.

그렇지만 그런 생각은 지연의 생각만으로 끝날 일이지 원민에겐 또 다른 관능을 오정자로부터 느끼고 있음을 지연이 알 까닭이 없다.

또한 원민의 마음 한구석에 자리를 차지한, 지연에 대한 '헌여자'

란 관념을 떨쳐버릴 수 없다는데 대해서도 지연이 짐작이나 하고 있을지 의문이었다.

헌 여자! 확실히 윤지연은 헌 여자다.

아무리 부모의 강요에 못 이겨 시집을 갔다 사흘을 못 참고 뛰쳐나온 여자였다 해도 이미 헌 여자임엔 틀림이 없었다.

비록 원민이 몇 사람의 라이벌을 물리치고 지연을 차지했다 하더라도, 지연이가 마음에 없는 남자에게 어쩌지 못해 한 번밖에 주지 않았던 몸이라 할지라도 역시 지연은 헌 여자였다.

모르면 모르되 알고는 잊어 버릴 사내가 이 세상에 한 명이나 있을 것인가.

원민이 정자와 결혼한 이유가 바로 거기 있음도 부인치는 못할 일이다. 지연은 그런 줄도 모르고 살아온 열다섯 해다.

열심히 살아 왔다. 자식 기르고 살림하면서 남편이라 여기고 그렇게 열심히 살아 왔다.

덕택에 형제까지 많았던 지연은 주렁주렁 참외 매달린 넝쿨이 되어 용하게 잘도 살아 왔다. 원민이 담너머로 던져주는 돈으로 그렇게 살아온 것이다. 호강이라면 그렇달 수도 있었다.

아옹다옹하면서도 멋모르고 여기까지 살아온 지연이었다.

그랬기에 지연은 더욱 그 많은 세월이 아쉽고 안타까웠는지도 모른다.

지연은 남편 원민이 그날 밤에도 들어올 수 없다는 것을 어쩜 당연한 일일 거라 여겼다.

그러자 불현듯 서글픈 생각이 들었다.

'언제나 이러고 있으면서 인생을 덧없이 보내고 말 것인가.'

지연은 갑자기 인생의 황혼기를 맞는 느낌이 들어 몸부림을 치고 싶었다.

그래서 그녀는 말쑥하게 차려 입고 오랫만에 집을 나섰다.

집을 나서고도 한창 망설이다가 요정을 경영하는 대학 동창인 서혜숙을 만나러 갔다.

한낮이라 무료하게 있던 혜숙은 오랜만에 만나는 지연을 반겼다.

"얘, 오랜만이다. 그래, 여길 다 오고. 해가 서쪽에서 뜨겠다 얘. 그래, 집에 무슨 바람이라도 불었니?"

혜숙은 요정 마담답게 호들갑을 떨 줄 알았다.

"바람? 그래, 늦바람이 불었다. 그래서 오랜만에 외출이란다. 아내의 외출이라나? 뭐, 그런 것 말야."

"남편은?"

"남편, 그래 남편이지. 노상 당직 아니면 야간진료에, 환자 수술이라 병원에 살잖니."

"그래, 남자들이란 다 그런 거야. 핑계야. 어디 닥터 신뿐인 줄 아니? 사업가도 마찬가지고 장사꾼도 다를 바 없어. 못 믿기면 오늘 밤 목격을 해 보련? 남자란 참 편리도 하지. 적당한 핑계만 찾으면 뭐, 가는 곳이 따로 있건. 술 그리고 여자지. 그들은 뭐라고 그러는지 알아? 숨겨 둔 여자 한둘 쯤 없는 사내가 무슨 사내냐구. 여자라구 항상 손해보고 살란 법 있겠니. 다들 속 좀 차려라 얘."

혜숙은 역시 마담답게 색깔 있는 말들을 스스럼없이 털어놓았다.

"그래, 네 말이 맞는지도 몰라. 역시 어리석은 게 여자가 아니겠니."

그렇게 이야기를 주고 받고 있는 동안 그 날따라 곗날이라면서 여남은 명의 동창들이 모였고, 그들도 한결같이 사십이란 연륜에서 몸부림치고 있었다.

"모두 생각해 보면 말짱 헛것이야. 자식 키우느라, 가정 살림하느라, 돈 모으느라, 그렇게 보낸 청춘 어디 가 보상 받겠니? 생각하면 할수록 한숨뿐이지."

"그래, 생각할 수록 허망한 게 세월이지. 그렇다고 뭐 뾰족한 수라도 있을려구."

"아직도 늦지 않았어. 이마에 한 두 개 잔주름이야 있지만, 풍만한 가슴도 있고, 탄력 있는 히프에 또 왜 그것도 있잖니? 퍼내도 퍼내도 끝이 없는 그 옹달샘 말야. 그 물이 마르기 전에 우리도 실속 좀 차려야겠어. 그래? 안 그래?"

"옳지, 옳아. 그렇군, 그래. 하하하……."

대개 이런 이야기로 꽃을 피웠는가 하면

"핑계 없는 무덤 없다고 남자들이란 무슨 핑계를 대서라도 알게 모르게 자기들 할 짓 다하는데, 한 남자만을 믿고 살기에는 너무 아쉽고 억울하잖아, 이 쑥맥들아! 용기를 내라구. 연상도 좋고 연하도 좋으니 연애를 하란 말야. 마음만 내어 그물만 치면 부담 없는 사내들 걸리는 게 지천이란다."

맥주 한두 잔쯤은 모두 들이킬 여인네들의 말솜씨는 혀 짧아 못하는 사람이 없었다.

지연도 귀 기울여 듣고 보니 과히 틀린 말이 아니란 생각이 들었다.

그래서 속으로 한없는 박수를 보냈던 것도 거짓이 아니었다.

그렇게 놀다가 그날 밤 아홉 시가 돼서야 집으로 돌아오던 지연은 뜻밖에도 남정호를 만났던 것이다.

고등학교 시절 그림을 가르쳐 주시던 미술 선생님의 개인전에서 만났는데 그 선생님은 자기 친척이라며 인사를 시켜 줘서 알았던 정호였다.

법과를 다니던 정호가 어느 날 지연에게 긴 편지를 보내 주었다. 사랑을 고백한 편지였다. 그랬으나 지연의 갑작스런 결혼과 실패, 그리고 신원민과의 만남으로 끝을 맺고 말았던 사이였다.

"아니, 윤여사 아니세요?"

"……?"

"남정흡니다. 안녕하세요?"

미처 알아보지 못하고 머뭇거리는 지연에게 정호는 현란한 가로등 밑으로 자기 얼굴을 환히 비추며 말했다.

"어머나? 미스터 남!"

그제서야 지연도 정호를 알아보며 그가 내어민 손을 자신도 모르게 잡았다.

"아주 못 만나 뵐 줄 알았는데…… 참으로 반갑군요. 아름답기는 역시 옛모습 그래론 데요."

정호의 반가워하는 만큼이나 지연도 반가웠다. 이십여 년이나 지난 지금에도 곤색 양달영 교복차림의 그 때 정호 모습이, 차분한 음성과 함께 여전히 지연의 인상에 선명히 부각돼 왔다. 언제나 조용하고 차분하면서도 박력과 패기에 넘치던 정호였다.

미남은 못되어도 지적이고 이지적인 정호는 언제나 반짝이는 눈동자가 항상 빛나던 사내였다.

지금 서 있는 가로등 아래서도 여전히 변하지 않은 것이 역시 활활 타오르는 불꽃과 같은 눈빛이었다.

지연은 얼결에 잡히고 또 잡은, 서로의 손이었지만 거기서 느껴지는 체온과 함께 정호의 모든 것이 심장으로 짜릿하게 번져오자 그만 가볍게 정호의 손을 풀었다.

"고맙군요. 얼른 못 알아봐서 미안해요."

"천만에요. 조금 늦긴 합니다만, 괜찮으시다면 차라도 한 잔 드실 까요?"

"그러세요."

지연은 정호가 먼저 제안하지 않았더라도 자신이 먼저하고 싶었던 말이었다.

그러면서 둘은 거의 동시에 시계를 들여다보았다.

아홉시 반이었다.

귀가하기 위해 택시를 잡다가 우연히 만났던 둘은 택시 잡기를 그만 두고 청계천 입구에서 삼일로 쪽으로 나란히 걸어갔다.

한참이나 그렇게 걸어가다가 아무렇게나 눈에 띄는 다방으로 들어 갔다.

다방에 들어간 그들은 다정히 마주 앉았지만 조금도 어색함이 없 었다.

학생시절의 쑥스러움도, 남의 남편이고 남의 아내라는 의식에 앞 서 오랫동안 외국이나 갔다 돌아온 남편을 만나고 아내를 보는 그런 마음이었다.

서로가 그간의 생활 전부를 알고 싶었지만, 간단한 안부 정도를 주 고 받았을 뿐 십오여 년을 살아온 나름대로의 인생을 말해 주고 사연 을 들려 주기엔 너무 성급함을 알았다.

다정하게, 조용히 그리고 그 서두만으로 그렇게 대화를 나누는 동 안 서로의 눈길이 마주칠 때마다 연정의 불꽃이 일고 있음을 알 수 있었다.

오랜만에 만난 해후에서 지연은 더욱 그러했다. 더구나 몇 컵쯤 마신 맥주 기운이 지연의 마음을 그렇게 만든 이유도 되지만 그녀가 지금까지 살아온 삶에 대한 권태가 사라지고 정호로 하여금 새로운 힘을 얻을 것만 같은 그런 용기가 생기는가 싶을 정도였기 때문이다.

남이 볼 때 참으로 다정한 그리고 행복한 연인 사이로 보였을 것이다.

"시간 다 됐어요. 문 닫아야 해요."

다방 마담의 독촉을 두 번이나 받고서도 서로 아쉽기만 해 성큼 일어서질 못했다.

그러다가 마지못해 다방을 나왔지만 막상 헤어지자니 아쉽기는 지연이도 정호도 마찬가지였다.

그래서 함께 가로등이 유난히도 빛나는 거리를 나란히 한참 동안이나 걷다가 이번에는 지연이 물었다.

"댁은 어느 방향이에요?"

"잠실입니다. 댁은요?"

"아파트촌이에요. 마침 같은 방향이군요."

"그래요? 잘 됐습니다. 같은 차를 타도 되겠습니다."

둘은 걷던 걸음을 멈추었다.

그리곤 지나가는 택시를 세웠다.

지연이 먼저 타고 이어 정호가 오르자 지연이 곁에 나란히 앉았다.

흡사 다정한 부부 같아 보였다.

장충동을 거쳐 동호대교를 건널 무렵에는 누가 먼저였는지도 모르게 서로 어깨를 기댄 채 가볍게 손까지 잡고 있었다.

"언제 또 한 번 만나요, 네 ?"

지연이 정호의 귀 가까이에 입을 가져가 속삭이듯 말했다.

택시 운전기사를 의식해서였다. 그러면서 지연은 정호의 손을 가볍게 흔들었다.

"그럽시다. 언제가 좋을까요?"

"글쎄요. 저야 언제라도 좋지만 정호씨가 시간이 나야죠."

갑자기 정호씨라고 부르고 싶어 그렇게 불렀지만 어색하지 않았다.

"그럼, 오는 토요일 오후 한 시면 어떨까요?"

"좋겠군요. 오늘 그 다방에서 말예요."

어느 사이 택시는 한강을 건너 잠실쪽으로 달리고 있었다.

"윤 여사와 이렇게 만나고 보니 시가지의 불빛이 새삼 아름답게 느껴지는군요."

그러면서 정호는 높은 빌딩에 잠긴 밤의 풍경에 시선을 던졌다.

"예사로이 보이던 불빛이었는데 지금 보니 역시 그렇네요."

지연도 같은 느낌임을 말했다.

"손님, 어디서 내립니까?"

운전기사가 백미러를 올려다보며 물었을 때는 이미 지연이 내릴 아파트 단지 앞이었다.

"저는 여기서 내리겠어요."

지연이 내리자 정호는 손을 한 번 흔들고 영동 아파트 단지 쪽으로 사라져 갔다. 지연도 손을 흔들어 주었다. 지연은 사라져가는 택시를 한참 동안이나 바라보고 섰다가 찬 이슬이 촉촉이 내린 아파트 단지 내의 잘 가꿔진 잔디를 밟으며 가로등 불빛을 따라 집으로 들어갔다.

방에 들어서자 고 2짜리 사내녀석과 연년생인 고 1짜리 계집애는 이미 잠이 들었고, 식모도 잠자다가 일어나 문만을 따 주곤 켜 둔 텔레비전도 아랑곳없이 자기 방으로 들어가서 누워 버린다. 그러더니 이내 코까지 곤다. 지연은 텅빈 침실의 베드에 아무렇게나 몸을 던졌지만 잠이 영 오지 않았다. 지연은 이 때까지 느껴 본 것과는 또 다른 고독이 파도처럼 밀려오는 듯했다.

오정자로부터 밀려난 오늘날까지 거의 혼자 있어온 밤이라 고독에도 어지간히 익숙해 있었는데 오늘 따라 유난히 적막한 밤이 알다가도 모를 일이라고 지연은 한숨을 푹 쉬어 보았다. 고독을 씹고 지내온 것도 이젠 진력이 났다.

'이젠 정말 자유부인이 될까 보다. 아무 거리낄 것도 없는 내가 무엇 때문에 이러고 살아야 하는 건가. 원민과의 관계에서 아무리 사실혼을 인정해준다 하더라도 지금에 와서 무엇을 찾고 어떻게 하겠단 말인가! 부질 없고 뜬구름 같은 세상사를 그렇게 어렵게만 살게 뭐람.'

심심하면 한 번씩 찾아 주는 원민을 남편으로 믿고 살기엔 너무 바보스럽다는 생각이 문득 들었다. 이미 클 대로 큰 아이들도 지연의 처지를 모르고 있을 리가 없다. 아무리 바가지를 긁고 버둥대 봤자 오정자가 차지한 안방을 물려받기엔 이미 늦었거니와 신원민 역시 그럴 필요성을 손톱 끝만큼도 느끼지 않으리라 짐작했기 때문이다.

'그래, 보내 버린 세월이야 이왕 잃어버린 것. 남은 인생은 내 것으로 살아야지. 신원민이 양다리 걸치고 살듯 나라고 그러지 못하란 법 있나.'

지연은 스스로 생각할 수록 바보인 듯했다. 그런 생각은 모처럼 외출에서 얻어진 결론이었다. 그리하여 지연은 며칠을 두고 정호만을 생각하다가 약속한 토요일에 그때의 그 다방으로 나갔다. 정호도 이미 나와 지연을 기다리고 있었다. 지연은 정호가 앉은 좌석의 맞은편에 조심스럽게 가 앉으며 약간 미소를 띠고 조용히 말했다.

"나와 주셨군요."

정호도 잠시 일어섰다가 앉으며 말했다.

"그건 제가 할 말인데요."

그러곤 서로 조용히 웃었다. 정호는 성급하게 차 주문을 서두르는 다방 아가씨 성화에 지연을 건너다보며 무엇을 들겠느냐고 물었다.

"커피루요."

"그럼 나두 같은 걸루……."

차주문이 끝나자 지연은 물었다.

"건축설계 사무소를 내셨댔지요."

"네."

"그러시다면 자유스럽긴 해도 매우 바쁘실텐데요……."

"괜찮아요. 서두른다고 다 되는 건 아니니까요."

"법률을 전공하신 줄로 알았는데 건축설계를 하시게 됐는지 모르겠네요?"

"전공을 중간에서 바꾸어 건축공학을 했습니다."

"하시는 일은 잘 되시나요?"

"일반 주택 설계야 경기 침체로 인해 활발하지는 못한 편이지만, 정부 청사나 교량 관계 등의 굵직한 건수가 몇 있어 할 일은 많은 편입니다."

"다행이군요. 들은 이야기지만 건축도 단순한 기능적인 면보다 예술적인 면을 고려해야 된다든데요?"

"그렇습니다. 좀 전문적인 이야기가 되겠습니다만, 생활면이나 실용성도 중요하지만 건축물에 있어 고도의 예술성도 감안되지 않으면 현대 건축으로서의 제 구실을 할 수 없다고 봄이 옳지요."

"실례될런지 모르지만, 뭐라해야 하나요? 그동안 설계하신 작품이라 할까 그런 것 말예요."

"아, 뭐, 들추고 자랑할 것까진 못 되지만 현재까지 놓여진 한강의 몇몇 대교와 지방의 교량 및 새로 신설된 몇 개 도시의 역사(驛舍) 등의 설계에 단독 혹은 일부분 참여를 한 셈입니다."

"사무실도 이 근방이신 모양이죠?"

"네, 바로 광교에 있습니다. 앞으로 종종 들러 주십시오."

"괜찮겠어요?"

"물론입니다. 하시라두요. 참, 신 박사 병원은 잘 되시겠지요? 풍문에 개업했다는 소식은 들었습니다만……."

드디어 정호는 지연의 가정생활이 궁금해 슬쩍 화제를 돌려 물어보았다. 지난번 저녁 늦게 이곳에서 만났을 때부터 그게 가장 궁금했으나 차마 실례일 것 같아 물어보지도 못했었다. 지연이 역시 그럴 기회를 주지 않았기도 했지만 그럴 시간도 없었기 때문이었다. 지연이 편에서도 정호의 가정생활이 알고 싶었지만 역시 묻지 못했었다.

"네, 그저 그런가 봐요." 하고 짧게 대답했다. 지연의 그런 소극적인 대답에 정호는 약간 의아한 표정을 지었다.

"그저 그런가 봐요."란 말의 뉘앙스가 여러 가지의 의미를 내포하는 듯 했기 때문에 그렇게 대답해 놓고 지연은 다른 방향으로 화제를 돌렸다.

"이젠 여름도 한풀 꺾였나 보죠. 별로 덥지를 않는 걸 보니 말예요."

"네, 초가을 느낌이 들더군요. 특히 오늘만은 더욱 그런 생각이 날

만큼 일기도 화창하거니와 주말이라 그런가 봐요."

"그러시담 우리도 어디로 나가서 바람이라도 쐴까요?"

"그것 좋은 생각입니다. 어디가 좋을까요?"

"아무데나 정호씨 생각대로 따르죠."

"좋습니다. 일어서세요."

정호와 지연은 다방을 나왔다. 삼일빌딩 앞 광장의 주차장에서 정호는 이미 끌어다 놓은 자기의 자가용에 지연을 밀어넣다시피 하고선 시동을 걸며 말했다.

"한적한 교외로 나가본 지도 참 오랜만입니다. 윤여사는 더러 나가셨겠죠?"

"별루요."

지연은 정호가 익숙하게 차를 모는 옆에 앉아 그의 운전 솜씨를 신기하게 눈여겨보고 있었다. 차는 이미 삼일고가도로 위를 미끄러지듯 달린다.

"윤 여사!"

"네?"

"괜찮으실까요?"

"뭐가요?"

"이렇게 나와 드라이브해도 말예요."

"왜 새삼스레 물어 보시는 거죠?'"

"혹시, 윤 여사에게 마음의 부담이라도 드리는가 해서요."

"그런 점보다는 정호씨 와이프 때문에 마음이 켕기나 본데요."

"천만에요. 그렇게 신경 써 줄 만한 와이프라도 있었으면 오죽 행복하려구요."

"무슨 뜻인지 잘 모르겠네요?"'

"차차 이야기하죠."

"그건 그렇고. 그 '여사' 라는 말 좀 하지 마세요. 어쩐지 거리감이 생겨요."

"그럼 옛날 그대로 윤지연이라 부를까요?"

"안 될까요? 제가 처음부터 정호씨라고 불렀는데도 말예요."

"고맙군요. 옛날로 돌아가는 기분이 아니라, 옛날의 지연씨를 잃었다가 다시 찾는 마음입니다."

정호는 그렇게 말하면서 기어 변속을 이따금 조작해 가며 익숙한 솜씨를 보이면서도 조심스럽게 차를 몰고 있었다.

"벌써 십년도 훨씬 넘는 세월이 아니예요?.

"그렇군요. 헌데?"

정호는 지연의 옆모습을 잠시 바라보며 그녀의 다음 말을 기다렸다.

"저를 어떻게 생각하고 계세요? 아니, 그것보다 어떻게 여겨 오셨어요?"

"가능하다면 연인으루요. 잊으려고 했어요. 하지만 참으로 오랜 시간이 필요하더군요."

"그래서 지금은요?"

"……."

정호는 아무런 대답도 하지 않고 열심히 차를 몰았다. 삼일고가 도로가 끝나고 마장동 시외버스 터미널을 지나자 좌회전을 했다. 전농동 로타리에서 장안평 쪽의 장수로를 가기 위해서였다. 조용한 하오의 가을이 눈부신 햇살을 타고 달리는 거리에 내리고 있었다. 파란 하늘을 이고 길가의 가냘픈 코스모스가 지연에게 그렇게 청초하게 보일 수가 없었다. 문득 지연은 애상에 잠기면서 조락하는 가을 속에 자신이 묻혀 있음을 깨달았다. 그러는 동안 어느 사이였는지도 모르게 한적한 숲과 산장이 눈앞에 펼쳐지며 자동차가 멎었다.

산장 '녹수원'

까마득한 심연의 의식이 새삼 되새겨지는 그런 이름과 장소였다.

"내려요. 혹시나 했는데 아직 그대로의 '녹수원'이네요. 지연씨도 기억하고 있나요?"

"네."

신원민과 결혼하기 전 정호와 단 한 번 와 본 수유리의 산장이었다. 그 때 하루 종일 식당에 마주 앉았으면서도 서로 손 한 번도 못 잡아 보았던 그 쑥맥의 시절을 지금도 생각하면 웃음이 나올 것만 같은 정호였다. 정호는 지연의 손을 잡고 방을 안내 받으며 문득 그렇게 생각하고 있었다. 종업원의 안내를 받고 들어선 별채는 한갓진 장소로선 그만이었다. 점심겸 술을 준비하여 나란히 마주 앉아 음식을 들었다. 하오의 햇살이 창에 비끼면서 개울물 소리가 여간 한가하게 들리는 것이 아니었다.

"자, 한 잔 !"

거품이 가득한 맥주잔을 가볍게 맞댄 후 둘은 서로 입으로 가져 갔다. 지연도 마시고 정호도 마셨다. 맹맹하기만 했던 감정이 솜처럼 포근해 옴을 서로가 느꼈다. 지연은 그제서야 정호에게 물었다.

"가정은 원만하시겠지요?"

지연은 이제까지 궁금했던 정호의 가정생활에 대해 겨우 그렇게 물어 보았다.

"다행인지 불행인지 모르겠군요."

정호는 맥주잔을 단 번에 마시고는 지연에게 내밀며 말했다.

"무슨 의민지 알 수 없군요."

"염려하지 마세요. 저의 집사람에 대해 신경 쓸 필요까진 없으니까요. 그는 나보다 더 필요한 사람이 있어 봄에 왔다가 가을에 간 여자, 뭐 기러기 같은 여자라고 하면 지연씬 같은 여성이라고 모욕적이라 할런지 모르지만, 어쨌거나 그렇게 돼 버렸으니까 말입니다."

지연은 그제사 정호의 입장을 어느 정도 이해할 것 같았다.

"그러시담 혼자예요?"

"그녀는 처음부터였죠. 집안보다 대문 바깥에 관심이 많았던 여자였으니까요. 언제나 외출이 잦은 여자. 결국 나는 몇 해를 못 참고 거추장스러운 줄(線)을 끊어 주고 말았습니다."

"남자는 역시 편리하군요. 그렇게 해서 끝낼 수 있으니까요. 아니 그 여자가 훨씬 더 영리하고 편리하게 하는 사람인지도 모르겠네요."

"지연씬 고독이란 걸 아십니까?"

"글쎄요. 정호씨가 느껴 온 그런 비슷한 것이겠지요. 짐작이긴 하지만…… 저도 정호씨와 별 다름 없는 감정으로 살아왔다고 느껴져요. 그런 남의 삶에 덤으로 얹혀서 말예요."

지연도 자기가 살아온 지난날을 조용히 털어놓았다. 그럴 때마다 왕겨를 씹는 듯 깔깔함을 느꼈다. 어느 사이 지연의 볼에는 촉촉한 눈물이 자르르 타 내렸다. 정호는 가만히 음식상을 옆으로 밀친 다음 지연의 곁으로 가 그녀를 안았다. 지연도 정호의 가슴에 몸을 맡기다시피 기대었다. 두 사람의 가슴에서 순간 파도가 일었다. 격랑이었다. 그렇게 힘들게 쌓았던 방파제가 순간에 무너져 내렸다. 천둥과 번개가 소나기를 동반하고 먹구름 속에서 춤을 추는 듯했다. 남정호는 지연의 어깨 너머로 팔을 둘렀다. 그리고는 동아줄을 조이듯 서서히 지연을 압박하고 있었다. 지연도 활활 타오르는 불길을 어쩌지 못해 정호의 가슴에 묻힌 채 거센 숨을 몰아 삼켰다. 파도와 먹구름과 천둥 그리고 터질 것 같은 가슴을 한꺼번에 모아 놓고 어쩌잔 건가. 시들고 병든 줄만 알았던 자신들의 삶을 새삼 싱그러운 꽃향기에 취하듯 그들은 한동안 그러고만 있었다. 그들의 귀엔 이제 아무 것도 들리지 않았다. 새빨갛게 물드는 저녁 노을도, 쉬임없이 속삭이듯 흐르는 개울물 소리도 그들에게 이제 소용이 없었다. 얼마나 그러고 있었을까. 결국 지연이 먼저 목 타는 소리로 말했다.

"가요, 네……."

그녀는 핑크빛 보료가 덮여 있는 침대를 가리켰다.

"뒤에 후회하지 않을까요?"

정호가 그렇게 물으며 손을 풀었다.

"당신은?"

지연이 되물었다. 차분하고도 가라앉은 목소리였다.

"저야 얼마나 이 순간을 기다리며 살아왔는데 후회할 리가 있겠소?"

"저두 마찬가지예요."

둘은 자리에서 일어섰다. 그리고는 다시 한 번 힘껏 안았다. 정호는 지연을 번쩍 들고는 핑크색 침대에 뉘었다. 순간 정호는 아릿한 충동과 함께 앵두빛 지연의 입술에 자기의 입술을 포개었다. 점점 심연의 늪으로 빠져들며 정호는 지연의 한 부분에서 다시 다른 한 부분으로 점점 좁혀가면서 손을 옮기고 있었다. 지연도 그럴 때마다 점점 관능의 수렁으로 빨려들며 정호의 팽배해져만 가는 그것을 어루만졌다. 그러다가 어느 사이 누가 먼저 그랬는지도 모르게 하나 하나 몸으로부터 거치적

거리는 모든 것을 걷어내 버리고 말았다. 그들은 용광로처럼 끓어오르는 열기 속에 서로를 불태웠다. 일찌기 느껴보지 못했던 깊은 영혼까지 미치는 그런 사랑인지도 모를 일이었다. 재마저 남지 않을 만큼 전부를 태우고도 남을 그런 시간이 조용히 그리고 급류처럼 흐르고 있었다.

"아, 너무도 황홀해요."

지연은 좀 속되다는 생각도 잊은 듯 자기도 모르게 중얼거렸다.

"마찬가집니다."

정호도 지연에게 다시 한 번 내부 깊숙이 체중을 가하면서 신음하고 있었다. 사그러지려던 젊음의 불꽃을 다시 붙인 셈이다. 그렇게 오랜 시간을 하나의 몸과 하나의 마음으로 묶어 놓고, 아담과 이브의 에덴동산에 그들은 머물고 싶었다.

식을 줄 모르고 타오르기만 하는 정념의 불꽃은 순간이 아닌 영원이기를 갈구하면서. 벌써 사십의 연륜에 들어섰음에도 새로운 이성 간의 만남은, 사그라져 가던 잿더미에서 남은 불씨가 되살아나듯, 사랑의 불길이 그렇게도 활활 타고 또 타오르기 시작한 것이다.

"쪽쪽쪽쪼– 쪽쪼골."

그리 멀지 않은 산 속에서 산새가 울었다. 조용한 밤이 이미 와 있었다. 보름이 며칠 지난 중천의 달빛이 남쪽 창으로 번져 들었다. 정호는 그제사 일어나 배시시 창을 열어 보았다. 훅하고 밤공기가 풋풋한 솔향기를 안고 창 안으로 밀려들었다. 참으로 황홀하고 행복한 시간이라 여겨졌다.

"여보, 이리와 봐요!"

어느 사이 당신 아니면 여보라 불려지고도 어색함이 없었다. 지연은 정호의 곁에 나란히 가 섰다. 달빛이 산장 가득 퍼져 있었다.

"우리가 언제고 이렇게만 지낼 수 있다면 얼마나 행복하겠소."

정호는 다시 지연의 허리를 가볍게 두 팔로 감으며 그렇게 말했다.

"그러게 말예요."

지연도 정호의 목에 팔을 걸며 가볍게 매달리다시피 해 응석을 부리듯 말했다.

"저것 좀 보세요. 달이 가는 겐지 구름이 가는 겐지 알아 맞춰 보세요."

지연의 말에 정호가 하늘을 쳐다보았다. 엷은 구름장이 한두 장 흐르고 있었다.

"그야, 달도 가고 구름도 가겠지."

"맞아요. 그런데 어릴 땐 동무들과 다툰 적이 있어요. 구름이 간다 하면 한쪽에선 달이 가는 거라 하고……."

"그럼 당신은 어느 쪽이었지?"

"구름 쪽이었어요."

"실은 달이 가는 것 같이 보이잖아?"

"뜬구름이란 말이 있죠? 그때는 물론 몰랐지만, 세월이 지날수록 차고 기우는 달님보다 헤살만 짓다 사라져 버리는 구름이 너무 덧없이 느껴졌거든요."

"인생은 다 그런 것 아니겠어요."

"그럴까요?"

그때 또 다시 이름 모를 산새가 울었다. 그들은 산새의 울음소리가 슬프다거나 처량하다고 생각지는 않았다. 오히려 둘의 행복을 위해 불러주는 축가로 여겼다.

"너무 늦었나 봐요. 오늘은 이만 돌아가세요. 아쉽기는 하지만요."

"그럴까요. 날은 오늘만 있는 게 아닐테니까요."

지연과 정호가 나란히 산장의 별채를 나섰을 때에는 뿌연 달빛 속에 저녁 안개가 내려서 공기는 이미 눅눅해 있었다. 그들은 곧장 차에 올라 산장을 빠져나오고 있었다. 울창한 활엽수가 터널을 이룬 사이로 자동차의 헤트라이트기 길을 밝혔을 때 호젓한 오솔길을 다정한 모습으로 걸어 내려가는 연인 한 쌍이 뒷모습만 보이며 걸어 내려가고 있었다. 지연과 정호는 자동차 속에서 다음 만날 약속을 한 후 한강을 건너기 전 영동교 입구에서 헤어졌다. 지연이는 집 앞까지 타고 갔어도 될 일이지만, 일부러 내려 택시를 바꿔 타고는 집으로 들어갔다. 지연이 집에 들어서자 식모는 신원민에게서 여러 번이나 전화가 왔다고 했다. 외출이라면 질색을 하는 원민인데다가, 밤늦게까지 집을 비운 지연을 생각하고는 속깨나 탔으리라. 이젠 신원민의 숨겨 둔 여자에 불과한 지연인데, 발까지 묶여 살까 보냐 싶어 대수롭게 여기질 않았다.

지연은 곧 침대에 가 누웠다. 갑자기 혼자라는 생각에 무거운 밤임을 잠재적으로 느꼈다. 그때 전화벨이 유난히도 크게 울렸다. 몇 번이나 울리도록 받을 생각을 않다가 수화기를 들었다. 잘못 걸려온 전화였다. 다행이었다. 지연은 그제사 벽에 걸린 시계를 올려다보았다. 열 시였다. 지연은 잠시 망설이다가 천천히 다이얼을 돌렸다. 길다랗게 신호가 갔을 때 병원에서 들려오는 음성은 신원민의 것이 아닌 간호원의 목소리였다.

"아, 아줌마시네요."

"원장님은?"

"네? 아, 원장님은 영동 사모님댁에 가셨습니다."

지연은 찰칵하는 소리가 유난히도 날 만큼 전화기를 눌렀다. 간호원마저도 지연은 아줌마이고 영동의 오정자는 사모님이라 불렀다. 지연은 다시 침대에 몸을 던졌다. 잠시 불쾌했던 생각을 털어 버리고 오늘 하루를 조용히 떠올려 본다. 너무나 꿈만 같은 하루였음이 생각할수록 믿어지지 않을 정도였다. 꼭 환상 속을 헤매다가 돌아온 기분이었다. 남정호의 아름답고 탄력성 있는 몸매와 지칠 줄 모르고 샘솟던 야성미가 지금도 황홀하리 만큼 지연을 감미롭게 어루만지는 듯했다. 지연은 혼자 몸을 뒤척여 보았다. 그리고 눈을 감고 남정호를 그렸다. 그때 또 전화가 왔다.

'혹시 정호씨가……'

지연은 조심스럽게 수화기를 들었다.

"여보세요?"

그러나 상대방은 이제 신원민이었다. 약간 화가 난 음성이었다.

"아니, 어디 갔다가 온 거야?"

"……"

지연은 수화기만 귀에 댄 채 아무 말도 하지 않았다.

"무슨 일이었냐 말야 !"

그제사 지연은 입을 열었다.

"거기가 어디예요?"

"어디긴? 병원 비워선 안 된다는 걸 몰라서 물어?"

"언제 병원까지 영동으로 옮겼어요."

"허허 왜 이래. 또 투정이구먼. 알았다구. 내일쯤은 꼭 들를테니 쉬구려. 집엔 별일 없겠지."

지연은 끈적 끈적하게 느껴져 오는 신원민의 목소리가 오늘 따라 역겨웠기도 했거니와 어떤 자책에 빠져 들기도 해 그만 저쪽보다 먼저 수화기를 내려놓고 말았다. 지연은 다시 침대에 몸을 눕히곤 불을 껐다. 그리곤 몇 번이나 몸을 뒤척였다. 통 잠이 오질 않았다. 눈을 감건 뜨건 정호만이 아른거릴 뿐이었다. 지연은 오랜 시간을 그렇게 몸부림치다가 자기도 모르게 깊은 잠에 빠졌다. 이튿날 한낮이 다 돼서야 겨우 눈을 뜬 지연은 커튼을 젖히고 창문을 열었다. 고층 아파트의 창에도 가을은 와 있었다. 눈부신 햇살과 바람과 그리고 거울처럼 맑은 하늘이 가을을 동반하고 있었다. 지연은 상쾌해진 기분으로 세수를 하고 화장대 앞에서 거울을 들여다보며 열심히 화장도 했다. 역시 거울에 비친 그녀의 모습은 자신이 생각해도 아름답다고 여겨졌다. 그래서 지연은 거울을 향해 잔잔한 미소를 띠어 보기도 했다. 그러다가 지그시 눈을 감고 한동안 정호를 생각했다. 어제 일을 생각할수록 꿈만 같았다. 참으로 멋진 연애였고 달콤한 밀회였다. 이젠 그 수많은 밤을 원민만을 기다려야 할 필요성을 느끼지 않아도 될 것 같았다. 또 그럴 까닭도 없다 싶었다. 원민이 지연만을 위해 살아주지 않듯 지연도 원민에게만 매달려 살아야 할 이유가 어디 있겠나 싶어서였다. 지연은 단정히 옷을 갈아입었다. 그리고는 전화기 옆에 얌전히 가 앉아 천천히 다이얼을 돌렸다. 발신음이 길게 두 번 울렸을 때 굵직한 남자의 음성이 지연의 귓속에 들려왔다. 정호의 목소리였다.

"저예요."

정호도 지연의 이같은 말 한마디에 곧 알아듣고 반가워하며 말했다.

"아, 지연씨, 어제는 너무 행복했었어요. 그래, 별 다른 일은 없겠죠?"

"네, 지금은 뭘하고 계세요?"

"뭐, 별로…… 일요일이니까 분재도 하고 수석도 어루만지면서 지연씨를 생각하고 있던 참이었죠."

"저두요. 밤잠을 설칠 만큼이나 말예요."

"지금 제 곁에 지연씨가 있다면 얼마나 즐겁고 행복할지 모르겠습니다."

"이렇게 우린 만나고 있잖아요?"

"그래요. 하지만 곁에 있다면 꼬집어 주고 싶군요."

"그러시담 지연일 불러내심 되잖아요."

"괜찮으시담 이리로 오십시오."

"가고 싶지만 사양하겠어요. 다음 약속한 날에 만나야죠. 어차피 한 집에서 살 수 없는 처지 아니예요?"

"그건 지연씨 마음이죠. 저는 언제라도 환영하겠습니다."

"그렇게 생각하심 전 싫어요. 부담 드리는 것 같아서 말예요."

"그러시담 지연씨 편한 대로 생각하십시오. 행복이란 생각하기에 따라 다르게 존재한다니까요."

"그럼, 약속한 날 잊지 마세요. 안녕."

"……안녕."

둘은 언제까지나 그런 투로 말장난을 하고 있어도 즐거울 것 같았지만 일단 그 정도로 전화를 끊었다. 지연은 가슴 가득 밀려들었던 허허롭던 감정이 어느 정도 메꾸어졌다. 이젠 지연의 가슴에 온통 정호가 자리잡고 있었다. 윤지연이가 오정자로 부터 밀려난 것처럼. 신원민이 남정호에게 밀려난 셈이다. 이리하여 지연은 정호가 생각날 때마다 그의 사무실로, 집으로, 자주 전화를 걸기도 하고 만나기도 했다. 만나면 만날수록 안 만나고는 견딜 수가 없었다. 이제는 신원민이 한 달에 몇 번 정도 찾아 주는 것마저 오히려 귀찮아진 지연이었다. 지연이 하마터면 잃어버릴 뻔했던 소중한 인생을 남정호로 인해 다시 찾았다고 생각하니 그가 한없이 고맙고 귀한 존재로 여겨지지 않을 수 없었다. 생각해 보면 자신도 모르게 빛바래 버릴 뻔했던, 말하자면 자신을 억누르고, 짓밟고, 학대해 가며 그렇게 사는 것만이 인생인 줄로 여겨 더 구체적으로 말해 모든 것을 운명에다 맡겨 버리고 살아왔던 지난날이 아니었던가. 지연은 금세 답답했던 가슴이 탁 틔어 오며 어느 하루의 외출이 그렇게 행운을 가져다 줄 줄을 몰랐다고 자위를 하고 있었다.

'그래, 이제부터라도 늦지 않았구 말구. 겨우 망울만 지우고 피우지도 못한 꽃을 기어이 피우고 말아야지.'

지연에게 이제는 싱싱한 젊음과 환희가 번갈아 교차되며 명멸하는 네온싸인처럼 사라지고 되살아나면서 가슴이 부풀어 올랐다. 그녀는 지그시 눈을 감고 정돈된 상태에서 자신을 음미하기에 애를 썼다. 그런데, 뭔가 가슴 한구석을 차지하는 것이 있었다.

'신원민 때문일까? 불륜이란 잠재의식 때문일까? 사춘기에 있는 아이들 때문일까?'

통 알 수 없는 일이었다. 그녀는 그 어떤 것도 아닐 것 같으면서도 모두 다 일 거라는 생각도 들었다. 그런 강박관념으로 인하여 시간이 흐르면 흐를수록 자신을 괴롭히는 불안이 점차 가중되고 있음을 부인할 수 없었다. 그런 가운데도 지연은 정호를 만났고 만나면 모든 것을 잊을 수가 있었다. 그리하여 낙엽이 수북하게 쌓이던 마지막 가을에는 속리산을 다녀왔고, 눈이 하얗게 내리던 겨울에는 온양 온천장을 단 둘이서 다녀오기도 했다. 그리고 다시 봄이 온 것이다. 까마득하게 잊고만 있었던 그런 계절의 감각들이 소녀시절처럼 예민하게 느껴져 왔다. 개나리가 그렇고 진달래가 그러했다. 토요일이 아니면 일요일, 정호와 지연은 교외로 자주 나갔다. 계절을 잊고 도시 속에서

만 묻혀 살던 지난날을 생각할수록 바보로만 여겨질 만큼 계절은 확실히 생을 찬미하고도 남았다.

봄이 무르익은 화창한 토요일 지연은 남행열차를 탔다. 꼭 다녀오지 않으면 안될 일이 생겨서였다. 그것은 친정 아버지 윤백초 씨가 마지막 임종을 앞두고 지연이를 꼭 한 번 만나보기를 원한다는 전보를 받았기 때문이었다. 오늘도 정호와 만나기로 약속돼 있었지만 지연은 차를 탔고 정호도 서울역까지 나와 전송을 해 준 것이었다. 지연은 이제 창밖의 풍경에서 시선을 거두어 눈을 지그시 감고 있었다. 꼭 십오 년 만에 찾아가는 고향인데도 아버지가 마지막으로 만나 보기를 원한다는 전보를 받고도 어쩐지 망설여지기만 하던 귀향이다. 부모가 정해준 배필이었는데도 초혼에 실패했던 그 쓰라린 상처가 지금껏 가셔 주지 않는다. 그래서 평생을 상종하지 않겠다고 하던 윤백초 씨의 옹고집도 고집이었지만, 지연인 그 나름대로 고향을 버린 셈이 아니었던가. 지연은 그러다가 흔들리는 의자에 기대어 소로시 잠이 들었던 모양이었다. 누군지 분명치 않는 한 사나이가 지연의 가슴팍에 한 장의 편지를 놓고 갔다. 지연은 무심코 그것을 뜯어 읽었다.

"관객도 없는 연극 이젠 제발 그만두고 고향이나 잘 다녀오구려. 그럼 서울에 돌아오는 대로 만나 의논합니다. 신원민."

순간 지연은 까무라치듯 놀라 잠에서 깨었다. 그리고 조용히 바로 앉았다. 한참 동안이나 멍하니 앉아 있던 지연은 스스로 낯을 붉히며 소리없이 웃었다. 그녀의 손에 잡혀져 있는 것은 줄곧 들고 있던 조간신문에 지나지 않았기 때문이었다. 그러나 한 가지 엄연한 사실은 정호와의 관계가 정당화 될 수 없다는 잠재의식이 지연의 내면 깊숙이 자리를 차지하고 있다는 증거였다. 지연은 다시 창 밖으로 시선을 던졌다. 특급열차가 몇 번이나 정거장에서 쉬고 또 지나쳐 왔는지 알 수는 없으나, 꽤나 시간이 흘렀음이 분명했다. 뿌옇게 끼었던 안개도 이미 사라진지가 오래였다. 안개 저쪽에 피어오르던 영롱한 무지개도 지금은 보이지 않았다. 연신 이어지는 것은 봄의 풍경뿐이었다.

"하늘의 무지개 보면/ 개 가슴 부푼다./ 어린 시절처럼/ 어른이 다 된 지금도./ ……."

워즈워드의 '무지개'가 새삼 지연의 가슴에 와 닿았다. 이런 시절 무명베 책보를 허리에 감고 시오 릿길을 멀다 않고 초등학교를 부지런히 다닐 무렵, 어느날 한 줄기 소나기가 내리더니 이내 햇빛이 쨍하게 빛나자 해를 등진 강가에서 아름다운 무지개가 섰다. 무지개 속에 행복이 숨어 있다는 할머니의 말을 떠올려 지연은 강변으로 무지개를 잡으러 갔다. 가도 가도 언제나 무지개는 멀리 있고 잡히지를 않았다. 그러다가 결국 무지개를 놓치고만 지연은 샛빨간 노을만 안고 눈물이 글썽해 집으로 돌아온 적이 있다. 그때 할머니는 이렇게 말했다.

"무지개는 잡는 것이 아니고 보는 것이란다. 가만히 바라보노라면 행복이 그 속에 있다가 보는 사람의 마음속으로 들어오기 마련이거던."

할머니는 지연의 글썽한 눈물을 손으로 훔쳐 주며 그렇게 타일러 주었다. 나이 드셔도 할아버지께선 난봉만 피우고 다니셔서 속깨나 태우셨으면서도 내색 한 번 안하셨다는 할머니의 인자한 모습이 지금의 지연이 눈에도 선연하다. 그러신 할머니도 이 세상을 떠난 지가 오래다. 한 줌의 부토로나 남았을까? 인간은 내일을 모른다. 그러면서도 아우성치고 발버둥치고 고민하고 그러다가 물거품처럼 사라져 간다. 소리도 없이 다들 그렇게 간다. 어머니 뱃속에서 태어나는 날부터 인간은 고민하며, 자라고, 활동하고, 병들고, 늙는다. 그래서 가는 곳은 어디이며, 또 다음세대는 태어나서 무엇을 하나. 인생은 같은 것을 반복하고 있는 그 자체 뿐일 것이다.

어제도 오늘도 일정한 궤도 위를 열차가 달리고 있듯 그런 반복의 연속뿐인 것이 인간의 삶인지도 모른다고 지연은 생각하고 있었다. 지연은 줄곧 달리는 열차 속에서 임종을 앞둔 아버지의 모습을 그려 보노라니 가슴이 꽉 메어 오는 듯해 고개를 낮추었다. 칠십 리가 넘는 산길을 걸어 하숙비를 전해 주던 그 부정(父情)하며, 초혼에 실패한 지연을 다시 안 보겠다고 돌아앉은 지 십오 년, 사랑이 유난했던 만큼이나 미움 또한 얼마나 많았을까? 지연은 타오르는 한숨을 잠시 차창 밖으로 날리고 있을 무렵 벌써 열차는 삼랑진 역에 닿았다. 지연은 참으로 오랜만에 내린 역이었건만 그렇게 낯설지 않는 곳이었다. 역시 삼랑진은 교통의 분기점이라 내리고 타는 사람도 많다. 지연은 특급에서 내려 지하도를 건넜다. 그리고는 마산 방면으로 가는 순환열차를 타기 위해 플랫폼에 서 있었다. 역시 남도의 봄은 중부보다 먼저 와 있었다. 철로 너머론 빨간 자운영꽃이 하오의 햇살에 더욱 화사히 피어 있었다. 지연은 불과 두 정거장을 남겨 놓고 열차를 기다리는 동안 봄의 푸르름이 깔린 방죽에 올라앉아 보았다. 방금 지연을 내려 주고 출발한 열차는 이미 낙동강변을 따라 뻗어간 철로 저쪽으로 까마득히 사라지는 순간이었다.

"개골개골……."

봄풀이 어지간히 자란 무논에선 갑자기 개구리의 울음소리가 왜자자하게 들렸다. 십오 년 전 그날 그때도 개구리의 울음소리는 유난히 소란스럽게 들리던 기억이 난다. 그때는 오늘처럼 햇빛 쏟아지는 대낮이 아니고 함초롬히 내리는 밤이슬과 더불어 별빛이 쏟아져 내리

던 밤이었고, 그 날도 오늘처럼 이렇게 방죽에서 북행열차를 기다리
노라니 그 착잡하기만 하던 마음에서도 개구리의 울음소리만은 귀에
들어왔던 게 아무래도 이상할 정도였다. 지연은 어처구니 없었던 지
난 일을 되씹어 보며 길길이 펼쳐진 김해평야에 눈길을 주자 낙동강
의 은빛 물결을 거슬러 하얀 백로 떼가 날으고 있었다.

'그래, 돌이켜 생각해 보면 미친 짓이었지. 결혼이란 남남이 만나
살다 보면 정들게 마련이고 그러다가 보면 어영부영 한세월 보내는
것이 사람 한평생 삶일 텐데…….'

지연은 얼마 안 있으면 친정집이자 나고 자란 고향일 수밖에 없는
한림정을 생각할수록 누구보다 갖는 감회가 크지 않을 수 없었다. 부
모가 정해 준 배필, 어째서 그다지도 마다해서 시집 간 사흘 만에 한
사코 뛰쳐나오고 말았더란 말인가.

'그때 그 사람은 무엇을 하고 어떻게 살고 있을까? 그 후로도 얼마
간은 자기한테로 돌아오기를 바랐던 그 사람, 끝내 아버지의 사랑마
저도 끊게 했던 초혼자.'

지연은 까맣게 잊었던 그 사실을 이제 새삼 떠올림도 결코 우연만
일 수는 없었다. 지연은 방죽에서 일어섰다. 기적을 울리며 지금 막
와 닿는 열차가 지연을 한림역까지 실어다 줄 순환열차였기 때문이
었다. 지연은 차에 올랐다. 마침 오른 열차 칸에는 한두 군데씩이나
좌석이 비어 있었다. 그러나 지연은 앉으려 하지 않고 그냥 서서 창
밖을 내려다보고 있었다. 고향집이 다가올수록 별 변함 없는 풍경들
이었지만, 뭔가 가슴에 차 오는 게 있어서였다. 열차는 어느덧 그 길
고 긴 철교를 건넜고 낙동역에 잠시 지체한 다음 지연이 내릴 한림정
역을 향해 서서히 출발했다. 그때 갑자기 상두꾼들의 목소리가 바람

결에 기차 안까지 날아 들어와 대부분의 손님들도 그 쪽으로 시선을 보내고 있었다. 보랏빛 하늘 밑으로 유난히도 곱게 핀 복사꽃이 바람에 쏟아지는 언덕을 향해 상여는 떠나고 있었다.

"어화능 어화능 허와능차 어화능!"

조용한 봄하늘에 메아리쳐 지는 상두꾼들의 애절한 목소리와 함께 꽃상여는 언덕을 오르고 있었다. 지연은 이상하게도 불길한 예감을 느끼면서 꽃상여를 지켜 보았다. 그럴 때 생각나는 시가 있었다.

〈어화능 어화능 어화능차 어화능!/ 천지는 온통 아슴아슴 피어 나는 봄인데/ 종달이는 어디메서 저렇게 울어만 쌓는데/ 아지랑이 뽀얀 장막, 풋보리 푸른 이랑을/ 빨간 만장, 노란 만장 나부끼고 가는 죽음 하나. ……〉

청마 유치환의 '아지랑이'란 시 빨간 만장 노란 만장 나붓끼는 봄바람 속 아지랑이처럼 흐느끼듯 그렇게 지연의 가슴으로 여울져 오고 있었다. 지연은 불현듯 고개를 돌렸다. 갑자기 아버지가 보고 싶어 견딜 수가 없었다. 아련히 들려오는 상두꾼들의 '어화능'은 어버지의 거두어가는 숨소리로밖엔 여겨지지 않았기 때문이다. 왜 그런 엉뚱한 생각이 자꾸만 드는지 모를 일이었다. 지연은 갑자기 초조해지는 마음을 억제하노라 애를 썼지만 그러면 그럴수록 더욱 마음은 탔다. 그래서 경황이 없었던 지연은 한림정 역을 빠져나오기가 무섭게 옛집을 찾는 데는 시간이 그렇게 걸리지 않았다. 아버지는 전보문대로 위독해 있었다. 지연은 병석에 누운 아버지를 한동안 바라보다가 "아버지!" 하고 불렀다. 아버지는 문득 화등잔 같은 눈을 뜨며 지연을 멀건히 쳐다본다.

"아버지, 지연이예요."

아버지는 한 마디 말도 없이 그 꺼칠한 손을 내밀더니 이내 눈을 감고 말았다. 아버지를 둘러싼 가족들이 한 방 가득히 울음을 터뜨렸다. 지연은 누구보다도 가슴이 아팠다. 별 것도 아닌 삶을 갖고 끝내 불효만 저질러온 자신을 돌아볼 때 영원히 씻을 수 없는 지난 날이 그렇게 한으로 맺혀 와 한껏 울었다. 그렇게 해서 삼일 만에 아버지의 육신도 '빨간' 만장, 노란 만장 나부끼고 가는 죽음 하나가 되어 높고 낮은 어화능 만가 소리에 실려 북망산천으로 떠나고 말았다. 지연은 하얀 소복으로 삼우제가 지날 때까지 매일 아침 산소를 다녀오는 일 외에는 집 바깥을 나가지 않았다. 그래도 오랜만에 모인 혈육들이라 정겹고 다정할 것만 같았는데 보이지 않은 그늘이 어딘가는 서려 있기도 해서 지연은 오싹한 소름을 느꼈다. 사는 것이야 예와 다를 텐데도 그 어줍잖은 재산을 놓고 벌써 생각을 달리하는 꼴이 남새스럽고 꼴불견이라 지연은 더욱 허망함을 기댈 데가 없구나 싶었다. 그러면서도 지연만은 의사 등에 기댄 것이 상팔자가 아니냐는 눈치라서 친정이랍시고 더 머무르고 싶지 않아 서둘러 서울로 돌아오고 말았다.

역시 서울은 만원이었다. 그러나, 요 며칠 동안 다녀 온 시골에 비해 한결 푸근타는 생각이 지연의 솔직한 심정이었다. 지연은 소복차림을 벗고 양장으로 옷을 갈아입었다. 생각 같아서는 한 삼 년쯤은 소복을 입었으면 했지만 생전에 못한 도리 저승엔들 미치겠느냐 싶어 차라리 벗어 버리기로 한 거였다. 그동안 집 안에는 먼지가 켜로 앉아 있어 훔치고 털고 하자니 또 하루해가 저무는 것이었다. 집 안은 언제나 그렇듯 조용하기만 했다. 아무 말썽하나 부리지 않은 아이들이 그렇고, 병원 일로 여념이 없는 신원민도 지연이 뭐라 하지 않는 한 아무런 일이 일어날 리 만무했기 때문이다. 지연은 푸우– 한숨을 내뱉으며 열어젖힌 창가로 가 소파에 깊숙이 기대었다. 그리고는 신원민에게 천천히 다이얼을 돌려 다녀왔음을 우선 알려줬다. 신원민은 오늘 밤 지연에게 오겠노라고 했지만 지연은 그저 좋을대로 하라고만 대답했을 뿐이었다. 날이 갈수록 신원민에게 느껴지는 감정은 솜을 씹는 거와 다를 바가 없었다. 그래서 지연은 그날 밤도 신원민에게 몸을 던지다시피 해 버린 거였다. 그러자 원민은 갱년기라서 그러리라는 짐작으로 자기의 욕망만 채우곤 아무 말이 없었다. 또 마음의 충격에 피로감이 겹쳤을 거라고 스스로 판단해서 위안까지 하는 거여서 지연은 속으로 웃음이 나왔다. 여인숙처럼 들렀다가 가곤 하는 신원민이라 언제나 아이들도 아버지라기 보다는 손님으로 여겨서 으레 왔는가 하면 가는 것으로 알고 있었다. 지연은 그 이튿날부터 피로로 몸져 눕고 말았다. 피로뿐만이 아니었다. 아버지의 죽음과 자신의 내적 갈등이 한데 어울려 드디어 드러눕고 만 것이었다. 원민이 몇 번이나 와서 주사도 놓아주고 약도 처방해 줘서 먹긴 했지만 아랑곳 함이 없이 열은 사십도 가까이나 올랐다. 지연은 아주 혼수 상태에 빠진 채 연사흘을 그렇게 앓다가 겨우 일어났다. 그렇게 빨리 일어날 수 있었던 것은 뭐니뭐니해도 신원민이 의사였기 때문이었다. 어쨌든 지연은 죽다가 다시 살아났다 할 만큼 그렇게 앓다가 일어났음에도, 또 오정자가 모를 턱이 없음에도 방문은커녕 전화도 한 번 해 주지 않았다는 사실에 역시 오정자도 별 수 없는 여자라고 지연은 생각했다. 그런데, 시골에 다녀오고 몇일을 그렇게 앓고 하는 동안 지연은 남정호를 잊어 버릴 뻔 했다. 아니 생각할 틈이 없었다. 그러다가 문득 정호를 생각한 것이다. 그것은 언제 꺾어다 화병에 꽂았는지 모를 진달래와 벚꽃이 문득 서울의 봄을 새삼 불러다 주었기 때문인지도 모를 일이었다. 지연은 소중한 물건을 다시 찾은 만큼이나 새삼 기뻐하면서 나들이 준비를 했다. 엷은 화장을 한 다음 옷장을 열었다. 될 수 있는 대로 봄차림을 하여 화사한 봄나들이를 하고 싶었다. 남색 치마에 연분홍 저고리를 입어 보았다. 그리고 체경 앞에서 자기의 모습을 살펴보았다. 자신이 보아도 우아한 멋이 풍긴다고 생각이 들었다. 훤출한 키에 가느다란 몸매, 그리고 아직도 잔주름살 하나 없이 복사꽃 같은 윤기 흐르는 얼굴 빛이 더욱 자신감을 가져다주었다. 그녀는 체경 앞에서 무도회에서처럼 한 바퀴 빙그르르 돌아 보았다. 양탄자 위로 남색 치맛자락이 잔잔하게 끌리며, 꽃 향기처럼 은은한 향수가 방 안 가득 퍼지고 있었다. 누가 보았다면 한 폭의 동양화에 담겨진 그림 같은 여인으로 착각을 하리 만큼 그런 여인의 자태를 지닌 지연이었다. 그것은 화병에 꽂힌 진달래와 벗꽃, 그리고 산수화로 된 여섯 폭의 병풍이 잘 조화가 되어 더욱 그런 분위기를 자아내 주고 있었다. 그러나, 지연은 다시 다른 옷으로 갈아입었다. 마음이야 어떻건 남정호를 만나러 가는 데는 너무 요란한 옷차림이 좋지 않다는 생각이 들어서였다. 물빛 투피스에 흰 줄무늬 분홍생 블라우스를 받쳐 입고 집을 나섰다. 햇살이 두껍게 퍼진 대지 위에는 서울의 봄이 보라빛 여울 속에 퍼지고 있었다. 지연은 큰 길에서 택시를 세웠다. 택시에선 자동문이 열리며 반가운 인삿말이 지연의 앞으로 상냥하게 굴러 왔다. "어서 오십시오!"

지연은 운전기사치고 참으로 친절하다는 생각이 들었다. 택시를 금세 스르르 굴리며, 다시 기사가 물었다.

"어디로 모실까요?"

"무교동 쪽으로요."

지연은 간단하게 대답해 놓고 기사의 옆모습을 힐끔 보면서 편안한 자세를 취하고 있었다. 기사는 역시 즐거운 표정으로 익숙하게 차를 몰기 시작한다. 그런데 뜻밖에도 기사는 백미러를 통해 자꾸만 지연의 모습을 훑어보는 듯하더니 말을 걸기 시작하는 것이었다.

"아주머니께선 어떻게 생각하실는지는 모르지만, 이건 순전히 제 이야기인데 한 번 들어보세요."

지연은 별 대수롭게 여기지 않으면서 기사의 이야기에 관심을 가져주는 척했다.

"무슨 이야기 인데요?"

"아, 글쎄요. 요즈음 같으면 돈벌이도 때려치우고 팔도강산이라도 헤매 봤으면 하거던요."

"왜요?"

"아주머니께선 이해가 안 가시겠지만 저에겐 남에게 말 못할 깊은 사연이 있습니다. 뭔고 하니 몇 년 전이었죠. 어느 한 회사의 사장댁에 기사로 채용되어 들어가 일을 하게 되었습니다. 원래부터 자가용을 모는 기사란 차 몬다는 일보다는 집안일을 더 많이 하는 게 일쑤이거던요. 그래서 저도 예외는 아니었죠. 그 집 주인인 사장님을 모시는 시간 보다 아이들 등, 하교는 물론 주인마나님의 시장보러 다니는데, 계모임, 동창모임, 무슨 회 등에 일일이 모시고 다니느라 애써 할 바를 다했던 거죠. 그러다 보니 사장님보다도 사모님과의 관계가 더욱 밀접했다고 보면 이해가 갈 겁니다." 운전기사는 빨간불이 공중 높이 매달린 네거리에 차를 정지시키며 담배에 불을 붙이고 있었다. 지연은 기사가 도대체 무슨 이야기를 하려고 그러는지 알 수가 없어 그저 듣는 둥 마는 둥 했다. 그러는데, 운전기사는 신호 대기선에서 잠시 지연을 돌아다보며 짓궂게 묘한 웃음을 한 차례 보내며 말했다.

"실례의 말씀입니다만 그 주인 마님도 아주머니만큼이나 미인이었죠."

지연은 기사가 함부로 하는 말에 약간 얼굴을 붉히긴 했어도 그렇게 싫은 것은 아니어서 듣고만 있었다.

"그러는 동안 몇 년을 그 집에서 일하게 되었고 그러다 보니 그 집 식구처럼 흉허물 없이 지내게 되었던 겁니다. 그런데 어느 날이었죠. 그 날 따라 비가 창대처럼 쏟아지고 있었는데 주인 마님을 모시고 수원엘 다녀오던 중이었습니다. 하도 빗길이 미끄러워 잠시 휴게소에 들러 비가 멈추기를 기다리면서 둘이는 차 속에서 한동안 쉬고 있었지요. 서로가 무료해 할 때 주인 마님은 이런 말을 하더군요."

"김기사도 가정을 가졌으니까 하는 말인데 보다시피 우리 집엔 걱정 있을 것이 뭐 있겠어요. 헌데 좀 뭣한 이야기지만, 부부간에 권태감이랄까? 뭐, 그런 것 때문에 고민중인데 김기사도 같은 처지에 그런 걸 느껴 보진 않았나요?"

"글쎄요, 아직은요."

"어쩌면 좋을는지 모르겠단 말예요. 자연 그러다 보니 조용한 듯한 부부간인 성싶어도 어디 맘 편할 리 있겠어요. 무슨 좋은 방법이라도 없을까 모르겠네요?"

그녀는 상기된 얼굴빛으로 김 기사를 뚫어지게 응시해 와 김 기사도 그녀가 무엇을 원하는지 알아차릴 수 있었다.

"사모님만 괜찮으시담 한 번만 실습을 해보셔요."

"그래요, 단 한 번만."

그녀는 김기사에게 무너지듯 몸을 기대며 나직이 속삭여 왔다. 아직도 비는 여전히 그칠 줄을 몰랐다. 그러나 그들은 빗속에서도 휴게소를 빠져나와 고속도로로 한참 달리다가 인터체인지에서 간선도로를 벗어나 어느 여관으로 들어갔다. 그들이 조금도 스스럼없이 몇 시간을 보내다가 나왔을 때는 거짓말처럼 비는 그치고 엷은 저녁노을이 영산홍 꽃잎처럼 물들여지고 있었다.

"저녁식사는 시내에 들어가서 하고 집에 들어가요."

주인마님의 말이었다. 김 기사가 고개를 끄덕여 주었다. 그렇게 해서 관계된 두 사람 사이는 단 한 번만의 약속이 지켜지질 못했고 그 횟수는 잦아질 수밖에 없었다. 그런데 참으로 다행인 것은 주인 내외분의 사이가 다시 원만해지기 시작한 점이었다. 그런 점에 대해 그녀는 김 기사에게서 새로운 것을 터득했기 때문이라고 그 공을 십분 이해해 주었다. 그리고 둘은 상호가 각별히 조심성 있게 행동한 관계로 주위에선 전연 눈치 채지 못한 처지에서 아무 탈 없이 3년을 보냈다.

"그런데 작년 3월 중순쯤이었죠. 주인댁에선 사업을 정리하고 시골로 이사를 갔답니다. 물론 서로의 가정을 위해 잘된 셈이었죠. 어차피 오래 계속 할 수 없는 처지가 아니겠어요. 나도 미련 없이 택시회사로 자리를 옮겼고, 그녀도 이사 가는 곳의 주소마저 서로 모르는 것이 현명한 방법일 거라며 알려고도, 알려 주지도 않았지요. 그런데, 인간의 감정이란 묘한 것이거던요. 세월이 지날수록 잊어 버려야 할 것인데도 불구하고 잊혀지기는커녕, 더욱 그립고 아쉬워 정을 주체치 못하겠단 말예요. 그래서 어떤 때는 그녀가 이사 간 곳을 확실히는 모르지만 찾아나서 보았으면 하고 생각할 때가 한두 번이 아니랍니다. 아까도 실례의 말씀을 드렸습니다만, 아주머니와 같은 분을 만나면 그녀를 만난 것 같은 착각에 빠지곤 한답니다. 지연은 귀 밖으로 듣고는 흘려버릴 이야기였지만, 자기가 남정호를 사랑하는 것이나 다를 것이 없다는 생각에 그가 지금까지 들려준 이야기에서 얼마나 연민의 정을 느끼고 있는지에 대해서 짐작하고도 남음이 있었다.

"아저씬, 행복하시겠군요. 만나는 기쁨보다 마음속으로만 간직한 사랑이 더욱 값지고 행복할는지 누가 알아요. 사랑한다는 것은 죄가 아니라고 하던데요."

"그럴까요. 남의 아내를 사랑할 수 있다고 대답해 줄 사람이 몇이나 있겠어요. 성경에는 마음의 간음도 죄가 된다고 했는데, 저 경우야 말할 나위도 없겠지요. 하지만 죄의식에 앞서 참을 수 없는 욕망과 고통으로 시달릴 때는 사랑이 증오로까지 변해 그녀가 원망스러울 때도 있어요. 하지만 역시 사랑하고 있구나 하고 느껴요."

"참으로 딱하긴 하네요. 그렇다고 불쑥 찾아갈 수도 없구요."

"아주머니가 저와 같은 처지라면 어떻게 하시겠어요. 물론 그럴 리가 없으시겠지만, 가정해서 그런 처지라면 말예요."

"글쎄요. 동정도 되고 이해도 가지만 잘은 모르겠네요. 역시 아름다운 꿈으로 간직하는 수밖에요. 아니면 적극적으로 찾아 보시던가요. 그녀도 기다리고 있을지 모르잖아요?"

"고맙습니다. 이런 말 못할 사정이지만 털어놓고 보니 마음 한구석이나마 개운하군요."

택시는 어느 사이 시청 앞을 돌아 광교 쪽으로 빠지고 있었다.

"여기 세워 주세요."

지연은 택시에서 내리자 정호의 사무실이 있는 건물의 지하 다방으로 들어갔다. 그리고는 자리에 앉아 차를 시켜 놓고는 남정호에게 전화를 걸었다. 정호는 곧 내려오겠다고 했다. 지연은 다시 제자리로 돌아와 시킨 차를 마시면서 정호를 기다리고 있었다. 지연은 차 안에서 들은 운전기사의 이야기가 새삼 귀를 쨍하게 맴돌며 그의 모습이 떠올랐다. 남녀가 서로 사랑한다는 것은 무엇일까? 언젠가는 모르겠으나 누구에겐가 들은 말이 생각났다.

"사랑한다는 것은 서로의 만남이야."

지금 생각해 보아도 적절한 표현이라고 아니할 수 없구나 싶다. 지연이도 정호를 사랑하기 때문에 만나는 것이다. 만나지 않고는 견딜 수가 없는 그런 마음이 곧 사랑이라고 할 수 있다. 그 김 기사도 어쩌다가 그런 방향으로 흐르게 되었는지 자세히는 알 수 없지만 미워한다기 보다 사랑한다는 것은 죄악일 수가 없지 않겠나 싶었다. 다만 모두가 책임져야 할 그 의무감 때문에 진실을 외면하고 가면으로 살아갈 뿐인 것이 많은 인간의 덧없는 삶인지도 모를 일이었다. 지연은 조용히 앉아 차를 마시면서 자신을 돌아다보았다. 그러면서 지금 만날 정호에게 협조를 바라고 싶어 이렇게 급히 나온 것이었다. 그녀는 지금까지 아무도 모르게 돕고 있는 공민학교가 운영 난으로 문을 닫게 되었기 때문이었다. 그렇다고 신원민에게 새삼 그 이야기를 하여 신세 지기는 싫어서였다. 실은 틈나는 대로 공민학교를 보살펴 온 지도 근 십 년이나 되었지만 지연은 단 한 번도 누구에게 입밖에 내본 적이 없었다. 지연이 공민학교에 나가게 된 동기 역시 원민과의 다시 만남과 오정자의 문제로 고민하던 무렵이었다. 그 엄청난 시련을 겪으며, 참기에는 너무나 고통스러웠기 때문이었다. 그 무렵 양평에 가는 도중 남한강변에 우연히 들렀다가 후배를 만나 공민학교에 들렀던 것이 인연이 되어서였다. 일벌이 고민할 겨를도 없이 바빠하듯 지연도 그런 일에 잠시나마 시간을 빼앗김으로 해서 좀더 자신을 지탱하는 데 도움이 될까 해서였다. 그런 것이 이젠 생리로 젖어 몸에 배어 있었기 때문에 지연은 오늘을 사는 셈이나 다름없었다. 비록 신원민이 던져준 돈이라 할지라도 절약해서 보람되게 써 온 셈이었다. 지연은 정호의 의견을 듣고 우선 장기적인 계획을 수립해 보리라 다짐하고 나왔다. 물론 시골을 다녀오고, 앓고 하느라 만난 지도 오래 되어 지연보다 정호가 더 많이 기다린 셈이다. 지연은 간간이 다방 입구를 바라보며 정호를 기다렸다. 불과 십 분도 아니었건만 상당히 긴 시간으로 느껴졌다. 그때 가만히 어깨를 건드리기에 돌아다보니 정호였다.

"어머나! 언제 들어오셨지요. 줄곧 입구 쪽만 바라보고 있었는데요."

"입구야 그 쪽뿐 아니라 이쪽도 있는데. 그건 그렇고 얼마나 상심이 되셨겠어요. 거기다 몸까지 편찮으셨으니 말입니다. 많이 수척했군요."

"글쎄요. 미안해요. 심려를 끼쳐 드린 것 같아서요."

"원, 남의 걱정인가요."

"고맙습니다. 오늘은 제가 한턱 낼 테니까 따라오세요!"

"마침 잘 되었습니다. 어제까지 설계가 끝나 오늘은 좀 쉴까 했는데 잘 되었습니다. 지연씨가 가는 데라면 어디든 좋습니다. 이왕이면 봄바람에 천 리를 간다고 야외로 나갑시다."

"그래요. 인천 연안 부두는 어떠신가요?"

"좋습니다. 바닷고기 회라도 좀 들었음 좋겠습니다."

"그럼, 일어서세요. 점심은 그곳에 가서 하기로 하죠."

지연과 정호는 대기한 자가용에 나란히 탔다. 항상 정호가 운전을 했었는데 오늘만은 별도로 기사가 차를 몰았다. 시가지를 빠져나가 김포가도에 들어섰을 때는 봄기운이 가로수 잎새를 타고 마냥 하늘거리고 있었다. 시속 구십 킬로로 달리는 자동차가 하이웨이 위를 미끄러지고 있었다. 지연과 정호는 서로 가만히 손을 잡은 채 서서히 다가서는 아련한 봄의 지평선을 바라보면서 서로 가볍게 몸을 기대고 있었다. 어느새 공항이 가까워졌는지 육중한 금속성 소리와 함께 하늘에는 은빛 날개를 뻗적이며 여객기가 날아오르는 모습이 보였다.

지연은 정호에게 비스듬히 기댄 채 자동차의 바깥으로 밀리는 풍경과 은빛 물체를 번갈아 보다가 어느 날 예고도 없이 떠나 버리려 했던 김포 국제공항이 새삼 떠올라 그곳에 시선을 못박았다. 빙그르르 떠도는 듯 밀려가는 공항의 역사(驛舍)는 오늘도 그날처럼 봄아지랑이 속 약간의 운애에 가렸지만, 붐비기는 예나 다를 바 없으려니 여겨졌다. 그렇게나 믿었던 신원민이 오정자를 안방 깊숙이 자리를 마련해 주었다고 느꼈을 때는 지연도 끝장을 보아야겠다는 분노가 가슴에 치밀었기 때문이었다. 때마침 그때 동창 혜숙이로부터 소개를 받아 알게 되었던 박광규는 캐나다의 토론토시에 사는 해외교포였다. 윤지연의 모든 것을 안 박광규는 몇 차례나 자기와 결혼해 줄 것을 요청했고 지연도 갈피를 못 잡고 있을 때였다. 혜숙이는 박광규에 대해 상세히 가르쳐 주었다.

"나의 이종 오빠야. 결혼해 잘 살았는데 그 뭐, 암이라던가? 하는 것으로 그 언니는 오빠와 하직한 거야. 오빠는 죽은 언니를 지금도 못 잊어 저렇게 지내고 있지 뭐니? 그런데 지연이 네겐 보통 관심이 있는 게 아니더라. 물론 내가 그렇게 관심 갖도록 만들었지만 말야."

이같은 혜숙이의 권유로 몇 번 만났고 그러다 보니 박광규도 결혼하겠다는 정식 의사를 표명해 왔었다. 지연도 어떻게 생각할 것 없이 박광규를 따라 훌쩍 떠나 버렸으면 하는 생각도 들었다. 세상만사 다 잊어버리고, 또 까다로운 인습도 벗어나서 아무런 것도 구애받지 않고 그렇게 한평생 살 수만 있다면 박광규를 따라가고 싶었던 것도 사실이었다. 허나 지연은 고개를 스스로 흔들었다. 안 될 일이라고 스스로 부인했다. 아무리 자신의 행복을 위한 지름길이라 하더라도 그럴 수는 없다고 자신을 채찍질했다. 자기의 피가 흐르고 있는 자식들을 팽개치고 일신의 영욕을 채우기 위해 박광규를 따라 일종의 도피일 수밖에 없는 그런 짓은 차마 못할 일이라 여겨졌다. 신원민의 그 엉큼한 속셈을 생각한다면 그의 피가 적어도 절반쯤 흐르는 자식들 마저 정 떨어질 일이언만, 꼭 그렇게만도 생각할 일이 못되었다. 그래서 지연은 떠나는 박광규를 공항에서 전송하는 것으로 끝내고 말았던 것이다. 탑승권까지 마련했던 박광규도 아쉬움만 남기고 조용히 떠나갔다. 그 날도 짙은 안개가 연우(煙雨)처럼 뿌려지고 있었으며 봄이 한창 움트기도 했다. 공항 주변에 가로수 삼아 심어 놓은 목련 꽃잎도 함초롬히 안개 속에 한두 잎씩 떨어지고 있었던 것도 그 날의 추억을 오래 간직하기에 안성맞춤이었던 것으로 기억된다.

"무얼 생각하고 있나요?"

정호가 지연의 생각에 잠긴 모습을 줄곧 보고 있다가 한 마디 물어 본 것에 지나지 않았다. 그러나 지연은 잠시 흐트러졌던 생각을 가다듬으며 정호에게 미안한 듯이 가볍게 웃으며 말했다.

"아니, 아무것도 아니에요. 너무 행복해서요."

그 말에 정호도 조용히 미소를 띠면서 지연의 허리를 한 손으로 가볍게 끌어당겼다가 놓았다. 그러면서 앞 좌석의 기사를 봤지만 그는 시종 운전에만 정신을 쏟고 있을 뿐이었다.

"참, 지연씬 기억하고 있을는지 모르겠습니다만 소요산 갔다 오던 때였죠. 그때 저와 결혼해 달라고 지연씨 바지 자락을 움켜 잡고 애걸하던 그 일 말이죠."

정호가 그때 일을 무엇 때문에 갑자기 끄집어내는 지는 알 수 없지만, 지연이 그때 그 일을 잊어 버릴 리가 없다. 그러나 지연은 시치미를 떼면서 대답했다.

"글쎄요. 그런 일도 있었던가요?"

"수유리의 산장 녹수원을 다녀온 지 한 열흘 뒤쯤일 겁니다. 그때 만약 지연씨가 나의 청을 들어 주었더라면, 우리 모두에게 필요 없는 그 수많은 시간의 낭비도, 또 나와 같은 가슴의 상처도, 방황하던 인생도 우리는 얼마만큼 인생을 절약하며 살았을 수가 있었겠는데 말이죠."

"그랬을는지도 모르죠. 하지만 어느 사람이고 자기 인생을 자기 마음대로 살 수야 없는 게 아니던가요?"

"하긴 그럴테지요. 역시 우리들과의 이런 재회도 태어날 때부터 주어졌는지도 모르긴 하지만."

지연은 더없이 진지한 표정으로 말하는 정호의 마음을 다시 읽으면서 그때의 일이 새삼 후회스럽기도 했다. 지연은 그때 자기 분수도 지키지 못하면서, 또 자기의 위치도 생각지 않고 속으로 정호만을 나무라면서 신원민에게 몸을 맡기고 말았던 어리석음을 지금 만번 후회한다 해도 소용 없는 일이었다. 그 때 지연은 정호의 순진한 사랑을 일순간 곡해한 적도 있긴 했다. 사나이의 늠름한 패기와 자존심도 다 팽개치고 지연의 바지 자락을 잡고 무릎까지 꿇어가며 사랑을 애걸하던 그 연약함과 비굴함을 지연은 싫어했던 거였다. 그래서 그가 마지막 보낸 편지의 깊은 의미도 미처 생각지 못한 채 신원민에게 자기의 모든 것을 주고 말았던 것이다. 그래서 지연의 인생은 두 번째의 실패였다 해도 과언이 아닐는지도 모를 일이다. 첫 번째의 결혼이 타의에 의한 것이라 어쩔 수 없었다 손 치더라도 두 번째의 인생은 지연이 자신이 택한 인생이 아니었던가. 그렇게 생각하며 지연은 정호를 다시 바라보았다. 정호도 지연을 잔잔하게 마주본다. 그때 차가 스스르 속력을 줄이면서 인천 시내로 접어드는 톨게이트에서 잠시 멈추었다가 다시 출발을 했고, 그로부터 몇 분 되지 않아 차는 연안부두의 어느 횟집 앞에서 멈추었다. 정호가 종종 드나들던 횟집 '산호'였다. 둘은 곧 이층 별실로 들어갔다. 바다가 환히 보이는 전망 좋은 방으로 깨끗하고 조용해서 더욱 좋았다.

영종도에 연이은 작약도가 봄바다에 조용히 떠 있고 미풍에 정오의 햇살이 내리꽂힌 밭 위에는 은비늘처럼 고운 물결이 잔잔히 흔들리고 있었다.

지연이와 정호가 자리를 마주하고 앉았을 때 주인 마담이 조용히 방으로 들어서면서 반갑게 인사를 한다.

"이제야 겨우 봄바람이 불었나 보군. 아무튼 찾아주어 반가와요. 그런데 뜻밖인데. 미스터 남에게도 여자 친구가 계셨던가? 참, 실례합니다. 전 지옥주예요. 같이 와 주셔서 반갑습니다."

서글서글하면서도 천해 보이지 않고, 얼굴 생김새나 옷매무새 하나에서도 첫눈에 보통 여자가 아닌듯, 세련미를 보여 주어 지연에게도 첫인상이 좋아 호감이 가는 마담이었다. 그래서 지연이도 간단히 인사를 했다. 그러자 지옥주는 다시 쟁반에 옥구르는 듯한 목소리로 말하는 것이었다.

"잘못보고 하는 말이라면 용서하세요. 전, 남 소장과 고등학교 동기동창이에요. 그래서 오늘 이렇게 찾아주어서 고맙기는 하지만, 혼자 오시지 않고 이런 미인을 모시고 왔으니 슬그머니 질투가 나는데요. 호호호……."

지옥주는 백금으로 싼 송곳니를 예쁘게 살짝 드러내보이며 웃었다.

"그럴 줄 알았다면 내 일찍 지마담에게 프로포즈라도 할 것을 잘못했군 그래."

"못 먹을 감이라도 찔러나 보지 그랬어요."

그러면서 지옥주는 윤지연을 유심히 바라보다가 고개를 갸웃거리며 말했다.

"어디서였던가 남 소장하고 같이 계신 것을 본 것 같기도 한데……."

그러나 지옥주는 끝내 생각이 안 나는지 곧 들어온 음식을 권하기에 바빴다.

"많이 드시고 천천히 이야기 하세요. 남 소장도 오늘 모처럼 왔으니 재미있게 노시도록 해요. 음식은 제가 알아서 보내 올릴테니까요." 지옥주는 딴 손님을 맞기 위해 일어서 나간다. 노란색에 남색 끝동을 단 저고리에 옥색치마를 자르르 끌면서 나가는 옥주의 뒷모습 또한 지연이 보아도 아리따운 여인이란 생각이 들 만큼 미인이었다.

"정호씨가 다니신 고등학교가 남녀공학이었다는 사실을 이제야 알았네요."

"그게 뭐, 대수로운 겁니까?"

"대수롭고 말고요. 그만큼 정호씨에 대해 저는 너무 모르는 게 많은 것 같아서요."

"신경 쓰실 일은 아닙니다. 가장 중요한 것은 진실된 사랑뿐이니까요. 그 사랑이 인생의 전부라고 나는 늘 생각할 뿐이거던요."

"그래도, 나의 모든 것을 다 보여드렸다고 생각할 때 아무것도 알 수 없는 것이 정호씨인 것만 같아 나는 문득 손해 보고 있구나 하고 생각이 들어요."

"잘못 아시는 것보다 모르는 게 나을는지도 모르지요. 하나 모르시는 게 있으면 언제나 물어주세요. 무엇이나."

지연은 갖다놓은 전복죽을 정호 앞으로 가만히 밀어 놓고 한 그릇은 자기 앞으로 가져다 놓으며 말했다.

"죽부터 먼저 드시고 약주하세요."

"그럽시다."

그렇게 해서 따끈한 정종에 회를 안주로 삼아 잔을 들었다. 지연도 한 두어 잔쯤은 비울 수가 있었다.

지연은 그제야 생각난 듯 정릉의 공민학교 사정과 자기와 후배와의 관계 등을 상세히 설명한 다음 정호의 생각을 물어보았다. 정호는 의외로 선뜻 대답해 주지 않았다. 며칠 후에 답해 주겠다고 말했다.

지연은 더 이상 정호에게 강요하지는 않았다. 강요한다고 될 일이 아니었기 때문이다.

지연과 정호는 석양 무렵이 돼서야 지옥주가 경영하는 '산호'를 나왔다.

지옥주는 한참 붐비는 손님도 아랑곳없이 작약도를 한 바퀴 돌아올 양으로 부둣가의 발동선을 타러 가는 정호와 윤지연을 따라나와 배표까지 사주는 친절도 잊지 않는 거였다.

지연과 정호는 발동선을 타고 작약도에 닿아 울창한 숲길을 나란히 거닐었다. 작약도에서 본 영종도의 거리는 연안부두에서 본 작약도의 거리만큼이나 사이가 떠 있었다.

지연과 정호는 밀물이 완전히 밀어닥친 뒤에야 마지막 돌아가는 발동선을 타고 다시 시내로 돌아왔다.

호텔 '황해'에 들렀다가 저녁식사를 끝낸 둘은 다시 부둣가로 바람을 쐬기 위해 나갔다.

부둣가의 밤바람은 낮과는 달리 제법 세게 불고 있었다. 그러나 지연과 정호는 부둣가를 거닐다가 난간에 기대섰다. 갯내음이 그리고 비릿한 바닷바람이 어둠을 비집고 나란히 선 둘의 전신을 훑으며 지나갔다.

쉬임 없이 휘두르는 셔치라잇 빛살이 바다 위를 쓸고 지나갈 때마다 검은 바다가 숨을 죽이곤 한다.

지연은 자신도 모르는 사이에 정호의 가슴에 안겨 있었다.

정호는 지연의 전부를 갖고 싶었다.

어둠이, 바람이, 침묵이 그리고 넓은 바다가 하늘의 별이 온통 정호와 지연을 감싸주고 어루만져 주고 있었다.

어느 사이에 눅눅한 밤이슬이 내렸다.

그러나 둘은 언제까지나 그러고만 있고 싶었다. 정호의 거친 숨소리와 함께 지연의 입술은 떨어질 줄 몰랐다.

둘은 하나가 되어 어둠에 묻혀 있었지만 수유리의 산장 녹수원이나, 유성 온천이나, 온양온천 못지않은 달콤한 밀회가 날이 갈수록 더욱 짙게 느껴져 오늘 이밤이 그토록 아름다운 밤일 수밖에 없었다.

얼마나 시간이 흘렀을까. 둘은 난간 아래로 출렁이는 바다를 내려다보고 있었다. 그러다가 지연이 먼저 한마디했다.

"만약 저 세상이 있다고 한다면, 아니, 바다 저쪽으로 통하는 문이 있어 새로운 세계가 열린다고 한다면 우리 함께 뛰어들고 싶어요. 그래서 영원한 우리만의 삶을 살 수 있었으면 해요."

그러면서 지연은 정호의 뺨에 그녀의 보드라운 입술과 볼을 갖다대며 부볐다. 그렇게 마구 부비다가 지연은 다시 속삭였다.

"여보……!"

파르르 떨리는 입술 사이로 겨우 삐져나오는 소리로 정호를 불렀다.

"……응……?"

정호도 겨우 그렇게 대답하고는 감았던 팔에 다시 힘을 주며 지연의 입술을 더듬었다. 지연은 입술과 함께 금세라도 녹아 내릴 것 같은 그녀의 혀를 정호의 입 안 깊숙이 밀어넣었다. 달콤한 순간이 또 흐르고 있었다.

"어떻게 생각해요?"

정호의 입술에서 떨어지며 지연은 다시 물었다.

"그만 들어가세요. 바닷바람이 너무 찬 것 같아요."

지연이 열려진 정호의 앞가슴을 여며 주며 말하였다.

"그럽시다. 감기 들지도 모르는데 너무 오래 있었나 봅니다."

둘은 호텔 '황해'에 돌아와 약주를 들며 잠시 쉬었다가 대기 중인 자가용을 탔다.

경인 가도로 해서 서울로 다시 돌아올 때쯤의 시간은 이미 밤 열시가 넘어 있었다.

양주까지 몇 잔 들이킨 정호는 지연이에게 무너지듯 기대었고, 지연이 역시 정호를 받친 채 줄곧 서울까지 왔다.

지연이 밤늦게 집에 들어서자 동생 지선이가 와 기다리고 있었다.

"언니, 어디 갔다가 인제 오는 거야. 혹시 바람난 건 아니겠지?"

"그건 왜 갑자기 묻지?"

"글쎄, 오빠 친구가 그러던데, 오늘 인천에서 언니를 봤대. 어떤 남자하고 음식점에 나란히 들어가는 모습이 틀림없는 언니더래. 남자만 아니었다면 불러 볼까도 했었지만, 어쨌던 틀림없는 언니더래나. 설마 언니가 오늘 인천에야 안 갔겠지."

"애, 인천이구 뭐고 시끄럽다. 근데 무슨 일로 와 나를 기다렸다는 거냐."

또 자금 얻어 내려온 건 아냐. 인젠 언니돈 안 긁어내고 나 결혼할래."

"그래. 그것참 반가운 뉴스구나. 설마 헛말은 아닐테지."

"미용원을 해봐도 그렇게 됐고, 양장점도 마찬가지야. 뭐가 제대로 되는 게 있어야 말이지."

지선은 언니 지연의 옆에 다가앉자 팔까지 잡으면서 말했다.

"그래서 하던 양장점도 집어치우자는 게니?"

"언니, 나 결혼할래."

"그래, 듣던 소리 중 반갑다. 미스터 해운(해운회사에 다니기 때문에 그렇게 불러왔음)하고 말이지."

"아냐, 다른 사람이야. 임영운 씨(미스터 해운)도 괜찮긴 하지만 그이보다 적극적인 사람이야."

"누군데?"

"언니도 기억할 거야. 동양실업의 2세 김환중."

"알겠어. 너를 보자 첫눈에 깜빡 까무러칠 듯 반했던 미스터 김 말이구나. 갑자기 서두르는 이유가 뭐지?"

"이유는 없어. 그런데, 좀 급해."

"급하다니? 설마……?"

"그런 건 아냐. 자꾸 결혼하자고 서두르잖아."

"미스터 해운관 어떻게 하고?"

"글쎄? 그러니까 언니에게 의논하러 온 것 아냐."

"그렇게도 간단히…… 벌써 미스터 해운관 몇 년짼데, 미스터 해운

만한 사람도 흔치 않다. 성실하고 점잖기도 하거니와 너를 끔찍히도 생각하는 것 같더라."

"언니, 누가 그 사람 흠 있다고 했나 뭐."

"그 정도 사귀었으면 정(情)도 들었고 속사정도 알만 한데 다른 남잘 택할 필요가 뭐 있니."

"같은 조건이라면 돈 많은 남자가 나을 것 같애. 그래야 언니 신세도 갚을 수 있을테고 말야."

"좋구나, 너도 제법 때가 묻었어. 그게 현명할는지도 모른다. 하지만 남자 하나만은 잘 택할 필요가 있다는 것만 잊지 말아야 한다."

"또 언닌 자신 이야기를 하고 있군. 언니 속마음 내가 모르고 있는 줄 아나 봐."

"네가 어떻게 나를 안다는 거니?"

"다는 모르지만 조금은 알고 있어. 안다기 보다 이해를 한다고나 할까?"

"너는 아직 몰라. 알 수가 없을 거야. 인생은 살아보지 않곤 한 치의 앞도 알 수가 없어. 각자가 만약 자기의 인생을 먼저 알아 버린다면 삶에 대해 포기하는 사람들이 많을 거야. 인생이란 살아보지 않고는 알 수 없기 때문에 모두가 진지하게 살아가고 있는 거야."

"그렇는지도 모르지. 다 알고 있는 삶이라면 무슨 재미가 있다고 그렇게들 허우적거리면서 살려고 발버둥치겠어."

"네 결혼 문제야 내가 뭐라고 간섭하고 싶진 않다. 배우자는 네가 필요로 하는 사람이니까."

그때 초인종이 길게 울렸다.

"누가 왔나 보다. 누굴까?"

"언니, 내가 나가 볼게."

지선이 묵중한 현관의 도어를 열었을 때 신원민이 쑥 들어섰다.

"오, 처제가 왔군. 오랜만이야."

신원민은 술에 약간 취해 있었다.

"형부, 잘 오셨어요. 못 만나뵙고 가나 했는데."

"아무튼 잘 됐지만, 아무 때라도 병원에 오면 만나게 될 걸 뭐."

"병원에야 환자나 가는 데지 성한 사람이 어디 갈 데던가요. 호호."

지선은 언제나 그러하듯 언니 지연이와는 대조적으로 퍽 명랑한 성격이었다.

"아, 당신은 뭐하는 거야! 보고만 앉아 있게. 술 한 잔 내와."

지연은 모처럼 온 원민이지만 남편이라는 생각보다 낯익은 사람의 방문 정도로 느껴졌을 뿐이었다.

웃옷을 벗는 원민의 곁에서 지선이 옷을 받아 걸어 주었다.

"틀려 먹었단 말야. 남편에 대한 차가운 태도. 그 버릇이 언제부터 생겼지. 처제가 말해 봐. 아내는 남편이 집에 들어왔을 때 어떤 서비스가 필요한지를 말야. 저 언니에게 좀 가르쳐 줘. 못쓸 사람 다 됐거든."

"형부, 집에 들어오시자마자 왜 그러세요? 그리고 제가 결혼도 하지 않았는데 어떻게 해드려야 하는지 그걸 어떻게 알아요. 제가 약주 갖다 드릴 테니 그러지 마시고 언니와 같이 드세요."

"좋아, 좋아."

신원민은 지선이 갖다 놓은 양줏잔을 들었다. 그러나 지연은 조용히 소파의 의자에서 지선이와 앉아 이야기하던 자세에서 흐트러짐이 없이 그대로였다.

"아니, 언니두 갑자기 벙어리가 되었나? 왜 그러고만 있는 거야.

참, 재미없군."

"처제 말이 맞았어. 참으로 재미가 없는 사람이야. 날이 갈수록 더한 것은 그만큼 젖어 버렸기 때문일 거야. 자기도 그렇겠지만 나도 마찬가지거던."

그때 고3생인 준호와 고 2가 된 나영이가 한꺼번에 나와 원민에게 인사를 했다.

"아버지 오셨어요?"

원민은 아무렇지도 않게 대답했다.

"오냐. 공부 열심히 해라."

그 말뿐이었다.

그러나 옆에 누가 있어 아이들의 안삿말을 유심히 들었다면 놀라지 않을 수가 없었으리라.

"오셨어요."가 아니라 "다녀오셨어요." 하고 말했어야 옳을 일이기 때문이다. 그러나 준호와 나영이에겐 그런 말이 당연할 수밖에 없었다. 역시 지연이도 예사였고, 원민도 습관화 돼 있었다. 다행히 아이들은 말썽이라곤 피워 본 적이 없었다. 조용히 공부에만 신경을 써 와 모두 우등생이다. 참으로 다행한 일이었다.

머리야 원민도 지연도 영리한 편이었으니 아이들도 나쁘진 않으리라. 둘은 어느새 자기 방으로 들어가 버린다.

"나도 그만 가 봐야겠어. 내일 다시 올께. 오늘은 너무 늦었다."

지연을 바라보며 지선은 일어섰다.

모처럼 온 형부임을 눈치 못챌 지선이 아니었기 때문이다.

"방도 있고 한데 자고 가려므나."

"잘 되진 않지만 양장점을 비워 둘 순 없어. 물론 미스 강이 있긴 해도 혼자 자는 걸 그렇게 싫어할 수가 없는 애야. 그러니 가 봐야 돼. 형부도 안녕."

지선이 나간 다음 원민은 다시 양주 한 잔을 부어 들고 지연의 방으로 들어갔다.

지연은 응접실 창을 열고 지선이 아파트의 정문을 걸어나가는 모습을 바라보고 서 있다가 문을 닫았다.

그러고서도 한참이나 창가에 섰다가 방으로 들어갔다.

지연이 방에 들어서자 원민은 조용히 말했다.

"도대체 무슨 일이야? 날이 갈수록 좀 나아져 가도 뭣할텐데 왜 자꾸만 그런가. 당신 뭔가 큰 변화가 생긴 것 같애?"

지연은 그 말에 스스로 깜짝 놀랐다.

"뭐라구요? 누가 할 소리예요."

"뭐, 꼭 무슨 일이 있다고 한 말이 아니라 나를 대하는 태도가 너무 차갑다 그 말이야. 두 집 식구 먹여 살리느라 내 나름대로는 애쓰고 있는데, 다들 왜 그러는지 모르겠단 말야."

'다들' 이라고 강조한 의도는 오정자와 윤지연을 의식해서인지, 아니면 자기가 지금 사귀고 있는 미스 정을 눈치챘을까 하는 의심에서인지는 모르나(그럴 리는 없을 것이라고 자신하는 원민이지만) 양쪽 모두 의논이라도 한 것처럼 자기를 대하는 태도가 불성실한 것을 원민은 스스로 느낀 것이다.

그래서 오정자에게 한 말을 지금 지연이에게 되풀이해 본 것에 불과했다.

그렇게 두 사람의 집을 오가며 같은 말을 되풀이하는 의도는 또 하나의 여성 정윤희를 숨겨두고 살림까지 차려서 재미를 보고 있는데 대한 눈치라도 채고 있는가 해서 마음을 떠보기 위한 술책에 불과했다.

그러나 다행히 오정자도, 윤지연도 그 점에 대해선 짐작조차 못하고 있는 점이 다행이었다.

윤지연은 그녀대로 깜짝 놀라지 않을 수 없었던 것은 남정호와 별다른 주의도 없이 행동한데 대한 불안감에서였다.

특히 오늘 동생 지선이 하던 말이 마음에 매달려 떨어지지 않아서였다. 언젠가는 밝혀져야 될 일이지만 그땐 그때 가서 볼 일이고 지금 당장에는 곤란할 것만 같아서였다.

그러나 원민이 역시 지연의 행동에 대해 전연 눈치 채지 못하고 있었다. 지연이도 남정호를 만나면서부터 집에 돌아와 신원민을 대하곤 오히려 잘 대해 줘야 한다고 다짐하면서도 실제로는 마음먹은 대로 되지 않았다. 오히려 반대였다.

겉으로야 그러질 않았지만 마음은 천 리나 먼 거리였고 온통 남정호에게 빼앗겨 있어 원민이 그렇게 안 느낄 수가 없었으리라.

어쨌던 둘은 동상이몽이었다. 같은 침대에서도 원민은 새로 사귄 정윤희를, 지연은 남정호를 생각했다.

그렇게 함으로써 서로가 잃어 버린 관능을 도로 찾는데 제법 익숙해진 셈이었다.

그러면서도 원민은 어떻게 해서라도 지연을 잡고 싶었다.

어떻게 해서라도 잡고 싶은 것은 아직도 지연에게서만 가진 것이 있었기 때문이다. 그녀에게는 예쁜 얼굴 못지않게 밤에 주는, 이를테면 원민을 매혹시키는 그녀 특유의 몸매와 기교와 선천적인 구조를 보유하고 있었기 때문이었다.

신원민은 확실히 정력적인 남성이었다. 둘도 모자라 셋을 갖고도 이틀 밤을 넘기질 않는 사내다.

그러고도 살이 찌고 배가 나올 정도다. 사십대 중반치고는 여성 편력에 대한 관록이라도 자랑하듯이 그렇게 즐기고 있었다.

그런 신원민이 오늘 밤이라고 그냥 보낼 리가 없었다.

신원민은 윤지연이 방에 들어서기가 무섭게 그녀를 끌어안았다.

"왜 이러시는 거에요. 늙어가면서 주책스럽게."

지연은 낮에 남정호와의 관계 때문에 너무 피로해서 그렇게 짜증을 자기도 모르게 냈다.

"갑자기 시집 온 색시같군."

"색시나 뭐나 난 몸이 불편해 자야겠어요."

"그래, 자라구. 잔다구 뭐 지장 있을라구."

원민은 거나한 술 기운으로 지연의 위에서 한동안 자기만의 유희로 욕망을 채웠다.

그런 후 혼자 일어나 병원으로 돌아갔다. 야간진료 지정병원이었기 때문이었다. 또 며칠이 지났다.

자주 오던 임영운이 또 찾아왔다.

"오늘은 웬 일예요? 혼자만 찾아오게."

지연이 자리를 권하며 물었다.

"벌써 며칠째 소식이 없어 미장원에 가 보았지만, 거기도 지선씬 없더군요."

"어디 일보러 갔겠지."

지연은 간단히 그렇게 대답하면서도 걱정이 되었다. 며칠 전 지선이 자기에게 하던 말이 마음에 걸렸기 때문이다. 결혼까지 하겠다고 하던 남자와 데이트를 간 모양임에 틀림없다 싶었다.

"그래, 도대체 미스터 임은 어떻게 할 작정이예요? 결혼 말야."

"해야죠."

"누구와?"

"누구라뇨? 지선씨 말고 누가 있겠어요."

"그럼 왜 서두르지 않지. 그러다가 다른 사람에게 빼앗길 것 아닐까 몰라. 만약 지선이에게 다른 남자가 있다면 어떻게 할 작정이예요?"

"그래도 괜찮을 거예요. 나도 이미 지선씨를 따라다니며 괴롭힌 녀석이 있는 줄 알지만 걱정하진 않아요. 지선씰 믿고 있기 때문이죠. 자기만 '오케이' 한다면 언제라도 좋습니다. 그런데 약간 걱정되는 것은 양장점에도 안 나온 지가 사흘째라던데요. 어디 갈 만한 데 좀 알아봐 주세요."

"그래? 사흘이나 됐다구?"

"그렇다구 무슨 일이야 있겠어요. 아이들도 아니구. 한데 마음에 걸리는 것은 어떤 남자가 와서 자가용으로 태워 갔다나 봐요……."

지연은 영운을 찬찬히 쳐다보았다. 말은 침착하게 하면서도 입술에 경련이 일고 있음을 영운의 얼굴에서 읽을 수가 있었다. 지연은 친정어머니 한씨가 아버지 별세 후 서울 오빠댁에 와 있는 신촌으로 전화를 걸어 봤지만 거기도 없었다.

임영운은 잠시 머물다가 돌아갔고 그 뒤 이틀만에야 지선은 집에 나타났다.

"도대체 어떻게 된 거니?"

"참 기가 막혀서 말도 못하겠어."

"무슨 일로 어디엘 갔었는데 혼자만 앓는 소리를 내고 있니? 말 좀 해 봐."

"글쎄, 미스터 김(환중) 말야. 미쳤나 봐. 며칠 전 여기 다녀간 그 다음날 아침에 일찍 자가용을 끌고 와 잠시 의논할 것이 있다며 자꾸만 차를 타라고 하잖어."

"그래서?"

"그래서 탔는데 아무 말은 하지 않고 자꾸만 간 거야. 가서 보니 안양이었다. 그래 영문도 모르고 식사나 하고 보자기에 따라 들어갔는데 호텔이었어."

"뭐라구? 그래서……."

"사내가 치사하게 그럴 줄 몰랐어. 돈 있는 사내들 치고 치사한 녀석 아닌 놈 없었음을 이제야 알았다구."

"그럼 당한 거야?"

"어쩔 수가 있어야지. 그래서 하는 수 없어 사흘을 그렇게 보내긴 했지만 그것으로 끝장이야. 그런 짐승 같은 자식하고 어떻게 한평생을 살아. 그렇게 해놓고 돌아서서 하는 말이 뭐라는지 알아. 꼭 그렇다면 이거라도 가져가라면서 불그레한 수표 몇 장 내밀잖아."

"돈을 원하더니 잘 되었군."

"언니두. 놀라지마. 그 수표는 모두 찢어서 그 철면피의 얼굴에 뿌려 주고 왔으니까."

"나야 모르겠다. 너가 알아서 하려므나."

"언니두. 누가 걱정해 달랬어. 그저 그랬다는 거지."

지선은 언니 지연을 아무런 거리낌도 없이 그저 알지 못할 미소만 던져 주고는 나가 버린다.

지선의 미소 속에는 언니 앞에 뱉아 버린 말과는 전연 다른 마음이 있음을 내포하고 있었다.

다시 말해 환중이가 준 붉으레한 수표 몇 장은 찢어 버린 것이 아니라 오히려 감지덕지하며 받아 챙긴 사실이었다.

지선은 솔직히 말해 진실된 사랑을 하기 위해 환중을 만난 것이 아니라 일시적인 쾌락과 돈을 얻기 위해 만난 것이었다.

환중은 미혼이긴 해도 여자 관계가 매우 복잡한 사내였지만 지선은 그것을 뻔히 알면서도 환중을 만난 것이었다.

사내들의 순결이 필요 없는 시대에 여자라고 순결을 굳이 지킬 필요가 뭐 있겠느냐는 것이 지선의 주장이다.

모른 체하고 지내긴 해도 형부 신원민의 여자 편력이나 언니 지연과 남정호의 관계를 모른 척하고 지내지만 뻔히 아는 자기로서는 설령 임영운과 결혼을 한다 해도 누가 뭐라고 여길 것이냐는 생각이었다.

그저 결혼이란 영혼이 서로 만나 사랑을 하면서 사는 것이 아니라 생활의 방편으로 가정을 꾸려 가면서 필요한 욕망을 채우면 그만일 것일지도 모른다고 여겨서다. 그런 쾌락을 누리고 살기 위해서는 최소한의 돈은 필요한 것이다. 그러므로 김환중과의 관계는 두 가지를 다 만족 할 수 있기 때문이다.

인간도 동물의 한 부류인 것에 불과하다면 필요할 때 만나고, 필요성이 없을 때 헤어지는 것도 편리한 삶이요 행복이 될 수도 있다는 단순 논리를 지선은 견지하겠다는 생각이다.

죽도록 자신만을 사랑하겠다는 임지운도 지선에겐 필요하다는 생각을 가졌다.

그래서 지선은 언니 집을 나서자 곧장 임영운에게 전화를 걸었다.

"미스터 임! 저예요. 지선이……."

"아니, 지금 어디 있어?"

"……."

"지선씨!"

"저 지금 미스터 임 사무실 근처에 와 있어요."

"그래, 내 나갈 테니 기다려요.'

"아니, 지금은 나오지 마세요. 퇴근해서 저녁 때에 만나요. 신사동에 있는 다방 브로드웨이에서 6시예요. 거기서 기다릴께요."

지선은 전화를 끊기가 무섭게 사우나로 달려갔다.

탕 안은 자욱한 수증기에 휩싸인 채 눈이 부실 만큼 희고 잘 생긴 몸매의 여인들이 인어처럼 꿈틀대고 있었다. 지선은 자기도 몸에다 물을 끼얹어 대강 몸을 헹군 다음 탕 속으로 들어갔다.

다리를 죽 뻗고 머리만 남기고 물에 잠겨 본다.

며칠 동안 김환중과 호텔방에서 실오라기 하나 없이 뒹굴었던 피곤함이 일시적으로 풀리면서 이상하게도 새로운 관능이 꿈틀거리는 것이었다. 여성 특유의 건강을 지선은 지닌 증거였다.

지선은 지긋이 눈을 감았다.

한참을 그렇게 다리를 뻗고 물 속에 잠겨 있노라니 차츰 몸이 노곤해지기 시작하면서도 연신 김환중의 육체가 눈 안에서 스물거렸다. 그 사내로 인해 연 사흘을 밤낮으로 거센 파도가 해변의 바위를 핥듯 관능으로 뒤감고 휘몰아 붙였던 그 달콤한 기억이 되살아나면서 지선의 밋밋한 두 다리 사이가 짜릿해 오면서 갑자기 허전해짐을 느꼈다.

마치 오랫동안 가지고 놀던 장난감이라도 잃어 버린 그런 애석함과 아쉬움이 지선의 몸 전체에 젖어들었다.

지선은 살그머니 눈을 떴다. 그때 그녀의 눈에 들어온 것은 지금 막 샤워를 하고 욕탕으로 들어서는 한 여인이었다. 부움한 우유빛 전등 아래 비춰진 그녀의 몸매는 눈이 부실 만큼 희고 고운 살결에다 탄력성 있는 두 젖가슴을 드리운 채였다. 지선은 절로 눈이 크게 뜨였다.

같은 여성끼리 보아도 부러운 몸매였다.

그런 몸매를 지닌 여자였지만 한눈에 보아서 느껴지는 것은 그녀의 얼굴에서 묻어나는 애조 띈 우수였다.

'어떤 사내의 아내일까 아니면 혼자 사는 여자일까?'

그런 생각으로 그녀를 보고 있을 때 그녀는 천천히 탕 속으로 잠기는 것이었다.

지선은 자신도 모르게 탕 밖으로 나와 자기도 아까 그녀가 잠시 섰던 그 장소에서 자연스럽게 버티고 섰다.

자신의 육체를 과시해 볼 속셈에서였다.

그러다가 욕탕의 물을 한 그릇 퍼서 가만히 몸에 끼얹었다. 그러는 자기의 몸매에 탕 속의 여자들로부터 시선이 모아졌다고 느꼈을 때 지선은 어떤 쾌감을 맛보았다. 지선도 아까 그 여자의 몸매 못지않는 육체를 가졌다는 자신감에서였다.

지선은 일부러 퍼 든 물을 조금씩 몸에 바르며 전신을 어루만지고 있었다.

팽팽하게 부풀어오른 젖가슴과 개미 허리만큼이나 가는 허리에 탄력이 넘쳐흐를 만큼 둥글고 흰 엉덩이, 왜 무처럼 짝 뻗은 허벅다리 사이로 성게 한 마리가 지금이라도 기어나올듯이 꿈틀거리는 자기의 육체는 진정 에덴 동산의 이브일 거라는 자신에 차 있었다.

지선은 탕 속의 인어들이 쏟는 시선을 잠시 피해 혼자만 자기의 육체를 쓰다듬고 감상할 수 있는 한갓진 구석으로 갔다. 거기에는 대형 거울이 지선의 전신을 크로즈업 시켜 왔다.

지선은 그 거울 앞에서 자기의 몸을 이리저리 돌려 가며 전라를 비춰 보았을 때 문득 김환중이 떠올랐다.

안양의 한 호텔에서 연 사흘을 김환중은 있는 정력을 몽땅 자신에게 쏟아 부었다. 그의 몸 전체를 지선의 육체에다 거센 풍랑처럼 휘몰아 붙이던 기억을 떠올리며 그 이유를 새삼 알 것 같았다.

지선은 거울에 비춰진 자기의 알몸을 머리 끝에서 발 끝까지 한 번 천천히 훑어 본 다음 눈길이 젖가슴에 가자 짜릿한 흥분에 젖어 들었다. 그는 자기도 모르게 두 손으로 고무풍선만큼이나 부풀어 오른 가슴 부위를 꼭 움켜잡기도 하고 비벼도 보다가 밑을 받쳐서 김환중처럼 흔들어 보기도 하였다.

짜릿한 쾌감이 전신에 배어들며 사내의 냄새가 자기의 속살 여기 저기에서 향기처럼 새어 나오면서 야릇한 관능에 몸이 자르르 떨렸다.

지선은 자기도 모르게 성게가 도사린 국부에 손을 가져가 한참 동안이나 유희를 즐겼다.

끈적함과 짙은 열기, 그리고 반투명의 수정기로 전신을 휘감긴 지선은 마치 김환중과 함께 더블베드에 누웠을 때만큼이나 황홀한 환상에 젖어 들었다.

자기도 모를 일이었다. 그래서 성의 첫 경험은 오래 기억되고 소중한 것인지도 모른다고 생각했다.

아무리 아웅다웅하며 사는 부부일지라도 성의 유희시간만은 쾌락의 극치를 이룸으로써 마음과 육체가 함께하는 순간이 되어 생기려던 틈이 다시 붙게 되는지도 모를 일이었다.

지선은 한없이 짜릿한 성의 환상에 젖어 소낙비처럼 퍼부어지는 오르가즘에 한동안 정신을 잃을 만큼 황홀경에 빠져 있었다.

스물 아홉의 육체가 갖는 몸부림은 참다가 터지는 7월의 석류알만큼이나 영롱하고 팽배해지는 것이었다.

온통 김환중의 그것이 눈앞에 아른거릴 뿐 지선은 잠시 자기가 있는 곳이 공중목욕탕이란 것도 잊을 지경이었다.

잔잔하게, 그러나 몸부림 같은 요동으로 꿈틀대는 지선의 육체가 안개처럼 자욱한 수증기만 아니었더라도 옆에 있는 여인들의 시선을 모았을런지도 몰랐을리 만큼 자위로써 격정의 순간을 거침없이 표출하고 있었다.

지선은 한참만에야 정신을 추스린 다음 욕탕에 전신을 묻었다.

그녀는 욕탕의 턱에 머리의 뒷부분을 대고 지그시 눈을 감았다. 스르르 녹아내리는 육체는 한꺼번에 피로가 겹치면서 전신이 나른해 왔다. 그랬던 지선이가 결혼 청첩장을 친구들에게 돌린 것은 불과 한 달도 지나지 않아서였다. 결혼 상대는 김환중이가 아닌 임영운이었다.

윤지연이 남정호와 인천에서 밀월을 즐기고 돌아온 지도 꼭 두 주가 흘러갔다. 매일같이 전화 통화는 했지만 만날 기회가 주어지지 않았다. 남정호는 회사일 때문에 너무 바빴고 지연은 자기대로 벌써 고3생인 장남 준호의 입시 준비와 고2짜리 나영이의 눈치가 심상치 않아서였다. 거기다가 신원민이 어찌된 속셈인지 이틀이 멀다 하고 지연의 집을 드나들기 때문이었다.

지연은 준호가 제 나름대로 입시 준비에 몰두하는 것 같았고, 나영이 역시 밖을 나도는 엄마를 이상히 여기는 눈치였지만 별다른 생각 없이 학교 생활에 충실하다는 것이 다행으로 여겨졌다.

지연은 두 남매에게 도시락 대신 언제나 넉넉한 용돈으로 때웠고, 아버지에 대한 불만을 토로할 때마다 "너희들은 지금은 몰라 그러겠지만 엄마만큼 되었을 때는 그런 삶도 있구나 하고 여기게 될 것이다." 하는 말로 얼버무려 넘기곤 했다.

그런 지연이 오늘 아침만은 일찍 일어나 아침밥도 손수 지어 아이들의 도시락도 싸주었다.

준호와 나영은 그것이 이상하다고 느끼면서도 무척 기쁜 모양인지 한 마디씩 했다.

"엄마 고마와요. 잘 먹겠어요."

도시락을 받아들고 싱글벙글 웃기까지 했다.

"오늘은 엄마와 함께 점심을 같이 먹는 셈이 되겠네."

나영도 꽤나 감동적인 모양이었다.

지연은 두 아이의 등을 밀면서 말했다.

"엄마가 싸주는 도시락이 그렇게 맛있어 보이냐?"

"그것이 말씀이라고 해요?"

준호가 부엌 쪽에서 설거지에 바쁜 식모 아주머니를 힐끗 보면서 말했다.

"그럼 종종 싸주마. 늦겠다. 얼른 그만 가거라."

지연은 아이들을 학교에 보내 놓고 식모 아주머니와 식탁에 마주 앉았지만 통 식욕이 나지 않았다.

아침을 먹은 둥 마는 둥 하고는 화장대 앞에 가 앉았다.

자신의 모습이 거울에 비춰졌을 때 부스스한 얼굴에는 잔주름이 많았다. 그것이 또한 세월이 흘러간 자리구나 하고 지연은 새삼 놀랐다. 지연은 세월이 밟고 지나간 자국을 지우기라도 할 듯 화운데이션을 자근자근 문질렀다.

그렇게 문지르고 있는 얼굴에 겹쳐져 오는 또 하나의 얼굴이 있었다. 누렇게 빛 바랜 한 장의 사진이었다.

거울 한 귀퉁이에 무심코 끼워 뒀던 어머니 한씨의 사진이다. 어머니는 지연을 멀뚱이 쳐다본다. 그 쳐다보는 얼굴 표정에는 팔순의 세월이 고여 물결처럼 일렁인다.

마치 어머니의 살아온 생애가 한바탕 꿈이었듯 아득하게 잠겨 있다.

아버지가 세상을 떴을 때 어머니는 죄 많고 팔자가 그러해 이제 더는 한림정에 혼자 남아 있을 수 없다며 서울 신촌에 있는 오빠 댁에 와 있다가 어느날 지연에게 왔었다. 그리고 겨우 이틀 밤을 자고는 친구가 있다는 남한강변에 있는 어느 절로 가겠다고 우겼다.

지연은 하는 수 없어 어머니를 택시에 태우고 양평읍이 빤히 건너다보이는 강언덕에 자리잡은 조그마한 절로 함께 갔다.

그러나 어머니의 친구는 절간에 가 있는 것이 아니고 거기서도 한 마장은 좋게 떨어져서 몇 가구 안 되는 둔내마을이라는 동네에서 기거하노라고 절간의 한 늙은 보살이 일러 주었다. 그러면서 그 마을에 들러 파란 기와집을 찾아 보라고까지 친절히 가르쳐 주었다.

보살은 검은 고무신을 잘잘 끌며 절간 바깥까지 두 모녀를 배웅해 주면서 드무실댁에게 안부도 전하고 종종 절에도 함께 나와 달라는 부탁도 했다.

지연이는 어머니가 숨차하면서도 부지런히 걷는 걸 보니 한시바삐 드무실댁을 만나고 싶은 일념임을 짐작할 수 있어서 걸음을 재촉했다.

둔내를 찾아가는 길은 70년대 새마을 운동 때 만들어 둔 길인지 시멘트 포장이 동네 안 골목길까지 잘 돼 있었다.

지연이가 어머니의 손을 잡고 보살이 일러준 대로 둔내마을 어귀에 들어서자 파란 기와로 덮인 집 한 채가 먼저 눈에 들어왔다. 어머니는 울도 담도 없는 마당에 들어서면서 드무실댁을 불렀다.

"드무실댁, 있는기요!"

드무실댁은 기다리고 있기나 했듯이 어머니의 목소리에 빼꼼히 문을 열고 내다보다가 황급히 뛰쳐나오며 소리쳤다.

"하이고 이게 누군기요! 우짤고 마, 한림댁 아니가!"

"맞소, 맞아. 원 시상에 이 먼 데꺼정 와서 살다니……."

드무실댁은 나이에 비해 늦가을 햇살보다 더 밝은 목소리로 한림댁을 반겼다.

"얄궂어라. 우째 이곳꺼정 찾아오노. 내 생전 죽는 날까지 한림댁 얼굴 한 번 못 보고 죽을 끼라 여겼제. 참 사람은 오래 살고 볼 끼라. 참으로 반갑소. 싸게 들어오이소!"

드무실댁은 어머니의 소맷자락을 싸잡고 방 안에 밀어 넣다시피 했다. 방 안은 정갈했다. 늦봄의 햇살이 방 안 가득 차 있었다. 드무실댁이 말했다.

"하이고 마, 오늘 따라 날씨 한 번 지랄맞게 좋채, 아침부터 채마밭둑 산동백 가지 끝에서 깐치가 그렇게 째작거리더니, 한림댁 올라꼬 그랬구마."

드무실댁은 연신 저승꽃 검버섯이 듬성듬성 핀 손으로 어머니의 손과 어깨까지 토닥거리며 반색을 했다. 그러다가 크게 실수라도 한 듯 지연이에게 눈길을 주며 말했다.

"내 정신 좀 봐라. 이 색시는 누고?"

"내 큰 딸애 아니오."

"그럼, 지연이? 아이구 싸개라. 너가 벌써 이렇게 변했나?"

지연은 드무실댁을 찬찬히 훑어보았다. 어린 시절 사립문을 마주

하고 살았던 드무실댁은 어머니와 유독 잘 지냈다. 학교에서 돌아와 집에서 어머니가 없으면 드무실댁에 가면 반드시 그 집에 있었다.

그 집 아이들 역시 드무실댁이 없다 하면 우리 집에 찾아오곤 했다.

그때 지연이의 머릿속에 각인된 드무실댁은 언제나 새색시같이 젊고 고운 아주머니였다. 그런 드무실댁을 보는 오늘의 모습도 그 인상에는 변함이 없었으나 피골이 상접하고 삭정이처럼 마른 몰골로 바뀌어 있을 뿐이었다.

"한림댁은 우찌 늙지도 않았능교?"

"우찌 안 늙었다 카오."

"아무렴, 물 한 모금 마셔도 고향 물이라야 좋을끼라. 내사 자식 놈 따라 이곳에 오긴 했어도 한동안 어디 여기가 정 붙이고 살 데인가 싶었지만, 차마 자식 앞에 속내 보이지는 몬했지. 고향 좋은 것은 타향살이 해 봐야 알끼고, 친구 좋은 것은 서로 떨어져 있어 봐야 그리운 줄 아는 기라."

드무실댁은 서울서 사업하는 큰아들 따라 왔다가 회사가 부도가 나서 있던 재산 모두 말아먹고 야간 도주하다시피 이곳에 와서 묵정밭을 가꾸며 눌러앉은 지 올해까지 십 년째라고 했다.

"그래, 지금 형편은 우떻소?"

지연이 어머니 한림댁이 물었다.

"지금이야 괜찮소. 자식놈이 여기 와서 몇 해 고생하더니 이 집 짓고 땅마지기 마련해 놓더니 또 서울 가서 사업을 한다 아이가. 서울서 살몬서 먹고 살기는 걱정 없다고 합디더."

"그럼 이 집에는 드무실댁 혼자 사는 기요?"

"안 그러몬 우짤끼요. 에미 애비는 사업해야 하고, 손자 손주 녀석들 핵교 보내자니 우짜는 수가 있어야제. 내사 서울은 몬살 것 같습디더. 여기 혼자 집 지키며 살자 했제. 동네 할망구들 몇이 어울려 지낸 깨네 그런대로 살 만합디더.“

한림댁은 드무실댁 눈치를 잠시 살피다가 드디어 터놓고 말하겠다며 하는 말에 지연이는 깜짝 놀랐다.

“나도 마 이 먼 데까지 찾아올 때는 드무실댁하고 같이 살 작정으로 안 왔는기요. 그러니 우리 두 늙은이 남은 세상 함께 지낼 수 없겠는교?”

“하이고, 얼매나 반가운 소린지 모르겠다. 그렇게만 하문 누이 좋고 매부 좋은 일 아니가.”

“어머니두……”

지연이는 어머니를 드무실댁에 맡기려고 온 것 같아 옆에서 듣기가 하도 민망해 한마디 하려는데 어머니는 말을 가로챘다.

“나도 자식, 며느리, 딸, 사위 다 있지만서두 역시 늙으닝께 말벗 돼 주는 친구가 제일 아니겠덩기요.” 하고는 방 안을 횡 한 번 둘러보고는 말을 더 이었다.

“이 큰 집 드무실댁 혼자 쓰기는 너무 넓고 적적할 낀데…….”

“두말허문 잔소리제. 쓸데없는 말 치우고 오늘부텀은 같이 있도록 작심하소 고마!”

두 노인은 금세 혈육만큼이나 진한 정(情)을 느끼며 적요했던 거실을 웃음으로 가득 채우고 있었다.

그러다가 드무실댁은 한 손을 눈썹 위로 올려 해높이를 가늠해 본다.

해가 벌써 마당 끝 채마밭에 선 미루나무 머리에 걸려 있음을 확인한 후 벌떡 일어서며 말했다.

"내 점심을 지을랑께네. 한림댁은 지연이하고 쪼끔만 앉아 있으이소."

지연은 드무실댁이 점심을 짓겠다고 서둘러 거실에 붙은 주방으로 가기에 그곳을 보니 한 살림하는데 불편함이 없도록 조촐하고도 올목갖이 부엌살림 기구들이 가지런했다.

드무실댁은 한 귀퉁이가 터진 종이 부대에서 대충 어림잡아 삼인분이 될 만한 쌀을 나이롱 바가지로 퍼서 쌀을 씻기 시작한다.

"그러실라문 맛있는 점심 한 상 잘 차려 보소."

지연의 어머니 한림댁도 같이 일어섰다가 바구니에 담아 둔 봄나물을 들어다가 가스렌지 위에 냄비 하나를 얹고 물을 잠시 끓인 다음 거기다 넣고는 데치기 시작한다.

"하이고 나물도 보드라워라. 이걸 지령장(간장)에다 깨소금 좀 뿌리고 참기름에 버물러 묵으면 맛은 고만일께요."

이렇게 해서 마련한 점심을 세 여인은 모처럼 맛있게 먹었다.

어느덧 봄햇살도 한낮을 넘기면서 숲 사이로 깊숙이 들앉은 둔내 마을까지 빼곡히 차 오를 무렵이었다. 지연의 어머니 한림댁과 드무실댁은 시간 가는 줄 모르고 살아온 이야기로 꽃을 피우고 있었다. 지연은 잠시 망설이다가 두 사람을 번갈아 보며 말했다.

"어쩌지요. 너무 늦기 전에 서울로 돌아가야 할 텐데요?"

"늬 그게 먼소리고! 늬 어머닌 나와 함께 살겄다고 이렇게 온 것 아이가. 내 비록 누추한 집이지만, 방바닥에 등이라도 한 번 붙여 보거들랑 말하거라!"

"그래, 나도 여기서 드무실 댁과 당분간 같이 있고 싶다. 꼭 돌아가야 될 형편이거덜랑 너 혼자 가거라."

지연은 더 할 말을 잊었다. 나이가 들어 세월이 어깨를 누를 때 그 누구보다도 반갑고 의지할 곳이란 친구밖에 없다는 것을 새삼 지켜보게 된 것이었다.

할 수 없이 지연은 어머니를 드무실 댁에 두고 돌아설 무렵에는 봄 햇살이 성글어지면서 서늘한 바람결에 두 노인의 고달픔과 외로움의 흔적들이 묻어 와 가슴을 적셨다.

지연은 두 노인의 모습에서 자기를 비춰 보며 언젠가 자기도 세월을 비켜 가지 못하리란 생각이 들자 갑자기 고독이 밀려 왔다. 지연은 둔네 마을을 나와 남한강을 끼고 한없이 걸어가다가 서울로 가는 버스에 올랐다. 버스에 오르고도 연신 어머니를 두고 온 둔네 마을 쪽을 뒤돌아보았다. 문득 오지랖에 눈물방울이 떨어진다. 그러면서 알지 못할 불길함이 번쩍 머리를 스친다. 차창 밖으로는 들판도, 숲도, 흐르는 강물도 모두 흔들리며 뒤로 밀려가고 있었다. 버스는 여나무 명의 손님을 태우고 미끄러지듯 달렸다. 얼마를 달렸을까? 양평읍을 지나고 국수리를 돌아 남한강을 끼고 한참을 달리고 있을 때였다. 갑자기 때 아닌 소나기가 퍼붓기 시작했다. 천둥 번개를 동반한 소나기는 갑자기 한 치 앞을 볼 수 없게 내리퍼부었다. 버스가 잠시 기우뚱하는가 싶더니 이내 깊은 강물 속으로 빨려들어갔다. 순간적이었다.

그로 인해 그곳은 연 사흘을 익사자와 버스를 건져 올리느라 북새통을 이루었다. 경찰차의 경적과 바지선의 엔진소리, 유가족의 통곡소리, 거기다 구경꾼들까지 사고 현장을 지켜보느라 시끌벅적했다. 꼭 사흘만에 모든 일이 다 수습된 사고현장은 언제 그런 일이 있었더냐는 듯 조용히 강물만 흐르고 있었다. 그렇게 흐르는 강물을 아까부터 말없이 지켜보며 서 있는 한 사람이 있었다. 남정호였다. 그는 흡사 넋 나간 사람처럼 강변 언덕에서 움직일 줄을 몰랐다. 그저 유유히 흐르는 강물에 시선을 던지고는 길게 한숨을 토했다. 그러다가 안고 있던 꽃잎을 뜯어 흐르는 강물 위에 뿌리기 시작하는 것이었다. 강물 위에 뿌려진 노란 국화꽃잎은 느릿느릿 떠내려가고 있었다.

강물에 떠내려가는 꽃잎을 마냥 바라보면서 남정호는 넋두리 같은 중얼거림을 이어 갔다.

'참으로 인생은 덧없는 것이로구나. 기복 많은 삶을 살다간 당신 윤지연이야말로 봄날 한때 피어오르던 아지랑이로 살다 갔구료.'

남정호는 다시 한 번 가슴을 쓸어내렸다.

그러면서 언젠가 윤지연이 읊어 주던 청마의 시 한 구절을 되새겼다.

〈…… 그대 가고 내가 남을 그 날이여. / 내가 가고 그대 남을 그 날이여.〉

남정호는 들고 있던 꽃다발을 유유히 흐르는 강물에다 던졌다. 그리고는 돌아서 무거운 발걸음으로 혼자 타박타박 걸어갔다.

# 일상적 욕망과 그 좌절
## ― 조진태론

이 덕 화 (평택대학교 교수, 평론가)

# 1. 일상적 욕망

조진태의 작품 〈여맥(餘脈)〉〈들을 귀 있는 자〉〈불신의 늪〉〈창밖의 무지개〉〈당숙〉〈견습기〉〈흔들리는 황혼〉〈꽃잎이 흐르는 강〉〈회한〉〈꽃 멀미〉〈오월의 이별〉 등 20여 편은 과거 우리나라의 대가족주의가 가지고 있는 가족의식에서 그 맥을 찾을 수 있다.

일상성은 현대인들이 가장 지겨워하면서도 동시에 그것을 놓칠까 봐 전전긍긍해 한다. 매일 헛바퀴처럼 반복되는 출근 전쟁, 지루한 업무, 늘 보는 얼굴들에 극도의 권태와 피로를 느끼면서도 도시의 샐러리맨들은 이 일상성에서 벗어나게 될까봐 두려워한다. 왜냐하면 일상성에서 벗어난다는 것은 실직이나 퇴직을 의미하며, 그것은 단순히 돈을 벌지 못하는 사실만이 아니라 자신의 사회적 존재를 상실하는 것을 의미하기 때문이다.

조진태의 작품에서는 이런 평범한 일상의 무너짐에 안타까움을 드러내는 작품이 많다. 조진태의 대부분 작품의 배경은 본격적인 자본주의적 가치가 우리 사회를 지배하기 전 근대화 초기를 배경으로 하고 있기 때문에 아직 자본주의 일상으로 반복되는 출근, 지루한 업무 등은 많이 드러나지 않는다. 조진태 작품의 인물들의 의식은 아직 농본주의의 삶의 가치, 공동체에 대한 환상, 혹은 인간 간의 신뢰를 중시하는 인물들이지만, 외부 현실은 급격한 경제 성장에 의한 자본주의적 부작용, 한탕주의가 삶을 지배하는 사회로서 인물의 의식과 현실과의 간격을 보여준다. 인물들은 그러나 자본주의적 가치를 자신의 것으로 받아들이고 자본주의적 기대, 더 큰 부자가 되기 위한 환상을 가지지만, 인물의 의식과 현실간의 간격으로 결국 스스로 몰락 할 수밖에 없는 인간의 내면 풍경을 그리고 있다.

그런 내면 풍경이 가장 잘 드러나는 작품이 〈여맥(餘脈)〉이다.


불편하기로 치면 변두리에서 사는 것이 영규로선 지겹고 살 맛 없다는 생각마저 들 정도였으니까. 근 한 시간 가량이나 시달려야 하는 출근 버스에서부터 종일 근무에 지쳐 파김치가 된 채로 또 아침의 그 형태의 버스로 되돌아와야 한다는 것은 변두리 사람이나 아는 고충임이 분명한 것이다.

그래서 결국 이빨이 시게 앙다문 십년 만에 전세돈이나 넉넉히 마련했으니 사람 행세해 보자 싶어 사대문 안 효자동으로 이사해

온 것이 아니었던가.(《여맥(餘脈)》 중에서)

위의 인용문에서 보여 주는 것처럼, 매일 일상적 찌들림 속에서도 도시적 일상에 대한 저항이 아니라 이에 합류하려는 욕망과 동경이 사대문 안 효자동으로 이사 가는 것으로 드러난다. 10년간의 초절약 끝에 효자동으로 이사를 왔는데 아내는 사대문 안 생활에 또 다른 거부감을 나타내며 다시 변두리로 나가자는 것이다. 주인공이 서울 생활을 낯설어 하는 것이나 아내의 새로운 환경에 대한 거부감은 서울 생활이나 효자동 생활에 그들을 적응하지 못하도록 이끄는 이전 삶의 의식에서 오는 것이다.

주인공이 변두리 삶을 청산하고 중심지로 옮겨 온 효자동 집과 이웃하고 있는 고래등 같은 우람한 저택은 급격한 경제 성장에 의한 졸속 부자의 상징물이다. 겉으로는 점잖다는 소문의 그 집의 부인은 명문 대학 출신이라지만, 술 마시고 화투를 즐기고 외간 남자를 만나는 호박씨 까는 여자에, 그 집의 아들은 허구헌 날 술이나 마시고 못된 짓을 하고 다니다 보니, 꼴사나워 집에서 문을 열어 주지 않아 밤마다 도둑처럼 담을 넘고, 심술쟁이로 소문난 주인 영감은 들여 놓은 지 며칠 안 되는 식모 아줌마를 건드리는 세속화된 인물이다.

주인공과 아내가 거부하는 것은 급격한 경제성장으로 인한 왜곡된 자본주의적 가치이다. 주인공이나 아내 역시 변두리/중심이라는 모든 것을 돈으로 환산되는 자본주의적 가치에 감염된 인물들이지만, 그래도 그들이 그리워하는 것은 전통적 공동체에서 가지고 있었던 인간적인 만남이다. 그들이 효자동을 떠나 자리잡은 보문동은 '타향에서도 고향 같은 느낌이 드는 곳'이다.

그렇게 저마다 다른 직업을 갖고 살면서도, 단 한 번이나마 이웃끼리 다투어 본 적도 없다. 그렇다고 함부로 말 터놓고 지낸다거나, 수다를 떠는 법도 없이 가만가만 그저 그렇게 남 흉 안 보고, 자기자랑 안 하면서 그렇게 사는 사람들이다. 그러면서도 아이들 돌이나, 어른의 생일날이면 한 집도 빠짐없이 적으면 적은 대로 음식을 골고루 나누어 먹는다. 뿐만 아니다. 눈 온 날 아침이면 누가 먼저 일어나 쓸었는지 골목 전체가 말끔히 치워져 있기 마련이요, 바람 부는 날이면 언제나 골목은 물이 촤하니 뿌려져 있기 십상이다. 그들은 한결같이 내색 한번 안 하면서도 서로 사랑하고, 의지하고, 돕고, 믿고 그렇게 살아가고 있는 이웃들이 된 것이다. ([여맥] 중에서)

　　위의 인용문에서 그려지고 있는 동네 전경은 고립되고 개인화된 도시의 것이라기보다는 과거의 향수를 불러일으키는 인간적 유대가 친밀한 그리운 고향의 모습 혹은 주인공이 바라는 이상향의 모습이다. 또 도시의 일상에서 상처 입은 인물들이 자신의 본래적 자아를 되찾아 귀환하는 공간이기도 하다. 그러나 주인공의 이런 환상은 쉽게 허물어진다. 왜냐하면 자본주의적 욕망의 결집체라고 할 수 있는 도시 공간이나 도시에 속해 있는 인물들은 자본주의적 욕망의 그물망에서 벗어날 수가 없기 때문이다.

　　과거 고향을 떠올리는 보문동의 환상이 깨어지게 된 것은 그 동네에 새로 이사 온 대리석으로 지은 집의 정정숙 여사 때문이다. 정정숙 여사는 이름처럼 우아하고 정숙해 보이는 여인으로 돈 많고 우아함에도 보문동의 보통 사람들과 잘 어울려 지내는 인물이었다. 그러기에 보문동 사람들은 그 여인의 우아한 품격과 돈 많음에 부러워 그 여인의 말에는 무조건 순종, 결국 자신들의 재산을 불려 준다는 말에 현혹, 몰락하게 되고 다시 자신들을 되돌아보게 된다.

　정정숙 여사의 자본주의적 욕망을 자신의 욕망인 줄 착각하고, 그 열매를 따려다가 마침내 그 열매를 다른 사람에 의해서 가로채이고 더 이상 손을 쓸 수 없게 된 보문동의 보통 사람들은 자신들의 헛된 욕망을 알고 자신의 본래적 자아를 찾는다. 자본주의적 사회에서는 타자의 욕망이 쉽게 자신의 욕망으로 전이되는 것은 인간이면 누구나 다 가지고 있는 자본주의적 환상 때문이다. 결국 자본주의적 가짜 욕망에 진짜 자기 욕망을 대체시키고 자본주의적 가치에 자신을 맞추려는 헛된 환상(강남으로 이사가려는)에 빠지게 되는 것이다. 보문동의 보통 사람들은 정정숙의 교통사고로 인한 죽음을 통해서 그들의 헛된 환상을 깨닫게 되는 것이다.

> "특별한 사람으로 이왕 못 태어났을 바에야 보통 사람 행세하고 살아야지."
> "누가 뭐래나요. 민물고기 민물에만 살 듯, 여기 이대로 한 오백 년 살까봐요."
> 그들은 살아 온 만큼이나 남은 어떤 여맥을 끈질기게 부여잡고 그들 나름대로의 고만고만한 삶을 살아가고자 다시 한 번 다짐하는 보문동 오백 번지의 5통5반 사람들이었다.([여맥] 중에서)

　위의 인용문은 〈여맥〉의 마지막 문장이다. 타의에 의해 일상성, 혹은 평범함을 자칫 놓칠 뻔했던 보문동 5백 번지의 5통5반 사람들이 평범함의 중요성을 새롭게 인식하는 대목이다. 급속한 자본주의의 발달에 의해 누구나 자본주의적 가치를 자신의 것으로 하고 싶은 인간의 헛된 욕망에 의해서 일상이 어떻게 왜곡될 수 있는가를 이 작품은 잘 보여주고 있다. 그 과정을 겪으면서 보문동의 보통 사람들은 양옥집이나 고래등 같은 집의 위선적인 안정 대신 보문동의 평범한 거짓 없는 삶이 얼마나 인간적인 삶인가를 새롭게 인식하게 된다. 이 작품은 알게 모르게 자본주의적 가치나 이념들이 우리 자신 속에 얼마나 뿌리 깊게 자리잡고 있으며 동시에 그 이념에 훈련된 우리 자신이 언제든지 지배당하고 싶어 하는 모순 속에 빠질 가능성이 있음을 보여 주는 작품이다.

고립되고 개인화된 도시의 중심부에서 사회적 유대가 희석될 수밖에 없는 서울에서 작가는 공동체의 의미, 공동의 영역을 점유하는 사람들 사이의 연대감을 회복하겠다는 희망을 버리지 않는다. 그것은 작가의 삶의 가치를 과거 전근대 사회에서의 인간의 따뜻한 유대관계에서 찾기 때문이라 생각된다.

## 2. 삶의 좌절과 자기 소외

조진태의 작품들에서 그나마 〈여맥〉에서처럼 자본주의적 왜곡된 욕망에 의해서 좌절의 체험을 겪었지만, 다시 평범한 일상을 되돌아가는 경우는 극히 드물다. 대부분이 일정한 자본을 근거로 좀 더 나은 삶을 욕망하다 가지고 있는 쥐꼬리만 한 재산마저 몽땅 날리고 몰락하는 경우가 대부분이다. 위의 〈여맥〉에서 보는 것처럼 평범한 서민들은 평범한 일상을 유지, 고만고만한 일상을 이어나가기조차 벅찬 인물들이 대부분이다. 평범한 일상을 통해 자본주의적 시민 사회에

합류하려는 욕망과 동경을 보여 주지만 현실은 그들을 배반한다. 조
진태의 작품들의 인물들이 현실에 적응하지 못하는 것은 새로운 환
경에 대한 거부감에서 오는 것이 아니라 오히려 과감하게 자신이 생
활을 전환시키지 못하도록 인물들을 잡아끄는 이전의 인간적인 신뢰
나 과거 공동체에 대한 그리움 때문이다.

> 그는 생각할수록 그따위 하찮은 광고에 끌려 어처구니없게도
> 당한 일이 속상해지기도 하지만, '없는 놈이 고기 한 점이라도 침
> 흘린다'고 세상 물정 모르고 덤볐던 걸 생각하면 누구에게도 탓할
> 게 못되는 것이 아니더냐 싶었다. 그러나 그가 보증금조로 사기당
> 한 사백육십만 원은 다섯 식구의 목숨이 걸린 것이었기에 이젠 그
> 놈을 잡아 어쩌자기보다 놈과 같은 수법으로 제 삼 자에게서 보상
> 을 받는 도리밖에 없다는 생각이 들어 같은 내용의 광고를 낸 것
> 이었다.([역류] 중에서).

위 인용문에서 '세상 물정 모르고 덤볐던' 다섯 식구의 목숨이 걸
린 돈 사백육십만 원', 두 문장으로 이 작품의 상황이 모두 설명된다.
이 작품의 상황을 정리하면 퇴직금 천만 원을 받아 곶감 빼먹듯 퇴직
후 생활비로 써 오다 주인공은 이러다가는 안 되겠다는 각성을 한 후,
사업을 찾기 위해 신문 광고를 보다 한 달에 백만 원 이상의 수입을
보장하는 이발소를 판다는 광고를 보고, 혹해서 결국 사기를 당한다.
사기꾼이 자신의 이발소도 아닌 남의 이발소를 내놓았고, 이에 속은
주인공은 결국 남은 퇴직금을 다 날리게 된다.
   이런 비슷한 내용의 작품으로는 〈불신의 늪〉〈들을 귀 있는 자〉 등

대부분의 작품에서는 열심히 살다 어느 날 횡액처럼 불의의 사고를 당하게 되고 결국 그로 인해 한 가족은 몰락의 길을 걷는다. 〈불신의 늪〉에서 주인공은 말단 행정직이지만 아내와 두 남매를 거느린 행복한 가장으로 열심히 살면서 나름대로 봉사활동을 통해서 삶의 보람을 찾는 선량한 시민의 표상을 보여 주는 인물이다. 그러던 그는 전쟁 고아들이 기거하고 있는 움막집에 과일, 라면, 학용품, 헌 옷가지를 갔다 주고 오는 길에 길거리에 버려진 다친 사람을 발견하고 병원으로 데려가기 위해 옮기려는 순간, 이를 목격한 택시 운전사의 거짓 진술에 의해 뺑소니 차로 몰린다. 어떤 진실도 통하지 않는 법조계의 짜맞추기식 편향된 판결에 의해 6년간 감옥생활을 하게 된다. 그러나 출옥 후 진범이 밝혀지지만 주인공의 인생은 불신 시대에 더 이상의 삶의 의미를 찾을 수 없다.

〈들을 귀 있는 자〉 역시 역대 대통령들의 현실성 없는 농민정책으로 인한 농민들의 몰락 과정을 그리고 있다. 최선의 노력을 통해서도 현실을 극복할 수 없는 정치가들의 희생양인 농민들은 삶을 지속할 수 없기 때문에 자살할 수밖에 없다는 결론을 보여 준다. 이 작품들은 자본주의의 도래와 함께 그 현실의 힘을 극복하지 못한 소시민의 몰락 과정을 그리는 작품들이다. 이 작품 역시 주인공의 회사가 군사정권의 폭정에 의해 법정 관리로 들어가자, 어쩔 수 없이 시작한 택시 운전사도 승차거부라는 승객의 고발로 감옥살이를 하게 되는 것이 몰락의 시발점이다. 또 귀농정착금을 얻어 5년 동안 열심히 개간한 땅 주인이 느닷없이 나타나는 불행한 상황이 이어진다. 개간한 땅을 주인으로부터 매입하기 위해 은행 대출 등으로 주인공의 생활은 더욱 어려워지게 된다. 농촌 부채 탕감 약속을 한 김대중 대통령은 꿀 먹은 벙어리다. 갈수록 어려워지는 농촌 생활은 더 이상의 희망이 보이지 않고 절망만이 놓여있다. 주인공은 농약을 먹고 자살하기에 이른다.

위의 〈여맥〉에서도 〈들을 귀 있는 자〉에서도 주인공의 소망은 한가지다. 이웃들과 오순도순 사는 것이다.

> 김만종 가족이 이사를 오던 그 날 문상수 내외는 처음 맞는 이웃을 위해 점심 한 끼를 대접했다. 그 때 대접한 한 끼의 점식이 인연되어 오늘날까지 끈끈한 정으로, 이웃으로, 형님, 아우로 살아왔다.
>
> "저는 김만종이고, 저의 처 임영심이예요. 자식새끼 셋이 있습니다. 잘 부탁합니다."
>
> "우린 두 내외뿐이예요. 문상숩니다. 제 아내는 전창숙이고요."
>
> 서로 나이도 주고받아서 어느 사이 가까운 이웃이 되었다. 그날 점심은 문상수 내외가 텃밭에 가꾼 상추, 부추며 얼가리 배추에다 머위, 호박잎을 뜯고, 돌미나리, 산달래, 고들빼기, 씀바귀 등 남새건, 들나물이든 온갖 푸성귀를 다 장만하고, 애호박, 감자, 가지, 오이 등을 삶고, 볶고, 무치고, 지지고 끓인 반찬에다 검은 콩 듬성듬성 섞어 마련한 밥상은 가짓수로 헤아린다면 상다리가 휘어질 것 같은 진수성찬이었다. 모두가 식물 일색이요, 손수 가꾸거나 거저 채취한 자연산들임을 아내가 강조하자 도시에서 살았던 다섯 가족은 한결같이 감탄해 마지않았고, 자기들도 그렇게 살 거란 희망에 한껏 희망을 부풀리었다.(〈들을 귀 있는자〉 중에서)

위의 인용문은 주인공 김만종이 이사 오는 날, 처음 맞는 이웃을 위해 문상수 가족이 밥상을 차린 정경을 묘사한 대목이다. 이 인용문을 통해서 보면 주인공의 꿈은 이웃을 내 가족과 같이 생각하며 오순도순 사는 것이다. 이런 주인공의 꿈을 통하여 드러나는 작가 의식은 과거 공동체에 대한 향수이다. 자본주의의 확대 재생산에 의해서 개인의 파편화된 삶은 황폐화되고 극도의 개인주의화로 치닫고 있다. 더군다나 우리나라 근대화에서 빠질 수 없는 군사 정권의 권력에 의한 서민들 삶의 왜곡현상은 더욱 더 서민들의 삶을 질곡으로 향하게 한다. 조진태 작품에서 보여 주는 자본의 확대에 의한 왜곡된 부의 편중 현상과 군사정권의 권력의 횡포는 서민들의 삶을 송두리째 흔들어 놓는 원인이 된다. 그런 현실 속에서 과거 대가족을 통해 드러나는 위의 인용문에서 보여 주는 누구나 이웃으로 환대받는 삶은 상상할 수가 없는 것이다. 그럴 때 인간은 더욱 더 고립 속에 빠지고 과거의 삶을 더 그리워하는 것이다. 이런 작가의 과거에 대한 그리움은 이웃 간의 친밀함을 통해 과거의 공동체를 살릴 수 있다는 희망을 보여 준다. 위의 〈여맥〉에서 보여 주는 서울의 변두리, 보문동 사람들의 이웃 간의 가족과 같은 친밀함은 작가의 과거의 삶에서 우러나는 아름다움을 복원하고 싶은 희망에서 나온 바램이라고 할 수 있다.

그러나 〈스쳐 간 바람〉에 드러난 것처럼 자본의 힘이 지배하는 자본주의 사회에서 그 작품 속의 인물은 왜곡된 자본의 흐름 앞에서 저항의 포즈를 취해 보지만 결국 무력한 자신들의 힘을 확인하는 것으로 끝이 난다. 작품 속의 인물들은 큰 출세도, 큰 부자도 바라지 않고 그냥 하루 세끼 거르지 않고, 오순도순 이웃과 함께 평범하게 사는 것이 꿈인 평범한 서민들이다. 그러나 몰려오는 자본의 힘 앞에 무너질 수밖에 없다. 결국 작품 속의 주인공들은 현실적 욕망을 거부하고 그에 저항하려는 의지를 완전히 박탈당한 채 그 안에 안주하려는 수동적 퇴영적 인물들로 변모한다. 조진태의 나머지 작품들에서 보여 주는 과거의 회한을 그린 작품들이 바로 이를 반영하는 작품들이다.

　현실에서의 욕망은 과거에 대한 그리움으로 좌절될 수밖에 없다. 작가는 환상 속에서 꿈을 꿀 수밖에 없다. 〈창밖의 무지개〉 〈꽃 멀미〉 〈파도, 그리고 달빛〉 등의 제목에서 드러나듯이, 현실을 거부한 채 환상을 현실로 간주하고 안주하고 싶지만, 이미 환상마저 현실의 변화에 점철 될 수밖에 없는 세계를 보여 준다.

　〈창밖의 무지개〉는 현모양처로 자처하며 평생을 살아 온 중년의 부인이 자신의 삶을 되돌아보며 새로운 환상을 꿈꾼다. 친구들의 유혹으로 시작된 성적 자유를 만끽하다 파멸에 이르는 과정을 보여준다. 자신의 신념과 다른 친구들의 유혹으로 성적 자유를 누리는 자신의 삶은 결국 자기 소외로 이어지고, 현실적 파멸에 이르게 된다.

　〈꽃 멀미〉의 팔용은 모자라는 인물인데다 반은 귀가 먹어 남의 말귀마저 얼른 알아듣지 못하는 팔푼이다. 그런 그에게도 혼기가 되자 논 섬 마지기에 팔려 온 처녀와 결혼을 했고, 결혼한 부부는 남부러움 없이 행복을 누렸다. 그러나 세상은 점차 달라져 갔고 세상 인심 역시 흉흉해졌다.

　　분녀가 날로 예뻐지듯 세상도 날마다 달라져 갔다. 초가지붕은 슬레이트로 덮고 돌담장은 헐려 불록담으로 변해 가시철망이 얹혔다. 두 사람 지나가기 힘들던 나들이 길도 소달구지가 팽팽 지나갔다. 전깃불이 밝아 밤낮이 따로 없게 되었고 라디오와 텔레비전도 볼 수 있게 되었다. 남자의 활동보다 여자들이 더 많이 설쳤다.

분녀는 팔용이 대신으로 동네 일도 잘 보았다. 세상이 날로 변할수록 분녀의 화장도 거기 따라 짙어지고 있었다.《꽃 멀미》 중에서)

인용문에서 보여 주는 것처럼 현실의 변화와 못지않게 달라져가는 분녀의 모습에 불안해진 팔용은 분녀에게 집착증을 보였고, 결국 분녀의 불륜현장을 목격, 상대방을 죽인다는 것이  실수로 자신의 아내 분녀를 칼로 찔러 절명하게 한다. 산업화된 현실에서 물질적인 세계는 인간성을 왜곡, 자본과 성의 노예로 만들어 버린다. 분녀는 이미 가족 관계보다는 물질화 된 세속적 변화에 의해 물질과 성의 노예가 되어 있는 인물이다. 전근대 가치를 그대로 지니고 있는 팔용과 분녀는 이미 다른 세계 속에 있다. 파국을 맞을 수밖에 없다.

한참만에 팔용은 무덤에서 일어났다. 그리고는 무덤 옆 잔디에 가 눕는 거였다. 금세 그의 눈에 한두 점 떠가는 구름발이 들어왔다. 그와 함께 자신의 허망하기만 한 지난 날이 풀꾼들의 노래가락에서 떠올려지는 것이었다.《꽃 멀미》 중에서)

위의 인용문은 팔용과 분녀와의 결혼 생활은 한낮의 꿈에 지나지 않은 환상에 불과했고, 분녀의 죽음 후의 쓰라린 현실이 자신의 현실임을 자각하는 장면이다. 그러나 현재의 삶을 지배하고 있는 분녀와의 삶, 과거에 의해서 삶이 지배되고 있음을 보여 준다. 분녀와의 삶은 욕된 삶이었지만, 아름다운 추억이고 환상의 세계이다. 그 세계는 더 이상 돌아갈 수 없고 추억만을 반추하는 삶이다.

〈파도, 그리고 달빛〉에서도 비슷한 서사 구조를 보여 준다. 이 작품은 바닷가가 있는 외딴 산골에서 몇 십 년 째 살고 있던 가족의 파멸을 그린 작품이다. 중병으로 앓고 있는 남편, 풀뿌리, 나무껍질로 남편을 봉양하는 아내. 너댓 살 먹은 딸로 이루어진 가족은 궁핍한 가운데 간간이 가족으로서의 훈기를 가지고 있었다. 그러던 가족에게 파멸을 가져 온 것도 돈이었다. 중병으로 오랫동안 앓고 있는 남편 때문에 궁핍한 삶을 살던 아내는 바닷가에 내려갔다 돈의 유혹에 시체의 머리카락을 잘라달라는 남자들의 부탁에 머리카락을 잘라 주고 집으로 돌아오는 길에 귀신이 달려드는 환청에 정신분열을 일으킨다. 두려움에 시체의 머리카락을 잘랐던 칼을 휘둘러 자신이 그 칼에 찔려 결국 절명한다. 남편은 아내의 무덤을 아내에 의해 머리카락을 잘린 여인의 시체를 수습하여 쌍무덤을 만들어 영혼을 위로하며 세월을 보내는 인물이다.

두 작품에서 가족의 파멸은 자본주의 사회에서 흔히 보여주는 돈과 섹스로 인한 인간 소외로 인한 것이다.

위의 〈꽃멀미〉에서 분녀는 돈과 섹스에 의한 지배로 팔용을 소외시켜 결국 분녀가 죽음에 이른 것이나, 〈파도, 그리고 달빛〉에서 돈의 유혹에 의해 자신의 신념과는 다른 선택으로 인한 자기 소외는 결국 정신분열을 일으키고 절명에 이르게 한다. 자기 소외란 어떤 존재가 자기 속에 있는 자기의 본질적인 것을 바깥으로 이끌어내어 소외화하고, 그것을 타자로 삼아 자기와 대립, 남처럼 서먹서먹한 자기와 거리가 멀고 신념과 배치되는 것으로 보는 것을 말한다. 이런 자기 소외 현상이 심화되면 자신이 아닌 것처럼 정신 분열 현상이 일어난다.

이런 자기 소외는 조진태의 작품에서는 과거에 만났던 인물들과의 만남을 통해 새롭게 아름다운 관계를 시작하는 작품에서는 자기 소외가 극복된다.

# 3. 과거 공동체의 향수

　조진태의 작품에서는 과거 농촌 공동체의 대가족 생활이 주는 가족적 친밀감을 토대로 한 이웃 간의 따뜻한 정서와 화해로움을 그리워하는 정서가 대부분 작품의 근간을 이루고 있다. 그러기 때문에 과거에 헤어졌던 사람과의 우연한 만남 혹은 새로운 만남이 이루어지는 작품의 소재가 많다.

　조진태의 〈오월의 이별〉 〈회한〉 〈밤안개〉 〈꽃잎이 흐르는 강〉 〈황혼결혼〉 등의 작품에서 과거 한때 스승과 제자, 혹은 서로 사모하는 사이였던 사람들이 다시 새로운 인연이 되어 만나는 경우가 많다. 이것은 앞에서도 서술했지만, 조진태 작가의 과거에 대한 그리움은 작가의 삶의 가치를 과거 공동체가 가지고 있는 친밀함에 두고 있기 때문에 드러나는 것이다.

　스승과 제자로 만났지만 교장과 전교조 선생이라는 갈등 관계 속에서 법정 싸움까지 불사한 악연의 제자를 또 다시 만나는 운명의 만남을 형상화한 작품, 〈회한〉은 결국 젊었을 때 제자에 대한 편향된 사랑으로 인해 제자를 전교조 선생을 만들었다는 자기반성을 보여 주는 작품이다.

> "새삼 그게 무슨 소린가?"
> "국민학교 시절 말입니다. 그때 교장선생님은 저의 담임이셨죠."
> "뭐러구?"
> "반장에게만 편애하시는 것에 항의하다가 생똥을 싸도록 매를 맞았죠. 그때 나도 선생이 된다면 당신 이상으로 해보리라 다짐했

던 거죠."

"……?" (〈회한〉 중에서)


　위의 인용문에서 보는 것처럼 한 학생에 대한 편애가 거의 40년간을 몸담은 교직계에서 불명예 퇴임을 하게 됨을 통해, 교육자로 자처해 온 주인공이 회한에 빠진다는 서사다.

　비슷한 제자와의 우연의 만남을 그린 〈밤안개〉는 제자의 스승에 대한 연모를 몇 십 년의 세월이 흐른 뒤 만남에서 확인하는 서사이다.

　〈오월의 이별〉과 〈꽃잎이 흐르는 강〉은 한때 연모했지만, 헤어졌던 남녀가 새로 만나는 서사다.

　〈오월의 이별〉은 의사인 남편이 중병으로 1년 정도의 시한부 인생이 되자, 주인공이 한때 대학 연극반에서 같이 출연, 서로 연모했으나 각자 결혼해서 살던 미국에 거주하고 있던 남편의 친구이기도 한 그 의사를 초청, 병원을 맡기고 주인공과의 인연도 이어준다는 남편의 생각은 단지 해프닝으로 끝난다. 작품의 초반부에서는 그 의사가 공항에서 입국하는 장면과 마지막 출국하는 장면으로 끝난다. 그 서사의 과정 중에 왜 병원을 맡지 않고 그대로 돌아가는지, 주인공과의 관계는 어떻게 진행되었는지 서사에서 궁금하다.

　〈꽃잎이 흐르는 강〉에서도 한때 서로 연모했지만 헤어졌던 남녀가 다시 재회하는 서사이다. 중편 분량의 작품으로, 주인공 지연과 사실혼 관계에 있는 남편의 가부장적 남성 우월주의에 의한 심리적 공허함을 충족시키기 위해 과거 한때 서로 연모했지만 인연이 어긋나 헤어졌던 애인과의 만남에서 애틋함을 보여준 작품이다.

　〈오월의 이별〉과 〈꽃잎이 흐르는 강〉에서 작가가 보여 주는 의식은 일관되게 전통적인 가부장적 의식이다. 가정의 위계와 질서, 사회의 안정을 지키기 위해서는 현모양처의 현숙한 정서와 모성적 사랑이 없이는 불가능하다. 그러기 위해서는 여성들은 언제나 가정의 울타리에서 가족과 가정의 안정을 위해서 집지킴이가 되어야 함을 은연중 드러내고 있다. 아무리 진보적 의식을 가지고 있는 작가라고 해도 여성에 관해 보수적일 수밖에 없는 것은 의식은 사회 전체의 영향에 의해서 형성되기 때문이다. 남성들이 여성에 관한 문제를 심각하게 받아들이지 않기 때문이다.

## 4. 서사적 비전

과거 공동체의 대가족 제도로 연유한 이웃에 대한 가족과 같은 친밀함이 우리 전통이 주는 긍정적인 힘으로 작용할 수 있음을 보여 주는 작품이 〈당숙(堂叔)〉과 〈흔들리는 황혼〉〈견습기〉이다. 세 작품은 우리 사회가 어떤 방향으로 나아가야 할 지 비전까지 제시해주는 작품이다. 작품의 주제를 향해 전개되는 서사과정 역시 손색이 없다.

조진태의 작품에서 드러나는 일상을 훼손시키는 것으로는 급격한 경제 성장에 의한 한탕주의, 개인주의이다. 다른 이웃은 어떻게 되든 상관없이 사기를 치더라도 자신의 배를 불리는 개인 이기주의에 의해서 다른 가족을 파멸에 이르게 한다. 또 그리고 국민을 돌보아야 하는 정치하는 사람들이 권좌에 올랐다 하면, 돌보아야 하는 국민은 제쳐 두고 권력 싸움으로 파행적, 권위적 정치를 일삼는 것이다. 이에 대한 대안을 제시한 것이 바로 위의 세 작품이 아니었나 생각한다.

〈당숙〉의 작품 구도는 군사정권이 들어서 지속되는 파행적 정치형태에 실망, 데모대에 가담한 주인공 준혁과 권력계의 핵심에 있는 아버지, 그리고 교육계에 있다 퇴직 후 시골로 내려가 황무지를 개발, 찔레꽃 농원을 만들어 노년에도 개혁적이고 창조적인 삶을 사는 당숙, 세 사람의 구도를 통해서 서사가 진행된다. 준혁은 데모 경력으로 쫓기는 신세고 자신으로 인해, 권좌에서 물러 난 아버지에 의해 가정에서 퇴출되었다. 준혁은 당숙이 있는 '찔레꽃 농원'으로 가 2년간 숙려기간을 거치지만, 자신의 노력과는 상관없이 정치계는 여전히 파행을 일삼는다. 여전히 가족으로 받아들여지지 않는 준혁은 결혼은 했지만 살집 마련조차 힘들었다, 당숙의 한통의 편지를 받고 다시 신부를 데리고 '찔레꽃 농원'에 내려간다. 당숙은 2년간의 경험으로 찔레꽃 농원을 맡아서 하라며 이미 농원을 주인공의 명의로 변경했다고 한다. 그리고 두 당숙 내외는 치매에 걸려 신세지고 싶지 않다며 나란히 죽음을 택한다. 물론 당숙에게는 미국 유학을 떠나 거기서 눌러 앉은 외동아들이 있다.

우리의 삶을 파행으로 이끄는 것 중, 또 하나는 권력계의 파행적 절차에 익숙, 서민들의 일상에서 조차 모든 절차가 파행으로 진행된다는 것이다. 그런 원인에는 우리나라 국민의 고질병이라 할 수 있는 혈연주의와 연고주의, 학벌주의가 있다. 그래서 집안의 혈연을 잇기 위해 파행을 일삼고 전라도, 경상도, 자신의 고향 사람, 자신의 동창으로 인한 파행은 이루 다 지적할 수가 없다. 이 작품에서 비록 주인공 준혁이가 조카벌이기 때문에 혈연으로 칠 수도 있지만, 자신이 힘들게 이루어 낸 농원을 일궈 낼 수 있는 경험이 있는 준혁으로 후계자를 선택했다는데 의미가 있다. 일반적으로는 농원을 팔아서 그 돈을 외동아들에게 보내 잘 먹고 잘 살게 하거나, 비록 조카를 오게 하더라도 명의 만큼은 아들 이름으로 해주는 것이 통례일 것이다. 그러나 명실공히 조카에게 명의를 주면서 농원을 경영할 권리를 맡긴다는 것은 그동안 우리 삶을 짓누르는 질곡에 대해 오랫동안 숙고한 작가의식에 의한 결론이라 생각된다. 작가는 정상적인 절차를 거스르면서 파행적 대접이 아닌 올바른 절차나 훈련을 통해서라면 대를 이은 혈통주의에도 현실적인 대안을 제시한다. 그 작품이 바로 [견습기]라는 작품이다.

〈견습기〉는 큰 재벌 회사의 회장 아들이면서도 그 티를 전혀 내지 않고 신입사원으로 들어 와, 사원들과의 관계를 돈독히 하면서 각 부서를 6개월씩 근무, 문제점을 파악해가며 부장, 상무자리까지 갔다 경비원까지 두루 거쳐 사장 자리에 발령을 받은 이름도 김사장인 인물을 초점으로 작품화한 것이다. 회장 아들이라는 것을 숨김으로써, 회사 내의 긍정적인 혹은 부정적인 측면 모든 것을 파악할 수 있는 시각을 가질 수 있는 것이다. 회사 내의 권력계에서 저지르는 잘못도 있지만, 부서가 가지고 있는 잘못된 관행들도 그 과정을 거치면서 파악이 가능한 것이다. 주제 의식이 가지고 있는 건강함과 함께 서사진행도 적절히 감추면서 마지막, 회장이 아들로 밝혀지는 순간을 대단원으로 결론까지 서사를 잘 이끌고 나갔다.

〈흔들리는 황혼〉은 우리의 전통 대가족주의에서 나오는 의식, 모든 주위 사람을 가족처럼 생각하는 미덕을 형상화한 작품이다. 작품 구조는 두 달 전 상처한 오랫동안 중앙부처에서 근무하다 퇴직한 김 박사와 전직 대학교수의 부인인 도우미의 대화, 그것을 통해서 드러나는 두 사람의 인생관이 주류를 이루고 있다. 도우미는 상처한 김박사의 상실감을 조금이라도 위로하기 위해 일부러 당분간 살림을 맡아주고 싶었다는 것이며, 그 중 꼭 하루를 빼 요양원에 가서 움직이지 못하는 노인들을 위해 봉사활동을 하고 있다. 김박사 역시 도우미와의 대화를 통해 서서히 아내를 잃은 상실감을 극복하고 스스로의 삶을 찾기 위해 도우미의 도움도 끊고 봉사활동에도 동참한다는 서사다.

〈여맥〉〈들을 귀 있는 자〉 등의 작품에서 가시적으로 드러나는 조진태의 타자윤리학은 과거 농촌의 대가족이 가지고 있는 친밀감을 개인주의로 치닫는 도시까지 확대, 이웃을 가족처럼 서로 도우고 오일조밀 함께 더불어 사는 것이었다면, 그것을 좀 더 구체적인 삶의 실천과정으로 보여준 작품이 〈견습기〉〈당숙〉〈흔들리는 황혼〉이다. 이 세 작품은 주제를 향한 서사 전개 과정이 무리 없이 진행, 작품의 완성도 또한 훌륭하다.

## □ 作家 趙鎭泰의 年譜

### 1. 年度別 發表 作品名과 發表紙(誌)

*'59~71.　월간 《새교실》에 〈반딧불이의 抒情〉 발표.

　　　　　말하는 칠판(서울교원문집)에 동화 〈뻐꾸기의 노래〉 발표.

　　　　　주간 시민신문에 수필 〈念願〉 발표.

　　　　　정년 퇴임의 노래 〈선생님 잊지 못해요〉 작사.

*'72.　　　작품집 〈石花〉 발간(교육평론사).

　　　　　월간 《소년중앙》에 수필 〈오동잎 잎새마다 달이 뜨면〉,
　　　　　월간 《교육평론》에 〈진달래에서 국화까지〉, 월간 《管理
　　　　　技術》에 〈早春의 雪花〉〈附錄 인간〉, 월간 《교육자료》에
　　　　　〈인생은 나그네〉 발표.

　　　　　월간 《새교실》에 〈田園에의 鄕愁〉, 《일선교사 동시 및
　　　　　동화집》에 동화 〈모래톱에 남긴 발자국〉(동민문화사 발행)
　　　　　등 발표.

*'73.　　　《月刊文學》에 소년소설 〈비둘기〉, 《百人文學》에 단편소
　　　　　설 〈僞證〉, 월간 《首都敎育》에 〈降雪期〉, 월간 《통일생
　　　　　활》에 〈江邊에 타는 노을〉, 《文化藝術》에 수필 〈동심과
　　　　　어른과〉, 《진사·교대 동창회보》에 〈선배와 후배〉, 월간
　　　　　《새교육》에 〈못 되면 조상 탓〉, 월간 《교육자료》에 〈有
　　　　　名 無實한 감투〉 발표.

월간 《관리기술》에 중편소설 〈그 人生 덤으로〉 연재.

**\*'74.** 週刊 《京鄕》에 수필 〈나의 단골집〉, 《한국문학》에 컬럼 〈文人의 두 樣相〉, 《새교육신문》에 수필 〈앵두나무 그 추억〉〈素朴한 人情 仔詳한 性品〉, 월간 《풀과 별》에 〈非情의 季節〉, 월간 《敎育評論》에 컬럼 〈代筆〉, 《視聽覺교육신문》에 수필 〈또 하나의 祈禱〉, 월간 《교육관리》에 컬럼 〈인간 不信에 機械信憑 風潮〉, 《國際人權報》에 〈實體 忘却한 現代人〉, 월간 《관리기술》에 장편 연재소설 〈안개 저쪽의 무지개〉 등 발표.

**\*'75.** 《新亞日報》에 동화 〈덕구와 소쩍새〉 연재(광복 30년 문학전집에 같 은 작품 수록).
《月刊文學》에 수필 〈自然의 平衡〉, 월간 《새교육》에 〈박꽃과 世情〉, 월간 《敎育資料》에 〈江邊의 追憶〉〈人生의 苦惱와 사랑〉, 월간 《敎育評論》에 컬럼 〈敎育經營是非〉〈광복 30년 우리의 교육世情〉〈교육의 어제와 오늘〉 등 발표. 그룹사보 《미원》에 단편소설 〈어떤 이별〉 발표.

**\*'76.** 《월간문학》 1월호에 단편소설 〈雨滴〉 발표.
《한국대표 단편문학선집》에 단편소설 〈證書〉 수록.
《교육세계신문》에 단편소설 〈꽃멀미〉, 월간 《敎育管理技術》에 단편소설 〈氣流 밑〉 발표.
《월간 2학년생》에 동시 〈봄동산〉 발표.

월간지 《女苑》에 수필 〈꽃밭에 심은 채소〉 발표.

《教育世界新聞》에 〈오늘에 사는 孝子 · 孝婦들 탐방 취재〉로 23회 연재(제1화 어머니 병시중 14년의 효교사/제2화 자신의 콩팥 잘라 부친의 목숨 구한 효자/제3화 몸에 밴 효행 반세기에 이젠 만인의 효부역/제4화 어머니의 한기려 시집 낸 불멸의 효성/제5화 육순 며느리가 8순 시모 모시는 지효/제6화 영산강 지류에 이름 난 효교장/제7화 노모 돌아가며 모시는 5형제의 효자 · 효부/제8화 믿음 · 소망 · 사랑이 효로 昇華/제9화 형제 우애 · 가족 화목으로 부모에 효성/제10화 외아들 至誠에 重病 물리치고 老母 回春/제11화 雪嶽에 소문난 효성의 집안/제12화 꼬마 주주 12명 거느린 효教師의 숨은 忍苦/제13화 多情한 兄弟 友愛로 부모 모시는 至誠/제14화 1인 3役의 孝婦/제15화 받은 사랑 받드는 孝로 산다/제16화 淸廉剛直의 가훈 지키며 부모 모시는 6男妹의 孝誠/제17화 執念의 向學 속에 職場의 模範, 家庭의 孝女/제18화 오직 孝만이 家庭의 無形 資産/제19화 片母 모신 스물두 살의 孝女 家長/제20화 8남매 友愛 속 父親 病床 지키는 教育 執念의 효 교사/제21화 낳은 情 기른 情 報恩 一念의 효教師/제22화 家庭의 孝에서 職場의 成實로/제23화 소복한 꿈과 幸福을 심는 맏딸의 孝誠).

《교육세계신문》〈오늘을 사는 숨은 奉仕者와 不屈의 人間像들〉연재(1회 八峰에 심은 育英樂道/2회 奧地에 밝힌 教育의 등불/3회 어린이 돕는 七旬의 人間 陸橋/4회 靑吾가 남긴 忠節의 산 精神/5회 抗日 · 反共 · 民族의 情緖 읊고 산 白民의 一生/6회 노래와 춤으로 世界 27個國/7회 步行 一萬里 골목길에 '來

日의 富' 심는다/8회 진실은 眞實로 通한다/9회 刻苦의 母情, 執念의 教師, 그 人間 勝利/10회 韓國의 葡萄王이 된 執念의 人間/11회 七顚 八起의 오뚜기 人生/12회 六旬에서 새 꿈 심으며 人生 다시 살리).

《교육세계신문》특집대담 타이틀 명사와의 단독 대담 〈오늘의 교육을 말한다〉의 담당기자로 한솔 이효상(공화당 의장), 서윤복(보스톤마라톤 우승자), 김동리(소설가 · 한국문협이사장), 김성한(상공부 장관) 등 대담기사 집필 보도.

*'77.    月刊《教育資料-教資春秋》에 수필 〈구름에 달 가듯이〉 〈석류 같은 인생을〉〈삼월의 숨소리〉, 월간《政訓》(국방부 정훈국 발행)에 〈忠孝精神과 새 마음〉, 월간《學父母》에 단편소설 〈惜春鳥〉〈省墓風景〉〈空港의 노을〉〈아내〉, 기행문 〈嶺南의 山河紀行〉〈내 마음에 그리는 學父母像〉,《兒童文學評論》에 수필 〈진리의 나그네〉,《새교육신문》에 〈自過不知〉〈세월의 소리 젊음의 소리〉〈當直〉〈辭職고개〉〈受賞作戰〉〈誤字 戀書〉 등 발표.

*'78.    《慶南每日》에 수필 〈春來에 不似春〉〈콘크리트 문화〉 〈어떤 모임〉〈책 안 읽는 사람들〉〈無常과 永遠性〉, 월간《학부모》에 〈誠實은 참 정신의 中核〉,〈짧은 시간 길게 사는 인생〉,《週刊女性》에 단편소설 〈深淵의 女心〉, 월간《學父母》에 〈望鄉〉,〈集魚燈 來歷〉 등 발표.
《소년조선일보》에 〈효행예화〉 11회 연재.

*'79.　　　《嶺南名士大鑑》에 발간사 〈民族史에 빛을 던진 愛鄕人들〉 게재.

*'80.　　　月刊《敎育資料》에 단편소설 〈잃어버린 休日〉, 수필 〈내 그렇게 사랑하다가〉, 《문학독본》에 〈내 작품 속의 통일 염원〉 등 발표.

*'81~84.　　서울영림 · 서울상신 · 서울신묵 · 서울발산 · 서울용원 초등학교 등에 교가 작사.

*'82.　　　월간《文敎行政》에 隨想 〈참 人間性의 創造〉, 교학사 발간 독서감상문 어떻게 쓰나에 설명문 〈과학도서 감상문 쓰기〉 집필.

*'83.　　　《월간교육자료》에 수필 〈돈,그 打令〉〈가장 좋은 環境物〉 수상.
　　　　　〈精神的 富를〉〈學校長의 두 類型〉,《㈜三斗實業 社報》에 〈成熟한 삶〉, 《집념의 배움길》(한국방송통신대학 학보사 발행)에 手記 〈浮沈하는 인생〉 수록.
　　　　　《KBS-1TV》에 〈파랑새와 아저씨〉(전무송 주연) 영화 방영.
　　　　　《KBS-제1라디오》에 〈일하며 배우며〉 출연, 연속 생방송.

*'83. 1~　　월간《어린이 세계》에 장편 소년소설 〈파란 메아리〉 연재.

*'84.	《한국방송통신대학교 학보사》 현상문예에 수필 〈고궁을 거닐며〉 당선, 게재.
《덕수그룹 社報》에 〈現代人과 레저〉.

*'84. 9~	월간 《어린이세계》(극동문제연구소 발행)에 장편소설 〈붉은 성의 유령들〉 24회 연재.
월간 《敎育資料》에 〈언제나 기다림으로〉(금성출판사) 발행.
《한국문학전집》에 동화 〈은내골의 겨울 이야기〉 〈봄 봄 봄〉 〈나무에 열린 그림붓〉 〈창포꽃 핀 동산의 나비〉 〈해 뜨는 마을〉 〈철길이 보이는 언덕〉 〈산 메아리〉 〈꽃편지〉 〈아저와 파랑새〉 등 수록.
《KBS2-TV》에 〈古典 百選〉프로에 4주간 출연(평론가 김우종 교수, 소설가 구인환 교수 등과 함께).

*'85.	월간 《학부모》에 〈자기 보람과 의지적 삶〉, 교우 5월호 精銳作家 초대석에 〈五月 離別〉, 어린이 독서6집에 논문 〈說明文의 理解와 올바른 지도법〉 발표.

*'86.	월간 《서울우유》에 수필 〈鳶의 追憶〉, 서울묵동초교문집 《사랑과 행복의 꽃수레》에 단편소설 〈空港의 노을〉, 垠松 朴明煥 교장 정년문집 《푸른 꿈 반세기》에 인물론 〈은송 선생의 교육 반세기〉, 정년 퇴임의 노래 〈사랑의 메아리〉 작사(김공선 작곡집 이른 봄의 들에 수록), 《오늘의 명상》(서울교육위원회 편)에 〈조상을 숭배하는 마음〉 〈장

영실의 효성〉〈넓고 깊은 어머니의 마음〉〈어버이날을
맞으며〉〈젊은 시절의 석가〉〈스승의 날을 맞으며〉〈춥
다는 아들에 찬물을 끼얹어서〉〈성실한 마음을 가진 사
람〉〈호랑이에게 물려 죽은 소년〉〈밀레의 저녁종〉〈신
사임당의 충고〉〈塞翁之馬〉, 월간 《어린이세계》에 명상
록〈돈에 묻혀 죽은 사나이〉〈행복과 불행은 돌고 돈다〉
〈인사 잘 하는 아이들〉 등 연재.
《명상록》에 〈느티나무를 옮기며〉〈새앙쥐 두 마리〉〈다
시 묻어둔 황금 항아리〉 등 10회 연재.

*'87.          《수도교육》에 수필 〈相對的 貧困과 葛藤〉, 《通人春秋》
              에 단편소설 〈餘脈〉, 서울묵동초교문집 《내 마음 꽃이
              되어》에 단편소설 〈五月의 離別〉 수록.

*'88.          서울교원축전 文學의 밤 낭독 작품집 《푸른 오월처럼》에
              소년소설 〈종소리〉, 월간 《밀물》에 수필 〈다시 읽고 싶은
              책〉〈故鄕이라는 것〉《敎員福祉新報》에 〈餘裕 있는 삶〉
              《소년소녀문학독본》에 동화 〈구구와 할아버지〉, 사진소
              설 〈강변마을 아이들〉〈과수원집 할아버지〉 등 발표.
              율촌장학재단 발행 교과서 《한국어 2-1》에 동화 〈가장
              좋은 선물〉 외에 편지글 〈보고 싶은 할머니께〉〈고마운
              선생님께〉 등 발표.

*'88~89.       월간 《밀물》에 수필 〈형제도 사촌도 없는 세대〉, 《서울
              서부교육》에 칼럼 〈나도 包含된 群衆〉, 월간 《어린이 세

계)에 우리말 우리글 〈순화해서 써야 할 행정용어〉 연
재(12회 집필).

89년도판 국정1종도서 초등교과서 2-1《국어 읽기책》
에 생활문 〈바다〉, 《교사용 지도서》에 동화 〈벽에 걸린
용돈 주머니〉 수록.

《유치원용(사보)》에 유년동화 〈모자라는 손가락〉(웅진출
판사 발행) 발표.

《조흥은행 사보》에 동화 〈네나의 눈물〉 발표.

《소년동아일보》에 창작동화 〈용길이의 꿈〉 발표.

《세계아동문학사전》(계몽사 발행)에 작가 프로필 등재.

*'90.　　竹林 강연환 선생 정년문집 《童心에 꿈 가꾼 歲月》에 발
간사 〈生水 같은 참 삶의 메시지〉 〈죽림 姜鉛煥 선생의
人生과 敎育〉 등 수록.

*'91. 8.　　《국제신문》의 '바다'를 주제로 한 작품 시리즈에 소년
소설 〈상수의 희망〉 〈바다 메아리〉 등 발표.

《한국창작동화24》(한국아동문학협회 편)에 유년동화 〈모
자라는 손가락〉, 사학연합회지 및 서울홍은학교 문집
《초록빛 여울물》에 단편소설 〈밤안개〉 수록.

*'92~93.　　《어린이와 독서》에 논단 〈古典 읽기와 讀書〉 발표.
서울홍은초교 학년문집 《꽃이고 별이거라》에 머리글
〈어머니와 선생님의 한결 같은 소망〉, 편지글 〈1학년 1

반 어린이들에게〉수록.

*'93.  월간 《어린이 세계》에 소년소설 〈아버지의 고향 냄새〉
연재.
〈문인인명사전〉(社團法人ㅣ元章文化財團 발행)에 작가 프로
필 등재.

*'94.  《국정신문》(공보처−정부간행물)에 `話題`의 人物로 〈코흘
리개 더불어 童話 엮기 행복〉특재.
삼진제약㈜ 사보 《삼진》 통권100호 특집 〈따뜻한 미래
를 만들기 위한 희망을 위해〉특재.

*'95∼97.  월간 《時兆》에 동화 〈아이들의 기도〉〈선생님만 사랑해
요〉〈재호의 그림〉〈길어나는 솔잎〉〈준이와 트럭 아저
씨〉〈가을꽃 일기〉등 발표.
서울공릉학교문집 《내 마음 네 곁에》권두언 〈어버이와
스승〉외 수필 〈아름다운 세상〉〈서울, 그리고 모든 것〉
수록.

*'96.  孔三鎭 박사 《古稀記念文集》에 回顧記 〈熱情의 敎育者〉
수록.
서울 《中浪文學》에 단편소설 〈不信의 늪〉, 《兒童文學評
論》에 評論 〈童話 評論의 原理와 創作〉, 《한국글짓기지
도회보》에 컬럼 〈떡값, 그 逆說的 打令〉등 발표.

| \*'97. | 《봄여름 그리고 가을겨울》(한국글사랑문학회 발행)에 단편 소설 〈見習期〉1《길어나는 솔잎》에 동화 〈아이들의 기도〉 〈선생님만 사랑해요〉 〈재호의 그림〉 〈길어나는 솔잎〉 〈준 이와 트럭 아저씨〉 〈가을꽃 일기〉(시조사 발간) 등 발표. |

《어린이 명심보감》(공경애 엮음)에 짧은 이야기 〈사라진 꿈〉 〈벌 받은 놀부〉 〈파란 대문집의 아이들〉 〈부모를 닮은 아이〉 〈방글이와 우남이〉 〈당나귀를 메고 가는 사람〉 〈거수기 국회의원〉 〈지네와 두꺼비〉 〈사장님의 차〉 〈배 앓는 졸부〉 〈양심의 소리〉 〈뜬구름 잡기〉 〈핑계 많은 청년〉 〈무식이 유식보다 무섭다〉 〈옷 입은 말과 소〉 〈어느 독서 가족〉 〈우물 안 개구리〉 〈동물나라의 사람〉 〈금과 바꾼 목숨〉 〈효자 이사룡〉 〈순임금의 어린 시절〉 〈역시 도둑은 도둑이다〉 〈오만한 원님〉 〈아내의 충고〉 〈뱃사공의 효성〉 등 수록.

《한국글짓기지도회보 45호》에 수필 〈난을 기르며〉, 《46 호에》 칼럼 〈점수제도의 병폐〉 등 발표.

\*'98.      월간 《어린이 세계》에 수필 〈겨울이 오는 소리〉 발표.

\*2000.      《작가와 모교·고향과 책 읽기》(한국소설가협회 편)에 탐방기 〈반세기 스쳐간 춘풍세우!-그 모교의 강단에 선 감회〉 수록.

《음성신문》에 단편소설 〈어떤 대화〉 발표.

*2001. 《소년한국일보》에 수필 〈양보하는 미덕으로 생활의 여유를〉, 《음성신문》에 단편소설 〈窓밖에 내리는 비〉 등 발표.

*2002. 《음성신문》에 기행문 〈지구상에 마지막 남은 낙원 캐나다〉 2회 연재.

*2003. 《교육주보》에 隨想 〈매화 옛 덩굴에 훈풍이—이것이 인생이다〉, 《음성신문》에 논설문 〈淸論 濁說과 言論의 正道〉, 컬럼 〈誤用되는 우리 말과 글〉, 수필 〈군민이 함께한 '가을시 낭송회'〉, 〈내가 만난 아름다운 사람들〉 취재글 〈치자꽃 향기 같은 사랑, 그리고 진실한 삶〉 등 게재.
《음성신문》 신년특집—소설가가 쓴 사랑의 시 〈내 그렇게 사랑하다가〉 발표.
2005. 7~2006. 6까지 《월간 Tea & Peopl(茶와 사람)》에 수필 전원에 사는 즐거움 연작 〈언제나 한가위처럼 풍성한 전원〉 〈靑瓷빛 하늘 九萬里〉 〈내 손은 거름손이다〉 〈솔바람 소리〉 〈사람내 풍기는 文人畵, 그 魂의 世界〉 〈鳶, 그리고 梅花 그 追憶〉 〈大地가 기지개를 켜면〉 〈꽃잎 낭자히 흐를 때〉 〈연못에 이는 잔물결 소리〉 〈초여름 밤의 追憶 엮기〉 등 발표.
《文學四季》에 단편소설 〈스쳐간 바람〉 발표.
《쌍용그룹 사보 쌍용건설》에 수필 〈茶香과 인생의 향기〉 등 발표.

*2006. 계간 《소설가》에 단편소설 〈어떤 遺産〉, 《수필문학》에

수필 〈맑은 바람 밝은 달 아래〉, 《음성문학17》집에 권두언〈문학은 인간을 만드는 香氣이고 빛깔이다〉, 《쌍용건설㈜ 사보》에 수필 〈청산에 사는 뜻은〉 등 3회 연재.

*2007.　《韓國現代人物史》(한국정신진흥회 발행)에 인물 프로필 등재.

2006. 9~2007. 12까지 《Tea & People》에 '조진태의 세상 읽기' 연작 〈튜립, 그리고 바람 바람〉〈인생은 바람이고 구름인 것을〉〈비우기와 채우기-가을 뜰에 서면〉〈야누스의 두 얼굴〉〈사라짐과 새로운 것에 대한 가로왈 세로왈〉〈되(刊)로 주고 말(斗)로 받는 그 말(言) 말(言)들〉〈4월의 창에 봄빛이 젖어들면〉〈그 밥에 그 나물〉〈여행, 그리고 별과 바람〉〈續 여행, 그리고 별과 바람〉〈石榴 같은 人生을 사는 女子〉〈放氣 是非〉〈春望詞〉 등 16편 연재.

《농민문학》에 수필 〈道德性 喪失의 不感症〉, 《음성문학》에 〈無所有의 所有〉, 《풋내들文學》에 단편소설 〈어떤 유산〉, 《문학세계》에 隨想 〈사라짐과 새로운 것에 대하여〉 발표.

*2008.　《한국소설》에 단편소설 〈창 밖의 무지개〉, 《Tea & People》에 컬럼 〈빌딩숲에 가려진 도시인의 삶의 질〉, 《음성신문》에 수상 〈無存在로써의 存在的 人間〉, 《음성신문에》 컬럼 〈新五賊 이야기〉 등 발표.

2008. 8~11까지 《월간 Tea & Peopledp》에 장편소설 〈저녁 노을 물들 때〉 연재.

2008. 1~2008. 12까지 월간 《산림》에 수필 '산촌일기' 연작 〈木炭花의 季節〉〈梅花꽃이 필 때〉〈빨간 지붕의 아담한 집〉〈꽃눈, 잎눈 트는 소리에 산촌이 시끌시끌〉〈自然 生態盲〉〈烏鵲橋와 별〉〈滿月보다 반달이, 꽃송이보다 꽃망울이〉〈梧桐秋夜 달이 밝아〉〈초록이 지쳐 단풍들 때〉〈당신께 보내는 편지 한 장〉 등 연재.

*2009.    월간 《공무원 연금》에 수필 〈꽃지는 마을은 서럽다〉, 《南江文學》 창간호에 단편소설 〈黃昏 結婚〉 등 발표. 월간 《한국소설》 1월호에 단편 〈창밖의 무지개〉에 대한 평론가 양윤의의 월평으로 "조진태의 〈창밖의 무지개〉의 경우 헛된 욕망을 따르는 현대인의 공허한 쾌락주의에 대해 비판하는 소설이다 — 문학을 통해 세태를 비판하고 올바른 비전을 제시하려는 이 소설은 메타적인 관점으로 볼 때 계몽의 문학론을 담고 있다고 말할 수 있다.—"라는 "한국소설" 평설 게재.

*2010.    《南江文學》에 수필 〈田園生活과 長壽〉 발표.
《그때 그 시절 이야기》(음성군청 발행)에 수필 〈사라짐과 새로운 것에 대하여〉 수록.

*2011.    《南江文學》에 단편소설 〈그녀가 울었던 까닭은〉 발표.

詩 〈老年의 뜰엔〉 詩畫 제작.

*2012.　　《月刊文學》에 단편소설 〈흔들리는 黃昏〉 발표. 당년 4
월호 월간문학에 평론가 정동수의 "주제의 다양성"이란
제하의 월평 게재.
중편소설 〈바람 불던 언덕〉, 단편소설 〈歸不歸〉 〈꼬리 내
리기〉 〈어떤 對話〉 〈아내의 智慧〉 〈안개 속으로〉 〈곰터댁
과 소동댁〉 〈會長님의 遲刻〉 등이 있으나 未發表 作임.
詩 〈春樹暮雲〉 〈삶을 위한 몸짓〉 〈언제나 꽃이고 향기
되어 살아라〉 등 미발표작 詩畫로 제작.

## 2. 出刊한 著書, 編著 기타

*창작집 〈石花〉(1972. 敎育評論社 발행).

*소설집 〈屋上의 庭園〉(1973. 文潮社 발행).

*창작동화집 〈덕구와 소쩍새〉(1975. 永進文化社 발행).

*교육저서 〈오늘의 충효교육〉(1977. 문종서관 발행).

*고전소설 〈옹고집・심청전〉(1977. 敎學社 발행) 중판 거듭 간행.

*산문집 〈歲月의 소리 젊의 소리〉(1979. 文鍾書館 발행).

*人名錄 〈嶺南名士大鑑〉(1979. 進明文化社 발행).

*동화집 〈제비와 망원경〉(1982. 아동문예사 발행).

*동화집 〈어깨동무 행진〉(1983. 새마을교육사 발행).

*장편소설 〈붉은 허수아비의 춤〉(1984. 한국安保敎育協會 발행).

*한국문학전집18 〈은내골의 겨울이야기 외〉(금성출판사 발행.공저).

*장편소년소설 〈파란 메아리〉(1985. 도서출판 청화 발행).

*동화집 〈강변의 노래〉(1985. 한국서적공사 발행).

*문집 〈푸른 꿈 半世紀〉(1986. 圖書 출판 敎音社 발행.편저).

*산문집 〈사랑과 행복의 꽃수레〉(1986. 同人文化社 발행.엮음).

*글모음책 〈내마음 꽃이 되어〉(1987. 敎音社 발행.엮음).

*효행예화집 〈해가 뜨나 달이 뜨나〉(1987. 청석수련원 발행).

*장편소설 〈초원에 잠든 별〉(1988. 명성출판사 발행).

*한국인 전기 〈이순신〉(1988. 文公社 발행).

*작문이론서 〈글짓기 나라〉(1989. 재능출판사 발행. 공저).

*한국인 전기 〈방정환〉(1989. 정한출판사 발행).

*장편소설 〈못다 부른 노래〉(1989. 명성출판사 발행).

*외국동화 〈신드바드의 모험〉(1989. 삼성출판사 발행.번역).

*외국동화 〈인어 공주〉(1989. 삼성출판사 발행.번역).

*수필집 〈오동잎 잎새마다 달이 뜨면〉(1990. 租稅情報社 발행).

*창작동화집 〈갯마을에 뜨는 해〉(1990. 도서출판 새소년 발행).

*문집 〈童心에 꿈 가꾼 歲月〉(1990. 도서출판 敎音社행.편저).

*세계 위인전 〈슈바이처〉(1991. 신영출판사 발행).

*한국전래동화집 〈혹부리영감〉(1991. 신영출판사 발행).

*세계명작 〈늑대와 일곱 마리 아기염소〉(1991. 신영출판사 발행).

*창작동화집 〈뱀을 그리는 엄마 화가〉(1991. 정한출판사 발행.공저).

*창작동화집 〈날아다니는 자동차〉(1992. 덕암출판사 발행.공저).

*유리카 한국창작교육동화집 〈날아라 새들아〉(1992. 학원출판공사 발행).

*유리카 어린이 국사대관(1993. 학원출판공사 발행 공저).

*생활예절 예화집 〈똑똑똑똑똑〉(1992. 한국독서지도회 발행).

*글짓기 지도서 〈내 마음의 글밭〉(1994. 도서출판 우람 발행).

*창작동화집 〈수줍음이 많은 아이〉(1994. 도서출판 우람 발행).

*사랑의 글집 〈내 마음 네 곁에〉(1995. 도서출판 우람 발행.엮음).

*동화집 〈뱀을 그리는 엄마화가〉(1995. 한국아동문학협회 발행.공저).

*창작동화집 〈길어나는 솔잎〉(1997. 時兆社 발행.공저).


## 3. 略歷

**학력**

*晉州 師範 學校 · 서라벌藝大 文創科 · 韓國放送通信大 教育學科
修學.

**경력**

*지방 및 서울시 교육계에서 35년 간 교육에 종사. .

*교육세계신문 기자, 차장.

*教育文化社 기획실장, 월간 〈學父母〉 主幹.

*三斗實業주식회사 創業理事.

*一産企業株式會社 社外理事

*國定教科書 및 교사용 指導書執筆委員.

*國民必讀圖書選定實務委員.

*학습참고서 초등학교용 전과목 내용심의위원.

*(사단법인) 한국문인협회 회원(소설분과).

*한국아동문학가협회 동화분과 회장.

*한국소설가협회 중앙위원.

*한국아동 문학인회 소설분과회장 및 중앙위원.

*全國 初 · 中 · 高等학생 문예작품 심사위원 .

*서울시 학생 독후감 심사위원.

*서울북부교육청 서당교실운영위원장.

*통일생활 신춘문예작품 심사위원.

*KBS 어린이 프로 제작 자문위원.

*서울시 校歌 심사위원.

*한국독서문학회 운영위원.

*서울시 교육위원회 국어교육 써클 회장.

*서울 〈서부교육〉 편집 및 집필위원.

*한인현장학회 운영위원.

*서울 도봉구청주최 학생백일장 작품심사위원.

*서대문구청 단오절행사 학생 및 주부백일장 작품심사위원.

*마포신문사주최 주부백일장 작품심사위원.

*극동문제연구소 만화제작 자문위원.

*주식회사 〈재능교육〉 글짓기지도상사.

*주식회사 〈눈높이 교육〉 글짓기지도 강사.

*서울교육연수원 국어과 연수강사.

*서울북부교육청 국어교육연구회부회장.

*서울 북부교육청 학생논설문 쓰기대회심사위원.

*서울시 교원 자체연수강사.

*서울시 교통안전 지도 위원 위촉(서울시 경찰국장).

*서울 중랑구 예술인협회 문학 분과 초대 총무간사장.

*서울 동부교육청 국어과 써클 회장.

*서울 동부교육청 연수강사.

*서울북부교육청 교사연수 순회강사.

*음성신문 명예기자협의회 회장.

*(사단법인) 한국문인협회 음성군지부 회장.

*한국 글짓기 지도회 부회장.

*음성군 문인협회 고문(현재).

*음성신문 편집위원 겸 논설위원(현재).

*작가원 운영및 농장경영(현재).

## 4. 勳章 · 문학상 · 表彰 · 功勞 등

### 勳章

*1999년 大韓民國 國民勳章 〈石榴章〉 표창(대통령).

### 文學賞

*1959년 월간 《새교실》에 수필 〈반딧불이의 抒情〉 입상.

　(評論家 곽종원 교수 심사)

*1972년 주간시민신문 현상문예 수필 〈念願〉1석 당선.

*1982년 한국방송통신대학보사 현상모집 소설 〈逆流〉 가작 당선.

　(評論家 이선영 교수, 小說家 박태상 교수 등 심사)

*1982~1985년 서울시 교원 문예 실기대회 3, 4, 5, 6 회 입상.

　(서울시교육회장)

*1984년 한국방송통신대학보사 현상모집 수필 〈고궁을 거닐며〉

　당선(평론가 김우종 교수  심사).

*1985년 장편 소년소설 〈파란 메아리〉로 한국아동문학상 수상.

### 表彰

*1959년 경남 과학교육자료 제작상 수상(경상남도 지사).

*1972년 한국글짓기지도자상 수상(한국글짓기지도회 회장).

*1972년 이북5도민이 드리는 문예상 수상(황해도 지사).

*1972년 글짓기지도 모범표창(서울시교육위원회 교육감).

*1972년 서울시 모범교육자 표창(서울교육위원회 교육감).

*1974년 어린이 애호공로 표창(서울서부교육청장).

*1974년 서울시 유공공무원 표창(서울특별시장).

*1982년 어린이 독서 감상문 쓰기 지도교사상(한국글짓기지도회장).

*1983년 새마을 정신구현 공로패 수여(민정당 동대문지구당 위원장).

*1983년 독서지도자상(한국소아마비협회장).

*1984년 학생 독서 감상문 쓰기지도 표창(주식회사 계몽사).

*1984년 통일안보 독서지도 공로 표창(평화문제연구소).

*1984년 국민 정신교육 유공자 표창(서울시 교육감).

*1985년 교가 작사 감사패 수여(서울신묵초등학교장).

*1985년 국민교육헌장 이념구현 유공 표창(문교부 장관).

*1987년 서울시 교육자료전 우수상 수상(서울시 교육감).

*1987년 學生 誦詩 指導 공로 표창(서울동부교육청장).

*1989년 제16회 전국 과학학력경진대회 담당학급 금상 수상 공로
  표창(서울홍은초등학장).

*1988년 국방부 주최 전사동화 독후감쓰기 최우수 수상자 지도 공
  로 표창(국방부 장관).

*1989년 특별공로상(교육 및 저술부문) 수상.

*1989년 참된 스승상 구현 특별표창(서울시 교육감).

*1992년 한인현 글짓기 지도자상 수상.

*1994년 30년 교육 연공상 수상.

  (대통령 청와대 초청)(서울 교원단체총연합회장)

*1996년 특별공로 표창(대통령 청와대 초청)(한국 교원단체총연합회장).

*1999년 교육공로 표창(서울시 교육총연합회장).

*2003년 어린이 교육 공로 표창(충청북도 도지사).

*2007년 음성문학 공로패 수여(한국예술인단체 음성지부회장).

조진태 소설집

# 견습기(見習期)

초판발행  2012년 7월 13일
재판발행  2012년 7월 16일

지 은 이  조 진 태
발 행 인  서 정 환
편 집 인  백 시 종
주    간  채 문 수
편 집 장  김 정 례
편집차장  박 명 숙
편    집  권 은 경 · 김 미 립
펴 낸 곳  도서 **계간문예**
         출판

출판등록  2005년 3월 9일 제300-2005-34호
주    소  서울시 종로구 익선동 30-6
         운현신화타워 207호
E-mail   qmyes@naver.com
전    화  ☎ 02) 3675-5633

값 12,000원

ISBN 978-89-6554-049-6 (03810)